NÃO FOI BEM ASSIM

Verdades e cicatrizes de um julgamento

Francisco Almeida Prado

Não foi bem assim

Verdades e cicatrizes de um julgamento

Talentos da Literatura Brasileira

novo século®

São Paulo 2016

AQUISIÇÕES
Cleber Vasconcelos

PRODUÇAO EDITORIAL
SSegovia Editorial

PREPARAÇÃO
Fabricia Carpinelli

DIAGRAMAÇÃO
Abreu's System

REVISÃO
Silvia Segóvia

CAPA
Rodrigo Valpassos

Texto de acordo com as normas do Novo Acordo Ortográfico da Língua Portuguesa (1990), em vigor desde 1º de janeiro de 2009.

Dados Internacionais de Catalogação na Publicação (CIP)
Angélica Ilacqua CRB-8/7057

Prado, Francisco Almeida
Não foi bem assim / Francisco Almeida Prado. – Barueri, SP : Novo Século Editora, 2016.
(Coleção Talentos da literatura brasileira)

1. Ficção brasileira I. Título

16-1282 CDD-869.3

Índices para catálogo sistemático:
1. Ficção brasileira 869.3

NOVO SÉCULO EDITORA LTDA.
Alameda Araguaia, 2190 – Bloco A – 11º andar – Conjunto 1111
CEP 06455-000 – Alphaville Industrial, Barueri – SP – Brasil
Tel.: (11) 3699-7107 | Fax: (11) 3699-7323
www.novoseculo.com.br | atendimento@novoseculo.com.br

Prólogo

Eu vou contar tudo o que se passou.

Era para ser um livro, mas é melhor ser apenas isto.

Provavelmente, apagarei este texto. Mesmo assim, é bom escrevê-lo.

Quando não se tem o medo dos outros, quando a vergonha que sentimos de nós mesmos não se faz presente, podemos expressar o que realmente pensamos e o que apreendemos da vida. E foram muitos os momentos. Houve aqueles, é verdade, que não se poderia narrar; a menos que ninguém soubesse, como agora que apenas escrevo.

A primeira noção de mim mesmo, pelo menos que eu me lembre, não é de coisas boas. Eu invejo aqueles que dizem se recordar das alegrias da primeira infância. Casos onde não faltaram risadas, amor e aconchego. Para mim não. Havia um colégio repleto de meninos arrogantes, estúpidos e que se valiam apenas de quem era o mais forte, o mais rico e de quem sabia jogar melhor futebol. Ninguém pensava em nada.

Lembro-me de um professor de Educação Física, oficial da Polícia Militar. A cada semana inventava um treinamento diferente, como se fôssemos soldados na eminência de uma guerra.

Eram marchas sincronizadas, batalhas por um pedaço da quadra de esportes e acrobacias variadas. Havia o dia dos saltos em altura. Punha-se uma vara a um metro do chão, formava-se uma fila e se ordenava que os soldados pulassem. Um a um, os meninos vinham para o desafio. Os mais altos e atléticos até gostavam. Logo de cara se livravam do ônus e ficavam curtindo as dificuldades dos demais. Na primeira leva, uns dez não conseguiam, derrubando a vara no chão. O professor, então, admoestava--os, meio irônico, meio ameaçador: "Será que são meninas, será que vão errar de novo?". E nova fila se formava. Um a um, novamente, meninos, agora temerosos, tentavam superar suas deficiências. Eles se olhavam de esguelha, fingindo confiança. Desta feita, mais uns tantos conseguiam e sorriam aliviados.

Curiosamente, aqueles que por último obtinham sucesso já se juntavam aos outros, olhando com desdém para os que sobravam. O professor advertia, bravo, vibrando no ar a correntinha de aço de seu apito militar: "Será que vou ter de aplicar um corretivo?". Todos temiam, os que estavam de um lado com prazer, os do outro com dor.

Por fim, sobrava apenas eu. E nova fila, unitária, tinha pela frente uma vara altíssima, um policial militar com sua corrente metálica e uma classe toda a olhar. Era uma covardia. Descoordenado, baixo e assustado, eu não teria como saltar aquele obstáculo. Em silêncio rezava, pedia a Deus para que me ajudasse. Apertava as mãos suadas e tentava imaginar um salto perfeito. Deus, contudo, devia ter coisas mais importantes a fazer.

"Você vai ficar pulando até acertar, seu lesma".

Todos riam e se divertiam.

Devia mesmo ser engraçado ver alguém totalmente inapto repetir o erro anterior, vezes sem fim.

Ah, faz tempo essa história, mas eu nunca a esqueci.

Pensando bem, as coisas não mudaram muito.

I

– *Yes, I did; Yes, baby, I did it my way* – berrava, cantava alegre Armando, ao volante de seu pequeno Fiat. As pessoas que estavam no carro ao lado, uma senhora, a filha ao volante e uma adolescente no banco traseiro, riram e comentaram algo, abaixando a cabeça para disfarçar.

"Podem rir minhas amigas, mas este cidadão aqui é o mais novo promotor de justiça do Brasil. Ele irá defendê-las, e a todos, contra as injustiças do sistema", pensou, numa brincadeira feliz.

Armando vinha da cerimônia em que foram divulgados os aprovados no concurso para o Ministério Público. Passara em sexto lugar entre milhares de candidatos. Realizara seu sonho. Como seria bom chegar em casa e poder abraçar seu pai.

Nos dias que se seguiram, com a divulgação da notícia e a cerimônia de posse no salão nobre da Faculdade de Direito, onde estiveram presentes o governador do Estado, deputados, desembargadores e inúmeras autoridades, a maioria das pessoas passou a tratá-lo de modo diferente: algumas, que sequer falavam com ele, sorriam ao vê-lo chegar, já abrindo o braço para apertar-lhe os ombros; outras diziam ter tido "sempre a certeza de que ele alcançaria sucesso".

Nem sempre fora assim.

Ao ingressar na universidade, viu logo se formarem grupos na sala de aula, onde os vindos das famílias ricas, com seus clubes tradicionais e colégios igualmente renomados, reconheceram-se mutuamente, passando a conviver em ilhas sociais, praticamente idênticas as que viviam em seus luxuosos lares. Armando constatou que na universidade pública, poucos, ou melhor, pouquíssimos, advinham da rede de ensino estatal, sendo que sua classe era formada por alunos de nível econômico absurdamente maior que o dele.

De início, tentou não se importar, atribuindo seu isolamento ao fato de não conhecer qualquer um de seus colegas. Com o tempo, foi percebendo que a questão era mais profunda, que havia certo preconceito dos alunos ricos em relação aos mais pobres. A coisa funcionava mais ou menos assim: alguns colegas conversavam numa roda e, à chegada de Armando, recebiam-no de modo natural, acolhendo-o provisoriamente no grupo. A conversa tendia inexoravelmente para a afirmação dos bens materiais possuídos por cada qual e por seus respectivos pais, numa competição não declarada, mas entendida por todos, que, aliás, estavam acostumados a ela e a apreciavam. Falava-se do que se tinha (você viu o banco do meu novo BMW, série X?) e do que se faria naqueles dias (o carnaval em Angra está confirmado!), numa linguagem codificada que servia para verificar "quem você era". E Armando não era ninguém.

Ele ainda tentou, aqui e ali, se acercando dos colegas, mas acabou admitindo que a sua pobreza, para estes jovens pertencentes às colunas sociais e as badalações mais exclusivas, era algo como uma moléstia contagiosa, da qual não se sente prazer em se aproximar.

Tanto fazia, pensou, haveria de seguir em frente sem se incomodar com a vida acadêmica solitária. Ocorre que existia Eliza e o seu desejo irracional de estar junto a ela. A cada dia que a olhava na classe, mais apaixonado ficava. Observava extasiado o jeito como ela sorria, o balançar dos cabelos, a forma como andava e falava. Tudo nela lhe parecia perfeito.

Armando nunca tinha experimentado um sentimento tão arrasador. Ficar longe dela, o que acontecia na maior parte do tempo, trazia-lhe uma angústia, uma tristeza na alma, que ele não sabia como lidar.

– O negócio está feio para o comércio! – advertiu Edu, após narrar as dificuldades pelas quais os empresários passavam no país. – Você trabalha de sol a sol, paga um monte de impostos, ainda é achacado por uma série de fiscais, para no final do mês só conseguir pagar as contas e fazer o negócio continuar.

Do local onde estavam, à beira da escada do segundo andar, Armando e Edu tinham vista do pátio e da cafeteria, quase lotados de estudantes neste intervalo entre as aulas. O amigo continuou sua explicação, fornecendo números para provar quão absurdos eram os impostos no Brasil. Citou como seria nos outros países, deu o exemplo de um conhecido que emigrara para o Chile e que estaria ganhando rios de dinheiro.

– Você não acha?

Ao olhar para Armando que se mantivera estranhamente quieto, observou que ele estava distante, com o olhar longínquo.

– É, ela é linda – disse Armando, como se falasse consigo próprio.

– Que história é essa? Quem é linda, porra?

Ao perguntar, Edu por instinto seguiu o olhos do outro, vendo um grupo de meninas no qual se destacava Eliza.

– Ah! A Eliza... Esqueça, que ela tem namorado e a coisa é seria. Já pensou o cara... com aquelas coxas, meus Deus! – disse rindo e balançando a cabeça.

Edu reparou com surpresa que Armando fez uma expressão contrariada, como se sentisse alguma dor no corpo, aparentando estar triste.

– O que foi?

– Nada.

Após um silêncio, Edu perguntou, já num tom sério:

– Você gosta dela?

– Gosto – respondeu Armando. – Muito.

Ao falar isso, Armando sentiu as lágrimas se formarem, cobrindo os olhos com a mão.

Edu ficou mudo, aturdido, sem saber o que falar. Armando levantou a cabeça, passou a mão pela boca e nariz, e disse:

– Foi mal. Me desculpe a cena. – Virou-se e foi embora sem olhar para trás.

Após rápida reflexão e querendo dar uma força ao amigo, Edu respondeu apressado:

– Mal o quê? Vai gostar do que se não for de mulher?

II

Helena sentiu a irritação subir dentro de si, como algo que viesse do estômago e se espalhasse por todo o seu ser.

– Você já perguntou isso mamãe, é a quarta vez em seguida, assim não dá, não tem quem aguente!

Ao ver a expressão assustada da mãe, ante a sua reação, sentiu de imediato remorso, tentando controlar-se e ser mais gentil.

– É que você já havia perguntado sobre a viagem do Rafael várias vezes, mamãe!

Dona Celina, como todos a chamavam, olhou para a filha com tristeza nos olhos, deixando entrever que lhe compreendia a exasperação, bem como a falência da própria capacidade intelectual. Tentou esboçar um sorriso, mas acabou por balançar a cabeça, abaixando os olhos verdes, já um tanto apagados.

Helena se lembraria deste dia para sempre, sem que houvesse uma razão especial, como às vezes nos recordamos de uma frase qualquer, dita num dia qualquer de nossas vidas.

Àquela época, imaginava que o estado de sua mãe estava "péssimo", sem saber que o passar dos anos, com a piora progressiva da doença, traria saudades destes dias, quando ainda conversava com Dona Celina.

Depois, houve a diminuição das palavras, dos movimentos, do próprio olhar, até que a mãe se fechou num silêncio mortal. Não escutar mais a voz de sua mãe foi uma antecipada separação, que só a morte deveria impor.

Pensando nisso, Helena rememorou a conversa que tivera com o pai, certificando-se de não ter sido rude com ele, como o fora neste dia que preferiria esquecer.

Ela e o pai finalmente puseram termo a uma questão que há muito os incomodava: ele faria o aporte de uma grande soma em dinheiro para que Helena e o marido montassem uma empresa de comércio exterior. A seu ver, deveria haver uma simples doação à filha, numa antecipação de sua futura herança. Assim, não existiriam dúvidas ou indagações a respeito a quem pertenceria o patrimônio e, ademais, Helena daria sempre a última palavra nos assuntos importantes da empresa a se formar. Isso seria uma boa garantia, considerando a parcimônia com que tratava os assuntos financeiros.

– Mas o Rafael se sentiria diminuído, ele não se veria como verdadeiro dono da empresa – protestou num tom incisivo.

Helena recordava a expressão no rosto de seu pai quando finalmente cedeu à sua argumentação. Havia um quê de rendição, de submissão, que não disfarçava certa tristeza.

Naqueles dias, a última coisa que poderia acontecer era ela própria trazer algum sofrimento para seu pai. Ele já tinha quota suficiente disso. Com o agravamento da doença de Dona Celina, o pai foi como que adoecendo também. Não física ou mentalmente, mas de forma brutal. Era um homem extrovertido e bem-humorado, que se levantava às cinco da manhã para trabalhar, não parando até tarde da noite, após jantares regados a vinho e muita conversa. A grande casa de estilo colonial vivia apinhada de convidados. Destes, sobraram os amigos, que tentaram muitas vezes levar Luciano para jantar em suas casas ou para algum programa social, não obtendo sucesso. Os mais íntimos até apareciam de surpresa para tomar um drinque ou bater um papo, mas não encontravam receptividade no anfitrião.

Helena se angustiava e insistia com o pai, procurando que ele voltasse, pelo menos em parte, à vida de outrora. Certa noite, na qual estava diferentemente abatido, ele lhe disse que nada mais daquilo lhe trazia alegria; que sem a mulher, os jantares, as conversas, a bebida e a comida, tinham perdido qualquer sabor. Contou-lhe, com os olhos marejados, que apesar dos longos anos de casamento, ainda se exibia para Celina, para conquistá-la mais uma vez; que no meio de jantares ou festas, pegava-se olhando para ela, admirado de sua beleza. Nestes momentos, sorria-lhe com os olhos e ela retribuía feliz. Tudo isso terminara. Restava-lhe a mulher imóvel e ausente, que Deus haveria de não fazer sofrer.

Helena sentou-se numa grande poltrona aveludada, que pertencera à sua bisavó, e que por isso mesmo ficava na sala de visitas da casa do pai, quase não utilizada no dia a dia. Era um cômodo de dimensões amplas, decorado no estilo barroco, com pinturas de motivos franceses, emolduradas em dourado e paredes revestidas de tecido, dando-lhe um ar aconchegante. Os lustres venezianos continham pequenas lâmpadas em forma de velas, que mal iluminavam o ambiente. Talvez por isso, por lembrar-lhe o interior de uma gruta ou de um templo solitário, Helena gostava de lá se refugiar quando necessitava de um tempo para si mesma. Sentiu profunda tristeza. Aqueles dias pareciam tão distantes, tão irrecuperáveis. A sua própria vida tomara um rumo inesperado. Como as coisas puderam se perder daquele jeito? Tentou chorar um pouco para se aliviar, mas as lágrimas não vinham. Existia só preocupação.

Ela sabia o que a martirizava. Sabia-o de uma forma racional, intelectual, embora não o conseguisse aceitar ao nível das emoções. Já fazia tempo que Rafael apresentava comportamento estranho, como se vivesse num mundo de fantasias, repleto de projetos sem respaldo na realidade. Eram negócios que redundariam num lucro incalculável, eram propriedades que iria comprar para revendê-las por preços muito maiores, eram articulações políticas que o levariam a cargos importantes. Além disso, alternava seguidos momentos de euforia com outros de depressão, nos quais culpava o sogro por não o ter ajudado antes, os amigos, e até ela própria, afirmando não ter recebido o incentivo necessário.

Rafael, que inicialmente se mostrara calmo e delicado, tornava-se a cada dia mais violento, sendo frequentes as ocasiões em que a destratara na presença de terceiros. Houve o dia no qual a violência chegou ao nível físico, assustando-a de verdade. Eles se preparavam para ir a uma festa de aniversário quando ela reparou que sua pasta de dentes acabara. Rafael estava no seu próprio banheiro, que ficava ao lado do dela na ampla suíte do casal. Entrou sem bater, abrindo a porta bruscamente, para surpreender o marido abaixado sobre a pia, aparentemente cheirando algo. Não teve tempo de ver mais nada, pois Rafael desferiu violento soco contra a porta, empurrando-a para fora. A porta atingiu-lhe o braço, machucando-o no cotovelo e lhe batendo de leve no rosto. Aturdida e não sabendo o que fazer, trancou-se novamente em seu banheiro, onde após alguns minutos começou a chorar. Escutou o marido sair e vir bater à sua porta. Nervoso, pedia-lhe desculpas. Estava estressado, tinha se assustado com a presença dela sem prévio aviso. Implorou que o desculpasse, pois aquilo jamais tornaria a ocorrer.

Quando Helena finalmente saiu, foi abraçada fortemente pelo marido que também chorava, de forma aflita e angustiada. Sentaram-se na cama por longo tempo até retomarem a calma. Ele lhe disse que apenas tirava a espuma do rosto. Helena, pela primeira vez, teve medo de confrontá-lo, de dizer-lhe o que tinha visto.

III

Armando olhou para o relógio, fazendo proposital ar de preocupação antes de falar:

– Acho que já temos matéria suficiente. De qualquer modo, você pode entrar em contato com minha assessora amanhã e obter mais dados.

– Desculpe-me Dr. Armando, eu sei que o senhor está atrasado, mas só mais umas perguntinhas. Se deixar para amanhã, a matéria vai estar na mídia e eu perco o meu furo.

– Ok, mais cinco minutos então.

Após se despedir da jornalista, Armando foi até a porta do corredor e, abrindo-a, avisou em voz alta:

– Eliza, já terminou a entrevista, podemos ir.

– Estou quase pronta, já vou.

Armando achou melhor sentar-se e ligar a televisão, pois conhecia o "quase" da mulher; por volta de vinte minutos, no mínimo. Sentiu uma ligeira irritação, afinal apressara o término da entrevista para o jornal de maior circulação do Estado apenas porque a mulher havia insistentemente dito que precisavam ser pontuais hoje. Se era para ficar se maquiando por horas, ele poderia ter-se demorado mais. Armando soltou um suspiro de resignação e pensou que a matéria do jornal sairia boa mesmo assim.

Após sentar-se, ficou a imaginar se este jantar na casa de um amigo do sogro seria agradável ou uma chatice, como ocorria por vezes. Por um lado, pensou com prazer, estava conhecendo a elite empresarial do país, as pessoas que por sua fortuna e influência ditavam os rumos da economia e da própria política nacional. Por outro, tinha a estranha sensação do sogro querer mostrá-lo aos amigos, apresentá-lo como sua mais recente aquisição, assim como fazia com seus carros novos. Muitas vezes, em meio a conversas, o sogro falava algo em que insinuava saber de questões ligadas ao Ministério Público, como investigações sigilosas acerca de políticos importantes, dando a entender que Armando lhe confidenciaria algo. Tivera já a vontade de desmenti-lo no ato, de esclarecer que não tratava de tais assuntos com ninguém, exceto seus colegas de trabalho, mas lhe era difícil estabelecer os limites, pois o pai de Eliza, afora isso, o tratava com genuíno carinho e respeito.

Em meio a tais cogitações, foi surpreendido pela presença de Eliza na sala, que lhe perguntou:

– Estou bonita assim?

Ela estava linda, como sempre, e Armando teve ciúmes de mostrá-la a outros homens. Usava um vestido de tecido ligeiramente transparente, de um tom de palha, que realçava seu bronzeado, e no qual se podia ver as linhas de seu corpo. Armando pensou que gostaria de ficar em casa. Em vez disso, disse:

– Valeu a pena esperar, vamos.

Ao chegarem à casa do empresário, onde ocorreria o jantar, Armando admirou-se, pois esta tomava quase um quarteirão inteiro, parecendo-lhe um clube de campo.

O anfitrião mostrou-se um homem gentil, que recebeu Armando como se fosse um sobrinho distante, tratando de apresentá-lo a todos com cuidadosa reverência. O sogro, que teve um contratempo e chegou atrasado, já o encontrou bebendo um aperitivo em animada conversa. Era natural que aquilo ocorresse, pois o genro se tornara verdadeira celebridade ao aparecer inúmeras vezes na televisão, dando entrevistas ou sendo filmado em diligências junto com a Polícia. Ainda naquela semana, fora capa de uma revista semanal que trazia reportagem sobre o combate à corrupção.

O aperitivo e os drinques transcorriam de forma tranquila, tendo parecido a Armando que conhecesse os demais convidados há longa data. Apenas um dos presentes mostrava-se agressivo para com ele, contradizendo-o em tudo que falasse e procurando diminuir o seu trabalho como promotor de justiça. Era um sujeito jovem, mais ou menos da sua idade, aparentando ter engordado recentemente – sua camisa e calças estavam apertadas de forma incômoda em seu corpo – e que dava a impressão de ter bebido demais, pois se mostrava excessivamente exaltado.

A certa hora, após Armando ter se referido a necessidade dos governos pagarem em dia precatórios judiciais, tal convidado deu uma gargalhada tão alta que todos os homens reunidos na sala pararam de conversar para observar o que ocorria.

Ele, então, ainda que um pouco ofegante, falou em tom elevado, para que todos ouvissem:

– Oh promotor de justiça, você fala isso porque é funcionário e não empresário. Você não sabe o que é ter uma folha de pagamentos no final do mês para pagar; recebe o seu salariozinho garantido, mas somos nós que trabalhamos para mantê-los.

Pelo tom empregado e a forma dita, Armando não teria outra atitude que não enfrentá-lo, dizendo-lhe que não responderia a um bêbado ou a um ignorante dos assuntos legais. Ia fazê-lo, mas nisso viu a expressão no rosto de seu anfitrião, demonstrando tristeza e contrariedade com o comportamento de tal pessoa e preferiu não estragar a reunião, pois, com certeza, a altercação iria terminar mal.

A custo, manteve-se em silêncio. Um rapaz que estava ao lado, logo se aproximou e segurando o braço do outro falou:

– Rafael, chega de discussões. Futebol e política não se discutem. Venha que a Helena está à sua procura lá no terraço.

Mais um conhecido acercou-se de Rafael e com a ajuda do primeiro, que o segurava pelo braço, conduziram-no meio a contragosto para a outra sala, dando ao jardim. Um silêncio constrangedor se formou na sala, tendo Armando ficado por um momento sozinho, pois ninguém sabia ao certo o que falar. Foi o dono da casa, com a licença que os anos lhe davam, quem veio ajudá-lo. Após apoiar a mão no ombro de Armando, de um modo carinhoso, disse-lhe:

– Dr. Armando, eu lhe peço desculpas por este meu convidado. A bebida exagerada traz seus inconvenientes. Espero que o senhor não tenha ficado magoado e que aproveite o jantar que logo será servido.

Armando sorriu e procurou demonstrar que o incidente estava terminado, retomando a conversa interrompida, mas a vontade que tinha era de ir embora para casa, pois sentia de modo repentino todo o cansaço do dia.

O jantar foi posto na sala contígua, onde cabiam todos os casais, e estava realmente divino, com diversas opções de carne, peixes e massas. Quando terminou, servidos os licores e vinhos de sobremesa, luzes brilharam no deck da piscina e uma música contagiante invadiu o ambiente, chamando os convidados para a pista de danças.

Eliza foi a primeira a se levantar, já balançando o corpo e os braços para ir dançar, no que puxou Armando pelas mãos, numa alegria de criança.

– Vamos logo! Eu adoro esta música.

– Vá você amor, eu estou meio cansado. Fico olhando daqui.

– Ah, que pena, vou só dançar um pouquinho.

Armando deu uma risada, por saber que ela dançaria até a última música, como sempre fazia. Conformado, serviu-se de um xerez e foi encostar-se numa das colunas próxima à piscina. A noite estava fresca e, na semiescuridão de onde estava, pode observar o céu estrelado, que parecia descansar, sereno e alheio a tudo mais.

Ficou ali um bom tempo, a divagar sobre fatos passados, olhando as pessoas dançarem numa alegria que lhe parecia inalcançável, quando escutou chamarem-no:

– Dr. Armando, com licença.

Ligeiramente surpreso, olhou arregalado para o lado, vendo uma jovem mulher, que vira sentada desacompanhada à mesa do jantar, esperando para dizer alguma coisa.

– Pois não – respondeu sem pensar.

– Eu sou amiga da Eliza, nós estudamos juntas no colégio desde o primário; eu sou a Helena, filha do Luciano, amigo do seu sogro.

– Ah, sim – disse Armando, tentando se lembrar quem seria essa pessoa.

– Eu vim falar com você para me desculpar pelo meu marido. Soube o que aconteceu lá na sala onde estavam, o modo como ele se comportou.

Armando imaginou ser a mulher daquele gordo imbecil, mas fingiu não saber, fazendo expressão de dúvida.

Ela acrescentou:

– O Rafael... Ele estava meio alterado.

Armando percebeu a vergonha em seus olhos, tornando difícil a ela prosseguir.

– Não, não houve nada, apenas uma discussão política acirrada, eu até já esqueci.

Ela lhe sorriu agradecida, consciente de que ele mentia.

Ficaram ambos em silêncio, não sabendo bem o que dizer. Helena apertou as mãos, parecendo a Armando que diria "até logo" e fugiria dali.

Apressou-se em falar qualquer coisa, pois não desejava que fosse embora.

– Vocês estão casados há muito tempo?

– Vai fazer quatro anos... eu espero. Quer dizer, daqui a três meses – corrigiu-se do comentário feito.

Armando, que no início da carreira trabalhara como promotor de família, conhecia bem a intuição que a mulheres possuíam. Uma espécie de premonição a lhes contar o futuro de um relacionamento. Havia nelas também uma resignação, que ele não conseguia entender e que as fazia continuar tentando para, ao final, sofrerem, quando o que previram acontecia de fato.

– Enquanto não vêm os filhos, é mais fácil seguir noutra direção.

– Não, está tudo bem, é só um estresse momentâneo.

Armando não a contradisse.

Após uns instantes consigo mesma, Helena completou num tom pensativo:

– Todos dizem que o casamento muda as coisas, que é bem diferente do namoro, e a gente não acredita... pensa que vai ser diferente.

Armando levantou as sobrancelhas, como se achasse que ela tinha razão. Isso a encorajou e ela prosseguiu:

– Você precisava ter conhecido o Rafael uns anos atrás. Era sempre educado e amável. Um doce – lembrou com um suspiro.

– Na verdade ele ainda é, esta agitação dos negócios, esta loucura em que vivemos é que o deixa estressado.

Ele a olhou com certa pena. Uma mulher bonita, de modos refinados, que parecia esconder a própria beleza, pois usava um vestido simples, de modelo formal demais para a sua idade. Tinha olhos meio verdes, um pouco acastanhados como seus cabelos, que lhe caíam lisos e soltos, divididos por um risco certeiro. Para animá-la, disse:

– Melhores dias virão com certeza.

– É – disse ela, sem convicção, para em seguida acrescentar:

– Está uma noite linda.

– Você reparou no luar sobre a piscina e o jardim. Mesmo com essa luz do deck ainda se pode apreciá-lo – falou Armando de modo espontâneo.

Ela riu.

– O que foi?

– É que eu estou sempre observando a lua. Quando viajo de navio, antes de ir deitar, subo ao último terraço e fico a contemplá-la sob o oceano negro, sob as ondas que se formam, iluminando aquele rastro branco que o navio deixa.

– Fico pensando como o homem lá em cima foi caprichoso – disse Armando. – Com tanta coisa pra fazer aqui e no universo, foi se preocupar em pôr uma lua para embelezar as noites. Já pensou que triste as noites seriam sem ela?

Helena riu novamente e comentou feliz:

– Meu Deus, nem fale isso.

Ficaram os dois, sossegados, contando as coisas de que gostavam. A conversa fluía imperceptível e naturalmente.

Estavam a falar de viagens quando foram interrompidos por vozes, que entre risos e brincadeira, soavam acusativas:

– Aí estão eles! Os únicos que não dançaram!

Eliza e uma amiga, que tinha uma taça de champanhe à mão e o olhar de quem já havia tomado outras, acercaram-se deles.

– A música já acabou, vocês não notaram? – questionou Eliza num tom alto, como se ela própria não tivesse reparado no fato.

– Esses dois escondidos neste cantinho escuro... Abra os olhos com ele Eliza – disse a outra, puxando o braço de Helena para lhe dar um beijo.

Armando notou que todas se conheciam bem e que pareciam se estimar.

Eliza balançou a cabeça rindo e falou:

– Será que não se pode mais confiar nem num promotor público?

– Nunca se sabe – completou a outra.

Seguiram, então, na direção da ampla sala, onde vários funcionários começavam a retirar os pratos e desmontar as arrumações feitas.

Eliza perguntou a Helena num tom que demonstrava já saber a resposta:

– A Márcia vai te dar carona, né?

– Vai sim, já deve estar me esperando.

Percebendo que ela estava sem carro, Armando logo falou:

– Nós podemos levá-la, não nos custa nada.

– Obrigada, mas a Márcia é quase minha vizinha e já combinei.

Ao se despedirem, Helena disse:

– Foi muito bom conhecer você, Armando. – Parou por um instante, como se fosse explicar alguma coisa, mas calou-se.

Ele também demorou a lhe responder e disse simplesmente:

– Foi um prazer conhecê-la.

– Você me pareceu muito interessado na Helena, ficaram ali conversando a festa toda. Queria ver se fosse eu. Você ia ficar todo bravinho.

– Imagine! Ela estava meio deprimida, veio me pedir desculpas pelo marido. Eu só fui educado, não podia agir diferente.

– É, coitada, não é fácil. Sabe que o Rafael a destratou na frente de todo mundo. Ele chegou onde estávamos, nervoso, e disse que ia embora daquele jantar. A Helena foi falar com ele, para ele não dirigir, e quase foi empurrada.

– Esse cara deve ser bipolar ou algo assim.

– Que nada, é cocaína da brava.

– Verdade? É, pensando bem, tem todo o perfil. Deve ser difícil para a Helena. Acho que você nunca tinha me falado dela. De onde se conhecem?

– Do colégio, estudamos juntas a vida toda.

– Vocês ainda são amigas?

– Mais ou menos. A Helena é boazinha, mas é meio babaca.

– Ela me pareceu legal.

– Tá interessado nela, é?

Ao falar isso, Eliza pôs o pé sobre o banco do carro, o que fez com que seu vestido abrisse, mostrando sua perna.

– Não, eu só me interesso por você amor – disse Armando num tom carinhoso e olhando para ela.

Ela sorriu.

– Pelo menos enquanto tiver essas pernas – completou, rindo.

– Babaca, você é que é.

Ao chegarem ao luxuoso apartamento onde moravam, Armando estava exausto, pois o dia fora complicado na Procuradoria de Justiça. Ele se sentou na cama e pensou jogar-se de costas sobre o travesseiro e desmaiar de roupa e tudo. Ocorre que Eliza tirara o vestido e estava parada na frente do armário, só de sutiã e calcinha, escolhendo em qual divisão guardá-lo.

De costas, a calcinha de seda entrava ligeiramente na sua bunda, mostrando uma curva acentuada, sendo que a rigidez da pele fazia subir a peça, mostrando seu corpo.

– Vem cá – disse Armando, puxando-a.

De frente, o sutiã pequeno, com um laçinho no meio, não conseguia guardar os seios grandes, mostrando a linha onde o sol não chegava e o começo dos mamilos, de uma cor rósea escura.

– Sai, eu vou tomar banho e dormir.

– Não, vem aqui um pouquinho.

– Sai, eu tô cansada, vamos dormir.

Armando ficou sentado, ouvindo o som de água caindo do chuveiro. Se fosse esperá-la, dormiria sem ao menos escovar os dentes, pois seus olhos já pesavam.

Entrou no banheiro e disse:

– Só vim escovar os dentes.

Eliza nem respondeu. Ele começou a escovar os dentes, olhando para a mulher debaixo do chuveiro. Eliza passava um creme no corpo e levantava um braço, o que fazia seu peito ficar ainda mais acentuado. Sua pele bronzeada brilhava sob a água. Armando contemplou-a com tesão. Ela tinha um corpo fantástico. O box começava a ficar embaçado pelo vapor e o calor tomava conta do banheiro. Via-a em imagens que se encobriam e reapareciam. Os peitos, os pelos do púbis molhados, as pernas musculosas. Resolveu entrar. Tirou a cueca e foi em sua direção. Ela se virou e ia protestar, mas viu que o seu pênis estava ereto e que seus olhos mostravam desejo e certeza. Ele não ia parar.

Armando entrou e abraçou-a sob a água quente, beijando-a. O seu pênis a lhe roçar a barriga, enquanto a língua entrava em sua boca, num duelo carinhoso com a sua. Ele começou a lhe chupar os peitos. Primeiro, devagar, um de cada vez, depois com certa violência, apertando-os com a mão. Ela soltou um gemido. Armando abaixou-se, um joelho no chão, uma perna dobrada, e com o nariz e a língua bolinava a região acima da sua vagina, tocando-a. Sua língua chegou ao clitóris e ele começou a sugar. Eliza gemeu alto. Armando parou.

– O que foi?

– Não para agora.

Armando se levantou e com a mão fechou o chuveiro.

– Eu quero sentir o seu gosto.

– Vai – ela disse, ofegante.

Armando abaixou-se de novo e começou a chupá-la com força, colocando a língua toda dentro dela, para subir novamente ao clitóris, e sugá-lo, lambendo-o, mordendo-o.

– Ai, ai, eu vou gozar – disse Eliza, enquanto seu corpo tremia, em espasmos que até pareciam doer.

Armando sentiu o sabor daquela mulher deliciosa, um gosto único, doce e amargo, que o excitava ainda mais.

Ela soltou um suspiro e seu corpo teve uma contração, fazendo-a gemer de um modo tranquilo, como a aproveitar um último prazer. Eliza cruzou os braços devagar em frente aos seios e ficou a respirar ofegante, mas pausadamente.

Armando levantou-se e ela o abraçou, sentindo que seu pênis estava ereto e duro. Ele reabriu o chuveiro, deixando a água quente cair sobre eles. Ficaram um bom tempo abraçados. Começaram a se beijar novamente e ele apertou os seios em suas mãos, sentindo-os. Com a ponta dos dedos, mexia em seus mamilos, que ficaram duros e salientes. Eliza sentia o pênis em sua barriga. Abaixou-se e começou a chupá-lo. Armando cerrou os lábios, fazendo um chiado excitado, como se sugasse algo. Puxou-a para cima e a virou de costas, mordendo as suas costas na altura do pescoço. Colocou o pênis entre suas pernas e começou a movimentar-se, para frente e para trás, a ponta do membro roçando no clitóris de Eliza.

Armando penetrou-a devagar.

– Ai...ai...vai...não para...

* * *

Armando entrou com seu carro no imponente prédio do Ministério Público e passou pelo pátio de estacionamento, dirigindo-se a uma entrada lateral, na qual havia dois policiais de prontidão. Estacionou ali mesmo, vindo um funcionário buscar seu veículo para manobrá-lo. Era a entrada privativa do Procurador-Geral de Justiça. A única pessoa autorizada a entrar por ela, além do chefe dos promotores, era o próprio Armando. Isto se devia a uma série de fatores, alguns de ordem profissional, outros pessoais. Em relação aos primeiros, o fato de Armando estar responsável pelas investigações mais rumorosas e delicadas em andamento na instituição, a envolver políticos do alto escalão, empresários e agentes do governo, impunha conversas reservadas com o Procurador-Geral. Assim, Armando habitualmente chegava ao Ministério Público junto do chefe, ingressando pelo acesso privativo. Quando vinha sozinho também se utilizava da entrada para evitar a imprensa, pois em muitas ocasiões o sigilo era fundamental para o sucesso das diligências.

Uma outra razão era o tempo perdido caso optasse pela entrada usual do gabinete do Procurador-Geral, eis que nas salas que o antecediam, normalmente, havia uma legião de pessoas esperando por uma audiência. Eram autoridades municipais, membros do Judiciário, procuradores e promotores, a quem Armando conhecia e não poderia ignorar ou deixar de dar a devida atenção.

Por fim, havia o sentimento que o PGJ nutria por Armando, vendo nele um futuro dirigente da instituição, com seu idealismo e vontade tenaz. Portanto, ao conceder esta regalia ao jovem colega, sinalizava aos outros, às alas de apoio e de oposição à sua gestão, para que colaborassem com o trabalho de Armando, pois era o seu representante pessoal.

Armando cumprimentou o funcionário que ficava sentado à mesa no corredor e seguiu até o elevador que ia diretamente ao último andar, onde se situava o gabinete do Procurador-Geral. Quando a porta se fechou, ele sentiu a forte impulsão levando-o para cima, olhou para a câmera de vídeo no teto e deu um sorriso, à guisa de saudação. Sabia que um agente de segurança, e até mesmo o próprio PGJ, verificariam quem subia após um bip emitido pelo elevador.

Numa pequena sala, apenas um agente e uma secretária dividiam o espaço e o pouco trabalho que tinham, pois, para entrar por ali, a pessoa já teria sido checada anteriormente.

Armando cumprimentou-os e perguntou à secretária:

– O Dr. Paulo está sozinho?

– Sim, Dr. Armando, e ele estava esperando o senhor.

Armando bateu levemente na porta e entrou, dizendo:

– Com licença, Dr. Paulo.

O Procurador-Geral de Justiça era um homem dos seus sessenta e tantos anos, alto, forte e com a gordura de uma vida sedentária, uns poucos cabelos claros e esbranquiçados penteados para trás. Usava óculos de uma armação de metal, totalmente fora de moda e que devia ser a mesma há longo tempo, suportando lentes de elevado grau, de forma que seus olhos ficavam escondidos, a não ser que se olhasse bem de frente, quando se via serem de um azul-claro e que pareciam cansados.

– Meu caro Armando, ainda bem que chegou. Isto aqui está uma loucura hoje.

– Alguma novidade no caso do deputado?

– Ainda não, as informações do Banco Central são inconclusivas quanto à origem do dinheiro. Teremos de esperar os documentos que vêm da Suíça. Mas o que eu queria saber é desta investigação dos fiscais, como estão as coisas?

– Ótimas, já posso oferecer uma denúncia; aliás, convoquei uma entrevista coletiva com a imprensa. Vai ser uma bomba!

– E pega gente grande?

– Mais ou menos, por enquanto só no nível municipal.

– O prefeito?

– Não, dois secretários.

– Alguém já sabe?

– Dei uma entrevista para a jornalista do *Diário*, contando apenas alguns detalhes. Foi a matéria que saiu hoje e deixou todos curiosos.

– Belo trabalho, Armando! O Ministério Público mais uma vez em destaque, defendendo a sociedade. Se a investigação for alcançar os mais graúdos me avise antes, não quero ser surpreendido.

– Claro, Dr. Paulo.

* * *

Naquela tarde, enquanto assistia pela televisão de seu gabinete a entrevista coletiva, junto de alguns procuradores membros do Conselho Superior, Dr. Paulo não conteve seu entusiasmo e comentou:

– Este rapaz sabe como conduzir as coisas. Nunca vi tanto repórter para a divulgação de uma denúncia. A investigação foi perfeita, não sobrou um ponto solto. Isto repercutirá no país inteiro. Vão pensar duas vezes antes de mexerem no dinheiro do contribuinte.

– Parece que sim, Paulo, mas vamos aguardar até ver o que os advogados alegarão. Você sabe, nos tribunais superiores sempre surge uma palhinha aqui outra ali – disse o conselheiro Dias Leite, para arrematar em seguida. – De todo modo, estamos de parabéns.

– Quero ver o que a oposição dirá – comentou outro membro do Conselho Superior.

– O mesmo de sempre. Aquela ladainha interminável de que o MP está na direção errada, que se expõe muito na mídia e que privilegia determinados partidos. Mas vejam os resultados, vão ficar falando sozinhos – completou animado o PGJ.

Quando Armando chegou ao apartamento onde morava, cercado por muros altos e com um portão grandioso de ferro, com detalhes em dourado e ladeado por pilares de pedra, os seguranças se aproximaram de seu carro com um sorriso no rosto.

Armando abriu o vidro para cumprimentá-los, dizendo:

– Boa noite, tudo bem com vocês?

– Vimos o senhor na televisão – falou animado um rapaz moreno, de sorriso aberto. – O senhor mandou ver! Que cambada de safados esses caras; tomara que fiquem presos uns vinte anos.

Armando sorriu e falou:

– Também espero.

Ao ingressar no apartamento, que estava imerso num silêncio total, fazendo-o ouvir os próprios passos no chão de mármore, Armando parou e se deteve por instantes, para apreciar a beleza das salas e da mobília, sob a luz de abajures espalhados pelos cantos. Eliza realmente tinha bom gosto. É claro que com dinheiro tudo ficava mais fácil, mas ele se lembrava das escolhas feitas pela mulher, contrariando o renomado decorador, e que se mostraram tão acertadas. O apartamento ficara espetacular.

Eliza estava na suíte ao telefone com uma amiga. Fez-lhe um sinal, indicando que a esperava para conversarem e foi até a sala lateral, contígua a de jantar, e que ficava num nível mais alto, cercada por vidros que iam do chão ao teto. Abriu o armário de madeira escura, tirando uma garrafa de uísque, da qual se serviu de uma dose num cálice de cristal. Gostava de tomá-lo puro, sem água nem gelo, às vezes intercalando com uma cerveja. Sentou-se numa poltrona, tirou os sapatos e ficou a olhar os veículos e as pessoas que passavam nas ruas lá embaixo, com os pés apoiados num banquinho. Toda a agitação do dia, com o nervosismo e a atenção que a entrevista coletiva exigira, parecia distanciar-se dele, que imergiu em pensamentos.

Olhou aquelas salas e o ambiente aconchegante com um suspiro de admiração. Jamais em sua vida pensara em viver com tamanho luxo. As suas aspirações eram de outra ordem: o importante é o verbo ser, não o ter, dizia o seu saudoso pai. Ele conseguira realizar-se, exercer uma profissão digna e de importância social. Já lhe bastara. Por outro lado, o casamento com Eliza proporcionara nível econômico diferente, alheio, e que a princípio lhe foi difícil conciliar. O apartamento fora presenteado a Eliza pelo pai e estava muito acima do que seu salário poderia permitir. Chegaram a discutir por causa dele. Por fim, Eliza o convenceu da inutilidade de viverem "como pobres", tendo ela meios de usufruírem do bom e do melhor. Só pelo seu orgulho iam deixar de aproveitar a melhor fase da vida. Não faria sentido. Que mal havia naquilo? Ele acabou concordando, mais preocupado em não estragar o momento feliz pelo qual passavam. Agora, via-se perfeitamente habituado àquele luxo.

Isto lhe trouxe uma estranha sensação. Parecia que revivia o que sentira na viagem de lua de mel, só que de modo permanente e definitivo. Quando viajaram à Europa, os sogros os presentearam com bilhetes de primeira classe. No início do voo, Armando se admirou com as regalias oferecidas, o conforto, os mimos e tudo o mais. Após ter jantado, visto um filme e dormido, ainda estavam longe do destino. Para passar o tempo e esticar as pernas, resolveu andar até ao fim do avião. Passou pela classe executiva que misteriosamente não se apresentava convidativa. Ao ingressar no setor econômico, onde sempre viajara, deparou-se com uma cena deprimente: pessoas dormiam uma sobre as outras, com pernas dobradas entre cadeiras apertadas ou postas em meio ao corredor; à porta do banheiro havia uma fila de gente reclamando e quando pediu um copo d'água à aeromoça na pequena copa ali existente, ela o serviu com má vontade, como se a estivesse perturbando. Arrependido, Armando voltou rapidamente à primeira classe.

Sozinho na sala, Armando riu ao lembrar daquilo, mas havia alguma coisa a inquietá-lo, que ele não conseguia distinguir. Mas o que seria? Tudo ia tão bem. Estava fazendo uma carreira meteórica, em termos de projeção e de trabalhos realizados. Casara-se com Eliza, por quem curtira uma paixão louca e sofrida. Ah, talvez fosse isso. O sofrimento passado em outras épocas tinha deixado sequelas, fazendo-o temer o porvir.

Armando balançou a cabeça, tentando afastar aquela sensação desagradável, uma dor do espírito que não tinha razão para existir.

– Demorei? Nossa! Todas as minhas amigas te viram na TV. Adoraram. Falaram que você foi o máximo, que estava muito bonito, que isso e aquilo.

Eliza parecia radiante. Ela aproximou-se e lhe deu um beijo barulhento, como que de congratulações.

– É, foi legal mesmo, deu tudo certo, graças a Deus.

– A Sueli nos convidou para ir a casa dela hoje à noite. Ela contratou o *sushi man* daquele restaurante perto do clube e vai todo mundo. Disse que iríamos, tudo bem?

– Ah, amor, eu estou cansado, tive um dia cheio lá no MP. Vamos deixar prá outro dia.

– Mas vai todo mundo!

– Todo mundo não, um pelo menos faltará. Um certo promotor... – disse sorrindo e levantando o cálice em sua direção, como a convidá-la.

– Você esta parecendo um velho. Nunca quer ir a nada.

– Amor, não seja injusta, nós saímos no sábado – disse quase rindo.

– Mas eu queria ir...

– Vamos fazer o seguinte: você vai e aproveita a festa. Eu estou cansado mesmo; fico aqui, como alguma coisa e vou deitar cedo. Tudo bem?

– Mas não é igual. Sem você fica sem graça. Bom, eu vou só um pouquinho pra não ficar chato.

* * *

Luciano entrou na grande suíte, dando para a lateral da casa e que tinha janelas em toda a extensão, o que permitia ver as árvores do jardim, bem como um trecho da rua em frente. Era o cômodo destinado agora para a sua mulher, o "mundo de Celina", como costumava pensar, e foi por ele escolhido, pois dali ela poderia apreciar a vegetação variada de que tanto gostara em outros tempos, nos quais passava parte das manhãs a recolher folhas, plantar uma muda nova ou cuidar para que um enxerto de orquídeas florescesse. A suíte, além disso, dispunha de amplo banheiro que pôde ser adaptado para atender às necessidades atuais de Celina, facilitando o trabalho das enfermeiras.

A mulher estava sentada na poltrona na qual passava praticamente o dia inteiro, só saindo de lá para deitar-se na cama ao lado. A enfermeira, ao vê-lo entrar, cumprimentou-o com um sorriso e saiu. Sabia que o Dr. Luciano gostava de ficar a sós com a mulher. Era a hora em que conversavam, ao modo possível, nos dias que corriam. Ele sentava-se, pegava com carinho na mão dela e lhe relatava as coisas ocorridas. Falava de Helena, da fábrica, mas, principalmente, de fatos passados, vividos juntos, pois a sua vida também experimentara drástica redução de atividades e lazeres.

Dona Celina olhava-o com olhos distantes, ensimesmados, como se à sua frente não houvesse ninguém. Ele tentava em vão captar uma réstia de atenção, de comunicação, mas esta estava interrompida de forma inexorável. Algumas vezes, e isso o torturava, o olhar de Celina enchia-se de uma tristeza inexplicável, fazendo-o perguntar:

– Lina, você não está triste? Não é? Eu estou aqui, a Helena também. Aqui é a sua casinha, está vendo as árvores?

Um desejo do coração, mais do que uma alteração factível no rosto da mulher, parecia atenuar o pesar que ele via, trazendo-lhe ânimo para continuar a conversa.

– Eu já sei, você está lembrando da fazenda, está pensando que está em Jaú – dizia, forçando alegrar a voz.

Celina corria o mais rápido que suas pernas permitiam, talvez mais rápido ainda, para passar pelos primos e chegar em primeiro e pegar o carrinho. A distância era enorme, pois tinham de atravessar o terreiro inteiro, onde se punha o café para secar. Não havia uma nuvem no céu e o sol brilhava inclemente. Gotículas de suor se formaram em seu rosto e uma vermelhidão aflorara nas suas faces.

O terreiro era de chão de cimento, plano, do tamanho aproximado de um quarteirão, onde o café colhido era esparramado, após ser lavado e separado dos restos de folhas e palhas que restavam da colheita. Os trabalhadores ficavam esperando o café ser trazido em carrinhos de ferro, que dispunham de abertura em baixo, regulável conforme a quantidade que se pretendesse despejar. Empurrar o carrinho, fazendo as curvas necessárias e derrubando o tanto adequado era tarefa árdua para uma criança, mas Celina tinha prática, ao contrário dos primos vindos da capital. Eles se atrapalhavam todos; ora abriam o recipiente antes da hora, fazendo vazar o café em meio caminho, ora não conseguiam manobrar os carrinhos.

Ela ria feliz... feliz de estar com os primos que via só nas férias escolares e de quem gostava de verdade. Feliz de poder ajudá-los nos seus desígnios de criança.

Os trabalhadores aproveitavam a folga para descansarem um pouco; tiravam seus chapéus, encardidos da terra vermelha e retorcidos do sol, e passavam a manga da camisa pela testa, enxugando o suor. Uns conseguiam tirar do bolso das calças um rolo de fumo, picá-lo com um canivete enferrujado na palma de uma das mãos, igualmente encardida, e enrolar um cigarro em folha de palha já previamente escolhida. Era o tempo de uma ou duas tragadas antes de retornar ao trabalho, quando apagavam o cigarro feito com o cuspe lançado entre o dedão e o indicador, guardando-o cuidadosamente para ocasião futura.

A rotina da fazenda não sofria maiores transtornos com a atividade dos primos em espalhar o café, na medida em que se restringia a uma área pequena da propriedade, embora o trabalho tivesse depois de ser refeito.

Diferentemente ocorria quando resolviam brincar de segurar os grãos em seu caminho até aos carrinhos; o que, para eles, era pura diversão. O procedimento para a lavagem e secagem do café começava numa parte alta da fazenda, onde havia o lavador de café: uma espécie de funil gigante, feito de alvenaria e do diâmetro de uma piscina pequena, no qual eram jogadas as sacas do produto para serem misturadas com a água e limpas das impurezas. Deste lavador, e descendo pelas encostas até o terreiro, partiam duas canaletas feitas de concreto, nas quais os grãos iam boiando na água para chegarem aos carrinhos lá em baixo.

A brincadeira consistia no seguinte: Celina e os primos escolhiam cada qual um trecho das calhas e simplesmente punham a mão à superfície da água. Com isso barravam a passagem dos grãos que se iam avolumando atrás, formando um manto de café que ia aumentando sem parar. Os primos riam e gritavam numa competição inusitada. Ela sentia a água gelada e os grãozinhos a lhe massagear as mãos, naquela imensidão de sol e espaço.

Chegava um ponto em que o café começava a transbordar das canaletas, sob o olhar apreensivo e de certo modo irritado dos trabalhadores, pois eles teriam de recolher todo o produto caído, além de ficarem esperando em vão com seus carrinhos.

Os primos riam cada vez mais, como se aquele acidente de percurso, com o café a pular feito pipoca para fora da panela, fosse o objetivo final da brincadeira. Ela, contudo, por conhecer os procedimentos da fazenda, já lançava um olhar ao Castello, o capataz da propriedade, que acima de onde brincavam fiscalizava tudo com atenção redobrada. Não era preciso que se falassem. Ele carregara Celina no colo, ensinara-a andar a cavalo, antes mesmo que ela o fizesse no chão, e sabia que ela própria não ultrapassaria um limite razoável, embora estivesse se divertindo a mil.

Helena, então, dizia aos primos:

– Agora chega! Deixem os grãos passar.

Um ou outro obedecia, mas a operação não retomava seu ritmo. Então, era a vez de Castello, com sua voz grave e expressão séria:

– Meninos, chega por hoje. Nós temos de trabalhar agora.

IV

Armando sentira certa dificuldade em retomar o seu ritmo habitual, que incluía a ginástica logo cedo, o trabalho intelectual e a série de compromissos que o cargo de assessor-especial do Procurador-Geral de Justiça impunha. Parecia que não se lembrava do seu dia a dia. Tomar um régio café da manhã, passear um pouco e estirar-se numa cadeira de praia, curtindo o sol, ficara uma coisa natural depois de trinta dias de férias. O corpo acostumara-se. O espírito queria lhe seguir o exemplo.

Com sacrifício, após meia hora de musculação e meia de esteira, fez a barba debaixo do chuveiro para em seguida colocar o terno, a gravata apertada e se dirigir à Procuradoria de Justiça. "Não posso reclamar", pensou. A viagem de lua de mel pela Grécia e Riviera Italiana, hospedando-se em luxuosos hotéis, fora melhor do que poderia ter imaginado. Iniciava, agora, uma nova vida: casado e desfrutando de uma riqueza fortuita. Lembrou-se da festa de casamento, que os pais de Eliza transformaram em acontecimento social, com os convites sendo disputados e ansiosamente aguardados por parte significativa da elite econômica da capital. Os colunistas dos jornais e revistas antecipando o glamour e a exuberância da festa programada para acontecer na mansão do casal. E de fato foi assim: o melhor buffet, o decorador mais renomado, três conjuntos musicais; a piscina coberta por uma cobertura de acrílico, permitindo aos convidados dançarem sobre as águas azuis iluminadas; nos jardins, tochas compunham o ambiente de festim, onde mesas ao ar livre permitiam aos convivas apreciar a refinada gastronomia e o vai e vem de gente bonita.

Armando fora como que "apresentado" àquela sociedade, da qual nunca fizera parte e que sabia não pertencer. Os sogros, embora muito orgulhosos, deixavam transparecer que Eliza encontrara uma joia rara fora dos limites que circundavam o mundo dos ricos. Indagados acerca do noivo: é daquela família dos tecidos? Do banco de investimentos? Eles respondiam convictos: – Não, mas o rapaz vale ouro!

Assim, o começo da vida de casado trouxe a ele duas adaptações simultâneas, tendo de se acostumar a morar sob o mesmo teto com a ex-namorada e a viver como se fosse rico. Nenhuma lhe causou problemas.

Ao recordar como as coisas foram acontecendo, numa rapidez inesperada, Armando não deixava de admirar-se: durante longos anos tentara de todas as formas atrair a atenção de Eliza, conquistá-la, sem que houvesse o mínimo sinal de ser correspondido. Com o tempo, e como ela namorava firme outro rapaz, foi acometido de uma resignação depressiva, que o impedia de seguir em frente, de curtir a vida e até de se relacionar seriamente com outra mulher. Aí ocorreu o fato inusitado: ele se tornara promotor de justiça. Inusitado para os outros, pois Armando sabia bem o quanto estava estudando, preparando-se para o concurso público.

Um lance do destino fez com que, logo de início, sua carreira tivesse projeção nacional: um famoso político desviara recursos de uma empresa estatal, utilizando-se de artifícios jurídicos. Armando percebeu a falcatrua e após demonstrá-la perante o Poder Judiciário, articulou a prisão em flagrante do criminoso, que foi detido quando saía de seu iate numa marina no litoral. O fato teve imensa repercussão, saindo em todos os telejornais.

Recebeu, então, um telefonema de Eliza, cumprimentando-o pelo sucesso de sua atuação. Pela primeira vez ele sentiu um tom diferente na conversa, não sabendo se era ele que se tornara mais confiante, ou ela mais interessada, mas prorrogaram o diálogo por mais de uma hora, ao final do qual soube que o namoro de Eliza havia terminado. Seu coração batia acelerado. Por que ela lhe contava aquilo? Só por contar ou havia algo mais? Estava a mil, a mão que segurava o telefone suava e ele temeu derrubá-lo. Apertou a outra mão, ao lado do corpo, e falou:

– Você não quer sair comigo para tomarmos um vinho e conversar? Quer, legal, eu posso buscá-la...

Quando Armando estacionou o seu pequeno Fiat em frente aos portões da casa de Eliza, o segurança da guarida e um empregado que estava ao lado foram fazendo sinal para que ali não estacionasse, demonstrando imotivada irritação. Ele disse simplesmente:

– Avisem a Eliza que o Armando, amigo dela, chegou. – Desconfiados, murmuraram qualquer coisa entre si, indo falar ao interfone. Voltaram com outra expressão no rosto e no modo de falar:

– Dona Eliza perguntou se o senhor não quer entrar?

– Diga a ela que vou esperar aqui mesmo.

Eliza apareceu mais linda do que nunca. Usava uma saia curta que deixava ver suas pernas torneadas; maquiada, os olhos verdes realçados, os cabelos com nuances claros, contrastando com o bronzeado da pele.

Armando sentiu um frio na barriga e um calor difuso no corpo.

Foram a um restaurante francês, simples e refinado, que lhes permitiriam conversar tranquilamente à mesa reservada por ele. Pediram uma garrafa de vinho que foi seguida do jantar. Para surpresa de Armando, percebeu que algo mudara entre eles, e para melhor: aquela distância imensurável, intangível, que sempre afastara Eliza de um contato mais íntimo, parecia não existir. Ela correspondia a cada palavra sua, a cada sorriso ou gesto. Sentiu-se nas nuvens, quase não acreditando que vivia aquele momento.

Terminado o jantar, felizes e rindo um com o outro, foram andando até o local onde o carro estava estacionado. Armando abriu a porta para ela.

– Além de tudo, um cavalheiro – Eliza falou, num tom de carinhosa provocação.

Armando largou a porta e segurando-a pelos dois antebraços, olhou bem fundo aqueles olhos verdes, aquela boca carnuda que lhe parecia abrir levemente os lábios. Beijou-a, de início devagar, sem saber. Ela também o beijou, já com ardor. Entraram no carro e um silêncio dominou-os. Não eram mais os colegas de tantos anos. Quem seriam?

O cérebro de Armando funcionava a um ritmo alucinante. Euforia e medo na decisão a tomar: queria convidar Eliza para ir até seu novo apartamento e aproveitarem a noite a sós, temia apressar as coisas e estragar tudo.

Não chegando a qualquer conclusão, deu partida ao motor e saiu dirigindo a esmo, indo pelas ruas que surgissem à sua frente. Olhou novamente para Eliza que lhe sorriu com ternura. Parou o carro e virou-se para beijá-la, desta vez com sofreguidão, com força, com tesão. Suas línguas se explorando mutuamente, passou a mão sobre os seios fartos, sobre a perna nua. Eliza correspondeu aos seus agrados, demonstrando desejo.

Engatou o Fiat e lhe disse:

– Você agora vai conhecer a minha casa, meu pequeno canto.

Eliza sorriu.

– Já estou curiosa; vamos que está ficando tarde.

Ao entrarem no apartamento de Armando, de um modo inimaginável para ele, não foram necessárias palavras, explicações ou compromissos futuros: beijaram-se, cada qual explorando com as mãos o corpo do outro, Armando tirou a blusa dela e começou a chupar-lhe a parte exposta dos seios, até abrir seu sutiã e aproveitá-los por inteiro. Eliza livrou-se da saia e soltou os botões da calça dele, pegando em seu pênis duro. Meio nus, com pressa, dirigiram-se ao quarto, caindo sobre a cama, onde deram vazão ao tesão que sentiam, ao desejo que explodira entre eles.

Depois que havia deixado Eliza em casa e retornado ao apartamento, já quase amanhecendo, Armando deitou-se em sua cama e ficou olhando para o teto num estado de contemplação. Estava feliz demais para dormir. Temia que se o fizesse, acordaria de um sonho. A exaustão física vinha buscá-lo, mas a euforia não deixava. Ficou assim por longo tempo, experimentando um estado de graça.

Na semana seguinte Armando foi apresentado a Ruth, mãe de Eliza, de uma maneira informal, mas esta já sabia tratar-se do novo namorado da filha, pois ela não era de sair com jovens à toa. De fato, Eliza tivera dois relacionamentos anteriores, o primeiro que durara pouco tempo, e o último rompido há poucas semanas, que todos achavam que acabaria no altar. A filha tinha nesses assuntos pessoais uma maturidade que diferia do resto de suas coisas. Quando tomava uma decisão, era irrevogável e estava assentada em razões que poderiam ser consideradas concretas, como se romance e paixão estivessem longe da sua realidade.

Armando foi efusivamente recebido pela futura sogra, que o tratava como celebridade, "o promotor da televisão" falava aos empregados da casa que não o reconhecessem. Ruth, desde este primeiro momento e para sempre em suas vidas, tinha uma forma educada e gentil no trato com Armando, como se visse nele um porto feliz para sua querida filha. No decorrer dos anos, ele iria observar com certo desapontamento que o relacionamento entre ambos nunca superaria as amenidades sociais e os fatos corriqueiros da vida. A sogra parecia viver na superfície das coisas. Bastava-lhe a casa bonita, os eventos sociais, as férias na Europa e as amigas do clube. Não era, contudo, indiferente à família, que amava e protegia a seu modo. Ai de quem mexesse com Eliza, a quem se referia carinhosamente como "lindinha".

Quando alguns meses depois, Eliza e Armando a chamaram para tratar de um assunto sério, comunicando-lhe que pretendiam se casar em breve, ela respondeu simplesmente, com alegria nos olhos:

– Será que dá tempo de contratar o buffet e a igreja?

Assim, aqueles dias de começo de namoro e o início simultâneo da profissão foram um interlúdio divertido para um espírito que se mostrava profundamente triste. Quase ao término da faculdade, Armando recebera a notícia da morte de seu pai. Preparava-se para sair do escritório no qual trabalhava, arrumando os papéis que examinaria no dia seguinte, quando o telefone tocou: uma voz desconhecida lhe perguntava se era parente do Sr. Arnaldo. Sem que houvesse razão para tanto, a menos a título de racionalidade, Armando adivinhou a terrível notícia.

– Alô? Alô? Você está me escutando? – inquiria a voz.

Armando não respondia, na tola esperança de afastar os fatos.

Aquele telefonema nunca mais deixou de existir, nunca foi esquecido, parecendo que os detalhes do que fazia teriam alguma relevância. A premonição tinha uma razão de ser. Na verdade, com o passar dos anos e a idade avançada, a saúde do "professor Arnaldo" apresentava sinais de rápido declínio. Ele se preocupava com o pai, procurando visitá-lo sempre, telefonando-lhe e acompanhando suas consultas médicas, mas a distância até a casa do pai, numa cidade vizinha, era impossível de superar no dia a dia corrido entre as aulas na universidade e o trabalho no escritório. Ele insistira em vão com pai para que contratasse uma pessoa para lhe fazer companhia.

No fim, e isso o amargurava, seu pai morreu sozinho em sua pequena casa, sendo encontrado morto por um vizinho e o funcionário que viera medir o consumo da luz. Teria pedido por auxílio? Teria sentido dor? Teria... As perguntas eram muitas e dolorosas para Armando.

Antes de vender a casa onde morara grande parte da vida, Armando se dirigiu mais uma vez até lá, numa espécie de despedida. Situada numa vila operária, a rua de paralelepípedos descia numa inclinação, com as pequenas habitações iguais umas às outras, só se diferenciando pela cor ou por algum enfeite na fachada. Ao chegar à porta, como tantas vezes fizera, Armando esperou um pouco, talvez por não sentir coragem para entrar, talvez esperando que o pai a abrisse num sorriso e num abraço.

Na pequena sala, os móveis de sua infância, os livros do pai, o sofá onde se sentavam juntos para ler os jornais, o retrato da mãe que pouco conhecera e que aprendera a amar, algumas revistas e a velha televisão. Num canto reconheceu os óculos do pai; apanhou-os como se fossem preciosos, segurando-os com ambas as mãos. A saudade pareceu explodir dentro dele: era muito triste imaginar nunca mais vê-lo. Deixou-se sentar e chorou como criança.

Foi nesta época que pela primeira vez decepcionou-se com Eliza, vendo nela algo negativo. Antes, no seu amor platônico, ela não comportava julgamentos, estando acima das críticas, das outras mulheres e de tudo o mais. Quando houve o falecimento de seu pai, Eliza preparava-se para uma viagem com a família e o noivo. No corre-corre dos preparativos, conforme lhe explicou depois, não teve tempo de lhe telefonar. Ao reencontrá-lo, procurou demonstrar alguma consideração, mas, ao saber a idade de seu pai, comentou indiferente: "mas ele já tava velhinho", dando a entender que a perda seria pequena. Armando se ressentiu por certo tempo, mas a paixão por Eliza era maior e superou o incidente.

Helena acordou e ficou ainda alguns minutos deitada, deixando o pensamento fluir num misto de sonho e realidade, como se despertasse aos poucos. Por fim, sentou-se na cama e, ao olhar o bilhete que escrevera sobre o criado-mudo, sentiu um profundo desânimo. Deveria ligar para o Dr. Ariosto, o advogado da família, que já telefonara duas vezes. Sabia que a conversa seria desagradável. Não pelo interlocutor, homem a quem admirava e estimava. O advogado cuidava dos assuntos familiares desde que Helena pudesse se lembrar, com notória eficiência, sendo amigo pessoal de seu pai. Além disso, tinha cultura ímpar, o que tornava as conversas inesquecíveis. Ela se recordava do dia em que ficara extasiada com as descrições que Dr. Ariosto fez dos países africanos, descrevendo a natureza, os rios e montanhas, as cidades, o povo e seus costumes. Impressionada, perguntou quantas vezes já estivera lá. "Nenhuma", respondeu o advogado. O seu conhecimento advinha do puro estudo de mapas, livros e enciclopédias, fazendo-o entender as regiões mais do que legítimos africanos. "E por que o senhor nunca foi lá, para ver essas maravilhas?". O velho advogado riu e disse com certa satisfação: "Não posso deixar meus processos judiciais e, na verdade, gosto mesmo é de ler, de fazer a viagem intelectual".

Nesta manhã, Helena sabia... Os assuntos seriam outros, a envolver a administração e as decisões de Rafael à frente da empresa da qual eram sócios. Imaginava o conflito e o desgaste emocional que teria a seguir, pois o marido estava cada vez mais irascível, não conseguindo ouvir opinião divergente da sua, sem melindrar-se e se tornar violento.

O desalento, a tristeza mesma, a fizeram permanecer imóvel, a olhar para a parede branca à sua frente como se ela pudesse lhe trazer alguma solução, alguma esperança. Pensou na mãe, no sofrimento de seu pai e teve vontade de se deitar novamente, apenas para adiar o porvir.

Nisto ouviu a voz de Beatriz, umas pequenas palavras, uns murmúrios cantarolados, de quem começava a falar, vindos da direção do corredor. Levantou-se e foi pegá-la, levando-a ao colo. Isabel, a babá, veio logo atrás, mas Helena dispensou-a com um sinal de cabeça e um sorriso, dizendo-lhe:

– Deixe que eu cuido dela.

Sentou-se na cama, pondo Beatriz ao seu lado, deitando-se de lado para vê-la melhor.

– Você já acordou? Quer ir comer o papá?

A menina sorriu e segurou os cabelos da mãe, puxando-os para aproximar seu rosto e ganhar um beijo.

Ficaram ali no quarto por meia hora, até que Beatriz deu mostras de querer ir até a copa, onde tomaria seu café da manhã. Helena a acompanhou, deixando-a aos cuidados de Isabel. Voltou um pouco mais animada e, sem titubear, telefonou para o Dr. Ariosto. O advogado, após perguntar sobre todos da família, foi direto ao assunto que o preocupava.

– Helena, você está a par da intenção do Rafael de dar as cotas sociais da empresa em garantia de um empréstimo em dólares?

– Mais ou menos – mentiu.

Na verdade, o diálogo com o marido estava cada vez mais difícil, tanto nas questões da empresa, como nas pessoais, parecendo-lhe que ele se distanciava dela progressivamente. Rafael demonstrava uma irritação constante e um alheamento de tudo que dissesse respeito à família e a ela própria. Viviam como que vidas separadas. Nos assuntos empresariais, ele parecia flutuar num mundo de elucubrações e projetos fantásticos, sendo que Helena, aconselhada pelo pai, procurava dissuadi-lo ou, ao menos, adiar tais iniciativas. Ocorre que, no mês anterior, haviam tido uma discussão terrível, ao fim da qual Rafael disse não precisar da "autorização" dela para fazer seus negócios, para dirigir sua empresa, pois ele era o sócio com poderes gerenciais, podendo tomar as decisões que quisesse.

– O empréstimo seria de quanto mesmo? – perguntou ao advogado.

– Dez milhões de dólares.

Helena sentiu uma pontada na cabeça e um aperto no estômago.

– Mas isso é uma fortuna, pode acabar com a empresa se der errado.

– Eu concordo, este é o motivo de meu telefonema. O Rafael me pediu para fazer o contrato o mais rápido possível. Ao que parece, ele tem um amigo no banco financiador e estão numa pressa danada. Eu já poderia tê-lo feito, juridicamente não há nada de difícil, mas...

– Muito obrigado por ter ligado, Dr. Ariosto. Eu não estava muito a par – admitiu. – Vou falar co......

– Faça isso e me dê um alô.

– Coitado do papai, com tantas coisas já... trazer mais este problema.

– Não se preocupe querida, seu pai é um homem forte. Quem sabe é até bom para ele. Sair daquilo que realmente o entristece, você sabe.

– Eu sei, obrigada. Eu lhe telefono assim que tiver uma posição.

– Helena, só mais um ponto. Eu, antes de procurá-la, falei com aquele rapaz do marketing e com o gerente do financeiro, para saber a opinião deles; afinal, tenho certas responsabilidades como advogado. Eles sequer foram consultados! Este plano do Rafael é obra dele próprio, e talvez desse amigo do banco que não conheço.

– Sei – disse Helena, num suspiro de voz.

– Desculpe-me, mas devo alertá-la que em um aval como este que o Rafael imagina, se as coisas derem errado, no caso de uma falência, por exemplo, pode haver repercussões sobre o patrimônio privado dos sócios, sobre os seus bens de família, você entende?

– Perfeitamente, Dr. Ariosto.

Naquela noite, Helena esperou o fim do jantar, quando normalmente Rafael se mostrava calmo e tranquilo, para conversarem acerca dos seus planos para a empresa. Ele assistia a um programa de televisão, sem mostrar grande interesse, tendo Helena se sentado ao seu lado. Aproveitando o intervalo comercial, ela falou num tom calmo, quase carinhoso:

– O Dr. Ariosto me ligou hoje para falar sobre o seu plano do empréstimo.

Rafael nada respondeu, como se aquele assunto não devesse ser mencionado.

– O valor é altíssimo, você não acha melhor estudarmos a questão com mais vagar.

– Eu já planejei tudo, tenho conhecidos no banco que me assessoraram e vamos desenvolver uma postura agressiva de mercado; em um ano, calculo dobrar o faturamento da empresa.

Contendo sua ansiedade, revelada nos movimentos das mãos que esfregava, Helena disse:

– Mas e se alguma coisa sair errado, com o aval podemos ter problemas, nossos bens particulares podem ser afetados.

– Aquele velho metido já andou fazendo fofoca! Já pôs merda na sua cabeça – disse o marido, apoiando uma mão sobre o sofá, como se fosse se levantar.

Ante a violência da resposta, Helena se irritou e retrucou em voz alta:

– Em primeiro lugar, o Dr. Ariosto não é um velho metido. É um amigo muito querido e ótimo advogado. Em segundo, era dever dele me comunicar acerca de planos envolvendo a nossa empresa, já que o meu marido não me contou nada.

– Eu não tenho que dar explicações a você, sou eu quem dá um duro danado, enquanto você brinca de mãe.

– Brinca de mãe? Você enlouqueceu?

– Brinca de mãe sim, com esta babá e um monte de empregadas. Eu é que me mato de trabalhar.

Helena, percebendo que a conversa saía de controle e não iria terminar bem, respirou fundo e falou com forçada calma, num tom reconciliador:

– Rafael, eu sei que você trabalha bastante, ninguém disse o contrário; eu só queria entender a necessidade deste empréstimo, saber quais são os planos. Afinal, pode haver consequências.

– Eu já sei o que vou fazer! Vou demitir este velho que fica me traindo pelas costas. Amanhã ele já não é advogado da minha empresa!

– Rafael, você não pode fazer isso.

– Posso e vou!

Quando ele tentou se levantar, como a deixá-la falando sozinha, Helena o segurou pelo braço. Foi o que bastou para transtorná-lo. Ele desvencilhou-se dela e, empurrando-a com força contra o encosto do sofá, deixou a sala sem olhar para trás.

Helena pensou em gritar, em chamá-lo de volta, exigindo sua atenção, mas o sentimento de inutilidade era maior. Ficou ali parada, sem mesmo pensar em nada, esperando não sabia o quê.

* * *

Armando se preparava para deixar seu gabinete e dirigir-se à faculdade de direito, onde daria uma palestra para estudantes do primeiro ano. Arrumou alguns papéis, colocando-os em sua pasta e desligou o computador ao lado de sua mesa. Sentiu vibrar o celular em seu bolso e ao apanhá-lo, olhou no visor para ver quem seria, pois só atenderia caso fosse importante já que estava atrasado. Era o PGJ:

– Alô, Dr. Paulo, tudo bem?

– Armando, como vai? Que bom conseguir pegá-lo.

Percebeu um tom diferentemente sério na voz do interlocutor que sempre o cumprimentava de modo afável, muitas vezes brincalhão, não importando o teor da conversa.

– Aconteceu alguma coisa Dr. Paulo?

– Sim, algo importantíssimo. Precisamos nos encontrar pessoalmente.

– Dr. Paulo, eu estou indo à faculdade para uma palestra e assim que...

– Desmarque, Armando. O assunto é urgente e grave.

– O que foi?

– Não posso falar por telefone. É absolutamente sigiloso. Vou buscá-lo em sua casa às oito horas. Esteja pronto. Vamos à casa de uma pessoa, uma autoridade pública, para conversarmos. Não vou com o carro oficial, vou num carro preto grande, um importado que não sei a marca; buzinamos para você.

– Tudo bem Dr. Paulo, mas não pode me dizer por alto do que se trata, fiquei preocupado.

– Só pessoalmente Armando, mas a coisa é séria.

Ele detestava faltar a compromissos assumidos, ainda mais com estudantes, a quem gostava de encontrar e interagir. Eles pensariam por certo que não dera importância ao encontro. Mas o que poderia fazer? Aquilo era totalmente inusitado e deveria ser algo extraordinário, pois nunca o PGJ agira daquela maneira.

Enquanto dirigia para sua casa, Armando refletia sobre a estranha conversa com o Procurador-Geral: o que poderia ser tão importante assim? Por que não se encontrarem na procuradoria, como usualmente, local com toda a infraestrutura necessária e acesso ao banco de dados do MP? Tentou um método eliminatório, excluindo da mente assuntos que já estavam encaminhados ou que não se revestiam de urgência. Nada lhe vinha à mente que pudesse justificar tal atitude. Por fim, perguntou a si mesmo: qual o assunto mais importante hoje em dia? As eleições que estavam para acontecer em quinze dias. Mas e daí? O pleito se desenvolvia normalmente, com os incidentes e as impugnações dos partidos políticos, os pedidos de "direito de resposta" no horário eleitoral, sem que houvesse qualquer novidade.

Armando chegou à sua casa sem a menor ideia do motivo de tal reunião, sentindo-se ao mesmo tempo curioso e preocupado. Felizmente já eram 7:30 da noite e logo teria as respostas. Como Eliza não estava em casa, foi até a cozinha e preparou um pequeno sanduíche, pois sequer sabia se haveria um jantar na residência da "autoridade pública". Aproveitou para ligar para a mulher. Eliza atendeu, mas não ouvia o que ele dizia, tendo a ligação caído em seguida. Tentou novamente, não obtendo sucesso. Passados alguns instantes, seu celular vibrou: era ela retornando. Numa conversa entrecortada ouviu que ela estava no shopping, que iria demorar um pouco e perguntava se ele queria sair à noite. Respondeu que não, tendo a ligação caído novamente, deixando-o sem saber se ela escutara. Aquilo o irritou profundamente. Sentiu-se contrariado, embora não conseguisse entender a razão. "Deve ser o estresse", pensou.

Um pouco antes da hora marcada, um automóvel preto, grande e luxuoso, buzinou em frente aos portões de ferro do edifício, ao mesmo tempo em que seu telefone tocou. Dr. Paulo o avisava que tinha chegado. A porta traseira do veículo se abriu e Armando entrou, para se sentar ao lado do PGJ. Cumprimentaram-se de uma maneira mais formal do que habitualmente. Havia certa tensão no ar.

– Puxa, Dr. Paulo, estou preocupado, o que houve de tão grave?

Este fez um sinal com a mão, abaixando-a no ar, como a dizer que esperasse, e olhou para o motorista à sua frente.

A partir daí, o PGJ passou a falar de assuntos genéricos, acerca da falta de chuva e do aumento da criminalidade apurado numa estatística recente. Armando acatou a recomendação do chefe e enquanto conversava, mentalmente, ia elaborando hipóteses cada vez mais nebulosas. Por fim, chegaram a uma enorme casa, da qual se via apenas a parte da entrada de veículos, eis que o restante era coberto por um muro de mais de quatro metros de altura, sobre o qual havia espessa vegetação de heras e trepadeiras, fazendo-o parecer ainda mais alto.

Quando o automóvel embicou na entrada, o portão começou a se abrir automaticamente. Após segundos, ingressaram por um caminho de pedras até pararem embaixo de um terraço coberto, dando para a entrada da residência, com ampla porta de madeira trabalhada e vitrais.

Um senhor aparentando uns setenta anos, elegantemente vestido, em sua camisa de seda, calça e sapatos de estilo italiano, aguardava para os receber de forma calorosa. Abraçou o Procurador-Geral, com a intimidade de um amigo, e disse a ambos, sorrindo:

– Este é o jovem de quem me falou? O mais competente dos promotores hoje em dia!

– Ele mesmo, Dr. Armando de Castro.

Armando sorriu ao cumprimento, fazendo expressão de que se tratava de uma brincadeira gentil. Ao mesmo tempo, fazia esforço para se lembrar de onde conhecia o interlocutor, que já vira em outras ocasiões.

– Armando, este é o deputado Campos, líder do Partido da União Nacional pela Justiça Social, que você naturalmente conhece dos jornais e da televisão. O deputado tem atuação dinâmica na Assembleia, inclusive em algumas propostas do nosso interesse institucional.

– Sim, claro, conheço o deputado, é um prazer conhecê-lo pessoalmente.

Após entrarem na residência, foram conduzidos até uma grande sala, com estantes cobertas de livros antigos e coleções ricamente encadernadas, na qual se viam também uma infinidade de estojos contendo pequenas placas comemorativas de homenagens ao deputado e alguns troféus que Armando não conseguiu identificar a origem ou o significado.

Uma empregada, vestida num uniforme engomado e com touca na cabeça, surgiu trazendo um bule de café e delicadas xícaras de finíssima porcelana, numa bandeja de prata, colocando-a sobre a mesa lateral. Olhou para o patrão, que a dispensou com um gesto de cabeça, dizendo:

– Pode deixar que eu sirvo os convidados.

O deputado encheu as xícaras com destreza, enquanto conversava com o PGJ acerca de um amigo comum que não viam há tempos e que "sumira do clube".

Armando notou que apesar da calma demonstrada, o parlamentar praticamente engoliu seu café, que estava quase fervendo, e passou a esperar que eles terminassem, para finalmente poder tratar daquilo que o interessava.

Assim que Armando posou a xícara sobre a mesa, o deputado tomou ar, numa profunda e ruidosa respiração, e, após esfregar as mãos para aquecê-las, disse num tom formal:

– Paulo, Dr. Armando, o que vou lhes dizer é gravíssimo, pode alterar o rumo do nosso Estado, do País.

O deputado parou de falar, e após tomar novo ar, como se estivesse com dificuldades para respirar, virou-se, foi até a mesa ao fundo da sala, atrás da qual havia uma cadeira de encosto de couro duro, com um brasão gravado, e retirou uma pasta das gavetas, voltando para próximo de seus interlocutores.

Segurando a pasta, com as mãos trêmulas, disse em voz alta e firme:

– Estes documentos aqui comprovam que o candidato Emílio está envolvido num grande esquema de corrupção, com desvio de dinheiro público, que foi utilizado até para a campanha dele.

Dito isso, colocou a pasta sobre a mesa lateral, ao lado da bandeja, e olhou para seus convidados, como se esperasse uma resposta.

Armando demorou alguns segundos para entender o que havia escutado. Numa primeira reação, apenas balançou a cabeça, de modo instintivo. Em seguida pensou: "O Dr. Emílio não pode estar envolvido numa coisa dessas, é impossível".

Antes que tivesse tempo de refletir em algo para dizer, ouviu o Procurador-Geral falar com surpreendente tranquilidade e de um modo didático, como se estivesse dando uma explicação numa sala de aula:

– Se nesses documentos houver provas concretas da prática de crimes, o Ministério Público tomará as medidas legais cabíveis para a punição dos culpados.

– As provas são irrefutáveis, eu lhes asseguro.

Armando, recomposto um pouco do susto, quis recolocar as premissas em ordem, pois lhe parecia haver precipitação no que diziam o deputado e o próprio PGJ.

– Deputado, eu sei como são essas notícias de crime, essas informações que chegam, dando conta de que um adversário político praticou os atos mais desvairados, principalmente em época de eleições. O senhor vai ver que após um exame acurado, muitas das acusações...

– Eu próprio e os advogados do partido já examinamos todos os documentos, fizemos investigações e concluímos estarmos diante do maior escândalo político da história do nosso Estado.

– Mas como...

– Deputado – aparteou o PGJ –, o senhor pode ficar sossegado que tomaremos as medidas necessárias para a apuração dos fatos e eventual punição dos culpados. Foi para isso que viemos aqui. Por isso, trouxe o Dr. Armando comigo. O senhor deve conhecer a fama, a eficácia do trabalho dele.

– Sim, eu conheço, assim como conheço o Procurador-Geral de Justiça, meu dileto amigo há anos. Não fosse por isso, como lhe disse, Paulo, e eu teria levado estes documentos à imprensa, à televisão, para tornar pública a denúncia. Mas eu prefiro fazer o que é certo, o que é justo e republicano, confiando nas nossas instituições, nos nossos jovens promotores. – Ao falar isso, o deputado olhou significativamente para Armando, demonstrando que se referia a ele.

Meio perdido naquele contexto, Armando tentou trazer os presentes da retórica à realidade, perguntando de modo direto:

– Deputado, quais são especificamente as acusações feitas ao candidato a governador?

– Muitas, Dr. Armando. Para começar, ele desviou recursos recebidos daquela fundação de amparo às crianças, da qual ele é presidente, para comprar imóveis em nome da mulher. Os recursos vêm do fundo federal do Ministério da Saúde, é dinheiro público, como o senhor sabe. Depois, ele utilizou parte desse dinheiro para fazer a campanha eleitoral, contratando veículos e pessoas. Está tudo documentado, com as declarações das pessoas envolvidas. Ele ainda remeteu dinheiro para o exterior ilegalmente, milhares de dólares.

– Deputado, é necessário cuidado com esses documentos, muitas vezes não refletem a situação verdadeira – ponderou Armando.

– Não neste caso, nós checamos a autenticidade de tudo, os crimes estão todos comprovados.

Andando até a mesa onde pusera a pasta, o deputado a pegou, ergueu na direção de seus convidados e disse:

– Isto é só um resumo, tenho mais duas caixas cheias até a boca com outros documentos.

Após se aproximar do PGJ, olhou com rigor para ele, depois para Armando e perguntou num tom formal e de certo modo dramático:

– O que quero saber é o seguinte: devo entregar esses documentos, que foram obtidos graças a um trabalho longo e incansável do Partido da União Nacional pela Justiça Social, à imprensa – e o deputado fez nova pausa – ou ao Ministério Público?

Antes de qualquer resposta, andou novamente até a mesa, repondo a pasta sobre ela. Voltou-se, com a cabeça meio baixa, balançando-a ligeiramente. Tinha um ar de decepção no olhar, como se algo de ruim houvesse ocorrido. Num tom baixo, quase de confidência, disse:

– Os senhores não sabem, mas a maioria de meus colegas, os deputados eleitos pelo povo, não têm confiança no *Parquet,* no nosso querido e honrado Ministério Público. Pensam que eu deveria procurar os jornais, que a instituição da qual os senhores são ícones não dispõe de autonomia política, de determinação suficiente para as providências necessárias contra o candidato a governador que, consoante todas as pesquisas, está praticamente eleito. Dizem que temeriam retaliações do futuro governador. Eu não creio nisto.

Aproximou-se do PGJ, pôs a mão em seu ombro, e repetiu:

– Paulo, eu não creio nisto.

O PGJ, demonstrando a indignação que sentia, falou num tom exageradamente alto:

– Absurdo, um completo absurdo, depois de todos esses anos em que o MP tem defendido a sociedade de forma inconteste, contra todos os tipos de agressões, com ações praticamente diárias, alguém ainda duvidar dos nossos propósitos.

– Eu concordo Paulo, conheço a honradez da instituição. Mas sou um homem do partido. Embora presidente, sou antes de tudo um articulador, um porta voz do Punajus; e este quer saber: o Ministério Público tomará as medidas necessárias para desmascarar esta farsa antes das eleições?

Pela primeira vez desde a chegada, o PGJ olhou para Armando antes de responder. Numa rápida troca de olhares, percebeu que este expressava dúvida, como a dizer que se evitasse precipitações.

– Como já lhe disse deputado, tudo dependerá das provas trazidas.

– Mas Paulo, você deve compreender nossa situação. Não temos muito tempo. Ou desmascaramos este esquema agora ou será tarde demais. Nosso Estado estará nas mãos de um corrupto pelos próximos quatro anos. Você acha isso razoável?

– É claro que não deputado. Mas o que exatamente pretende? O que quer que façamos? Nós somos servidores da lei, da Constituição de nosso país.

– Quero a sua garantia de que isto não ficará para depois das eleições, que medidas urgentes serão tomadas para repor as coisas nos seus devidos lugares.

– Como já lhe disse, se as provas...

– Paulo, pense bem, você é o Procurador-Geral de Justiça, representa todos os promotores do Estado, a quem, como disse, a sociedade devota fé e confiança. O que esta mesma sociedade pensará se após as eleições se descobrir que havia um esquema de corrupção não percebido e não investigado pelo Ministério Público?

– Ou que foi necessário um partido político investigar por conta própria, fazendo às vezes da sua instituição, para denunciar os fatos à imprensa? Pense bem Paulo – disse incisivamente o deputado.

– Os senhores poderiam ter nos informado antes, nos trazido as suspeitas que tinham e nós as averiguaríamos de pronto.

– Mas nós não queríamos levantar a lebre, como se diz, pois eles tratariam de disfarçar o ocorrido, de embaralhar todos os fatos para confundir o eleitorado.

Fez-se um silêncio longo e pesado, no qual uma insatisfação recíproca parecia permear a todos, deixando-os imersos em seus próprios pensamentos.

Por fim, o deputado disse, num tom conciliador:

– Bem, tudo isto é passado agora. O que temos a resolver é o que faremos. Posso dizer aos meus colegas na Assembleia que entreguei os documentos ao Ministério Público e que em dias teremos as providências necessárias? De quantos dias você precisa, Paulo?

Não estando acostumado a ser pressionado, o PGJ deixou de dar a resposta, preferindo andar pela sala como se estivesse a sós em seu gabinete. Após ir e vir algumas vezes, parou, olhou para o parlamentar e disse:

– Quem pode responder a isto é o Dr. Armando, pois a ele confiarei tal procedimento.

Surpreso, e nunca tendo passado pela situação de ter de antecipar quanto tempo duraria a análise de uma investigação, Armando ficou imóvel, sem palavras.

– E então, Dr. Armando? Posso dizer três dias? As eleições estão aí, inquiriu o deputado.

A mente de Armando trabalhava freneticamente, fazendo cálculos das possibilidades, dos caminhos que se abririam para exame, dos elementos que deveriam constar da investigação, das escusas ou justificativas possíveis. Tudo, na verdade, dependeria da fidelidade, da verossimilhança dos documentos daquela pasta.

– Se houver as provas documentais comprovando os fatos que V. Excelência afirma terem ocorrido, nestas circunstâncias excepcionais, três dias seriam suficientes.

– Era isso que eu precisava ouvir. O Dr. Paulo não exagerou quando falou de você!

– Deputado, de novo eu lhe digo, tudo depende da veracidade das informações.

– Isto eu posso lhe assegurar. As fontes são fidedignas, eu mesmo chequei pessoalmente. Tenho a certeza de que Paulo, o Procurador-Geral de Justiça, também poderá avalizar minha palavra.

– Sem dúvidas, deputado, eu o conheço há anos; a sua atuação parlamentar é um exemplo a se seguir.

* * *

Luciano pediu a enfermeira Maria que chamasse o rapaz que fazia as vezes de jardineiro e ajudava nos serviços gerais para que viesse até a suíte de Celina, pois queria pôr sua grande poltrona num ponto do cômodo onde pudesse vê-la do terraço.

Quando ele chegou, com cuidado e de modo a não assustar Celina, foram empurrando o móvel até o local indicado por Luciano. Antes de dispensar o rapaz, foi até uma das cadeiras do terraço, sentou-se e olhou para dentro, certificando-se que dali enxergava a mulher.

Feito isso, agradeceu ao rapaz e à enfermeira, conduzindo-os até a porta da suíte, numa forma de indicar que desejava ficar a sós com a esposa. Pelo interfone do quarto, ligou para a copa e pediu que lhe preparassem um "Dry Martini".

Era fim de uma manhã bonita e ensolarada, convidativa para se ficar ao ar livre, como Luciano pretendia fazer, sentando-se no terraço que havia ao lado da suíte lateral. Era um lugar privilegiado e escondido na suntuosa residência, pois de lá se podia ver toda a frente da casa, com seus jardins floridos, o portão de entrada e a rua em frente, sem ser observado pelos demais, haja vista as árvores em volta do terraço fazerem uma barreira natural, como um biombo verde, a dar privacidade a quem ali estivesse.

Iraci, governanta da casa há trinta anos, bateu na porta e entrou, trazendo numa bandeja um copo de cristal, no qual se via uma réstia de limão e uma azeitona. Por conta própria, trouxe também uma porção de pistaches. Parou em frente à Celina e ficou falando com ela, com expressão de carinho no rosto e sem se importar com a demora, como fazem os empregados muito antigos, conhecedores dos hábitos da casa e amigos de seus patrões.

Após cumprimentar Luciano e lhe servir a bebida, esperou para ver se estava de seu agrado. Ele tomou um pequeno gole, balançou a cabeça afirmativamente e disse:

– Uma delícia.

Iraci, meio sem pensar, perguntou:

– Como em Monterosso?

O sorriso de Luciano ainda se manteve, mas houve uma contração nas laterais da boca que pareciam tremer, como uma moldura a sustentar algo pesado. Seus olhos ficaram úmidos, depois se encheram até ao ponto em que uma lágrima ameaçava cair.

Iraci não esperou a resposta; constrangida, disse apenas:

– Eu vou voltar lá para baixo, qualquer coisa que o senhor precise é só chamar.

Nos bons tempos, em alguns dias especiais, Luciano e Celina não marcavam nada com os amigos que usualmente frequentavam a casa, preferindo ficarem só os dois e tomarem um aperitivo naquele terraço. A própria Celina ia até a copa e preparava o “Dry Martini” para o marido, seguindo a receita que um simpático garçom do hotel em Monterosso lhes ensinara, afirmando ser a melhor de todo sul da Itália.

De fato a bebida era fantástica, forte, mas com uma mistura de sabores que a fazia parecer inofensiva. O dia em que a experimentaram ficou para sempre guardado na memória de Luciano: no antigo e luxuoso hotel, que ficava encravado num rochedo, dando para o mar verde-azulado da Ligúria, sentaram-se num terraço cercado de árvores e de primaveras roxas. Era fim de tarde, o horizonte se tingindo de vermelho, a brisa suave e fresca dos fins de tarde. Celina estava linda, como sempre, pensou. Brindaram: a Monterosso! Na certeza de retornarem muitas vezes. Depois de algumas palavras que expressavam sua felicidade, ficaram em silêncio, aproveitando aquele momento único, como quem fecha os olhos ao provar uma comida especial. Os olhos de Luciano iam do oceano à Celina, não sabendo ele dizer qual lhe trazia maior emoção.

Bebeu mais um gole, sentindo o familiar sabor com um misto de alegria e angústia. Olhou em volta, para as árvores, para a rua, para tudo que lhe trazia boas lembranças, procurando tornar o passado mais presente. A bebida dava certo conforto, anestesiando sentimentos ruins.

Virou-se para Celina e ergueu o copo num brinde.

– Lina, Lina! – Acenou com a mão. – Lembra daquele mar, daquele fim de tarde? – Ela não se lembraria, sabia, mas inutilmente esperava um sorriso, um mero olhar, algo a demonstrar uma presença.

Nada, não havia nada.

Luciano observou o rosto da mulher: a pele macia e quase sem rugas, os cabelos castanho-claros sedosos, os olhos verdes como esmeraldas que agora miravam para o vazio. Sentiu uma tristeza profunda, como se a beleza e a juventude que ainda existiam nela tornassem a doença mais injusta.

* * *

Foi Ledo quem teve a ideia:

– E se nós pulássemos lá de cima da tulha, caindo no café?

– Uau, ia ser o máximo! – disse Suzi, sempre disposta a novas aventuras.

– Vamos lá! Vai ser legal! Vamos nadar no café! – falaram os primos, já começando a andar na direção das altas torres.

Todos sabiam, no entanto, que a decisão caberia a Celina, pois sem ela não se arriscariam naquele universo fabuloso que era a fazenda do avô.

Antes de se animarem demais, pararam de andar e ficaram numa roda irregular e impaciente, à volta da prima, esperando seu veredicto.

– Vamos Lina – pediu Rui, que sempre demonstrara sabedoria em suas opiniões. Afinal, era o melhor aluno de matemática de sua escola, o que impressionava a todos.

– Não sei, a Bia é muito pequena.

Ao ouvir isso, Bia disparou:

– Eu vou com vocês, eu vou com vocês, não vou? – perguntou já meio chorando.

– Ou vai todo mundo, ou não vai ninguém – falou Ledo, em defesa da irmã menor.

Celina sentia a excitação da brincadeira antecipada e um calafrio indistinto pelo corpo, como algo a lhe dizer que não devia ceder aos apelos. Ela própria já se imaginara pulando lá de cima da tulha sobre aquele monte de café, que faria as vezes de uma piscina. Nunca, porém, tentara tal coisa, nem teve a coragem de perguntar ao Castello se poderia fazê-lo.

Os primos a olhavam, havendo um pedido em cada par de olhos, uma esperança de que Celina não os desapontaria.

Celina esfregou as mãos e abaixou os olhos um pouco, mirando para o chão de terra vermelha, tentando se decidir. Levantou a cabeça e riu para os primos:

– O último que chegar é o bobo da turma – disse alegre e saiu correndo em direção à tulha, seguida por todos.

Desceram correndo por um caminho íngreme, uma picada que serpenteava da parte alta da fazenda até onde ficava o terreiro de café, escorregando pelos barrancos. Os mais velhos e altos mantinham-se de pé, enquanto os menores sentavam-se em alguns trechos, deixando-se escorregar de bunda, até caírem sobre a parte seguinte.

Chegados ao fim do terreiro, contemplaram de perto aquela grande torre, ladeada por compartimentos com enormes portas de madeira, atrás das quais ficava armazenado o café. Todos olharam e ficaram em silêncio. A tulha parecia maior assim de perto. Celina suspirou e, num átimo, teve a esperança que alguém falasse para desistirem.

Após alguma hesitação, Ledo apontou com a mão, dizendo:

– A escada é aí na direita, vamos subir logo.

Os degraus e os lances contrapostos eram intermináveis. Quando alcançaram a altura da plataforma, estavam ofegantes. Encontraram fechadas as portas de acesso por uma grossa tábua de madeira, que fazia as vezes de um trinco, presa em ganchos de ferro. Foi necessário ajudar Ledo para que levantasse a tábua, pois, com a pressão das portas, parecia grudada na madeira.

Entraram todos no interior da tulha e ficaram parados à beira da porta, esperando os olhos se acostumarem com a escuridão que reinava lá dentro. Vindos de um sol escaldante, o interior da tulha parecia um outro planeta: a penumbra só quebrada por uma pequena janela no alto da torre, que projetava um facho na diagonal, mostrando as paredes revestidas de madeira; a temperatura mais fria em muitos graus; o cheiro de café e de palha e, principalmente, o silêncio total. Puderam ouvir os seus passos cautelosos, até a borda da plataforma superior, dando para o compartimento central.

Os primos se enfileiraram. Ao constatarem a altura em que estavam, instintivamente se sentaram, os mais corajosos com as pernas balançando no ar, na beira da plataforma.

Bia falou numa vozinha baixa:

– A gente podia voltar.

– Você não devia ter vindo, é criança ainda – disse Rui, num tom alto e agressivo, que decorria do seu próprio temor.

– Ninguém vai voltar, nós vamos pular e pronto! – ordenou Ledo.

Celina estava quieta e secretamente lamentava sua decisão. Ela devia ter perguntado ao Castello.

– Quem vai primeiro?

Todos, como que sob um comando, olharam para Celina.

Ela, ainda sentada, empurrou-se até a beirada e olhou para o café lá embaixo que, embora parecesse macio, estava longe demais.

Resignada, levantou-se e disse:

– Eu vou de uma vez!

Viu nos olhos dos primos admiração, dúvida e medo.

Lançou-se no ar. Naqueles segundos, teve tempo de pensar num monte de coisas. Sentiu o vento nos antebraços, viu os primos desaparecerem de vista, sentiu seu coração pular, numa excitação nunca vivida e por fim, as pernas afundarem até acima dos joelhos naquele monte de café. Deixou-se cair de costas, sob a maciez dos grãos.

– E aí, Lina? Tudo bem?

Celina começou a rir e gargalhar, virando-se sob o café. Pegou um punhado na mão e tentou jogar contra os primos, mas a força não foi suficiente.

– Pulem que é demais!

Não precisou falar de novo. Ledo já aterrissava ao seu lado, seguido dos demais.

– Cuidado para não caírem em cima de mim!

Em poucos segundos, todos estavam afundados sobre os montes de café, rindo, gargalhando, eufóricos; o medo substituído pela emoção do salto e pela delícia daquela piscina. Jogavam grãos uns nos outros, mergulhavam e saltavam, numa gritaria que fazia o depósito parecer uma escola à hora do recreio.

De repente, escutaram um barulho forte. A porta da tulha lá em cima bateu violentamente contra a parede; assustados, viram entrar o administrador da fazenda, com expressão terrível no rosto, como se contivesse uma forte raiva. Parado lá em cima, contra a luz projetada da janela, com suas botas altas, à direita mostrando o cabo de um facão, o chicote de corda preso à cintura, Castello amedrontou a todos.

– O que estão fazendo aí? Quem autorizou vocês virem aqui?

Os primos se entreolharam, mas ninguém ousou falar.

Castello, então, andou pela plataforma olhando para o café, como se procurasse por algo; por fim, parou num ponto, pulando ele próprio sobre o monte de grãos. Não fosse por sua feição carregada e tensa, os meninos pensariam que ele também brincava. Ele, porém, levantou rapidamente as pernas afundadas no café e começou a vasculhar os grãos com as botas, perguntando, quase aos berros:

– Vocês querem ver, querem ver o perigo?

Tanto Celina quanto os outros permaneceram quietos, imóveis mesmo, sem entender o que ocorria, só sabendo que tinham feito alguma coisa errada.

A bota de Castello pareceu bater em algo, tendo ele afundado mais a perna para puxar algo, que finalmente apareceu sobre os grãos de café: um forcado, deixado lá para serviços. Castello o pegou com a mão direita, mostrando-o aos meninos, aos primos principalmente, pois Celina conhecia bem aquele instrumento agrícola, com seu longo cabo de madeira, à ponta do qual havia três dentes de ferro, como se fosse um enorme garfo.

– Eu vou falar com o avô de vocês; vocês não me obedecem!

As horas que se seguiram foram um misto de tristeza e desânimo, pois todos conheciam o temperamento do avô, homem de uma disciplina pessoal inflexível.

Dizia-se na cidade que era um velho avarento e rude, que apesar da fortuna financeira, composta por sete fazendas de café e gado, economizava cada centavo, vivendo só num antigo casarão, não se permitindo o menor prazer.

Na verdade, o avô era uma pessoa solitária, a quem uma vida inteira dedicada aos trabalhos no campo, com todas as dificuldades da época, tinha subtraído qualquer oportunidade de convívio social. Viúvo na primeira década de seu casamento, com sete filhos pequenos para criar, resolveu mandá-los estudar num colégio interno, restando-lhe apenas o trabalho para amenizar os contratempos do destino. Naqueles tempos, a atividade agrícola consistia em desbravar novos horizontes, comprando terras onde não havia a menor infraestrutura, para transformá-las em futuras "fazendas".

Celina via admirada as fotografias do avô, com um terno de linho branco, chapéu na cabeça, botas de cano longo e um revólver na cintura; o suor escorrendo no rosto, cercado de empregados que mais pareciam índios de roupa, numa imensidão de terra sem nada, a não ser a mata e uma pequena casa de madeira. Ali, contava sua mãe, surgira uma nova propriedade agrícola, com plantações de café, currais para o gado, pastos e todas as demais benfeitorias necessárias. O custo fora alto, pois o avô contraíra duas vezes malária, sendo trazido quase à beira da morte para ser tratado num hospital da capital com febre tão alta que já paralisara suas pernas.

Isto tornara o avô um homem duro consigo mesmo, que passara a vida se levantando antes do nascer do sol, que fazia suas refeições onde achasse alimento, que ficava dias, semanas, sem conversar com alguém escolarizado e sem dormir numa cama confortável.

A mesma vida asteca que levava no campo acabou por se tornar hábito, de modo que ainda nos momentos em que estava na sua grande casa em Jaú, de frente para o jardim municipal, composto por alamedas de árvores frondosas e fontes, pouco usufruía dos confortos disponíveis. Tomava o almoço às onze da manhã e o jantar às seis, sentado sozinho à cabeceira de uma mesa de madeira trabalhada em que caberiam uma dúzia de convidados. A governanta da casa queria lhe fazer pratos diferentes e elaborados mas ele ordenara somente arroz, feijão e carne, em bifes simples. Após o jantar, sentava-se numa cadeira do terraço e ficava olhando as pessoas passarem pelas calçadas; os pais levando crianças ao "Jardim de Baixo", os namorados caminhando felizes e comprando pipocas no carrinho em frente à sua casa, e ficava a imaginar como teria sido a sua vida, se a morte não tivesse levado tão cedo a sua mulher e se tivesse convivido com os filhos pequenos, hoje adultos, a quem pouco conhecia, pois haviam crescido distantes, tanto dele como das fazendas que um dia herdariam.

Muitos dos transeuntes o conheciam, na medida em que seu nome constava no hall de entrada do hospital municipal, bem como nos vitrais da Igreja Matriz, aos quais ajudara financeiramente a construir, mas estes apenas o cumprimentavam obsequiosos e seguiam em frente. O avô teria gostado se algum parasse para prosear um pouco, infiltrando-se naquela sua solidão antiga.

Assim, foi com enorme apreensão e com um sentimento de arrependimento estampado nos rostos que os primos viram a camionete do avô se aproximar de onde estavam sentados, em frente à sede da fazenda. Já era fim de tarde, eles haviam passado todo o restante do dia brincando com uns soldados de plástico colorido, que lutaram batalhas imaginárias em meio a fossos, montes e pequenos riachos feitos sobre a terra vermelha.

O avô vinha de uma viagem de cerca de duas horas, onde fora inspecionar uma de suas propriedades, tendo deixado os netos de manhã na fazenda, aos cuidados de Castello.

Ao apear do veículo, estranhou estarem todas as crianças já reunidas e aparentemente prontas para partir, em harmoniosa reunião. Castello chegou em seguida, freando com braços fortes seu cavalo alazão, que, molhado de suor e relinchando, mostrava ter o empregado se apressado para receber o patrão.

– *Tarde Castello* – disse o avô.

– *Tarde Seu Dudu* – respondeu, chamando-o pelo nome o qual era conhecido.

O avô olhou em volta, esboçando um sorriso que não sabia dar aos netos e perguntou:

– Tudo em ordem? Os meninos se comportaram direito?

A única cabeça que conseguiu se levantar um pouco e olhar para Castello foi a de Celina, mas ela logo abaixou os olhos e ficou mirando as solas das botas dos primos que estavam à sua volta, cobertas por grossas camadas de terra. Na rodinha fez-se tanto silêncio que até os estalos do motor da camionete, que tinha acabado de ser desligado, assustavam.

– Tudo bem, Seu Dudu. São meninos muito educados, não dão trabalho.

Os primos pareciam não acreditar no que ouviam, era bom demais para ser verdade. Aquilo significava que as férias poderiam continuar a serem aproveitadas na fazenda. Ledo cutucou com o pé a bota de Celina, num movimento entendido por todos como a absolvição dos condenados. Risos abafados foram ouvidos. A Bia queria chorar.

Quando já era quase noite, com os assuntos da lida tratados e as instruções dadas, o avô mandou que entrassem na camionete para voltarem à cidade. Celina ficou por último, sem saber como agradecer ao amigo. Estendeu a mão para Castello e este a olhou com um sorriso nos olhos.

– Obrigada, Castello.

– Até amanhã, Celina.

No interior da camionete, com os faróis iluminando a estrada de terra, ladeada por barrancos cobertos de capim, nos quais se viam a parte inferior de troncos de árvores, o avô conversando baixo com o motorista, os ligeiros solavancos do trajeto e o corpo apoiado nos primos ao lado, era difícil manter os olhos abertos. Celina ainda tentou, pois queria aproveitar a alegria que sentia. Instantes depois, contudo, já saltava no ar, voando por horas, até cair num monte de café.

V

Desde que saíra da casa do deputado e se debruçara sobre os documentos recebidos, Armando não tivera um instante de relaxamento. Seu cérebro trabalhava acelerado, tentando pôr numa perspectiva lógica os fatos noticiados, para então submetê-los às diversas qualificações legais possíveis, conforme entendesse haver fraude, culpa ou dolo nas condutas analisadas.

A certa hora, tudo lhe pareceu confuso e incongruente, como se os papéis à sua frente, assim como o Código Penal – que tão bem conhecia – fossem um labirinto do qual não adiantava procurar uma saída. Sentiu uma pontada no estômago, uma sensação de acidez que lhe subia até a boca e olhou para a garrafa térmica sobre a mesa, pegando-a para sentir seu peso: estava bem leve, o que indicava ter bebido muito café. O cansaço fez com que fechasse os olhos e os apertasse com a pontas dos dedos, tentando aliviar a pressão que neles sentia. O relógio marcava cinco horas e dez minutos. Logo começaria a clarear, o que tornaria seu sono mais difícil. Soltou um suspiro ao imaginar que não conseguiria dormir com tantas coisas a resolver.

De qualquer forma, era inútil tentar prosseguir. Levantou-se e foi até a copa, como se nada houvesse por fazer, onde abriu a geladeira à procura de algo para comer. Sentia fome e estava inapetente ao mesmo tempo. Desistiu e resolveu simplesmente ir se deitar. Mesmo que não conseguisse dormir, ficar sobre uma cama com os olhos fechados já seria um descanso.

Na penumbra do quarto, após habituar-se com a pouca luminosidade, viu que Eliza dormia de bruços, abrasada ao travesseiro. Ela usava uma camisola transparente, que por estar levantada em seu corpo, deixava ver a sua bunda, coberta por uma minúscula calcinha. Armando parou e ficou admirando a mulher. Seu corpo era perfeito e sempre o atraíra muito. Aproximou-se dela e a cheirou nas coxas. Era um aroma de pele, misturado ao de suas partes íntimas. Encostou o nariz no lugar mais alto que a calcinha permitia e começou a boliná-la, o mais suave que podia. Beijou o interior de sua coxa, quase na virilha. Apalpou-a com a língua e com os lábios a sugou devagarzinho. Eliza soltou um suspiro. Armando despiu-se e abraçou-a por trás. Introduziu o pênis ereto entre as coxas de Eliza, movimentando-se num vai e vem suave. Ela acordou e virou-se sobre o corpo para vê-lo, dizendo-lhe com os olhos meio fechados:

– Para, sai.

Armando continuou, beijando-lhe a nuca e o pescoço.

Eliza soltou um suspiro mais demorado. Com voz de sono, disse-lhe:

– Tira a minha calcinha.

Num movimento rápido, ele puxou a peça, quase rasgando-a até os pés dela, jogando-a no chão.

Quando Armando a penetrou, ela protestou, afastando-se um pouco:

– Ai, devagar, tá me machucando.

Ele diminuiu seu ímpeto, retomando os movimentos suaves, até perceber que Eliza já estava toda molhada.

Talvez a noite agitada, talvez a tensão que sentia, talvez a solidão em que se encontrava, fez com que possuísse a mulher de uma forma diferente, egoísta, sem dizer-lhe uma palavra carinhosa, até acabar exausto e tombar ao seu lado.

Armando acordou alguns minutos antes do despertador tocar, totalmente desperto e consciente, como se já estivesse elaborando um raciocínio e apenas completasse o pensamento. Muitos dos pontos obscuros da noite anterior pareciam solucionados. Teve pressa de se levantar e voltar ao escritório para continuar a análise da documentação recebida. Deu um beijo em Eliza e foi ao banheiro, verificando que estava com o aspecto de uma noite maldormida. Apesar disso, sentia-se disposto e até ansioso de recomeçar.

O café já estava posto na mesa da sala envidraçada onde tomavam o desjejum, acompanhado de uma variedade de pães, queijos, frutas e cereais. Tomou uma primeira xícara num estado de reflexão tal que se surpreendeu ao terminá-la, pois sequer sentira o gosto do café. Após uma segunda, experimentou o croissant que estava numa cesta de prata, coberta por um guardanapo, sem igualmente lhe sentir o gosto. Estranhamente, depois de começar a se alimentar, percebeu que estava faminto, servindo-se de tudo que havia na mesa. Chamou a empregada e lhe pediu que fizesse uns ovos mexidos, o que a deixou feliz, pois raramente tinha a chance de atender a um pedido seu.

Ao entrar no escritório e ver a papelada espalhada sobre a mesa, com parte dos documentos em cima de uma poltrona e até alguns pelo chão, Armando se recordou do tanto que havia por fazer. Sentou-se e tentou dividir mentalmente as questões, para saber por onde começar: havia a suposta retirada das verbas da fundação, o desvio em benefício da mulher do candidato, a comprovação da origem dos recursos e o uso na campanha eleitoral. Cada aspecto deveria ser analisado quanto à materialidade, a idoneidade da prova apresentada, o nexo casual e psicológico das condutas, bem como os resultados obtidos.

No primeiro exame que fizera durante a madrugada, a versão trazida pelo deputado Campos se apresentava factível, havendo provas a sedimentá-la. Seria necessária, contudo, uma ampla investigação na qual se desse ao acusado a oportunidade de se defender e, eventualmente, de infirmar as provas colhidas. O problema era que não havia tempo. E ele fora se comprometer daquela forma: "três dias", por que aceitara tal prazo? Por que não ficara de boca fechada? "Armando, você é um idiota", pensou desanimado. Teve, a seguir, raiva do Procurador-Geral por tê-lo colocado numa situação como aquela. Ele deveria ter sido avisado previamente para poder tomar a decisão adequada.

Refletindo sobre a noite passada, que se revestia de um mistério não perfeitamente explicado, Armando se questionava se o PGJ sabia dos fatos com antecedência ou se também fora surpreendido como ele próprio. Talvez o deputado tivesse antecipado alguma coisa, mas nada que pudesse alterar a essência do problema e a urgência das providências. Eles pareciam ser bem amigos, o que não implicava em nada de extraordinário, pois o chefe do MP mantinha diuturno contato com políticos e autoridades. Não era segredo que almejava uma vaga no Supremo Tribunal Federal após deixar o cargo de Procurador-Geral que exercera por dois biênios.

Nesta campanha, que era legítima, aproveitava todas as ocasiões em que a instituição por ele dirigida aparecia na mídia para demonstrar sua cultura jurídica, seu bom senso e seu compromisso com a ética pública; a par disso, mantinha boas relações com quase todas as tendências políticas, mantendo-se numa cuidadosa e estudada equidistância, conveniente tanto para o exercício do cargo como para uma eventual indicação da Presidência da República.

Isso, contudo, não implicaria que o PGJ pudesse agir motivado apenas por seus interesses políticos. Armando, desde antes de se tornar seu assessor-especial, acompanhava a atuação do chefe, que era um verdadeiro líder entre os promotores e os procuradores de justiça, tendo sido eleito por expressiva maioria de votos; não havia na sua biografia uma mácula sequer, um episódio no qual não tivesse agido com a honradez e a dignidade esperada de seu cargo. Além disso, surgira entre eles uma verdadeira amizade; algo que até surpreendeu Armando. Logo que ingressou no MP, certa noite, após um curso jurídico, Dr. Paulo o convidou para jantar em companhia de sua esposa, tendo a noite transcorrido num clima ameno e agradável; o PGJ, que àquela época era apenas cogitado para a Procuradoria-Geral, mostrou-se descontraído e até afetuoso com Armando, querendo saber de sua vida e lhe dando conselhos. Na semana seguinte houve novo convite, sendo que Armando pôde perceber que ele, talvez por não ter filhos, apreciava a conversa espontânea que mantinham, o que fez com que os encontros se tornassem habituais, passando Armando a frequentar a própria casa de seu futuro chefe. Nessas ocasiões bebiam cerveja e falavam de futebol, uma das paixões do PGJ, que poucas oportunidades tinha de conversar sobre seu time, eis que sua esposa nada entendia do assunto e nas reuniões da procuradoria havia sempre questões importantes a resolver. Assim, surgiu uma relação de confiança entre ambos, que se fortalecia a cada dia.

Naquele dia, Armando telefonou ao seu gabinete avisando que não iria à sede do MP e que avisassem aos seus substitutos para cuidarem dos processos em andamento pelos próximos três dias, que estaria ocupado com uma designação especial. Ele passou a manhã e a tarde trancado em seu escritório, só saindo para fazer uma pausa e comer um sanduíche ao fim do dia. Eliza o viu e foi falar com o marido, achando-o estranhamente abatido.

– O que você tem amor? Tá com uma cara de cansado, nem foi trabalhar.

– Estou trabalhando em casa. Um caso que aparentemente não tem solução.

– O que foi? Quem roubou o quê?

– Não é tão simples assim; e o pior é que não sei o que fazer.

Armando pensou em contar para Eliza o dilema em que se encontrava, no qual um homem que admirava estava sendo por ele julgado sem o direito de se defender. Ia falar, mas algo o impediu. Era um sentimento vago de inutilidade, uma sensação de que a mulher não se interessaria pelo que teria a dizer. Com o passar do tempo, Armando foi observando que muitas das coisas pelas quais se empenhava, ou que lhe eram importantes, não despertavam em Eliza nenhum entusiasmo. Não havia ao menos uma curiosidade. Nessas ocasiões, ela lhe dava uma resposta meio genérica, do tipo: "é, você vai ter de pensar nisto" ou "penso mais ou menos como você", sendo que sua atenção estava de fato voltada para outro assunto, como a roupa a usar em determinado compromisso social ou o que as amigas tinham comentado a respeito de algum fato. Eliza o deixava falar, fazendo pequenos apartes que a educação exigia, mas nunca trazendo algo de si para ajudá-lo, para compartilhar. Ele até já sabia quando a mulher – com uma maneira carinhosa – iria mudar o assunto, para falar do que realmente lhe interessava.

Armando surpreendia-se às vezes irritado, às vezes solitário, sentindo que algo lhe faltava; não era uma opinião jurídica de que necessitava, pois embora Eliza fosse advogada, tinha na verdade limitado conhecimento do intricado mundo das leis e nenhuma experiência prática; o que ele queria era a troca de ideias, uma opinião pessoal ou um conselho, ainda que ditado por pura intuição. Sabendo que não iria encontrá-los naquela conversa, acrescentou num tom terminativo:

– Não vou aborrecê-la com os detalhes; de todo modo, acho que isso vai me prender a noite toda no escritório.

Armando deu um beijo na mulher e voltou ao estudo do dossiê.

– Calma Beatriz, espere a mamãe parar o carro.

A menina, sentada na cadeirinha no banco de trás, tentava inutilmente se desvencilhar do cinto e abrir a porta do veículo; queria descer correndo e ir se encontrar com o pai, que nesta hora costumava estar em casa assistindo televisão. Helena tinha de pegar algumas compras no porta-malas antes de subir, mas vendo a ansiedade da filha, disse para Isabel:

– Pode ir subindo com ela que eu já vou.

Beatriz correu do carro à porta do elevador, onde ficou parada olhando para o botão de chamada e estudando como poderia alcançá-lo até que a babá chegou e o apertou.

Após guardar seus pertences, tirando uma sacola do porta-malas, Helena chamou novamente o elevador. Enquanto esperava, sentiu uma sensação ruim, uma antecipação de algo desagradável, como a de quem chegasse numa casa onde não era bem-vinda. Sem perceber, balançou a cabeça, dizendo um "não" indeterminado.

No curto percurso do elevador, só teve tempo de pensar uma coisa: hoje, ela e Rafael não brigariam; ainda que o marido estivesse irritado, transtornado pela bebida ou coisa pior, ela manteria a serenidade, não deixando que nova discussão se iniciasse. Não aguentava mais, simplesmente não conseguiria discutir qualquer assunto que fosse. Daria razão a Rafael, não importando qual fosse a questão. Havia um ponto, um limite para tudo na vida, e o deles já estava superado. De repente, sem que pudesse precisar quando, passara a conviver com um estranho; um homem rude e arrogante, que só tinha coisas desagradáveis a lhe dizer. Eram reclamações sobre a direção da casa, sobre suas amigas, sobre o seu modo de se vestir. Aparentemente não lhe sobrara uma qualidade, um fio de beleza ou de inteligência.

Após indignar-se mais uma vez com isso, surpreendeu-se ao constatar que, infelizmente, a recíproca era verdadeira: ela também não via no marido qualquer dos atributos de outrora; não havia mais admiração, desejo ou carinho. A simples voz dele já a desagradava, como num reflexo de Pavlov, onde o som de uma campainha, muitas vezes repetido, fazia o cão salivar mesmo na ausência de alimento.

Ao chegar ao hall social, encontrou a porta aberta e viu a lancheira de Beatriz pelo chão; não culpou a babá, pois sabia que a filha saíra correndo pelo apartamento até encontrar o pai. Mal pensou isto e viu Isabel voltando para arrumar as coisas. A babá lhe deu um sorriso, indicando com um movimento de cabeça que Beatriz estava na sala onde o patrão costumava ficar. Ao aproximar-se, já escutou o riso solto da filha, uma alegria em sua voz enquanto contava algo a Rafael. O marido, deitado de costas no chão, segurava Beatriz carinhosamente pelos braços, dando-lhe beijos e fungando no seu pescoço, com um barulho engraçado, como se fosse um cachorro amigo. Beatriz ria de perder o fôlego. Helena reparou pequenas lágrimas nos cantos dos olhos da filha, talvez do riso exagerado, talvez de alegria.

Sentiu um aperto no coração; algo como um peso na consciência pelo que pensara do marido ou uma tristeza por tudo. Notou que Rafael, ao brincar com a filha, conservava a expressão simpática, meio bonachona, dos tempos em que se conheceram; embora se visse ser jovem ainda, estava mais gordo e envelhecido, com cabelos brancos nas laterais da cabeça. Permaneceu em silêncio, imóvel, para não estragar aquele minuto de paz. Desejou, numa oração não percebida, que as coisas pudessem mudar.

Armando ficou analisando os documentos, fazendo anotações e esboços até aproximadamente quatro horas da manhã, quando, exausto, resolveu parar. Angustiado, sabia que o trabalho não estava terminado e, o que era pior, sentia-se inteiramente perdido.

A forte imagem que possuía do Dr. Emílio, como homem honesto e preocupado com o bem-comum, sobrepunha-se aos papéis sobre a sua mesa, resultando numa contradição insolúvel. Armando julgava que os anos de profissão tinham-no capacitado a distinguir o certo do errado, pois diuturnamente se encontrava frente a frente com os mais variados tipos de criminosos, daqueles que negavam fatos comprovados por gravações e vídeos aos que mostravam um arrependimento capaz de comover uma pedra, de tão dramático e eloquente. Assim, parecia-lhe difícil acreditar que tudo que conhecia acerca do candidato, com suas atividades filantrópicas e seu passado ilibado, era apenas uma fachada mentirosa, escondendo um corrupto vulgar. A coisa não se encaixava: o Dr. Emílio levava uma vida de simplicidade franciscana; jamais era visto nos eventos sociais badalados e, o principal, transmitia uma sinceridade de espírito ao falar que afastava qualquer incerteza. Como, então, pudera desviar recursos de uma fundação de amparo às crianças? Com que propósito? Não havia lógica ou razoabilidade naquilo tudo, mas as provas eram peremptórias, não se podendo ignorá-las.

Desanimado, Armando foi se deitar, sentindo-se impotente e um tanto descrente.

Ao acordar na manhã seguinte, após algumas horas de um sono entrecortado com momentos de consciência, nos quais tentava encontrar uma solução, Armando angustiou-se tremendamente, pressionado pelo prazo que lhe fora imposto e por perceber que apesar de seus esforços não conseguira formar nenhuma convicção. Andou de um lado a outro pelo apartamento, sentindo-se enjaulado pelas paredes, que pareciam se estreitar misteriosamente. Desceu e foi para a rua, caminhando a esmo por uma manhã de primavera. Após pensar pela enésima vez nos documentos recebidos e verificar o quão perdido estava, resolveu telefonar para Edu, confiante que com seu bom-senso poderia lhe ajudar de alguma forma.

O celular chamou várias vezes antes que fosse atendido. Com uma voz de sono, meio rouca e anasalada, este respondeu:

– Fala meu amigo!

Armando olhou imediatamente para o relógio constatando ser cedo demais para lhe telefonar, pois este se levantava tarde, preferindo trabalhar até altas horas da noite.

– Desculpe-me Edu, não vi que era tão cedo.

– Que nada, eu já ia levantar. – Mentiu.

– Aconteceu alguma coisa?

Armando lhe explicou estar com um sério problema – uma questão jurídica, disse para tranquilizar – e que gostaria de conversar pessoalmente sobre o assunto.

– Uma questão jurídica? Quem sou eu para aconselhá-lo – disse Edu, mas intuindo algo por trás, e completou:

– Não quer vir aqui em casa tomar um café?

– Eu quero – respondeu sem rodeios Armando.
– Venha agora mesmo, estou esperando você.

Chegando à casa do amigo, viu Beth, que manobrava o carro para levar o filho à escola.

– Veja quem tá aí Gustavo, o seu padrinho!

Armando sentiu-se envergonhado ao perceber que o menino o olhava com desconfiança e curiosidade, numa nítida demonstração de que não se lembrava dele. Quanto tempo fazia que não visitava Edu? No último ano não viera uma única vez, pensou entristecido.

Após abraçarem-se e conversarem um pouco, Beth pediu licença para ir, pois já estava atrasada. Edu logo surgiu, com o sono ainda no rosto, mas com um sorriso para recebê-lo.

Tomaram juntos um café expresso, tirado de uma máquina italiana da qual Edu se orgulhava e que ficava na sala principal da casa, como uma obra de arte a ser mostrada, e depois de um ligeiro bate-papo, perguntou:

– O que houve, Armando? Deve ser algo importante.

Antes de responder, ele questionou se havia mais alguém na casa e, ante a negativa, passou a narrar ao amigo os fatos ocorridos nos últimos dias, descrevendo minuciosamente todos os detalhes e explicando o teor das provas trazidas. Edu ouvia calado, sem interferir, fazendo apenas algumas perguntas pontuais.

Quando Armando terminou a exposição, perguntou ansioso:

– O que você acha Edu?

Após levantar as sobrancelhas e fazendo expressão de dúvida, ele respondeu:

– Eu não sei, mas tem algo estranho nesta história. Toda esta pressa, todo este segredo.

– Também pensei nisso, mas, nestas circunstâncias até que é natural.

Edu pareceu refletir sobre tudo que havia ouvido, como se rememorasse cada detalhe antes de falar novamente. Armando conhecia esta característica do amigo, que lhe permitia compor um quadro mental completo de um problema, extraindo daí o que era de fato relevante; por isso esperou, sem apressá-lo, contendo a própria ansiedade.

Por fim, Edu perguntou:

– E por que é você que tem de decidir a questão e não o Procurador-Geral?

– Por uma questão de competência legal, em primeiro lugar quem age são os promotores de justiça de 1º grau, como eu, perante um juiz. Do que eu fizer caberá um recurso ao Tribunal de Justiça ou ao Procurador-Geral, conforme a hipótese.

Edu balançou a cabeça, pensativo, antes de perguntar:

– Como o deputado ou os membros do partido dele tiveram acesso às provas de que falou? Não havia extratos bancários? E o sigilo?

– Na sua maioria, são documentos públicos, escrituras, registros do cartório imobiliário, declarações prestadas; quanto aos extratos da fundação, algum de seus diretores deve ter fornecido, não há impedimento legal.

– Uma última pergunta: por que não trouxeram esta papelada antes, com tempo suficiente para você fazer uma investigação, instaurar o inquérito de que falou?

– Parece que eles temiam a subtração das provas ou alguma atitude política para desacreditá-las antes da eleição.

– E jogaram o abacaxi nas suas mãos?

– É, jogaram.

Ao final de mais um dia debruçado sobre os documentos, Armando sentiu repentino cansaço, como se tivesse sofrido uma súbita moléstia, que o impedia de continuar, não lhe restando a menor energia ou capacidade intelectual. Telefonou para Eliza e lhe disse que iria se deitar:

– Mas já? São oito horas, eu já estou chegando.

Armando explicou o mal-estar que sentia, tendo a mulher se oferecido para chamar um médico ou levá-lo ao Pronto Atendimento.

– Coma alguma coisa antes de deitar, você deve estar fraco.

Assim ele fez; e por mais preocupado que estivesse, teve um sono profundo e sem sonhos, "apagando", como que anestesiado, até às oito horas da manhã seguinte. Ao acordar, percebeu estar revigorado e apto para o trabalho à frente. Faltava-lhe, contudo, decidir o que fazer. Havia duas opções possíveis: denunciar o candidato Emílio Penteado ou, entendendo insuficientes os documentos apresentados, aguardar a realização de novas diligências após as eleições. A decisão era dificílima, pois muito provavelmente interferiria nos resultados do pleito para o governo do Estado.

A par de todos os documentos trazidos, examinados minuciosamente, resolveu ligar novamente ao PGJ, com quem não conseguira falar no dia anterior, para ouvir a sua opinião após a exposição dos fatos que lhe faria. Tentou contato pelo celular, mas estava na caixa de recados. Ligou, então, para a Procuradoria de Justiça e depois da ligação ser transferida a duas telefonistas diferentes, escutou a voz da secretária do PGJ, a quem conhecia bem:

– Ângela, tudo bem, é o Dr. Armando. Gostaria de falar com o Dr. Paulo, ele pode atender?

– Um minuto que já vou passar.

Após alguns instantes, Dr. Paulo atendeu.

– Armando, como vai você? Desencontramo-nos ontem; já conseguiu terminar o trabalho? Imagino o esforço.

– De fato, Dr. Paulo, não foi pouca coisa. E é isso que quero conversar com o senhor. Aparentemente, estamos diante de um esquema fraudulento, com malversação de dinheiro público, falsidade ideológica e crime eleitoral também. A questão que desejo trocar uma ideia com o senhor é acerca de como proceder, pois tudo depende de darmos total credibilidade à documentação que nos foi trazida ou iniciarmos uma investigação, um inquérito, para ouvirmos o Dr. Emílio e possibilitar a contraprova. Eu pensei em ir até o seu gabinete e lhe mostrar os indícios e as declarações que temos para saber o seu posicionamento, o entendimento da Procuradoria-Geral, pois as consequências de uma atitude ou outra serão enormes, e como o senhor mesmo me adiantou, o assunto é gravíssimo.

– Armando, esta tarde eu tenho reunião do Conselho Superior e deve demorar bastante. Você sabe, a oposição todo dia cria um problema; agora questionam os critérios das designações dos substitutos; querem estabelecer normas ditadas por eles, o que tiraria nossa flexibilidade e seria um transtorno.

– Quem sabe amanhã, logo à primeira hora?

– Será melhor já apresentar alguma coisa amanhã mesmo, restaria só a sexta-feira antes do fim de semana da eleição.

– Mas o que o senhor acha?

– Bem, eu não estudei as provas, você é que terá de resolver.

Armando sentiu um peso nos ombros, literalmente, encurvando-se para a frente sem o perceber. A ansiedade o pressionava a dizer-lhe alguma coisa que não sabia bem qual seria.

– Sei – falou num suspiro.

– Muito bem então. Quando você tiver uma conclusão me avise; usaremos o plenário da sede para divulgar para a imprensa. Até amanhã.

– Dr. Paulo... Podemos confiar no deputado Campos, digo, nas informações trazidas?

– Sim Armando, não é à toa que ele é o líder do partido, eleito e reeleito tantas vezes.

Helena já acabara de se vestir e esperava por Rafael na sala de estar, pois iriam jantar com amigos num restaurante que abrira recentemente e fazia grande sucesso. O marido viria direto da empresa, passando para pegá-la em casa e ambos iriam em um só carro. Quando Rafael chegou, ao invés de saírem de imediato, como combinado, ele disse que iria primeiro tomar banho e mudar de roupa. A princípio ela não se importou com o fato, ligando a televisão para escutar o noticiário enquanto esperava. Ocorre que o programa terminou e começavam a se atrasar, sem que ele desse sinal de aparecer. Então, foi até a suíte do casal, onde encontrou Rafael deitado na cama, com a toalha de banho enrolada na cintura, olhando para o teto do quarto.

Irritou-se, mas procurou manter um tom cordial, ao falar:

– Estava esperando você na sala, já estamos atrasados; todos devem ter chegado.

– Eu já vou – disse ele simplesmente, sem manifestar qualquer movimento.

Ela aguardou um pouco, foi até seu próprio banheiro, retocou o batom e voltou ao quarto, encontrando-o do mesmo jeito.

– O que foi Rafael, você não quer ir? Se está cansado, eu posso ir sozinha.

– Você é escrava do tempo. O tempo não é nada, só dois ponteiros virando num troço que deram o nome de relógio.

Mais pelo tom da resposta, do que por seu conteúdo esdrúxulo, Helena prestou atenção no rosto do marido, em seus olhos, que estavam meio dilatados e vermelhos. Ela conhecia aquele olhar. Sentiu uma sensação forte e desagradável subir-lhe do estômago ao peito, numa amálgama que continha raiva, depressão e impotência. Teve vontade de correr ao banheiro do marido e ver os vestígios da cocaína, só para evitar que ele negasse.

Precisou sentar-se um pouco na beirada da cama, para absorver o golpe, para ter coragem de fazer qualquer coisa. Respirava profundamente, escutando o ar entrar e sair de seus pulmões, como num instinto de manter a calma ante um perigo.

Por fim, levantou-se e disse com tranquilidade:

– Acho que vou indo, assim você fica à vontade aqui.

– Não, eu já vou, não seja chata.

Helena voltou até a sala, ligando novamente a televisão apenas para parecer que tinha algo a fazer; na verdade, questionava-se acerca da sua inação, de fingir que tudo estava bem, de não confrontar a mentira que sabia existir.

Rafael apareceu uns vinte minutos mais tarde e, para sua surpresa, aparentava estar absolutamente normal, como se os efeitos da droga já tivessem desaparecido. Quando chegaram à garagem, talvez pelo ocorrido, como se desculpando, Rafael foi exageradamente gentil e abriu a porta do carro para ela, numa atitude que lembrava os tempos de namoro. Helena sentiu-se um pouco melhor, pensando ter sido bom evitar briga com o marido.

Durante o percurso conversaram sobre o restaurante e se o gosto dos amigos combinaria com o deles. Falaram acerca das novidades e outros assuntos amenos, num tom de cordialidade de certa forma artificial, como se procurassem evitar a briga não ocorrida. Tudo ia bem até que o celular de Rafael tocou e ele atendeu enquanto dirigia, iniciando uma animada conversa com um tal de "Pedrão", desconhecido de Helena. Pelo modo como o marido falava, rindo e elogiando o outro em meio a brincadeiras, ela concluiu que seriam amigos, embora jamais houvesse ouvido falar do outro. Nisto, alguma coisa dita irritou Rafael, fazendo mudar sua expressão e o tom:

– Não, espera lá. Não foi isso que combinamos – disse.

Helena passou a escutar a voz do desconhecido ao celular, percebendo que falava alto, mas não o suficiente para que entendesse.

– Você não venha com essa pro meu lado, o negócio foi muito claro, você tá achando que eu sou algum idiota? – argumentou Rafael, quase berrando.

Percebendo a alteração do marido e que este não prestava mais atenção no tráfego, parando num semáforo que estava no verde, o que quase ocasionou uma colisão, Helena fez sinal para que retornasse a ligação depois, mas foi ignorada.

Quanto mais Rafael falava, mais transtornado ficava, imprimindo maior velocidade a Land Rover, que batia e rapava no chão a cada esquina que passavam. Helena assustou-se, e como o marido berrava ao celular, gritou para que ele desligasse o telefone.

Ele, furioso, disse ao interlocutor:

– Vai tomar no cu, seu filho da puta. Nós vamos resolver esta merda na justiça. Se eu cruzar com você, eu te arrebento!

O veículo em que vinham atravessou uma via preferencial no cruzamento seguinte, obrigando todos a frearem para evitar o choque, havendo xingamentos e buzinação. Rafael, contudo, saiu acelerando forte novamente.

Helena, já apavorada, gritou para o marido:

– Rafael, você está louco, estacione este carro.

Foi o que bastou para ele dar uma brusca freada, quase no meio da rua e abrir violentamente a porta do lado dela, gritando-lhe:

– Tá com medo, quer descer? Desce logo caralho!

Ela queria enfrentar o marido, discutir com ele e não descer do veículo, mas percebeu que as pessoas na rua haviam parado, preocupadas e curiosas, observando o que aconteceria. Notou também que estavam na frente de uma loja de sapatos da qual era freguesa e instintivamente olhou para ver se a vendedora sua conhecida lá se encontrava. Constrangida, saiu da Land Rover, sabendo bem ser objeto da atenção alheia.

Seguiu em frente, andando apressada até a próxima esquina, onde virou à esquerda, percorreu mais uma quadra e novamente virou, desta vez à direita, como um criminoso que fugisse levando uma bolsa. As pessoas continuavam a olhar para ela, o que a fez pensar: "Será que todos viram a cena, mas como?". Neste momento, se deu conta que chorava, que lágrimas ininterruptas desenhavam um fio pela sua face, fazendo gotas em seu queixo, sentindo-se mais envergonhada.

Helena continuou andando por um longo tempo até que o cansaço chegou, vindo de repente, numa expressão física e mental. Sentia os pés doídos, lembrando-se que usava uma sandália de salto fino e alto – ela a tinha comprado para aquele jantar com os amigos e, ao se recordar disso, sentiu uma tristeza infantil. Sua respiração estava ofegante, o vestido colado ao corpo pelo suor, a depressão a acometia de tal forma que precisou sentar-se, mas não havia lugar, fazendo com que apoiasse a mão na parede para não cair.

Precisava chamar um táxi, mas na minúscula bolsa trazia apenas o batom e as chaves de casa, pois não iria precisar de mais nada naquela noite. "Droga, vou ter de pedir dinheiro na portaria", pensou.

Quando o táxi em que vinha estacionou no portão do edifício, Helena pediu ao funcionário que interfonasse e pedisse a Isabel para trazer o dinheiro para pagar a corrida. Despediu-se do taxista, agradecendo-o e, antes de entrar, perguntou ao porteiro se Rafael já havia chegado. Percebeu um certo constrangimento nele ao responder negativamente, dando-se conta de que sua precária situação interior era visível a todos.

Felizmente, o marido não estava em casa. "Felizmente", pensou entristecida.

Sentado em seu escritório, Armando olhava pela janela à sua frente de um modo contemplativo, não prestando atenção aos prédios, aos carros e às pessoas que passavam em seu raio de visão. Sequer pensava no dossiê recebido. Estava à espera de alguma inspiração, de alguma luz que pudesse solucionar as suas dúvidas.

Lamentou a morte do pai. Como seria bom tê-lo a seu lado agora e poder lhe perguntar como agir. Viu a figura do homem gentil, de maneiras educadas e olhar inteligente, que sempre o recebia com um carinho não manifestado – a sua educação antiga e rígida não lhe permitia demonstrações afetivas – e recordou o que ele lhe dizia:

"Filho, seja sempre honesto com os outros e principalmente consigo mesmo". Armando soltou um riso e balançou a cabeça, lembrando-se das palavras do pai, que pareciam tão simples.

Como poderia seguir o conselho recebido, indagou-se.

No que realmente pensava, qual era sua motivação mais íntima e verdadeira?

Admitiu, com franqueza, que pensava no reconhecimento popular e na fama que uma denúncia destas, às vésperas da eleição, trariam para ele e para sua carreira. Sairia em todos os jornais e noticiários televisivos, consolidando sua posição destacada no Ministério Público.

Era a vaidade, então, o que o motivava?

Com igual sinceridade constatou que não. Aquilo seria consequência do exercício de sua função, pois jamais faria algo ditado apenas pelo ego e desejo de sucesso pessoal. Aliás, não fazer absolutamente nada era uma ideia tentadora. Para que se arriscar deste modo? Por que haveria de ser ele a resolver a questão? Por que simplesmente não "deixar de fazer"?

Percebeu, também, que sentia medo.

A responsabilidade era enorme. Se algo saísse errado ele, o Procurador-Geral e todo o Ministério Público seriam crucificados perante a sociedade, trazendo prejuízo irreparável. Mas ignorar as provas recebidas seria enganar a todos os cidadãos, deixando-os ir votar na ignorância de fatos a que tinham o direito de conhecer. Como se sentiria no dia seguinte, ou quando os atos de corrupção fossem revelados, sabendo que poderia ter feito alguma coisa para impedir a eleição de um mau governador?

Armando percebeu, até com certa tristeza, pois admirava a figura do Dr. Emílio, que não lhe restava outra opção senão cumprir seu dever de acordo com a lei: havia provas do cometimento de crimes e a ele cabia tomar as medidas necessárias para punir os culpados e reaver os valores públicos desviados.

Era isso que iria fazer. Armando respirou fundo e, sem notar, benzeu-se com uma cruz sobre o peito.

VI

Quando Armando chegou ao prédio do Ministério Público uma multidão de repórteres, com câmeras e microfones, aguardava no portão de entrada, onde agentes de segurança evitavam que ultrapassassem o limite demarcado, a poucos metros do estacionamento para as autoridades.

Ao verem o Audi de Armando, que já conheciam de outras ocasiões, houve uma agitação que fez a massa humana se contrair junto ao lado esquerdo, onde havia a guarita, esperando que ele abrisse o vidro e falasse qualquer coisa, antecipando um furo de reportagem. Armando deu um sinal de farol aos seguranças, diminuiu a velocidade, mas não parou, fazendo apenas um leve aceno de mão aos jornalistas. Notou que o número de emissoras de rádio e televisão era muito maior do que em ocasiões anteriores e, embora já acostumado a dar entrevistas, sentiu uma certa inquietação. Enquanto se dirigia para o local da entrada, imaginou que o setor de comunicação da Procuradoria de Justiça havia trabalhado bastante no sentido de divulgar à imprensa que, hoje, algo de especial estava para acontecer. No próprio estacionamento do MP havia uma série de caminhões enfileirados, com os logotipos das principais redes de televisão, dos quais saiam grossos cabos de borracha subindo pelas escadas do térreo, como se fossem cobras emaranhadas e uma porção de funcionários com aparelhos de comunicação na mão em atividade frenética, falando, dando ordens e gesticulando, na preparação de um grande evento.

Armando passou pela porta giratória envidraçada, onde havia o detector de metais, ingressando no amplo lobby de entrada, com acesso aos elevadores, à portaria de informações e alguns outros guichês para atendimento do público. Ao dar os primeiros passos, percebeu que um grupo de colegas conversando ao lado de um balcão parou de falar, os que estavam de costas viraram-se para vê-lo, tendo todos o cumprimentado com sorrisos e exclamações faciais.

Ele respondeu a saudação e seguiu direto na direção do elevador, pois estava atrasado, já que pretendia mostrar a denúncia que fizera ao Procurador-Geral antes da coletiva de imprensa. No elevador, se encontrou com o Dr. Geraldo Brito, um dos membros do Conselho Superior, que contava para três jovens promotores substitutos, ainda bem magros e com rosto de adolescentes, as suas façanhas pessoais ao longo da carreira. Os iniciantes riam e concordavam com tudo que o conselheiro falava. Armando pensou ser boa sorte haver mais pessoas no elevador, o que evitaria alguma pergunta constrangedora do conselheiro acerca do que estava por vir. Este o cumprimentou com solicitude e embora fosse da oposição ao PGJ, pôs a mão em seu ombro carinhosamente e perguntou aos substitutos:

– Vocês conhecem o Dr. Armando de Castro?

Todos balançaram a cabeça afirmativamente, como se a pergunta fosse desnecessária, o que deixou Armando meio sem graça e sem saber o que falar. Deram as mãos efusivamente e esperaram.

O silêncio foi interrompido pelo mais alto dos jovens, que após mexer-se um pouco, endireitou-se e disse num tom cerimonioso, como num discurso oficial:

– Eu queria aproveitar a oportunidade para dizer-lhe, Dr. Armando, que se eu sou promotor de justiça, é por sua causa! Uma vez, fui numa palestra sua e comecei a acompanhar o senhor e o Ministério Público e fui me interessando cada vez mais em seguir a carreira.

O jovem era simpático, aparentando sinceridade nas palavras. Armando ficou surpreso e até comovido com a ingênua manifestação, mas tratou de interrompê-la de imediato, percebendo que o conselheiro não a estava apreciando.

– E o senhor, Dr. Geraldo, vai participar da Comissão de Concurso deste ano? – perguntou Armando.

O procurador obviamente gostou da pergunta, pois lhe permitiria mostrar aos jovens colegas qual era a sua importância na hierarquia da instituição e, dando um sorriso, respondeu com ensaiada modéstia.

– Eu gostaria de poder colaborar mais uma vez. Não sei se sabem que já participei de três bancas examinadoras, mas com as atividades do Conselho Superior torna-se difícil. E eu gosto de fazer as coisas bem feitas.

Todos os presentes concordaram com presteza.

– Sem dúvida – disse Armando, e tendo o elevador chegado ao andar do Gabinete do Procurador-Geral, despediu-se e desceu.

Normalmente, neste andar havia tranquilidade e silêncio, pois só os funcionários e assessores que trabalhavam diretamente com o PGJ ali permaneciam. Eles recebiam algumas autoridades que marcavam audiências com o chefe do MP, fazendo-lhes sala enquanto aguardavam. Eventualmente comparecia um promotor ou procurador de Justiça que tivesse algum assunto especial para tratar, mas na maior parte do tempo as salas com lambris de madeira nas paredes, sofás antigos de couro e pinturas com motivos franceses, permaneciam praticamente vazias. As questões do dia a dia da administração e funcionamento do Ministério Público, que envolviam todas as cidades do Estado, ficavam a cargo da chamada "assessoria de frente", no andar de baixo.

Hoje, contudo, havia um número incomum de colegas nas salas contíguas ao Gabinete do PGJ, que conversavam de maneira descontraída, como se não tivessem nada mais para fazer. Armando lembrou-se dos dias em que os resultados dos concursos públicos de ingresso na carreira eram divulgados e muitos colegas ali ficavam para saber logo acerca dos aprovados. Percebeu que existia uma expectativa no ar, que o aparato montado para a entrevista coletiva, excedendo em muito o usual, despertara a curiosidade dos próprios promotores. Todos queriam estar por lá e participar do que estava por vir, embora não soubessem o que seria.

Ao ingressar na ampla sala, Armando se deu conta de que, neste dia, as atenções estavam voltadas para ele. O burburinho, as risadas e as conversas cessaram abruptamente, fazendo-se estranho silêncio, como se uma noiva entrasse na igreja no momento errado, surpreendendo os presentes. Os colegas sorriam e o cumprimentavam enquanto Armando ia passando na direção do gabinete do PGJ. As rodas de conversa se abriam para que ele parasse e se acercasse, mas estava com pressa e, sobretudo, não poderia revelar a missão recebida. Estava quase alcançando a antessala do gabinete, quando, Arthur, promotor do mesmo concurso que ele, o segurou pelo braço, puxando-o junto a um círculo de colegas.

– E aí Dr. Armando, você vai me contar o que está rolando ou vou ter que te dar umas porradas? Ouvi dizer que tem a ver com as eleições!

Armando riu e deu um abraço no amigo, dizendo para os outros:

– Chamem a segurança, temos um elemento perigoso.

Sem perder tempo, desvencilhou-se e continuou até a mesa da secretária que já o aguardava.

– Bom dia Claudete, posso falar com o chefe um minuto?

A secretária lhe deu um sorriso simpático, revelador de sua personalidade afável.

– Já vou anunciá-lo.

No gabinete do Procurador-Geral, com suas salas contíguas rodeadas de altas janelas envidraçadas, Armando o encontrou de pé atrás de sua mesa, remexendo numa pilha de papéis; ele parecia preocupado e apressado no manuseio das pastas que verificava. Em seguida, olhou para Armando, cumprimentando-o com voz cansada:

– Entre meu filho, chegue até aqui.

Após darem-se as mãos, o PGJ soltou um suspiro, mostrando sua contrariedade:

– Tudo acontece no mesmo dia – disse. – Estou aturdido com o que tenho a resolver.

– Alguma coisa que eu possa...

– Não. – Cortou o outro com amabilidade. – Assuntos do Conselho Superior e do Legislativo. Diga-me, conseguiu concluir a investigação? A que conclusão chegou? Os jornalistas aguardam ansiosamente.

– Creio que sim. Eu queria saber a sua opinião para ver se não estou me equivocando. A documentação impressiona pela coerência, pela precisão, como peças que se encaixam perfeitamente numa direção. Poucas vezes tive provas tão harmoniosas.

–E então?

– Bem, eu só queria poder ouvir o Dr. Emílio, dar-lhe a oportunidade de se manifestar antes de...

– Infelizmente, nós não temos este tempo. Como o deputado Campos pontuou, a questão é de extrema urgência, com as eleições aí – disse o PGJ, gesticulando com a mão para mostrar algo que estivesse ao lado deles.

– Eu sei, compreendo.

Após alguns segundos de silêncio, Armando continuou:

– Resta-me denunciá-lo por crime eleitoral, peculato e outras imputações. Além disso, preparei uma ação civil pública por improbidade administrativa, para o ressarcimento do erário, com pedido liminar de bloqueio de bens. – Enquanto falava, Armando começou a tirar de sua pasta alguns documentos e ia colocá-los na mesa do PGJ, mas este lhe fez um sinal para que esperasse.

– Castro, eu tenho um compromisso inadiável agora, não tenho tempo para examinar isto. Você deve ter estudado tudo em minúcia, feito uma boa análise jurídica, tenho certeza de que concluiu com acerto. Eu não menti ou exagerei quando falei da sua capacidade ao deputado.

Ante tal manifestação de confiança do PGJ, Armando parou o gesto, guardando seu trabalho novamente, dizendo:

– Bem, fiz o melhor que pude, o senhor pode ter certeza.

– Eu tenho meu rapaz, vamos lá!

O Plenário era um grande salão, no último andar do Ministério Público, reservado usualmente para os atos mais importantes da instituição: as posses do Procurador-Geral, do Corregedor-Geral, sempre repletas de autoridades, a reunião do Órgão Especial e, em raras ocasiões, para receber algum professor ou convidado ilustre, como os Ministros dos Tribunais Superiores.

Utilizá-lo para a divulgação de algum fato referente à atividade dos promotores de justiça nunca havia acontecido antes, mas foi a solução encontrada para poder acomodar o enorme número de repórteres e equipamentos de transmissão presentes na ocasião. Esta era a versão oficial apresentada pela Procuradoria de Justiça, em mensagem enviada ao setor competente. Os membros da oposição à gestão do PGJ, contudo, insinuavam que aquilo se devia a vontade do Dr. Paulo de aparecer na mídia, de mostrar a toda a nação e, principalmente, aos membros do Congresso e à própria Presidência da República como o MP estava atuante e diligente sob sua direção.

Enquanto Armando se aproximava por um corredor lateral ao Plenário, pôde ouvir o barulho e o tumulto de vozes que dali vinha, como se telespectadores inquietos reclamassem da demora do início de algum show. Ele estava acompanhado dos funcionários do cerimonial e de dois outros assessores que foram com ele até a porta que dava ao auditório. Ao chegar, observou que na comprida mesa ao centro do Plenário só havia uma cadeira posta à frente de inúmeros microfones. Ficou um pouco desconcertado, estranhando o fato, pois normalmente estas entrevistas eram realizadas junto a vários colegas do MP. Perguntou aos outros assessores:

– Vocês não vão participar?

– Não, como esta foi uma investigação sigilosa, da qual só você teve acesso, o PGJ determinou que apenas você desse a entrevista. Afinal, nós nem sabemos do que se trata.

– É verdade, não tinha pensado nisso – disse.

A funcionária do cerimonial olhou para Armando, esperando sua anuência para anunciá-lo, tendo ele aquiescido com um sinal de cabeça. Ela entrou, aproximou-se dos microfones e falou num tom protocolar:

– Senhoras e senhores, o Dr. Armando Castro, promotor de justiça e assessor-especial do Procurador-Geral de Justiça, informará aos presentes as razões desta entrevista convocada.

O tumulto de vozes diminuiu de uma vez só, transformando-se num murmúrio denso e grave, que reverberava pelas paredes do auditório, como se todas as pessoas passassem a cochichar algo muito sério. Um dos outros assessores deu tapinhas nas costas de Armando, à guisa de encorajá-lo, depois de dar uma rápida olhada na plateia.

Armando tentou esboçar um sorriso ao colega e, a seguir, entrou com passos resolutos no Plenário, dirigindo-se à mesa central onde parou de pé por instantes. Uma centena de flashes brilhou à frente de seus olhos, fazendo com que enxergasse tudo de forma indistinta e prateada. Quando os olhos recuperaram a acuidade, foi a vez dos holofotes das redes de televisão focalizá-lo, como a um ator no meio do palco escuro. Ele esperou até que sua visão se acostumasse com as luzes que lhe eram dirigidas, abaixando os olhos e mirando fixamente os pés dos microfones. Depois, levantou a cabeça e encarou a plateia.

Era um mar de gente. Embora acostumado a dar entrevistas e a falar em público, sentiu um aperto na garganta, como se a grandeza e extravagância daquele evento, pela primeira vez compreendidas, lhe deixassem sem voz. Um medo súbito lhe subiu do estômago ao cérebro, paralisando-o. A multidão esperava. Pensou que não conseguiria começar a falar, procurando respirar fundo, desde o baixo ventre até o pulmão. Num átimo, numa fração de segundo, na velocidade mágica dos pensamentos, lembrou-se de seu pai, de que ele estaria ao seu lado naquele momento, dando-lhe o apoio de sempre. Sorriu, um sorriso sem explicação.

Quando Armando começou a falar, fez-se silêncio total no auditório, como se cada jornalista, gravando ou anotando, não quisesse perder uma palavra, conscientes de que os assuntos jurídicos exigem atenção plena para poderem ser depois reproduzidos com exatidão nos jornais e nas revistas em que trabalhavam. Ele, na medida em que sua explanação fluía com coerência e didática, agradeceu intimamente aos anos do Tribunal do Júri, onde lhe cabia explicar a leigos, às pessoas do povo que exerciam a função de jurados, teses de direito penal e de processo, procurando fazê-lo de forma clara e objetiva, longe do jargão jurídico.

Inicialmente, ele deu explicações sobre a lei eleitoral e sobre as diversas condutas que seriam tipificadas como crimes, esmiuçando as consequências deles nas campanhas partidárias. Quando Armando falou sobre impugnação de candidaturas e inelegibilidades, houve uma agitação na plateia, com os jornalistas conversando uns com os outros, o que o obrigou a esperar para poder continuar. A partir deste ponto, não se retomou mais a ordem anterior, pois alguns repórteres começaram disfarçadamente a usar seus celulares, comunicando o teor das declarações.

Por fim, ele mencionou a Fundação de Amparo às Crianças: foi o caos, todos os jornalistas intuíram que a investigação inicialmente mencionada e as provas produzidas se referiam ao candidato Emílio e começaram a se fazer perguntas, a conversarem entre si a ponto de interromperem a entrevista novamente.

Armando aguardou, esperando que se fizesse silêncio. Em vez disso, o jornalista que cuidava dos assuntos políticos do jornal de maior circulação no estado, com quem ele mantinha relações cordiais e bastante próximas, levantou-se e lhe perguntou em voz alta:

– O senhor está dizendo que o candidato Emílio está de alguma forma envolvido nisto?

Todos os olhares voltaram-se para Armando. As pessoas se mexiam de forma estranha, com movimentos rápidos e contidos, como se estivessem num elevador lotado que abrisse as portas. A respiração e as palavras estavam contidas, o silêncio voltara.

– Sim, ele está envolvido, praticou os crimes que acabo de narrar.

Na sala privada que havia em seu gabinete, o Procurador-Geral acompanhava o desenrolar da entrevista, escutando a transmissão direta por uma das rádios que detinha maior audiência no país. À sua frente, um moderno aparelho de TV permitia que visse, em pequenos módulos e simultaneamente, o que as principais emissoras estavam exibindo. Todas já tinham efetuado chamadas acerca da bombástica apresentação na sede do Ministério Público. De repente, segundos após Armando mencionar o candidato Emílio, logotipos com inscrições "urgente", "edição especial", "em cima do fato" começaram a aparecer nas telinhas, com repórteres falando apressados, para em seguida mostrarem o auditório, ao centro do qual uma figura solitária respondia a uma enxurrada de perguntas.

O PGJ concentrou sua atenção em um dos canais, para depois ampliá-lo com o controle remoto, pondo volume à transmissão. Um jornalista perguntara a Armando o que exatamente o MP faria sobre os fatos revelados. Com calma e tranquilidade, ele respondeu:

– Vou imediatamente protocolar uma denúncia contra o Sr. Emílio Penteado, candidato a governador, por violação dos artigos 16 e 38 da lei eleitoral, combinados com os artigos do Código Penal que tipificam os crimes de peculato, falsidade ideológica e material, participação em organização criminosa e fraude fiscal.

Ante a confusão que se instalara no auditório, Armando manteve silêncio, enquanto a câmera mostrava os jornalistas disputando um microfone que surgira no meio da plateia, sem que houvesse entendimento sobre quem deveria perguntar primeiro.

Armando disse, então, em tom mais alto:

– Senhores, fiquem calmos, por favor, que eu vou explicar tudo minuciosamente. Como dizia, a denúncia será apresentada hoje visando à reparação penal dos delitos praticados. Paralelamente, ingresso também com um pedido liminar, de natureza eleitoral, pleiteando a suspensão da candidatura do Sr. Emílio Penteado à governança do Estado e...

O barulho da assistência foi de tal ordem que não se pôde ouvir o que ele falava, obrigando-o a outra pausa. Com a expressão de um professor acostumado a bagunça de estudantes, Armando foi conduzindo a entrevista com paciência, sem aparentemente perder o fio da meada, para mostrar o desenrolar dos fatos e quais as providências que o Ministério Público estava tomando para o restabelecimento da lei.

Após quase uma hora de entrevista, o PGJ apertou a tecla "mute" silenciando o aparelho de televisão, recostou-se satisfeito na poltrona de espaldar alto e deu um longo suspiro de alívio, como se ele próprio estivesse dando a entrevista. "Tudo correra bem", pensou, Armando desempenhara seu papel como havia previsto, calmo, coerente e firme. A figura do promotor de justiça que a sociedade esperava. Lembrou-se com um sorriso do comentário da esposa que lhe dissera ter "aquele jovem uma cara de honesto, de idealista" e era verdade: Armando transmitia uma sinceridade que sempre o impressionara. Fora a escolha certa, sem dúvida.

Mais relaxado, o PGJ procurou numa das gavetas por seus charutos, que ficavam somente em sua sala privativa, longe dos olhos de terceiros nestes tempos de controle ao tabagismo. Levantou-se e abriu uma das janelas, embora o ar-condicionado estivesse ligado. Tirou os sapatos e sentou-se novamente, acendendo o charuto. Dar-se-ia meia hora de descanso antes de aparecer ao público neste dia especial e que seria agitadíssimo. Refletiu se não deveria ter aproveitado esta oportunidade única, na qual todas as estações de televisão e rádio estavam na sede do MP, para aparecer ao lado de Armando, como um conselheiro mais velho, um mentor, e responder a algumas perguntas, mostrando seus conhecimentos jurídicos a toda a nação. Isso, com certeza, pesaria a seu favor numa futura indicação ao STF. Sugou vagarosamente o charuto, vendo o vermelho do fumo em brasa aumentar, para logo em seguida acinzentar-se numa ponta frágil que relutava em cair. Teria sido ótimo, admitiu, mas o risco seria enorme. Se por uma razão não prevista algo desse errado, o dano seria estrondoso, com certeza irremediável. Do modo como planejara, iria usufruir dos louros desta atuação rápida e eficiente do MP, sem correr o risco de se expor totalmente, e as coisas haveriam de correr bem. Tudo, pelo menos, assim indicava.

Helena estava atrasada para uma reunião com fornecedores, mas ao passar em frente à casa dos pais e ver as grandes janelas abertas, onde ficava a conversar com a mãe nos anos de adolescente, vendo os meninos que voltavam do colégio nas redondezas, resolveu dar uma parada e fazer uma breve visita, só para ver como eles estavam.

Como ainda conservava com ela as chaves, abriu o portão e entrou silenciosamente pelo caminho lateral, ladeando um amplo jardim, outrora o orgulho de sua mãe, que nele passava parte das manhãs cortando folhas, fazendo enxertos de mudas e arrumando vasos, para torná-lo florido e cheio de vida o ano todo. Observou, com certa tristeza, que muitas das exóticas plantas daqueles tempos não existiam mais. Eram samambaias que pareciam despencar como cascadas do alto dos terraços, arranjos em vasos enormes, com folhas e arbustos coloridos, orquídeas misturadas às árvores. Agora, havia apenas um gramado, meio queimado em alguns pontos, com mato crescendo nas laterais e uma infinidade de vasos vazios, na sua maioria quebrados.

Caminhou até a área da piscina para encontrá-la com ar de abandono, a água turva e cheia de resíduos, como se não a limpassem há meses. No deck em volta, os móveis estavam cobertos por poeira, os estofados com um bolor preto, manchando os tecidos. Refletiu no tempo decorrido desde a última vez em que usufruíra daquela parte da casa.

Preocupada, foi vistoriando o restante da residência. À medida que passava por seus cômodos, encontrava em cada um marcas de desleixo e falta de conservação. Nos banheiros não havia sabonetes, as toalhas de mão, que lembrava bordadas, limpas e macias, pareciam trapos. As travessas e enfeites de prata escurecidos e sem brilho. O que estaria acontecendo? Como não notara antes? Indagou-se. Chamou pela governanta, indo encontrá-la na cozinha, preparando um bolo de laranja que irradiava um cheiro delicioso de fruta, açúcar queimado e especiarias. Um aroma familiar e convidativo. Iraci assustou-se um pouco ao vê-la, mas percebeu que tudo estava bem pelo sorriso de Helena. Abraçaram-se e ela se sentou na cozinha para conversar e comer um pedaço do bolo.

Helena procurou apurar o que ocorria com a manutenção da casa que sempre fora cuidada com esmero, tendo a governanta lhe dito:

– O Dr. Luciano parece que não gosta mais da casa. Despediu o rapaz da piscina e não quis contratar um novo jardineiro no lugar do João que se aposentou. A menina da faxina também saiu. As coisas vão ficando por fazer...

– Isso é estranho – disse Helena pensativa.

– Você sabe, ele anda tão triste. Quando você está aqui, ele procura se mostrar animado, mas passa os dias quieto, nem parece o seu pai.

Após comer uma fatia do bolo, que tinha um sabor inigualável, Helena subiu até o quarto do pai, levando-lhe um pedaço para que experimentasse.

Após conversarem um pouco e constatando a melancolia que o pai procurava esconder, Helena tentou animá-lo, falando dos assuntos que sempre o empolgaram, como uma futura viagem:

– Que tal a Suíça, faz tempo que você não vai.

Luciano, contudo, não se mostrou interessado. Disse-lhe que a Europa perdera todo o seu charme depois da globalização que deixara os países todos iguais. – Antigamente – contou – você ia para a Suíça e só lá encontrava os deliciosos chocolates, as lojas eram típicas, com seus canivetes e relógios, lugares que passavam de pais para filhos. Hoje está tudo igual, as mesmas coisas expostas em lojas idênticas as que temos aqui ou em outro lugar qualquer, as mesmas cafeterias, o mesmo design e até as pessoas se vestem de modo similar. Para que me dar ao trabalho de ir?

Helena sabia que embora o pai tivesse razão em sua observação, o motivo real era outro, muito simples e forte: como ele poderia voltar àqueles lugares, onde fora tão feliz, levando consigo a ausência de Celina. "É, este é o problema dos grandes amores", pensou consigo mesma.

Ao passarem pelo quarto da mãe, a luz estava apagada, tendo o pai lhe dito em voz baixa:

– Ela está dormindo.

Helena sentiu pena dele, pensando no estado de total alienação de sua mãe, que não distinguia mais o dia da noite ou qualquer outra coisa. Para o pai, contudo, os cuidados eram os mesmos de outrora.

Após deixar sua antiga casa, um pouco abalada pela sensação que lhe ficara, de uma decadência, de falta de vida e de esperanças, como se antevisse que nunca mais se realizariam jantares ou festas, que não veria seu pai de sorriso aberto, abrindo garrafas de vinho e servindo aos convidados, ela foi tomada por um sentimento de impotência que a tornava mera testemunha de um fim anunciado. O tempo passara de modo imperceptível, levando consigo tantos momentos de felicidade. Sentiu pena de não os ter aproveitado mais, de usufruí-los como únicos e especiais. "Quando a gente tem tudo, parece nem notar", pensou.

Enquanto se dirigia para a empresa imersa em pensamentos, ponderou que se continuasse a se deixar levar, esperando que algo imponderável, alguma coisa mágica ou fortuita, viesse corrigir os erros do presente, talvez o tempo a surpreendesse outra vez. Percebeu que desde o nascimento de Beatriz, ou mesmo antes, a vaga ideia de separar-se de Rafael vinha surgindo em algum lugar da sua mente. Não era um pensamento lógico, um plano ou algo assim. Era uma impressão, um sentimento colocado por erro no cérebro. De início, isso a assustou, fazendo-a balançar a cabeça para afastá-lo, pois se casara para viver toda uma vida juntos, ter muitos filhos e uma casa que iria sempre recebê-los. Com o passar do tempo, vendo o marido transmudar-se num desconhecido, violento e distante, a primeira coisa afastada foram os filhos futuros. Chegou a repreender-se, com peso na consciência, ao admitir num pensamento solto que Beatriz fora precipitação. Depois veio a observação de que a vida de outros casais era mais gratificante, que poderia haver carinho, cumplicidade e atração entre os cônjuges. Por fim, veio o sentimento de cansaço, de se sentir exaurida de tentar modificar alguém que parecia pouco se importar com a situação ou com ela própria.

Se não fosse pela Beatriz, pensou resignada, já teria feito o que era necessário. Não nascera para viver o estereótipo de uma vida a dois que existisse apenas nas aparências, nas conveniências sociais, enquanto na verdade se sentia a cada dia mais solitária. A lembrança da alegria da filha ao abraçar Rafael, de sua tristeza quando ele viajava por alguns dias, do horror que via em seus olhos nas vezes em que presenciara discussões violentas... Contudo, deixava-a inerte, sem coragem para nada, com o pressentimento que se sujeitaria ao que o destino lhe reservasse.

Eliza estava tão animada e excitada que um sentimento de verdadeira ansiedade começou a lhe dominar, fazendo-a trocar o vestido e os sapatos diversas vezes. O chá na casa de Ana Maria, de tradicional família e com acesso livre às colunas sociais, era o acontecimento do mês entre as amigas e, hoje, justamente, as atenções estariam voltadas para ela. Armando aparecera em todos os canais de televisão e, com certeza, este seria o assunto da reunião social. Talvez ela própria fosse filmada ou entrevistada pelo batalhão de repórteres que vira no portão do prédio. Ela necessitava de algo especial, como aquele sapato Louboutin que infelizmente não comprara. Por que foi perguntar a opinião da Áurea, sempre tão pão-dura, e deixar de comprá-lo. Era justamente o acessório que lhe faltava, todas reparariam na sola inconfundível. Olhou para o relógio e calculou o tempo para ir ao shopping. Neste horário, com o trânsito, chegaria atrasada para o chá. Mas e daí, pensou, seria até bom, todas ficariam se perguntando se ela viria, ou se compromissos importantíssimos junto ao marido a impediriam.

Decidiu-se por ir e interfonou ao motorista para esperá-la à entrada do prédio. Trocou novamente de vestido, pois o que escolhera não combinaria com a cor do Louboutin. Quando ia descer, uma dúvida lhe assomou o espírito: "E se tivessem vendido o sapato, como faria? Ah, que inferno", pensou, tranquilizando-se ao observar que a sandália que usava era de cor neutra.

No curto, mas demorado percurso até ao shopping, sentada no banco de trás do Mercedes-Benz blindado, utilizado quando ela própria não dirigia, Eliza acalmou-se, distraindo-se em observar o vai e vem dos pedestres e os letreiros das lojas e negócios. Constatou que estava muito feliz com a vida, tudo parecia transcorrer como imaginara em seus momentos mais otimistas: sentia-se jovem e bonita, era rica e havia se casado com o homem certo. Armando fora uma aposta arriscada, mas valera a pena. Sua mãe tinha razão quando a aconselhou a namorá-lo. Lembrava-se das palavras dela: "Se ele passou neste concurso difícil, deve ser esforçado e trabalhador. Você disse que ele cuidou do pai velhinho, então vai cuidar muito bem de você. Não tem importância ele ser pobre; assim, ele nunca vai deixá-la". De fato, as coisas haviam saído como ela previra, pois Armando se mostrara carinhoso, inteligente e vivia só para o trabalho e para ela.

Ao chegar à loja, para a qual já telefonara reservando o sapato, a vendedora a esperava com o Louboutin numa caixa regiamente empacotada, surpreendendo-se com o pedido de Eliza para colocá-lo ali mesmo, saindo para passear pelo shopping. Na verdade, ela queria usá-lo um pouco antes de ir ao encontro das amigas, senão pareceria que o comprara só para isto.

O chá na casa de Ana Maria foi como uma festa em sua homenagem, tantos foram os cumprimentos que recebeu. Havia numa das salas um enorme aparelho de TV, que embora estivesse sem volume, mostrava seu marido concedendo entrevistas, participando de diligências com policiais e ao lado de políticos importantes, numa espécie de resumo de sua atuação como promotor de justiça. Na hora das fotografias para as colunas sociais, Ana Maria fez questão de tirar uma só com ela, com certeza para os jornais do dia seguinte.

À noite, ela mandara preparar um jantar especial, com os camarões ao caviar e vinho da Bourgogne, servido à luz de velas, na ampla mesa da qual se tinha vista privilegiada da cidade, como o marido gostava.

Apesar de visivelmente cansado, Armando falou com entusiasmo, explicando-lhe detalhes da investigação e do processo que viria a seguir. Contou-lhe dos momentos de dúvida e angústia, nos quais não sabia o que fazer. Disse-lhe que, enfim, estava em paz com sua consciência e com o trabalho realizado. Ela ouvia, não tanto com atenção e interesse, mas com muito orgulho.

* * *

Celina explicou aos primos vindos da capital como era a brincadeira de catar porcos. Eles entrariam no grande chiqueiro existente na fazenda, passando por baixo da cerca de arame farpado, pelo lado oposto ao da sede para não serem vistos. Lá ficavam porcos de todos os tamanhos, exceto os recém-nascidos, que ocupavam baias na parte da frente, forradas de feno, onde eram amamentados por porcas com úberes cheios de leite e que ficavam deitadas na maior parte do tempo. Deveriam correr atrás dos porcos, berrando e gesticulando para separá-los do grupo e pegá-los pelas patas traseiras, levantando-os do chão, para levá-los até onde os outros primos aguardavam para o julgamento. Ganhava quem pegasse o maior número de porcos ou os maiores e pesados. Naturalmente, todos escolhiam os animais bem pequenos, acabados de sair das baias. Os porquinhos assim eram caçados e quando se viam pegos e suspensos no ar, berravam alto e desesperados. Tal martírio durava pouco, o tempo entre a captura e a análise dos primos. Algumas vezes, contudo, a disputa ficava acirrada, principalmente entre Celina, que morava em Jaú e ia todos os dias à fazenda, e os primos mais velhos, detentores de maior envergadura física.

Nesta tarde, vários concorrentes já tinham sido eliminados, restando na disputa apenas Ledo, Rui e a própria Celina. A brincadeira tinha os seus riscos, pois o chiqueiro, além de sujo e enlameado, continha todas as espécies de materiais cortantes, como arames, pedaços de foices e enxadas, bem como os restos de arados, roçadeiras e demais instrumentos agrícolas já não utilizados. Correr por aquele chão escorregadio nessas circunstâncias, exigia perícia e coragem, mas o perigo maior era outro, conforme Celina já alertara aos primos: os porcos grandes, às vezes, investiam contra seus oponentes. Quando saíram os três, Rui pegou um filhote que se desgarrou do bando, levando-o ao julgamento dos outros. Ela e Ledo teriam que apanhar um maior se quisessem ganhar. Ficaram meio que se observando, à espera do que o outro faria, correndo prá cá e prá lá. Nisso, o primo viu um filhote bem crescido e saiu ao seu encalce, cercando-o junto à parede de um barracão. Tentava pegá-lo, mas o animal berrava e se esquivava.

Ocorre que Ledo não vira uma enorme porca, pesando uns cem quilos, que ao ouvir os gritos do filho disparou em direção às suas costas. Celina berrou, mas ele parecia não ouvir. Toda a atenção estava focada no filhote:

– Corre, Ledo! A porca, corre! – gritou desesperada.

Foi o tempo do primo virar-se e dar de cara com o grande focinho que se aproximava. Num movimento rápido, ele saltou de lado, só escutando o barulho da fêmea ao trombar contra a madeira, um som grave, um estrondo pesado. O animal, mesmo atordoado, virou-se na direção dele e investiu novamente. Ledo correu na rapidez das crianças altas e magras com a porca em seu encalce até o local onde havia um lameiro, uma espécie de banheira para porcos cercado por tábuas de madeira, e mergulhou como numa piscina. A porca, ao deparar-se com a proteção, parou bruscamente, ficando a rosnar em volta, até que o grunhindo do filhote a chamou de volta.

Quando Celina chegou, o primo se levantava todo enlameado, meio chorando de nervoso e gritou:

– Filha da puta!

Celina ia chorar também, mas começou a rir, baixinho, para cair numa gostosa gargalhada, que irritou Ledo:

– Para com isso Lina, não tem graça.

Foi impossível evitar as risadas dos primos ao verem Ledo como um boneco de lama. Foram juntos até a horta, onde uma mangueira jorrava água ininterruptamente sob um barril de latão. Ledo ficou parado enquanto os primos – todos fizeram questão – deram-lhe uma ducha que o deixou molhado e limpo.

A mulher de Castello, após arrumar camisa e calça para o menino, mandou que ficassem perto da sede, sem fazer bagunça, até que o avô voltasse.

A noite começava a cair quando "Seu Dudu" retornou com sua camionete, toda avermelhada de terra, parando em frente à sede onde Castello já o esperava. Como sempre, chamou os netos com um aceno de cabeça e foi se sentar à beira de uma comprida mesa de tábuas de ipê, sem nenhum acabamento ou verniz. Esta datava da época em que abrira a fazenda, vencendo a mata então existente, verdadeira floresta, para o plantio do capim, do café e a construção dos currais e da leiteria. As madeiras nativas, como jacarandá, mogno, ipê e peroba, foram utilizadas em todas as obras, dando-lhes um colorido que variava do amarelo ao marrom escuro, além da solidez quase perpétua.

Com a chegada do avô, começava um ritual que Celina apreciava em todos os pormenores: enquanto ele e Castello conferiam notas e estoques, fazendo anotações num caderno de capa dura, a mulher do administrador punha para torrar, num cilindro de ferro sobre a chama de lenha acesa, uma porção de café selecionado da melhor gleba da fazenda, fazendo irradiar seu aroma pela casa. Torrados, os grãos eram moídos e passava-se o café num coador de pano, grande o bastante para encher vários bules. Todos tomavam a deliciosa bebida em xícaras rústicas, enquanto o avô continuava a dar instruções ao administrador. Como a viagem de volta a Jaú seria demorada, fazia-se também pão caseiro no forno de barro ali existente, que era servido com ovos fritos na hora. Talvez a fome depois de um dia correndo, talvez a infância junto do avô e dos primos... tudo tornava especial aquela refeição.

O dia seguinte à bombástica entrevista pareceu a Armando como se fosse 1º de janeiro, pois havia um cansaço no ar, uma espécie de preguiça ou letargia, que indicava ser melhor não fazer absolutamente nada. E, depois, o que mais havia a fazer? Já trabalhara muito nos dias anteriores, lendo e relendo documentos, com o Código Penal como livro de cabeceira.

Era sábado, véspera do dia das eleições, e não lhe caberia qualquer pronunciamento adicional, tudo que necessitava explicar ele o tinha feito no Plenário, respondendo a todos os questionamentos dos jornalistas, sem exceções. Dera ordens aos empregados que não o chamassem ao telefone, informando a quem ligasse que não poderia atender. Os celulares, que apenas os amigos e conhecidos sabiam os números, já eram suficientes para mantê-lo ocupado. E assim foi. Logo de manhã cedo uma infinidade de colegas ligou para cumprimentá-lo pela "denúncia sensacional", que desmascarara um farsante e que, provavelmente, impediria a sua eleição.

De fato, as pesquisas de opinião divulgadas pelos principais institutos de pesquisa indicavam que Emílio Penteado seria eleito governador já no primeiro turno, com 52% dos votos válidos. Os efeitos da entrevista a todos os órgãos de televisão e de imprensa, bem como os do pedido de suspensão da candidatura, ainda que não acatado pelo Tribunal Eleitoral, como era provável acontecer, não haviam como ser estimados, pois era uma situação inédita. Jamais ocorrera de na antevéspera do pleito o Ministério Público, por um de seus representantes, apresentar denúncia contra um candidato, com farta prova documental e ampla divulgação na mídia.

Poder-se-ia dizer, como o fez um dos primeiros colegas de Armando a lhe telefonar, que era um fato histórico, na medida em que uma instituição da República, no exercício de suas funções, poderia mudar os rumos e o futuro de milhões de eleitores. Outro lhe sublinhou que o Ministério Público seria ainda mais respeitado pela população e temido pelos usurpadores do dinheiro público.

Naquele sábado, até tarde da noite, os celulares tanto de Armando, como de Eliza não cessaram de tocar. Todos queriam falar com "o homem do momento", cumprimentá-lo, perguntar-lhe alguma particularidade do caso, algum segredo que não pudesse ser revelado, ou simplesmente reafirmar a amizade e a admiração que sentiam por ele. Por fim, Armando desligou um dos seus celulares, deixando ligado apenas o que poucos amigos conheciam, para alguma eventualidade, e se preparou para dormir. Estava envaidecido consigo mesmo, sentindo o prazer do reconhecimento público por um trabalho bem realizado.

Já estava na cama, lendo um pouco antes de deitar, quando o celular tocou. Reconheceu o número como sendo de Arthur e, não obstante fatigado, atendeu ao amigo:

– Cacete promotor, você não precisava matar o corrupto – disse rindo uma voz brincalhona.

– Diga Arthur, que história é essa?

– Você ainda não viu, está em todas as TVs.

– Do que está falando?

– O Emílio teve um ataque fulminante, está na UTI.

– Porra Arthur, não brinque com isso. Fala sério!

– É verdade, Armando.

Na escuridão da madrugada, Armando olhava por uma fresta na cortina para o céu nublado, com as nuvens meio iluminadas pela lua que não se via, e pensava no que tinha ocorrido. Uma sensação de tristeza o dominava. Era um sentimento novo, nunca experimentado. Muitas vezes, no decorrer de sua carreira, tivera de tomar atitudes severas e danosas contra algumas pessoas para que a lei prevalecesse acima dos interesses individuais. Não era fácil pôr um homem na cadeia por uma dezena de anos, principalmente no Brasil, onde as condições sub-humanas dos presídios traziam agravo e malefício desnecessário. Em quantas ocasiões não veio uma mãe, um velho pai, pedir-lhe clemência para o ente querido, dizendo-lhe que dele dependiam para a própria sobrevivência. Armando já estava calejado o bastante para exercer a sua função.

Desta vez, contudo, havia um componente estranho a lhe atormentar o espírito, algo que lhe trazia uma angústia indeterminada, como se de propósito tivesse feito mal a alguém. De onde viria tal sentimento, indagou-se em silêncio, sem conseguir dormir. Parecia-lhe que todo o orgulho próprio que sentira fosse extraído da saúde, da vida até do candidato Emílio, que agora estaria numa UTI, nu e entubado, pensando em seus entes queridos. Isso era tolice, disse a si mesmo, que culpa tinha pelo infortúnio dele. Como poderia saber, e, se soubesse, teria agido de forma diferente? Não, o dever impunha sua conduta, pouco importando que tivesse se envaidecido com os holofotes. Isto, percebeu, era apenas uma falha de seu caráter.

Pensando nos elogios, nas manifestações de apoio, nas declarações de amizade incondicional recebidas, lembrou-se de Edu e estranhou o fato do amigo não lhe ter telefonado. Sem entender o porquê, aquilo o preocupou ainda mais. Desistiu de dormir e se levantou silenciosamente para não acordar Eliza, dirigindo-se à ampla sala do apartamento. Espiou pelas janelas as ruas desertas, as luzes fortes e claras da rua, na escuridão geral.

Rememorou a conversa que tivera com Edu, tomando consciência de quão cético ele lhe parecera, e ficou a imaginar as razões para isso. Após um tempo, balançou a cabeça, cansado de se preocupar e resolveu comer alguma coisa, para ver se ajudava no sono.

Eram 7:30h da manhã quando Armando se levantou. Não obstante se sentisse com sono, não conseguia mais ficar na cama, ansioso em saber notícias acerca da saúde do candidato Emílio. Ao passar pela saleta, ligou a televisão à procura de algum telejornal. Não precisou de muito esforço, em todos os canais apareciam repórteres à porta de um conhecido hospital, dando informações e entrevistando as personalidades políticas que para lá se dirigiam.

O estado de saúde do candidato se estabilizara, mas o quadro ainda era grave e sem previsão de alta. Ele tivera um infarto do miocárdio, estando sedado e respirando por aparelhos, segundo o último boletim médico divulgado. Armando soltou um suspiro pesaroso, ainda que de certa forma aliviado. Pelo menos o homem não morrera. Foi até a copa e se serviu de uma xícara de café, voltando à sala maior, onde se sentou numa poltrona e ficou bebericando absorto, com todos e nenhum pensamento.

Após tomar o café, andou de um lado a outro, sentindo a necessidade de conversar com alguém. Pensou em acordar Eliza, mas intuiu que ela pouco teria a lhe dizer referente ao que lhe preocupava. Resolveu ligar para Edu, tendo escutado depois de uns toques a voz sonolenta do amigo:

– Alô...

Percebendo que ainda era cedo para um domingo, tratou de dizer:

– Desculpe-me Edu, agora que vi as horas. Acordei você de novo?

– Não tem nada – respondeu o outro, alegre em ouvi-lo. – Eu ia mesmo te ligar, estou em falta com você. Está famoso meu caro, só se fala na denúncia.

– É, eu sei...você viu sobre o Emílio?

– Chato isso né? – disse Edu, ao notar o tom triste do amigo. – Mas estas coisas estão fora do nosso alcance. Se um promotor fosse avaliar a saúde de todos os investigados antes de agir... E depois? Os doentes ficariam impunes? Imagine no Brasil, o que não ia faltar eram atestados – falou, procurando aliviar a seriedade do assunto.

– É verdade... mas o que você achou da denúncia?

Após um ligeiro atraso, Edu respondeu:

– Perfeita, tecnicamente, disso eu tinha certeza.

– Mas? – inquiriu Armando, percebendo certa relutância.

– Nada meu amigo, só aquilo que já falamos. Eu é que sou meio encucado com essas coisas dos políticos.

Após um novo silêncio, Armando perguntou:

– E você, vai votar em quem?

– Acho que em branco, o cara do Punajus do deputado Campos não me convence, com aquele jeitinho de político profissional.

– O pior é isso, eu também terei de votar em branco – falou Armando, desanimado.

Quando terminou de fazer a barba e tomar banho, Armando encontrou Eliza na sala de jantar, tomando seu café da manhã. Ela parecia radiante. Armando reparou no jornal aberto sobre a mesa e de imediato perguntou:

– Alguma novidade boa?

– Sim, quer dizer, saiu uma foto minha na casa de Ana Maria, que ficou ótima. Ela publicou só nós duas abraçadas na varanda da cobertura.

– Sei – respondeu apenas. – Eu pretendo ir votar agora de manhã, você quer ir comigo ou vai deixar pra mais tarde?

– Claro que vou com você.

– Então vamos.

– Só vou me arrumar primeiro.

Enquanto aguardava Eliza, que se demorou bastante, Armando tornou a ligar a televisão que fazia a transmissão simultânea das eleições e a cobertura do hospital, mostrando todos que lá compareciam. Nisto apareceu um repórter, abordando uma senhora que saia por uma rampa, sendo esta abruptamente cercada por vários jornalistas. Era a mulher de Emílio Penteado. Os seguranças do hospital vieram em seu auxílio, tentando abrir-lhe o caminho em meio a gravadores e câmeras, mas ela, por fim, parou, sendo inquirida por todos ao mesmo tempo.

Ela demonstrava todo o seu cansaço nas feições abatidas, com olheiras escuras, na postura encurvada e numa voz fraca:

– Ele está bem melhor, graças a Deus, está fora de perigo... Ele se sentiu mal em casa após ver a televisão... Ele só disse “que horror o que estão dizendo da Fundação, imagine as crianças”... Eu não sei o que vou fazer, eu quero apenas que ele fique bom logo... eu – as lágrimas a impediram de continuar, os seguranças forçavam a passagem, tendo ela apenas completado: – Um homem tão honesto, o mais honesto que conheci...

Armando, angustiado, mudou de canal. Neste, mostravam alguns locais de votação, com a fila de eleitores alegres ao se verem filmar, uns acenando, outros levantando o título. O jornalista fazia uma análise dos fatos, explicando que o Tribunal de Justiça não dera a liminar pleiteada pelo Ministério Público visando à suspensão da candidatura de Emílio Penteado do Partido Renovador Liberal. Assim, a votação seguiria normalmente, com todos os candidatos já homologados, ficando a decisão para um momento posterior. Após ler uma nota do partido de Emílio, na qual se desmentia os fatos apontados na denúncia do promotor de justiça, o jornalista ponderava que o infarto sofrido pelo candidato tivera duplo efeito sobre os correligionários, que além de ficarem chocados e tristes, não conseguiram articular uma resposta às acusações. Informou, por último, que já no momento em que a votação terminasse seriam divulgadas as pesquisas de boca de urna.

Armando sentou-se, sentindo cansaço e angústia, pois embora tivesse ponderado a sua responsabilidade neste processo, fatos supervenientes e imprevisíveis tinham jogado todo o ônus sobre as suas costas, fazendo com que as eleições transcorressem apenas sob o impacto de sua denúncia.

Quando Eliza finalmente ficou pronta, aparecendo na sala com um vestido verde estampado, curto e que mostrava suas pernas bronzeadas, maquiada e com joias, o cabelo parecendo ter saído do cabeleireiro, Armando sentiu a irritação crescer dentro de si, fechando o rosto.

– O que foi, não gostou do vestido? – ela indagou.

– Não é isso, o vestido é lindo, lindo demais para uma simples votação. Vamos indo – falou para terminar a conversa.

O que irritara Armando fora perceber que a mulher se produzira toda, como a via fazer ao ir à festas e coquetéis, provavelmente imaginando que repórteres estariam no local de votação e que iriam fotografá-la. E assim aconteceu: mal desceram do carro e se dirigiam ao colégio onde votariam, um grupo de jornalistas se aproximou, câmeras ligadas, bloqueando a passagem deles, que foram obrigados a parar.

– Dr. Armando... Estamos com o Dr. Armando Castro, o promotor de justiça da denúncia... O que o senhor achou da decisão do Tribunal de Justiça?... É verdade que poderemos ter novas eleições se acontecer o pior com o candidato Emílio?... Como se sentiu ao saber que ele enfartou quando escutou a sua acusação... Em quem o senhor vai votar?...

– Senhores, por favor, parem! Este não é o momento para isso. Deixem-me passar – ordenou em voz alta.

Alguns policiais que faziam o policiamento no local vieram de imediato, fazendo com que o grupo se contivesse, dando espaço na calçada para que eles e os demais pedestres pudessem transitar.

Armando segurou Eliza pelo braço e apressou o passo, visivelmente aborrecido com as perguntas, prosseguindo seu caminho até o salão de votação, sem dizer mais uma palavra. Talvez por ingressar no recinto tão apressado ou pela fama que desfrutava, as demais pessoas que formavam várias filas em diferentes direções começaram a cochichar, apontando para ele, dando acenos de mão, cumprimentando-o de longe. Ele apenas balançava a cabeça, como a cumprimentá-las também, até que chegou à sua fila, combinando com Eliza de encontrá-la no carro, pois a dela era no andar de cima. Alguns eleitores quiseram lhe ceder o lugar na fila, tendo recusado. Os fiscais e mesários apertaram a sua mão, um quis fazer "selfie", até que, enfim, alcançou a cabine de votação.

Ao sair, precisou novamente cumprimentar a todos, pois estes se levantaram para se despedir, sendo que no instante em que rumava para a porta de saída começou um aplauso, pequeno de início, mas que foi aumentando de forma vertiginosa para converter-se numa ovação, com as pessoas levantando os punhos, fazendo-lhe o V da vitória, assobiando.

Quando fechou a porta do carro, Armando sentiu o coração disparado, as mãos estavam molhadas de suor, um sentimento horrível o dominava, sem que soubesse o porquê.

Às sete horas da noite de domingo, quando a votação se encerrou oficialmente, as emissoras de TV começaram a divulgar as pesquisas de boca de urna, bem como informaram os primeiros dados da apuração feita pelo Tribunal Eleitoral. Nelas, o candidato do Punajus, José de Oliveira, aparecia em 1º lugar, com 37% dos votos válidos, seguido pelo candidato de uma coligação de pequenos partidos com 17% e por Emílio Penteado com 14% dos votos. Havia um grande número de votos em branco e nulos. A apuração oficial, ainda no início, apontava índices semelhantes.

Armando escutou as notícias de pé, ao lado do aparelho de TV, não sabendo avaliar se a tensão que sentia, uma espécie de vazio no estômago e de formigamento nos braços, vinha do entusiasmo pelos resultados ou do medo pelas consequências. Por um lado, a sua atuação mudara os rumos da eleição, impedindo que um político desonesto alcançasse o posto mais elevado do Estado, após liderar, desde o início da campanha eleitoral, todas as pesquisas de intenção de voto. De outro, nunca uma investigação do Ministério Público tivera efeito tão imediato sobre a mídia e a própria população. Alguns congressistas já começavam a falar de impor "certos limites" aos poderes da instituição, que estaria se excedendo na sua prática diária.

Era consenso entre os analistas que a denúncia apresentada por Armando fora o fator determinante nos resultados. A isso acrescentavam a forma de divulgação da investigação – uma inédita entrevista coletiva transmitida ao vivo pela TV – e a cobertura a seguir dada pela imprensa, que publicara manchetes em todos os jornais, fazendo até com que as revistas semanais modificassem suas edições para informar seus leitores antes do dia da eleição. Dessa forma, a imagem de Armando, sob títulos como "Denúncia de Corrupção" ou "Promotor expõe crimes", apareceu em todas as bancas de jornais, tornando impossível se ignorar a acusação feita.

Mal saíram as primeiras notícias e os telefones da casa e os celulares começaram a tocar quase simultaneamente. Armando deu ordens para que os empregados não atendessem o fixo, instruindo Eliza para falar só com as amigas próximas, evitando fazer comentários acerca do processo. Ele próprio conversou com poucos colegas, que queriam parabenizá-lo pelos resultados. Tão logo a apuração confirmou o resultado da pesquisa de boca de urna, ele telefonou ao Procurador-Geral, para saber suas impressões e estudarem a estratégia a ser adotada doravante. O PGJ estava feliz e satisfeito com os resultados. Disse a Armando que o seu trabalho entraria para a história do Ministério Público como exemplo para as novas gerações de promotores, além de se constituir no "fato jurídico-político mais importante da nossa democracia nos últimos anos". Num tom mais informal e amigo, falou da certeza que tinha na sua capacidade profissional, que geraria bons frutos a todos num futuro não muito distante.

Após desligar o celular, Armando prestou atenção novamente à televisão, onde um repórter falava em frente ao hospital. Segundo o relatório médico divulgado, o candidato Emílio apresentara melhora geral no quadro clínico, tendo já deixado a UTI, sendo transferido para um quarto na ala semi-intensiva.

Esta notícia trouxe inesperada alegria a Armando, fazendo com que seu estado de espírito mudasse totalmente, como se a apreensão sentida tivesse mais relação com a saúde do homem a quem acusara do que com os demais fatos. Ele sentiu vontade de sair para comemorar, embalado pelas palavras dos colegas e do chefe do MP, mas achou que seria melhor evitar aparições públicas nesta noite.

Na segunda-feira, Armando se levantou por volta das seis horas, embora não houvesse razão para fazê-lo tão cedo. Estava apenas sem sono e sentindo a expectativa do dia que teria pela frente, pois, com certeza, haveria de dar muitas entrevistas, comentando os resultados da eleição.

Enquanto tomava seu desjejum, ligou a televisão para assistir aos primeiros noticiários, sendo que logo se viu na tela colorida, numa cena que já se tornara repetitiva nestes dias: ele dava a conhecida entrevista no Plenário do Ministério Público. A imagem aparecia sem som, com o jornalista fazendo um resumo dos fatos ocorridos até o encerramento das apurações. Armando escutava desatento, comendo uma tigela de cereal, quando observou uma mudança no programa, com a chamada de um jornalista "direto do hospital". O apresentador anunciou, então, que o ex-candidato Emílio daria sua primeira entrevista ao vivo, transmitida do quarto onde continuava internado. Houve perda de contato, novas chamadas do repórter, até que mostraram Emílio sentado numa poltrona, à frente de uma parede na qual havia monitores cardíacos e tubos de oxigênio. Estava abatido, parecendo estar mais magro e envelhecido. Das costas de sua mão direita saia um pequeno duto, preso por esparadrapo, indo dar num recipiente de soro. No pulso esquerdo, algo o algemava levemente, conduzindo um fio até os monitores. Sua mulher estava de pé ao seu lado, atenta a ele e a alguém que não aparecia, provavelmente o médico. Os jornalistas puseram uma porção de microfones amarrados sobre uma pequena mesa hospitalar posta em frente à sua poltrona. Pediram silêncio. Escutava-se o som do quarto, com sussurros e o arrastar de algum objeto. Fez-se o silêncio pedido. Todos aguardavam. Emílio parecia ter dificuldade de começar. Abria e fechava a boca de um modo doentio, como alguém que mascasse uma bala. Um constrangimento tomava conta de todos. Por fim, começou a falar, numa voz quase inaudível que foi se fortalecendo um pouco:

– Quero primeiramente agradecer aos médicos deste hospital por tudo que fizeram... agradecer a Deus... E dizer, aos cidadãos deste Estado, aos meus amigos, aos meus filhos que... nunca, jamais, pratiquei um ato de corrupção... durante toda a vida... não fui nem serei rico... tenho minha casa e só... mas tenho minha honra, meu nome, que meus netos terão orgulho de portar... isto foi uma infâmia, uma calúnia contra mim, por motivos que desconheço... peço a Deus que me permita viver para provar a verdade perante a todos, perante a minha querida esposa... – Ao falar isso, Emílio olhou para a mulher, emocionando-se. Abaixou a cabeça e tentou esconder as lágrimas com a mão direita, mas os dutos do cateter o impediram. Uma pessoa de costas, vestindo jaleco branco, apareceu na imagem para atendê-lo, ouvindo-se uma ordem para que os jornalistas desligassem as câmeras e saíssem.

O porteiro do prédio avisara que uma multidão de repórteres aguardava junto a sua cabine. Armando, que se aprontava para sair, planejou parar seu carro junto ao portão e dizer algumas palavras de praxe acerca da investigação, só para não parecer arrogante, seguindo para a sede do MP. Quando já ligara o veículo para sair, seu celular tocou e ele viu ser Eliza. Estranhou, pois acabara de se despedir dela.

– O que foi Eliza, esqueci algo?

– Não, é que estão mostrando na TV um cara do cartório que está dizendo que os documentos da denúncia são falsos. Tá a maior confusão lá, achei melhor te avisar.

– Que cara do cartório?

– Eu não entendi direito, mas tá passando em todos os canais.

– Já vou subir.

Armando sentiu o coração batendo forte e acelerado, uma sensação estranha começava a dominá-lo, como se um medo guardado no fundo de seu cérebro, um pesadelo afastado conscientemente, surgisse de repente mostrando-se real.

Enquanto o elevador subia, pensou em um milhão de coisas, mas eram todas desbaratadas e sem sentido. Balançou a cabeça, como a jogá-las fora, e procurou manter a objetividade, aguardando para ver do que se tratava.

Encontrou Eliza em frente à TV e lhe fez sinal para ficar quieta. Um homem aparecia cercado de jornalistas com uns papéis na mão e falando aos microfones:

– ... eu não sei nada a respeito da fundação das crianças. O que lhes disse é que a matrícula imobiliária que me foi apresentada pelos advogados do Partido Renovador, e que constaria da denúncia do promotor, é realmente falsa. Perante meu cartório, como os senhores podem ver nesta certidão, a matrícula de nº 65637 se refere a um apartamento em nome de Antônio de Penteado, fruto do inventário nº 4987-94/76, conforme formal de partilha extraído dos autos, da 14ª Vara da Família e das Sucessões da Capital. Não tem nenhuma relação com o candidato Emílio Penteado ou com a tal Fundação.

Uma enxurrada de perguntas foi feita ao mesmo tempo ao entrevistado, tendo Armando reparado na legenda posta abaixo dele na tela: Oficial Maior do 43º Cartório do Registro Imobiliário da Capital.

"Meu Deus, se as escrituras e as certidões que me entregaram são falsas, todo o resto também poderá ser", pensou, sentando-se numa cadeira ao lado. Por um instante não ouviu nem pensou em mais nada, ficando inerte e sem expressão, com o rosto pálido, cheio de gotículas de suor.

Eliza, ao ver a reação do marido, assustou-se, perguntando-lhe:

– Você tá bem Armando, está sentindo alguma coisa?

– Não, só preciso pensar no que fazer – ao dizer isso, ele se levantou e caminhou a passos lentos até seu escritório, fechando a porta atrás de si.

Armando sentia angústia e ansiedade ao mesmo tempo. A primeira vinha dos quadros mentais que formulava, das hipóteses que imaginava terem ocorrido – nenhuma era agradável –, a ansiedade se devia à inércia que o dominava, pois não conseguia decidir, ou sequer pensar, o que deveria fazer. Era como ficar parado sobre uma linha de trem, escutando a sua chegada iminente e continuar ali parado.

Quis ligar para o PGJ, mas desistiu. O que lhe falaria? Teve vontade de telefonar ao cartório da reportagem para esclarecer sobre a certidão falsa, mas refletiu que os jornalistas lá estariam e seria constrangedor, até ridículo, o promotor pretender verificar a veracidade dos fatos após tudo o que já ocorrera.

Sentado à sua mesa, com olhar perdido para a janela, ficou a ver o celular vibrar seguidas vezes sem atendê-lo. Eram colegas, repórteres, desconhecidos, todos curiosos, querendo saber a sua explicação. Armando riu com amargor ao pensar nisso, pois não teria nada a dizer.

Uns vinte minutos depois, numa das vezes em que o celular vibrava, viu escrito no visor: Edu. Atendeu prontamente, sentindo o alívio de falar com o amigo:

– Fala, doutor. – Ouviu-o dizer, numa voz que procurava ser animadora.

– Você viu que merda Edu? Parece que a certidão era falsa.

Houve um silêncio do outro lado.

– O que foi?

– Você não está vendo a TV?

– Ai, Edu, alguma outra coisa?

– Desculpe-me te contar, mas apareceram os advogados do Emílio com uns senhores da Fundação de Amparo à Criança e...

– E o quê Edu, fala logo.

– Parece que os balanços fiscais mostrados também são falsos.

– Ah, meu Deus, não me diga isso.

– Pois é amigo.

Do seu lado da linha, Edu escutava apenas a respiração forte e ofegante de seu interlocutor.

– Calma Armando, tudo tem solução.

– Calma nada, eu tô é fodido.

– Que isso! Não fale assim, as coisas vão se arranjar.

O PGJ andava de um lado para outro entre a sala de jantar e seu escritório, com passadas lentas e ritmadas, dando a cada passada, um suspiro de desalento e decepção. "Como era possível aquilo estar realmente acontecendo?", indagava-se, sem ter uma ideia do que ou a quem culpar. Independentemente disso, ponderava, sua futura indicação ao STF estava arruinada, caso se comprovasse o erro na atuação de Armando, seu mais destacado e prestigiado promotor.

Não aguentando esperar até que as coisas se esclarecessem de modo definitivo, decidiu ligar para o deputado Campos e inquiri-lo acerca dos documentos recebidos.

Após ser atendido por uma funcionária de extrema gentileza, aguardou por um minuto ou dois, já imaginando que lhe dariam alguma desculpa, informando-lhe que o deputado se ausentara.

Para sua surpresa, o parlamentar o atendeu da forma mais usual possível, como se tudo corresse às mil maravilhas:

– Dr. Paulo, que prazer ouvi-lo.

Aquilo o deixou desconcertado, tornando-lhe difícil exigir uma explicação de pronto, sem as amenidades sociais.

– É um prazer ouvi-lo também, apesar das circunstâncias iminente – disse num tom sério, quase de irritação.

– Entendo perfeitamente a sua preocupação iminente – disse o deputado, para acrescentar: – Nós, do Punajus, e eu mesmo, estamos aturdidos com as novidades. Se comprovadas, teremos sido todos levados a erro.

O PGJ sentiu o sangue subir pelo pescoço, a raiva contraindo-lhe as mandíbulas, como se alguém as apertasse.

– Deputado, com o devido respeito, o senhor está de brincadeira comigo?

– De modo algum, caro Paulo. Você por acaso considera que nós conhecíamos a fraude nos documentos? Que seríamos assim levianos, para dizer o mínimo; quiçá, criminosos?

– Não, bem, mas é estranho...

– É de todo inusitado. Tínhamos informações garantindo a origem e veracidade de tudo aquilo.

Enquanto falava, o PGJ refletia sobre como proceder. Era evidente que o deputado iria jurar a melhor das intenções, fingindo tomá-lo por completo idiota. Poderia dizer-lhe que se calasse e que tomaria as providências cabíveis, mas qual seriam estas? Contar aos jornalistas que levara Armando consigo até a casa do parlamentar e que recebera documentos de forma informal, aceitando manter sigilo e agir em prazo por ele fixado? Isto seria o fim de sua carreira, além de expô-lo ao ridículo público. Poderia, ademais, ser pessoalmente responsabilizado e até processado.

O deputado Campos, há quarenta anos na vida político-partidária, pareceu ler os pensamentos do procurador, acrescentando num tom confidencial e amigo:

– Infelizmente, Paulo, resta-nos apenas diminuir os danos. A nós próprios e, acima de tudo, às instituições que representamos, que não poderiam ser execradas perante a opinião pública por causa de um equívoco, um lamentável equívoco.

– Mas deputado... – disse o PGJ, calando-se a seguir, ao perceber que seria melhor deixá-lo terminar.

– Nós não somos responsáveis pela avaliação precipitada que aquele rapaz, o Dr. Armando, fez de documentos recebidos. Ele é o especialista, ele tinha qualificação técnica para avaliar a documentação. Eu sou um representante do povo, leigo em assuntos jurídicos, e você, caro Paulo, é o chefe de uma instituição que tem milhares, talvez milhões de investigações em andamento, não podendo examinar pessoalmente cada uma e que por isso delega-as aos seus subordinados, como determina a própria lei.

A seguir, ambos ficaram momentaneamente calados, em intensa atividade mental, avaliando o que seria melhor dizer.

O deputado quebrou o silêncio, para completar de forma segura e tranquilizadora:

– Paulo, passado este momento difícil, as coisas retornam ao seu rumo, as pessoas esquecem estes mal-entendidos e nós temos um futuro pela frente. Não vamos estragar tudo isso, confrontando-nos de forma inútil.

Depois de desligar o telefone, o PGJ balançou a cabeça, dizendo em voz alta para si mesmo:

– Droga!

Hortência, sua esposa, acostumada com sua calma e modos comedidos estranhou tal atitude, preocupando-se:

– Está tudo bem, Paulo?

– Não se preocupe amor, é que recebi uma notícia triste, muito triste.

VII

Quando Vanessa apareceu na sala e o chamou num tom de voz sério, com olhos preocupados e que evitavam fitá-lo de frente, Armando pressentiu uma notícia ruim. Normalmente, a empregada estava sempre a sorrir, falando entusiasmada de todos os assuntos possíveis.

– O que foi, Vanessa?

– Tem um rapaz aí querendo subir.

– Que rapaz?

– Ele falou que é oficial de justiça.

Armando se levantou do sofá onde estava, e após respirar pela boca, como se lhe houvesse faltado ar, disse à empregada que o mandasse subir enquanto ele se trocava. No quarto, dirigiu-se até o closet e contemplou os ternos e as camisas sociais penduradas em perfeita ordem, pensando se deveria vesti-los para receber o funcionário. Após os anos de profissão, via-se de terno e gravata em qualquer ocasião que não fosse no recanto de sua casa ou entre os amigos próximos. Despiu-se do pijama e ficou parado por um instante. Ao passar a mão pelo rosto, num gesto de dúvida, percebeu que não se barbeara e se questionou sobre fazê-lo. Por fim, suspirou com um sorriso amargo, achando-se ridículo por se preocupar com tais coisas.

No momento em que Armando retornou, usando calças jeans e camisa polo, o oficial de justiça pareceu não o reconhecer de imediato, fazendo uma saudação respeitosa a seguir:

– Oh, doutor Armando! O senhor vai bem? É um prazer revê-lo... Quer dizer, desculpe... ter de vir aqui...

O rapaz calou-se, visivelmente constrangido, e olhou para os papéis que trazia nas mãos.

– É a notificação, não é? – disse Armando, da forma mais casual que pôde, tentando diminuir o embaraço de ambos.

– Sim senhor.

Ele pegou os documentos, olhou-os como se os lesse de verdade, e perguntou onde deveria assinar.

Após despedir-se do funcionário e fechar a porta, Armando sentou-se no sofá próximo ao hall de entrada, com os papéis nas mãos, e deixou-se ficar ali, imóvel, cabisbaixo, sem nenhuma vontade. Sua mente parecia um quadro branco, vazio de qualquer pensamento ou desejo. Havia, é verdade, um sentimento marginal de tristeza, uma consciência afastada de momentos ruins e preocupações, que ele relutava em permitir que emergissem.

Passado longo período, Armando endireitou os documentos e começou a lê-los, tão devagar quanto pôde:

"O Procurador de Justiça infraassinado, por designação do Egrégio Conselho Superior do Ministério Público, nos termos do artigo 129 e seguintes da Lei Orgânica do Ministério Público, vem propôr a presente Representação Para a Perda da Função Pública, do cargo de Promotor de Justiça, contra o Excelentíssimo Sr. Dr. Armando Castro por infringência aos artigos...

Armando fechou os olhos e jogou a nuca para trás até que batesse na armação do sofá, parando de ler, pois embora já o houvesse previsto, não conseguia acreditar que aquilo realmente estivesse acontecendo: como poderia ele, após tanto esforço, tanta dedicação, estar sofrendo um processo para ser demitido, mandado para fora do serviço público pela porta de trás, reservada aos corruptos e comprovadamente desidiosos. Não, não era possível. Talvez, se ficasse de olhos fechados, acordaria do pesadelo e retomaria sua vida de outrora.

Retornou à leitura, respirando sem perceber com a boca aberta, como após uma corrida, enquanto balançava a cabeça, negando o que lia:

"... com grave negligência, assemelhada ao dolo criminal, o Réu examinou superficialmente documentos apócrifos, recebidos de forma ilegal, e sem tomar as cautelas determinadas nas normas processuais, apresentou denúncia contra o Sr. Emílio Penteado, então candidato do Partido Renovador Liberal às eleições estaduais, causando efeitos deletérios ao normal desenvolvimento do pleito, bem como à sociedade como um todo, denegrindo a imagem do Ministério Público, em patente violação aos preceitos constitucionais e às disposições da Lei Orgânica da referida instituição...".

Atirou os papéis para o lado e chutou a mesa de vidro à sua frente, derrubando o vaso de flores ao centro, que se partiu com um barulho estridente, para espalhar sua água sobre a mesa e os tapetes. Vanessa abriu a porta assustada, mas percebeu que nenhum acidente ocorrera, achando melhor não entrar na sala. Olhou para ele, fazendo-lhe um sinal com as mãos, que lhe pedia calma e encostou a porta. Pensou em ligar para Eliza e lhe pedir que voltasse para casa, mas teve medo de sua reação.

Armando levantou-se e começou a andar pelo apartamento de um lado para outro, como um tigre enjaulado e furioso, não conseguindo pensar no que fazer: ir ao gabinete do Dr. Paulo, ligar para a imprensa, procurar o Conselho Superior... As ideias se alteravam a cada segundo, a seguinte reprovando a anterior, trazendo-lhe uma sensação de impotência. Por fim, pensou em procurar um advogado, dando-se conta da sua situação. Ele, o promotor de justiça, tido como defensor da sociedade, sentado no banco dos réus, sob o olhar de reprovação daqueles a quem com tanto idealismo alcançara a admiração.

Ao passar ao lado dos documentos caídos, não resistiu em terminar a leitura, conhecendo-lhe o inteiro teor, vendo o que lhe reservava o futuro. Após série de fatos incompletos, de meias verdades sobre como as coisas haviam se passado, o procurador de justiça designado para o processo administrativo requeria de forma solene "a manutenção de seu afastamento liminar já deferido por este Conselho Superior, para que fossem cumpridos os trâmites legais, assegurada a ampla defesa regimental, e afinal condenado o Réu, o Excelentíssimo Sr. Dr. Armando de Castro, a perda da função pública, do cargo de promotor de justiça, bem como do salário e demais prerrogativas asseguradas em lei ao exercício de tal mister".

A petição era assinada pelo procurador de justiça José Antônio Costa que fora designado para atuar na ação pela Procuradoria-Geral de Justiça. Armando estranhou não conhecer o nome, pois mantinha amplo relacionamento com os membros dos órgãos superiores do MP. Sem saber o que pensar, decidiu ligar para Arthur, já que o amigo estava a par de tudo o que ocorria.

– Oh, meu querido, que bom ouvi-lo – disse Arthur num tom prestativo.

– Arthur, estou ligando por que recebi a notificação para perda do cargo e...

– Porra, não me fala isto! Como é que podem, estes filhos da puta! Depois de tudo que você já fez!

– Eu já estava desconfiado quando me suspenderam...

– Absurdo, não te deram direito de defesa, é prá contentar a mídia. Mas pode contar comigo para o que precisar, vou testemunhar a seu favor, falar com todo mundo que conheço, vamos fazer a sua defesa.

Armando, abalado, sentiu lágrimas em seus olhos e parou de falar por instantes até se controlar.

– Obrigado Arthur, eu sei que posso contar com você. Eu queria te perguntar quem é o José Antônio Costa?

– Quem?

– Um procurador chamado José Antônio Costa.

– Eu nunca ouvi falar, tem certeza que é este o nome?

– Estou vendo na petição.

– Caramba, eu pensava conhecer todos da procuradoria.

– Eu também não sei quem é.

– Puts – falou o outro, soltando um suspiro barulhento.

– O que foi?

– Não, nada.

– Fala Arthur, por isso te liguei.

– Bem, não quero te preocupar mais, mas parece sacanagem, parece ruim.

– Por quê?

– Eles escolheram um cara desconhecido, alguém sem peso político, que nunca foi do conselho ou da corregedoria. Só há uma explicação: querem alguém que possam manipular.

Naquele dia, Armando não almoçou, apesar de Vanessa lhe ter oferecido a refeição, bem como "uma sopinha ou um lanche", não aceitando sequer o café. Pediu à empregada que atendesse ao telefone e que o deixasse sossegado. Permaneceu sentado numa poltrona por horas, como alguém que estivesse dormindo de olhos abertos, mirando o infinito. Quando escutou o barulho da porta da frente abrindo-se, ficou feliz de rever Eliza, de ter alguém ao seu lado, levantando-se para abraçá-la como se não a visse há séculos. Algo na expressão da mulher, contudo, deteve-o, fazendo com que esperasse. Eliza entrou, colocou uma sacola no chão e o olhou como se estivesse aborrecida ou nervosa.

– Tudo bem? – perguntou Armando.

– Tudo bem nada, depois de tudo isso.

– Como assim?

– Da sua suspensão, essa coisa toda. Tá todo mundo sabendo, me encheram com essa história. A Paula e a Sueli fingiram não saber, só para me perguntarem.

Ele sentiu um baque no peito, uma dor que parecia ser de tristeza, ainda que não identificasse a origem.

Eliza continuou:

– Ai, que mico, estão todas se divertindo às minhas custas. "Como é que está o promotor?" "Vi notícias do Armando na TV". "Ele está desempregado?". Você também devia ter examinado melhor aquela papelada antes de fazer besteira. Você que vive me chamando de ignorante.

Inicialmente, Armando pensou em explicar que não a chamava de ignorante, que apenas criticava o seu desinteresse pela política, a economia, pelo mundo de um modo geral, pelos assuntos filosóficos e sociais, pelas discussões sobre ética e moral, por tudo, enfim, que lhe parecia importante e merecedor de atenção. Passados alguns segundos, desistiu, tomado por um desânimo pesado, uma mágoa que fazia crescer a raiva.

– Não sei por que ficou tantos dias enfiado no escritório, como um homem das cavernas, se era pra não ler direito e ver que o negócio era falso.

– Eliza, cale-se, por favor. Você está falando do que não conhece, está sendo leviana, burra, ignorante – berrou.

– Ah, eu que sou ignorante, não foi isso que falaram na TV – gritou de volta, rindo de modo sarcástico.

Armando ia berrar: "Vai pra puta que te pariu!", mas se conteve. Num segundo viu a cena vivida como se fosse um telespectador, sentindo forte desalento. Queria apenas parar aquela discussão, afastar-se da mulher que lhe parecia estar a anos luz de distância, longe da sua angústia, do momento terrível que vivia.

Sem saber como agir, calou-se e se dirigiu ao escritório, fechando a porta atrás de si.

Eram por volta das seis quando resolveu sair e tomar um café, pois não conseguira pensar em nada melhor. O apartamento estava num silêncio incomum. Foi até o quarto, percorreu as salas, entrou na cozinha, encontrando Vanessa sentada numa cadeira, escutando rádio em volume baixíssimo.

– O senhor quer comer alguma coisa? – perguntou, falando num tom abaixo do seu habitual.

– Não, obrigado. E a Eliza?

– Saiu já faz umas duas horas.

Ele se dirigiu à grande janela e ficou parado, como se procurasse por algo. Voltou até a cozinha, onde pegou o interfone.

– Márcio, é o Dr. Armando. Você sabe se há repórteres no portão da frente?

– Tem sim, Dr. Armando. Ainda agora fui atender ao correio e eles perguntaram pelo senhor.

– Que saco, eu queria sair tranquilo, acho que não vou poder.

– O senhor quer usar o meu carro? Ninguém iria pensar que é o senhor.

– Não, obrigado... – disse Armando, analisando a seguir a proposta.

– Você me emprestaria?

– Claro doutor.

Márcio o levou até o fundo da garagem, local onde guardavam pneus usados, baldes e equipamentos de lavagem, mostrando-lhe com disfarçado orgulho o Fiat azul-claro, limpo e brilhante.

– O síndico me autorizou parar aqui. Dá pena deixar na rua né?

– Claro, um carro novinho assim.

– Não, ele já tem dez anos, mas tá como novo.

Armando agradeceu e sentou-se ao volante, sentindo certa nostalgia de seu próprio Fiat dos tempos de estudante. Notou aliviado que o veículo tinha aquela película escura nos vidros, o que lhe daria a desejada privacidade. Arrancou e passou pelo portão de saída do edifício sem que ninguém o percebesse. Teve vontade de acenar aos jornalistas, animado que estava com a pequena façanha. Andou a esmo pelas ruas, aproveitando a liberdade do momento, pois desde a notícia da falsidade da denúncia apresentada e do seu sumário afastamento do cargo, ainda não pusera os pés fora de casa.

Após algum tempo, quis escutar o rádio, inconscientemente pensando no noticiário. Ao apertar o botão, uma música sertaneja se fez ouvir, acompanhada por violas e acordeões, numa gostosa harmonia que o prendeu. Era uma canção triste, de alguém que encontrava um fio de cabelo da mulher amada, por quem fora abandonado. Paulatinamente, a melodia da canção foi transportando Armando ao passado, à época em que sofreu a solidão das pessoas apaixonadas, afastadas de seu amor, e que não conseguem ver alegria ou beleza em nada ao seu redor. Lembrou-se de Eliza, do exato dia em que a vira pela primeira vez, no trote universitário, e de como seu coração pulsou acelerado, mantendo-o acorrentado àquela imagem maravilhosa.

Admirado, constatou o quão distante estava daqueles dias, como se a Eliza de hoje fosse apenas o invólucro de uma paixão pretérita, perdida de forma silenciosa e imperceptível.

"De repente, não mais que de repente", pensou Armando, lembrando-se do poeta.

"Mas como isso teria acontecido? Quando deixei de amar Eliza?". Só este pensamento já assustou Armando, como ocorre ao pensarmos na morte de um ente muito querido, tendo a impressão de que só de pensar nisso algo podia realmente acontecer. "Não, não deixei de amar minha mulher", refletiu a seguir, "estamos somente passando por um momento de muito estresse".

Ele procurou trazer à mente lembranças boas, recordando as viagens, ocasiões regadas com vinho e muitas risadas, com sexo a toda hora e noites divertidas. Pensou com carinho em Eliza, na simplicidade de seu mundo, quase resumido às compras diárias e aos encontros com as amigas. "Mas o que tem isso?", reafirmou para si mesmo, "se quiser falar de direito ou filosofia, vou até a universidade".

Após passear por ruas semidesertas, com bonitas árvores floridas, Armando foi se acalmando e adquirindo estado de espírito positivo. "As coisas se resolveriam do melhor modo", pensou. A briga com Eliza, entretanto, causava-lhe desconforto e tristeza, pois raramente discutiam. Resolveu lhe telefonar e pôr um fim naquilo, teriam uma noite agradável.

O celular tocou várias vezes até Eliza atender:

– Alô – disse ela rápido e secamente.

– Oi amor, tudo bem com você, que briga boba não? Vamos esquecer o assunto, que tal um jantarzinho gostoso à noite?

Para sua surpresa, o tom de Eliza não se alterou, quando respondeu:

– Esta noite não vai dar. Estou cansada desses caras na porta de casa. Vou dormir na mamãe. Quando ia saindo, veio um enxame deles sobre o meu carro, quase atropelei um. Queriam ver se você estava dentro, acho que até me seguiram um pouco, mas eu corri e virei diversas vezes. Você vai ter de dar um jeito nisso, não aguento mais! Por que não convoca outra entrevista na sede do MP e resolve de uma vez? Pra mim não dá, estou cansada.

Armando respirou fundo antes de responder:

– Não é tão fácil assim. Tudo bem, vejo você depois.

* * *

Iraci ajeitava uma coisinha aqui, outra ali, do quarto já arrumado pela moça da limpeza quando reparou num sorriso de Dona Celina. Ao olhar para certificar-se, pois atualmente eram raras quaisquer manifestações dela, sua face retornara ao estado de alheamento, incapaz de traduzir algum sentimento ou emoção. Até as eventuais dores podiam passar despercebidas, não fosse a atenção carinhosa da antiga empregada. Era natural que assim fosse depois de quase cinquenta anos juntas, numa respeitosa e verdadeira amizade. Nos tempos passados, Dona Celina ajudara muito a Iraci, que, vinda da roça, como ela mesma falava, de uma pequena cidade litorânea sem recurso algum, pouco sabia fazer dos afazeres domésticos, quer fosse cozinhar, quer fosse ligar um eletrodoméstico. Mas Celina soube ver na jovem uma sinceridade, um temperamento bondoso e a férrea vontade de aprender. Assim, apesar da sua desqualificação profissional, contratou-a, pagando-lhe um salário digno.

Em pouco tempo Iraci já cozinhava pratos deliciosos, com um tempero que lhe era inato, não ensinado por ninguém. Como se dedicava integralmente às coisas da casa e aos seus "patrões" – como chamava e continuou a chamar por toda a vida –, Dona Celina, Dr. Luciano e a própria Helena, ainda uma menina, gradualmente foi se tornando uma verdadeira governanta, a quem coube administrar as infindáveis questões de uma grande residência.

Ela sentou-se ao lado de Celina, fez-lhe um agrado no rosto, arrumou seus cabelos e conversou com ela, na forma possível:

– Tava dando um sorriso, não quer me contar por quê?

Celina manteve-se inalterada, com seus lindos olhos verdes a mirar o infinito.

Naquele dia, todos estavam ansiosos com a iminente chegada de "tio Nelson", que na verdade era um primo afastado, mas por ser mais velho, recebia o qualificativo tio. Ele anunciara trazer uma novidade, o que deixou Celina e os meninos em grande excitação. "Seu Dudu", Castello e os demais adultos ficaram preocupados, pois conheciam as maluquices de Nelson, sempre arrumando confusões.

Foi um dia atípico: ninguém quis andar a cavalo, brincar de esconde-esconde, ir até o rio nadar. Todos ficaram em volta da sede, em não falada expectativa. Rui antecipou que ele não viria mais, o que trouxe ainda mais apreensão. Celina inquiriu a Castello sobre a veracidade da previsão, numa tentativa de tranquilizar-se, mas o administrador apenas disse:

– Sendo o Nelson, nunca se sabe.

Quando já se aproximava das dez e meia da manhã, e um murmúrio de descontentamento ecoava da roda dos meninos, alguém gritou:

– Lá vem ele, é o tio Nelson!

– Todos olharam e ficaram embasbacados. O que era aquilo?

– Caramba! Nossa! Que legal!

O avô olhou desconfiado e após para Castello, como a inquiri-lo.

– Uma motocicleta Seu Dudu, bonita como nunca vi.

Os primos começaram a correr na direção da estrada para verem logo a novidade, porém Castello lhes ordenou:

– Esperem aqui, senão podem ser atropelados.

Quando Nelson chegou, todos o rodearam, fazendo mil perguntas de uma vez: como ele descobriu aquela máquina linda, quanto ela corria, se podiam andar. Ele sorria satisfeito, tendo alertado para não encostarem no motor e escapamentos que estavam "pegando fogo". Fez questão de dar dois beijos em cada primo, abraçando-os carinhosamente. Desceu e foi cumprimentar Seu Dudu, a quem também chamava de "vô".

– Que história é essa, Nelson?

– Uma Norton, importada da Inglaterra, com seiscentas cilindradas.

– Sim, mas por que a comprou?

– Não é uma beleza? O senhor não quer dar uma volta, é fácil, explico-lhe em dois minutos.

Seu Dudu balançou a cabeça, como se ouvisse o maior disparate.

Após cumprimentar o administrador, ofereceu-lhe dar uma volta também, mas este, embora seus olhos brilhassem de admiração e vontade, não ousou contrariar o patrão.

Logo Nelson precisou organizar uma fila, pois todos queriam buzinar a moto, apertar seu acelerador, produzindo um ronco ensurdecedor, bem como dar uma pequena volta na garupa.

Ele, em seguida, entrou para tomar um café, conversar e refazer-se da viagem, enquanto se preparava o almoço. À enorme mesa, os primos escutavam admirados as histórias do tio, que diferiam das familiares, havendo viagens a lugares exóticos, tramas de espionagem sobre suas atividades, negócios envolvendo "milhares de dólares", embora nenhum deles soubesse exatamente o que era dólar. Ainda que soubesse que o primo inventava a maior parte do que contava, Seu Dudu ouvia tudo com bom humor, pois sabia que Nelson seria incapaz de prejudicar alguém, exceto a ele próprio, com seu estilo de vida aparvalhado.

Tendo deixado a mesa, dirigiram-se ao terraço para mais um café, após o qual o avô explicou que iria visitar a fazenda de sua propriedade, situada no município vizinho, convidando-o a acompanhá-lo. Nelson declinou do convite, dizendo-se um pouco cansado, e se deitou em uma das redes do terraço para fazer a sesta.

Quando acordou, por volta das quatro horas, Nelson se dirigiu até a sua motocicleta, sendo acompanhado pelos primos. Os meninos queriam dar uma outra volta, mas ele disse que iria sozinho, pois pretendia rever vários lugares da fazenda.

E assim Nelson partiu, deixando um rastro de poeira pela estrada até desaparecer atrás de uma colina. No momento em que percebeu ter saído do raio de visão da sede, ele começou a acelerar a moto, imprimindo velocidade. Fez curvas derrapando na terra e deu arrancadas em meio a derrapagens. A adrenalina aumentava na proporção da velocidade que crescia sem parar. Ao ingressar numa estradinha mais plana, ao lado do cafezal, quis ver até quanto a moto alcançaria, apertando o acelerador ao máximo. Ocorre que na estrada de terra havia lombadas, feitas para evitar que as águas corressem – as chamadas curvas de nível –, o que Nelson não pôde observar até dar de frente com uma. Ele ainda tentou brecar, mas tudo foi rápido demais. Nelson só viu a moto subir a lombada, decolando da estrada, mostrando-lhe um céu azul bonito e abaixo, quando desceu, fileiras de pés de café.

Num átimo, teve tempo de pensar que aquelas plantas verdes, com grãos vermelhos nos galhos abertos, poderiam amparar sua queda suavemente. O que não aconteceu. O pé de café, mesmo quebrando-se, equiparava-se a uma parede em sua rigidez, o que o arremessou de lado rumo ao chão.

Dizem que Deus protege as crianças; talvez também proteja os mentalmente assemelhados, pois Nelson, apesar de ficar uns cinco minutos desacordado, levantou-se cambaleando e se pôs a observar a situação: a moto estava amassada no tanque e com o para-lamas da frente torto, mas conseguiu fazê-la funcionar. Ele, aparentemente, não quebrara nenhum osso. O pior era o extinto pé de café. Bem no início de uma quadra, à frente de todos, havia um enorme vazio e várias plantas caídas. Naquela época, o chamado pé de café era composto, na verdade, de quatro plantas colocadas juntas para crescerem como se fossem uma única. Assim, elas estavam espalhadas em volta de um toco com as raízes à mostra, num local que o avô veria com certeza. Nelson apavorou-se, pois conhecia o amor dele pelo cafezal e quão enérgico era nos cuidados com suas plantações.

Pegou uma a uma das plantas e foi correndo colocá-las no local onde ficavam as raízes, mas não havia como prendê-las, de modo a não se notar que estavam quebradas. Lembrou-se, então, que tinha uma cordinha de náilon na bagageira da moto e após pegá-la, ergueu as plantas novamente, abraçando-as com sofreguidão, enquanto tentava circundá-las e dar um nó na corda. Depois de tentar várias vezes, finalmente conseguiu amarrá-las. Voltou para a moto aliviado, tendo antes espalhado a terra ao redor, pois havia inúmeras marcas do acidente. Ao sentar-se e fazer o motor pegar, riu agradecido pelo sol já estar se pondo, o que evitaria um exame mais acurado naquele dia, caso o avô por ali passasse no regresso. Quando ia partir, escutou barulho de folhas e um baque no chão. O pé de café desmoronara, com as plantas se espalhando novamente e a cordinha caída ao chão. Só pensou em fugir dali.

Enquanto voltava fazia preces para que Seu Dudu ainda não tivesse retornado à sede, eis que seria difícil encará-lo pessoalmente. Daria adeus aos primos, com recomendações ao avô e partiria o mais rápido possível. Ao chegar, logo viu a camionete estacionada e temeu pelo pior. Será que Castello em suas andanças pela propriedade já teria percebido o estrago?

O avô o recebeu com alegria, reparando que ele parecia meio vermelho, suado e um pouco agitado. Perguntou-lhe:

– Você montou algum cavalo bravo?

Antes que pudesse responder, Ledo explicou ao avô:

– O tio foi andar de moto, queria ver a fazenda.

– Ah, que bom, se soubesse o teria acompanhado. Você viu como o café está florido?

Nelson engasgou-se, respondendo com voz rouca:

– Vi mais o gado, que bonito os touros!

– Verdade... São de um lote especial.

Enquanto conversava, Nelson se deu conta que Bia o observava fixamente, como se houvesse algo de errado. Num intervalo da prosa, ela lhe perguntou:

– Você se machucou, tá sangrando num pontinho na testa.

– Não, imagine!

Bia antecipou-se e com sua delicada mão puxou algo espetado na testa do tio.

– Nossa! Uma plantinha, um galhinho, não estava doendo? – perguntou-lhe, mostrando o que arrancara dele.

– Não.

– Parece um graveto de café – disse olhando para a palma da mão.

– Deve ter sido na estrada, vindo para cá – respondeu Nelson apressado.

Após um último cafezinho, Nelson declinou de esperar pelos ovos fritos e o pão que estava no forno, dizendo que não queria pegar a estrada à noite.O avô e primos foram até o terraço e ficaram vendo a moto se afastar devagarinho, já de farol acesso, até sumir numa curva da estrada.

Seu Dudu estava satisfeito com o dia produtivo na outra propriedade e animado pela alegria dos netos com a inusitada visita, tendo comentado com a caseira:

– Este Nelson é meio desmiolado, mas é um sujeito divertido.

Mal falou isso e Castello chegou olhando-o com uma expressão estranha:

– O que foi homem?

* * *

Helena regressava da fábrica sentindo-se estranhamente cansada, como se houvesse resolvido graves problemas ou tido uma manhã conturbada. Não era o caso. Cuidara apenas de questões rotineiras, sendo que conversara alegre e casualmente com funcionários e fornecedores. Quando seu pai lhe pediu que fosse todos os dias à metalúrgica, para ajudá-lo na administração, ela de início sentiu a mudança de hábitos e o acúmulo de tarefas, já que deixava a manhã para seus afazeres pessoais e, principalmente, para cuidar de Beatriz. Preocupou-se com o fato do pai, que adorava passar o dia inteiro na fábrica, deixar de fazê-lo assim, de uma hora para outra. Conversou com ele longamente, inquirindo-o sobre algum problema de saúde ou psicológico. Luciano procurou tranquilizá-la e disse rindo que "somente estava ficando velho", para explicar que desejava vê-la assumindo mais o controle da empresa, pois um dia teria de gerenciá-la sozinha e precisava estar a par de tudo.

Como Helena ainda não se mostrara satisfeita com a súbita alteração no comportamento do pai, mencionando que iria levá-lo ao seu médico para um check-up geral, ele acabou confessando outra razão para sua atitude: sentia, ou julgava sentir, uma espécie de premonição sobre Celina. Emocionado, disse que pressentia a sua morte em pouco tempo e que gostaria de ficar mais tempo com ela, aproveitando sua companhia. Helena lembrou-se da mãe, totalmente alienada do mundo, incapaz de uma palavra ou gesto, e sentiu muita pena do pai.

Isso, contudo, ocorrera meses atrás, já tendo ela se habituado à nova rotina, nada justificando aquele cansaço todo. Resolveu, então, dar-se uma folga, distrair-se um pouco, fazer alguma compra boba e passear pelas lojas bonitas do bairro, sem nenhuma preocupação. Passou por uma rua arborizada, onde havia além das butiques, série de galerias, lojas de arte e livrarias, encontrando milagrosamente um lugar onde estacionar. Após andar um pouco prá lá e prá cá, não encontrou nada empolgante para comprar. Na verdade, seu guarda-roupa estava cheio de coisas inúteis e os preços estavam mais caros do que na Europa. Decidiu parar numa cafeteria, com mesas na calçada e saborear um cappuccino, vendo o movimento. "Nada melhor", pensou.

Inicialmente, distraiu-se observando os variados tipos de pessoa que passavam, cada um com suas peculiaridades, num mosaico divertido e rico: havia os excessivamente elegantes, que passeavam como se estivessem indo a uma festa, os propositalmente desleixados, com a barba por fazer e roupas surradas, os religiosos de várias doutrinas, os diversos casais, os homens de negócios que falavam alto de seus sucessos e os esportivos, sempre suados de uma corrida.

Um certo tempo depois, a distração foi cedendo espaço para pensamentos mais fortes e que teimavam não abandoná-la. Lembrou-se de Rafael e de como sua vida de casada ia mal, balançando a cabeça sem perceber, ao pensar "de casada"; aquilo já não era um casamento há muito tempo. Havia apenas discussões violentas e descaso mútuo. Não se lembrava quando teriam transado pela última vez. "Graças a Deus que isso terminara", pensou, seria insuportável. Refletiu a seguir que se sentia totalmente assexuada, não sentindo desejo físico por ninguém. Estaria com problemas hormonais? Uma amiga tivera algo na tireoide e lhe relatou sintomas parecidos. Talvez ela devesse fazer o check-up. Mas ia ser aquela série de exames, e não se sentia disposta.

O problema era conhecido e só havia uma solução: o divórcio. Quantas vezes pensara nisso, de modo quase obsessivo, para chegar à conclusão de que não era a hora apropriada, ainda. Chegara a procurar uma advogada que, muito honestamente, lhe fez um quadro dos problemas que enfrentaria. Em primeiro, a divisão dos bens; no seu caso, existiam fatores a complicar mais a questão, pois ela e o marido eram sócios na empresa, montada com o dinheiro recebido de seu pai. Helena se recordou dos conselhos paternos, de quanto fora alertada sobre isso e de como o forçara a doar os valores para ambos, para que Rafael se "sentisse como dono também". Lembrou-se da resignação, da rendição do pai ao fazê-lo, depois que ela ameaçara ir buscar o empréstimo no banco. A advogada lhe disse que a divisão litigiosa de uma empresa, que esteja com as finanças em ordem e sem passivos fiscais e trabalhistas, demoraria no mínimo uns quatro anos, considerando a necessidade de perícias e o esgotamento dos recursos aos tribunais. Neste período, alertou, os sócios têm de conviver diariamente, gerindo a sociedade, o que é sempre terrivelmente desgastante.

Helena se imaginou encontrando Rafael para discutir todas as questões do dia a dia dos negócios, ele com seu colérico temperamento e a violência de que estava possuído, admitindo para si mesma que seria melhor dar tudo a ele, a empresa inteira, para ter sossego. Até aí não haveria obstáculo insuperável. O pior viria depois: a questão da guarda e visitação de Beatriz. Segundo a advogada, ainda que Helena conseguisse provar os vícios dele, Rafael teria direito de visitar a filha, buscando-a em casa aos finais de semana ou, caso isso se mostrasse perigoso à menor, num local público designado pelo juiz, onde haveria policiais e pessoal técnico. Só de pensar em sujeitar Beatriz a tal constrangimento, Helena compreendeu que não havia muito o que fazer no momento. Restava-lhe esperar por dias melhores.

Naquele final de tarde, após zanzar a esmo por ruas desconhecidas, com a chegada da noite, Armando foi novamente tomado pela sensação de tristeza e de abandono, não imaginando onde poderia ir. Voltar para uma casa vazia lhe oprimia o peito. Lembrou-se de que desligara o celular, pois só recebia chamadas de jornalistas e de colegas curiosos em saber da sua punição. Após o aparelho estar conectado, verificou as ligações recebidas: eram muitas, de números desconhecidos. Sorriu ao ver três chamadas de Edu, em horários diversos, e ligou para ele.

– Fala doutor – disse o amigo, numa voz que demonstrava alegria e certa preocupação.

– Tudo bem, Edu?

– E aí, como estão as coisas?

– Nada bem, hoje recebi a notificação no processo para o meu afastamento definitivo da carreira.

Edu demorou um pouco a responder, como se ficasse sem saber o que falar. Quando falou, procurou um tom otimista:

– Este processo não tem o menor fundamento, todos sabem da sua brilhante carreira. Não seria um erro, se é que você errou, que iria justificar a sua demissão. Você vai ver, tudo vai acabar bem.

– Tomara, Edu.

– Nós precisamos conversar pessoalmente. Por que você e a Eliza não vêm aqui em casa hoje pro jantar e analisamos tudo com tranquilidade?

– Hoje não dá.

– Mas por quê?

– A Eliza foi para a casa da mãe, não está suportando o assédio aqui na porta do nosso apartamento.

Após novo silêncio, Edu falou de forma categórica:

– Então está decidido. Não aceitamos um não. Se você não vier ficaremos ofendidos. Venha! A Beth vai fazer aquele macarrão que você gosta e eu abro o Brunello que está guardado.

Armando tinha a impressão de atrapalhar, ligando em cima da hora, mas o convite lhe era irresistível.

– Ok Edu, daqui a pouco eu chego.

Ao estacionar o carro na frente do portão da casa, reparou que Beth e Gustavo já o esperavam na varanda. Eles, contudo, não se mexeram até que Armando buzinou duas vezes para lhes chamar a atenção. Mesmo assim só ficaram olhando, meio curiosos. Quando desceu, ambos vieram rindo com uma indagação na expressão.

– Trocou de carro Armando, contenção de despesas? – brincou Beth.

– É mais ou menos isso.

Abraçaram-se e se beijaram, tendo Armando pegado o menino no colo. Este, embora um pouco sem jeito, percebia pelo comportamento da mãe que se tratava de alguém querido e de confiança, que já tinha visto outras vezes.

Edu acabara de tomar banho e se trocar para receber o amigo, num jantar não programado. Após abraçá-lo, dando uns tapas em suas costas, foi buscar o decantador, no qual se via o rubi escuro do vinho.

– Este é só pra convidados especiais.

Brindaram todos pela amizade e pelo sucesso futuro de Armando. Enquanto Beth ultimava o jantar, ele resumiu os fatos para Edu, querendo saber sua opinião. Era difícil avaliar, disse o amigo, sem sabermos se o julgamento será técnico ou político. Na primeira hipótese, considerando a forma como tudo aconteceu, ninguém poderia agir de modo diverso que o dele, pois as circunstâncias eram extremas e urgentes.

– É, mas isso vai depender de provas – disse Armando num tom pesaroso.

– Ora, o Procurador-Geral conhece os fatos, sabe o que aconteceu. Pelo que você me diz, ele é seu amigo.

Armando anuiu com a cabeça, parecendo refletir sobre a afirmação. Conversaram por quase uma hora, bebendo calmamente o vinho e analisando tudo o que acontecera, até que Beth veio chamá-los.

Após o delicioso jantar, no qual conversaram sobre tudo exceto os problemas do convidado, dando muitas risadas das histórias passadas, Armando se sentiu confortado, alimentado e aquecido pelo vinho. Não teria dificuldades em retornar ao seu apartamento vazio.

No dia seguinte, seguindo um conselho de Arthur, Armando decidiu ir até o prédio da Procuradoria-Geral para "sentir" o ambiente, para tentar verificar o que os membros do Conselho Superior pensavam sobre o problema, isto é, se poderiam entender a sua conduta, ou se já o condenavam por antecipação.

Foi-lhe difícil ingressar no amplo salão, contíguo ao local onde ficavam os assessores do PGJ, bem como os principais setores do MP, como as salas do Conselho Superior e do Órgão Especial, sempre repleto de colegas que lá iam tratar de variados assuntos. Sentia-se constrangido, sem saber como seria recebido ou mesmo como se dirigir a seus pares; afinal, durante anos gozara de um prestigio ímpar. Agora, voltava ali como o promotor de justiça que expusera o MP ao descrédito público, ao escárnio de seus críticos, e que eram muitos, na medida em que o "Parquet" diuturnamente contrariava interesses políticos e econômicos. Para piorar, fora sumariamente suspenso de suas funções, algo só reservado a casos gravíssimos e raros, envolvendo suspeitas de corrupção ou coisas deste quilate.

Quando soube de sua suspensão, por notícia divulgada por telejornais, não acreditou a princípio, pois aquilo era inconcebível, impossível de ter ocorrido. Imaginou ser um engano. Telefonou imediatamente ao Dr. Paulo, no número de celular que poucos conheciam e que usavam para conversarem, não havendo resposta. Telefonou a seguir para a Procuradoria de Justiça, sendo a ligação passada para um dos assessores do PGJ, tal qual ele era. O tom de voz do colega já lhe indicou que algo mudara de forma significativa, pois havia soberba, distância e incabível condescendência no modo de falar. O PGJ não poderia atendê-lo agora, pois estava "em reunião". Sim, ele fora suspenso preventivamente. Não houve como avisá-lo antes da notícia se tornar do conhecimento público na medida em que os jornalistas estavam fazendo plantão lá na sede do MP. O que ele imaginava "depois de tudo".

Armando sentiu, então, uma falta de ar, como se seus pulmões tivessem se reduzido ao tamanho dos de um passarinho e não conseguissem bombear ar suficiente. Suas mãos ficaram geladas, e ele sentiu um estranho distanciamento das coisas ao seu redor: os móveis, a sala, a luz, pareciam afastar-se dele. Sentou-se no próprio chão para não cair. Um suor frio descia por sua espinha. Acreditou ser um ataque cardíaco, mas ficou sem reação alguma, incapaz de pedir ajuda. Após um longo lapso, foi retomando o controle da respiração, tendo diminuído o mal-estar. Só conseguia pensar: "Não, eu não sou nenhum bandido. Posso ter errado, mas nada justifica isso".

Naquela tarde, após nova tentativa, conseguiu falar com o PGJ, que lhe retornou a ligação. Ele o tratou com cordialidade, pedindo-lhe expressamente desculpas por não tê-lo avisado pessoalmente da suspensão, mas os conselheiros haviam decidido numa curta reunião, na qual mal pôde falar, pois queriam dar uma resposta rápida à sociedade, que exigia explicações do Ministério Público. Eu sei que é duro, disse, contudo não existia outra possibilidade. Não era difícil mensurar a indignação dos eleitores, que se sentiram enganados pelo ajuizamento das ações movidas por ele contra o candidato Emílio, alterando o rumo das eleições. O MP ficara de mãos atadas.

– Mas Dr. Paulo, o que vai acontecer, eu fui notificado em um processo disciplinar visando a minha demissão?

– Quanto a isso, você deve ficar calmo, as coisas vão serenar no futuro, e muito provavelmente não se chegará a uma punição tão drástica. Podemos fazer um trabalho no Conselho Superior, não de maneira ostensiva, pois você sabe como é a turma da oposição, mas uma palavrinha aqui, outra ali.

– Dr. Paulo, o senhor conhece a verdade, que o deputado nos deu os documentos garantindo sua autenticidade e tudo mais que nos falou.

Houve silêncio antes que ele respondesse:

– Sobre isso, Armando, nós nada podemos alegar. O deputado me fez perceber que negaria qualquer envolvimento prévio com os fatos.

– Mas nós podemos...

– Podemos o quê? – interrompeu o PGJ. – Dizer que fomos enganados por um político, que movimentamos a máquina judiciária toda sem as cautelas devidas, que levamos a população a erro por indícios inconsistentes. Não Armando, seria suicídio, iríamos ser objeto da chacota pública.

– O senhor me disse que o deputado era um exemplo a ser seguido ou coisa assim, que poderia confiar em suas ações...

– Eu sei Armando, compreendo a sua revolta, mas estes eventos improváveis às vezes acontecem. Não tenho convicção acerca das reais intenções do deputado; ele próprio por ter sido levado a erro.

– Isto eu não acredito. Um político antigo e matreiro como ele. Nos ludibriou de propósito, ele deveria, pelo menos, se já não soubesse, alertar-nos quanto à precariedade das informações para que investigássemos corretamente.

– Armando, agora Inês é morta. O importante, na medida do possível, é minimizar os danos. Para você e o nosso Ministério Público.

Armando achou que seus sapatos faziam um barulho alto, como se os saltos tocassem no chão de mármore como castanholas, produzindo um "toc, toc, toc", o que fazia que todos virassem para olhá-lo. Procurou agir da forma mais natural, cumprimentando a todos com um aceno de cabeça, enquanto caminhava sem saber ao certo para onde deveria ir. Esperava encontrar no saguão algum amigo que pudesse recebê-lo, talvez acompanhá-lo até o Conselho Superior, para que não chegasse sozinho. Estranhamente, aquelas salas nas quais entrava sem qualquer cerimônia, não havendo necessidade de anunciar-se, mostravam-se formais e inacessíveis. Uma inquietação dominava-lhe o espírito.

Viu um grupo de colegas de seu próprio concurso, o que o tranquilizou, pois aqueles que passaram pelas etapas iniciais juntos, indo às pequenas comarcas do interior ainda inexperientes, cheio de dúvidas e receios, gozavam da amizade construída na ajuda mútua.

Acercou-se deles, pondo a mão nas costas de Diego, que dividira uma sala com ele quando "substitutos" e cumprimentou a todos, dizendo:

– E aí, como vão as coisas?

Num milionésimo de segundo, num instante imensurável, e sem que ninguém nada falasse, Armando se deu conta de como sua vida mudara.

No rosto dos colegas havia constrangimento, medo e prazer. Os que julgava amigos, constrangeram-se com sua presença, como se minutos antes estivessem falando mal dele, tecendo duras críticas à sua conduta; os meros colegas sentiram medo de serem vistos com ele, como se aquilo pudesse prejudicar as suas carreiras; os que o invejavam no recente passado, sorriam com ironia, ávidos em conhecer seus infortúnios.

Houve um silêncio que foi se prolongando infinitamente, tornando-se sólido, sem meios de se quebrar. Ainda na ausência de palavras, Diego, num gesto brusco, afastou-se de Armando, desvencilhando-se de seu braço.

Armando desejou poder sumir, desaparecer no espaço, não deixando vestígios; desejou também voltar um minuto no tempo, para não ter parado ali, naquela situação. Por fim, disse:

– Só parei para cumprimentá-los.

Um do grupo, que sequer tinha alcançado ainda a última instância da carreira, e que estava lá para tentar junto ao Conselho Superior sua promoção para a Capital, perguntou a Armando em tom propositadamente cínico:

– Alguma entrevista para hoje?

Diego e o rapaz ao lado riram, como se fosse uma brincadeira entre amigos; os outros ficaram calados, incomodados e sem jeito, preocupados com a resposta dele.

– Não, nenhuma – disse Armando, virando-se para ir embora. No seu íntimo, gostaria que algum deles o chamasse, ou fosse junto com ele, mas ninguém se manifestou.

Sentia-se perturbado, surpreso com a reação dos colegas, muito pior do que imaginara. Havia pensado no assunto, concluindo que a maioria reprovaria as suas atitudes, mas que se lembrariam de seu trabalho anterior. Aparentemente, do dia para a noite, tornara-se *persona non grata*.

Caminhou, então, vagarosamente na direção do corredor onde ficava o Conselho Superior, sendo que algo lhe dizia para voltar, como se a confiança em si mesmo, na sua capacidade de externar suas razões de defesa, tivesse se esvaído de modo repentino. Relutante, viu o pequeno balcão onde serviam café e água, rodeado por algumas cadeiras, utilizado pelos colegas que esperavam para serem atendidos. Jovens promotores conversavam em voz respeitosamente baixa, ansiosos e animados antes de ingressarem na sala dos conselheiros. Parou ao lado deles e pediu um café. Todos ficaram em silêncio, entreolhando-se. Normalmente, isto é, até poucos dias atrás, Armando seria cumprimentado com entusiasmo pelos “substitutos”, que iriam cercá-lo e fazer incontáveis perguntas sobre investigações conduzidas por ele, querendo saber sua opinião acerca das questões jurídicas do momento.

Enquanto tomava o café, sem lhe sentir o gosto, Armando olhou algumas vezes para os rapazes, percebendo que disfarçadamente evitavam o contato visual. Sentiu a tristeza crescer dentro de si, eis que apreciava especialmente a inteiração com aqueles que se iniciavam naquele belo mister.

Terminado o café, sentindo-se distante de si mesmo, Armando foi até a recepção do Conselho Superior, onde uma funcionária gentil e de modos delicados informou-lhe que a agenda dos conselheiros já estava completa. Ele procurou uma maneira adequada de fazê-la ver que não se tratava de algo rotineiro, como um simples pedido de transferência ou outra providência administrativa qualquer, mas a secretária não se mostrou interessada. Somente quando disse ser "Armando Castro, o promotor que está suspenso", ela pareceu reconhecê-lo. A partir daí, com expressão sensibilizada, disse que encaminharia seu pleito de audiência em seguida, assim que algum conselheiro estivesse livre, pedindo a ele que se sentasse e aguardasse.

Armando a viu entrar numa das salas e voltar com um sorriso educado, dirigindo-se, porém, a outro colega, que foi conduzido à presença de um dos conselheiros. Meia hora depois entrou uma jovem de cabelos bem curtos e óculos de lentes grossas com uma pasta nas mãos. Um terceiro foi chamado. A secretária, então, olhou para Armando, fazendo-lhe um sinal para que se aproximasse. Contrariada e com pesar, informou-lhe que dos três conselheiros presentes, com quem falara pessoalmente, nenhum poderia atendê-lo hoje, haja vista a pauta lotada. Ele necessitaria deixar o pedido formulado para agendamento futuro. Armando agradeceu-lhe a atenção, dizendo-lhe que telefonaria numa outra hora.

Saiu dali e olhou para o amplo saguão, só conseguindo ver a porta do elevador como um presidiário deve olhar para o portão da rua, indo em sua direção em apressados passos. Teve um pensamento de que não deveria correr para não parecer ridículo. Escutava novamente seus saltos, mais altos ainda, o que faziam todos espreitarem com olhos dissimulados. O elevador parou no 5, no 7, até que finalmente chegou. Quando ia entrar apressado, quase trombou com o Dr. Geraldo Brito, que chegava acompanhado de outros procuradores. Pensou em só cumprimentá-los, como se estivesse num tipo de emergência na qual não pudesse parar, pois se sentia incapaz de ter a conversa anteriormente planejada, mas isto seria um erro mortal, uma desatenção com o procurador mais influente depois do próprio PGJ.

– Vejam só quem encontramos! – disse o Dr. Geraldo Brito num tom enigmático.

Armando procurou recompor-se, tentando aparentar uma calma e sobriedade que não sentia.

– Dr. Geraldo, é um prazer revê-lo, estive no conselho agora mesmo para uma audiência, mas não foi possível. – Somente após ter dito isto, lembrou-se de cumprimentar os demais procuradores, fazendo-o de forma rápida e atrapalhada.

– Normalmente, quando instalamos processo administrativo contra um dos nossos membros, nós não o recebemos em audiências informais – disse o procurador, olhando como se tivesse feito valer toda a sua autoridade para os demais. – Apenas a defesa escrita é admitida – pontuou como um professor.

Armando sentia um desânimo tão grande que não conseguiu dizer nada, apenas ficando mais triste de ver a porta do elevador se fechar.

– Eu entendo – falou por fim. Pensava em ficar ali mesmo, após despedir-se dos procuradores.

– Mas diga lá o que pretendia, já que estamos aqui – disse Geraldo Brito, afastando-se para o lado do elevador.

Armando pensou estar num mundo estranho e diferente do qual conhecia. No seu mundo anterior, as pessoas o tratavam com educação, cordialidade e reverência, era respeitado e respeitava os demais. Tinha um passado, um nome e um futuro pela frente. Neste *Marte* de agora, o procurador, integrante do órgão que iria julgá-lo, após admoestá-lo de que somente uma defesa escrita "seria admitida", pretendia que ele expusesse suas razões ao lado do elevador, na frente de colegas que pouco conhecia, como um menino que houvesse praticado uma malcriação.

Armando sentiu a raiva subir-lhe, do coração para o cérebro, como se percebesse o sangue passando pela jugular. Respirou fundo duas vezes antes de dizer:

– É melhor eu deixar para a defesa escrita, como o senhor falou.

O Dr. Geraldo Brito pareceu ofender-se com a falta da resposta, ficando por um momento em silêncio. Os outros procuradores olhavam para ele em respeitosa expectativa. Ele fechou o cenho e disse, numa voz forçadamente calma.

– É melhor mesmo.

Dito isto, virou-se, falando aos demais:

– Vamos que temos assuntos importantes a tratar.

Quando todos o seguiam em direção ao saguão, ele parou e olhou novamente para Armando:

– Dr. Armando – chamou.

– Sim?

– Quer um conselho?

– Claro, Dr. Geraldo.

– Procure um bom advogado.

VIII

No mês que se seguiu, Armando viu sua vida transformar-se de uma forma inconcebível, sem que tivesse feito algo intencional para alterá-la. De repente, tudo que lhe importava, todas as coisas pelas quais lutara, pareciam ruir diante de seus olhos.

O simples fato de estar "afastado" do trabalho, passando as horas do dia sem qualquer atividade profissional, deixava um vazio profundo em sua existência, pois ele não conseguia enxergar-se a não ser como promotor de justiça... e havia tanto a se fazer. Os jornais traziam notícias de fatos a serem investigados, injustiças eram cometidas uma atrás da outra, ações judiciais necessitavam ser propostas, e ele ali, parado, impedido de fazer aquilo para o que se preparara desde sempre. Sentia-se como estivesse com os braços amarrados ao corpo e amordaçado, lembrando-se das vítimas de sequestro que lhe relataram o horror experimentado. Além disso, a notoriedade dos fatos, a forma como foram divulgados na mídia, acarretou-lhe a pecha de proscrito, de alguém a ser evitado, ainda que sem julgamento. Armando percebia em todas as pessoas, fosse num vizinho encontrado no elevador, fosse num conhecido na rua, o sentimento negativo, que ia da reprovação até a pena. Pouquíssimos o tratavam com a antiga consideração. Assim, era-lhe difícil manter o espírito elevado, não caindo na depressão que o espreitava em cada esquina.

Ele passava os dias praticamente só, lendo por horas a fio em seu escritório, de onde saía apenas para caminhar nas ruas vizinhas.

Para piorar as coisas, para piorar tudo, esta nova arrumação de sua vida, imposta pelas circunstâncias, não encontrou receptividade ou compreensão em Eliza, que se sentia traída pelo marido, como se ele propositalmente houvesse estragado uma vida perfeita. Todo o seu orgulho dele, a fama da qual desfrutara, o respeito que as amigas demonstravam, agora se transmudara numa espécie de vergonha, na medida em que ela também reparava nos sorrisos irônicos, nos cochichos às suas costas e na diminuição da consideração que lhe dispensavam. Por que ele fora fazer aquilo? Como pudera ser tão ingênuo e burro, questionava-se ela com frequência.

O fato de vê-lo pela casa o dia inteiro, com cara de desanimado e a barba por fazer, trazia-lhe verdadeira angústia. Era um sentimento próprio, que dizia mais a ela mesma, do que ao sofrimento de Armando, pois embora ele nunca lhe pedisse nada, não lhe cobrasse a companhia ou a atenção, incomodava-a sair para suas inúmeras atividades diárias – e estas eram tantas – sem incluí-lo. Mas o que ele faria no shopping? Na aula de aeróbica? No chá com Ana Maria? O pior era imaginar o futuro, tentar enxergar o que o marido faria de sua vida. Teve um arrepio ao pensar nas notícias da TV, que davam como certa sua demissão do serviço público. Ele não serviria para mais nada.

Dr. Paulo estava sentado em sua grande cadeira de couro, com espaldar alto e apoio para os braços, jogando clipes, que estavam numa caixinha aberta sobre a mesa, na direção de um compartimento para canetas. Como errava a pontaria na maioria das vezes, havia uma porção de clipes espalhados à sua frente. Tirara os óculos, o que era tão raro acontecer que alguém desavisado não o reconheceria, pois seus pequenos olhos claros, já com sinais de catarata, sempre escondidos por trás das lentes grossas, davam-lhe um aspecto diferente do habitual, mostrando uma certa fraqueza ou cansaço, incompatível com a figura dinâmica do PGJ. Fazia-o porque estava num momento de reflexão, absorto em profundos pensamentos, sabendo que não seria perturbado.

Passados uns vinte minutos, interfonou à secretária, pedindo-lhe que chamasse Raul ao seu gabinete. Este era o Sub-Procurador-

-Geral, responsável pela condução dos procedimentos a cargo da Procuradoria-Geral, atuando sob delegação do chefe do MP. Eram amigos há longa data, tendo galgado vários degraus na carreira de forma harmoniosa, sem nunca competirem entre si. Assim, quando Paulo fez campanha para se eleger membro do Conselho Superior pela primeira vez, Raul o apoiou, trabalhando como verdadeiro cabo eleitoral, acompanhando-o em visitas às promotorias da Capital e do interior. Igualmente quando se reelegeu, com votação recorde. Após dois mandados no Conselho Superior, foi a hora de se lançar candidato ao cargo máximo, o de Procurador-Geral de Justiça, a quem caberia decidir os destinos do MP. Novamente Raul participou de maneira decisiva, promovendo reuniões em sua própria casa, para que Paulo apresentasse suas propostas aos procuradores, num ambiente menos formal e propício a formação de alianças. Assim, era natural que fosse escolhido pelo PGJ para ocupar o segundo lugar na hierarquia da instituição.

Quando ouviu a batida na porta, Dr. Paulo repôs os óculos, num ato instintivo de proteção, dizendo:

– Entre Raul!

O Sub-Procurador-Geral era fisicamente bem diferente do amigo, pois apesar de terem a mesma idade, Raul tinha um tipo atlético, magro, com cabelos castanhos sem fios brancos e um bronzeado adquirido em corridas matinais.

– Como estão as coisas? – perguntou, notando a preocupação no rosto do PGJ.

– Vamos indo. Este processo contra o Armando me deixa apreensivo.

– Alguma novidade?

– Ele já apresentou sua defesa. Uma peça muito técnica, na qual procura demonstrar que nas circunstâncias do caso não lhe sobrara outra conduta a seguir, exceto oferecer a denúncia e requerer as medidas que tomou contra o candidato Emílio.

– Não mencionou nada da casa do deputado e dos documentos recebidos?

– Nem poderia, não há provas.

– Ainda bem. Com a posse do novo governador, este assunto cairia como uma bomba!

– Eu sei, aconselhei-o neste sentido.

– Fez bem.Mantenha-o tranquilo quanto ao processo, quanto aos trâmites futuros, pois um homem desesperado é como gato encurralado, torna-se um perigo. Daqui um tempo este assunto não vai interessar a ninguém mais, será o que os jornalistas chamam de notícia requentada.

– Espero que sim.

– Paulo, você também fique sossegado. Não se esqueça que o deputado lhe deve um grande favor. Querendo ou não, você ajudou tremendamente o Punajus. Os políticos costumam retribuir os favores recebidos.

O jantar estava chegando ao fim e Armando se sentia aliviado com isso. Como havia ocorrido nos últimos dias, Eliza apresentava um mau humor contido, crônico, que se manifestava em repostas rápidas, meio ásperas, mas que não alcançavam o nível da discussão. Anteriormente, quando brigavam – o que ocorria raras vezes –, os motivos eram banais, simples irritações com a demora do outro ou coisas assim, não decorrendo mais que alguns minutos para voltarem à paz e aos risos. Agora era diferente. Havia um peso no ar, uma nuvem preta e invisível acima deles a impedir que se relacionassem como antes. Armando sentia culpa por algo indistinto e que não se revelara até o momento.

– Amanhã é o aniversário do seu pai, não é? Preciso me lembrar, para não esquecer de telefonar.

– Melhor não.

– Como?

– Papai anda um pouco aborrecido com você.

– Aborrecido comigo? Por que ele estaria assim?

– Essa história toda. Você sabe, expôs a família demais.

– O quê?

A coisa que Armando menos queria naquele momento era uma altercação com a mulher, mas o absurdo da colocação de Eliza, que parecia achar perfeitamente natural a atitude do pai, deixou-o fora de si. Ele sentia o coração batendo forte e pesado, enquanto ouvia quantos dissabores e constrangimentos causara aos sogros com as aparições na televisão e nos jornais.

Armando tentou controlar-se, questionando se ela achava que ele fizera de propósito, que não tentara acertar e fazer o que de melhor para a sociedade. Ponderou que o maior prejudicado era ele mesmo, um homem que estava sem emprego e execrado por todos. Sem perceber, lágrimas escorreram por sua face, deixando-o envergonhado, incapaz de prosseguir.

Eliza permaneceu inalterada, distante daquele diálogo, como alguém que já tomara uma decisão antes de entrar numa negociação. Quando o marido se acalmou, tendo ficado com a cabeça baixa, mirando o prato à sua frente, perguntou-lhe:

– Você já pensou no que vai fazer?

– Como assim? – perguntou Armando num suspiro cansado.

– Onde vai trabalhar, ganhar um salário, essas coisas.

Armando sentiu uma dor no corpo que parecia irradiar-se de todos os órgãos, de todos os músculos, até mesmo da pele. Ele não podia estar escutando aquelas palavras, aquela pessoa não podia ser Eliza.

– Onde eu vou trabalhar? – repetiu em voz alta. – Eu sou promotor de justiça, caso você ainda não saiba. Onde você acha que vou trabalhar, na feira? – gritou.

– Estou dizendo no caso de você ser demitido, como todo mundo tá falando.

– Eu não vou ser demitido!

Ao falar isso, Armando como que intuiu o motivo do rancor não expressado de sua mulher, da rudeza de seu comportamento nestes dias tão difíceis. Sentiu, então, um cansaço súbito tomar-lhe o corpo e a mente; uma vontade de ficar quieto, imóvel, longe de tudo e de todos, que apoderou-se dele. A todo custo se levantou e foi andando devagar até o escritório, fechando a porta atrás de si.

Armando olhou para seu relógio, constatando que chegara com muita antecedência: eram apenas 13h05min da tarde. Teria que esperar um bom tempo. Não se sentia disposto a ficar num ambiente fechado, como se de uma hora para outra sofresse de claustrofobia. Viu um café aberto, com sua máquina de expresso, grande e cromada, soltando fumaça branca, e resolveu entrar. O jovem que a manuseava interrompeu a conversa com outro cliente, perguntando-lhe amavelmente o que desejava:

– Um café, bem curto, por favor.

O sabor estava delicioso, forte, como ele precisava. Lá, falavam de futebol, de um gol do Palmeiras feito do meio campo no primeiro minuto do jogo.

O cliente, meio na brincadeira, desdenhava a façanha:

– Não foi nada de mais Valtino, o goleiro tava adiantado!

Armando sentiu necessidade de conversar, aproveitando para dizer:

– Mesmo assim foi um golaço, fazia tempo que não via um tão bonito.

– É o que falei – disse o rapaz, contente com a confirmação.

Armando ficou ali por uns quinze minutos, usufruindo a companhia dos dois, de que tanto necessitava, até que achou ter chegado a hora de ir; melhor não protelar demais.

Atravessou a rua, chegando à praça com árvores frondosas, que pareciam tão antigas como os lampiões ao redor, onde se situava o Fórum, seu velho conhecido, e se dirigiu aos grandes portões de entrada. Por infundado escrúpulo, não tomou o elevador privativo dos magistrados e promotores de justiça, preferindo os destinados ao público em geral. A ascensorista o reconheceu e perguntou, cumprimentando-o:

– Oi doutor, o senhor aqui?

Armando sorriu-lhe e questionou:

– Onde fica mesmo a 13ª Vara da Família?

– No sexto andar, doutor.

Após descer do elevador, Armando contornou à esquerda, indo na direção de um grande corredor, onde havia a cada porta uma pequena mesa e do outro lado um banco. O local era mal iluminado, com as paredes parecendo sujas, desgastadas pelo tempo. Pessoas se aglomeravam em frente às portas, falando em voz baixa, mas visivelmente exaltadas, junto a homens de terno e gravata. Procurou pela indicação da 13ª Vara, descobrindo-a ao fim do corredor. Um sentimento de ansiedade tomou-lhe o espírito ao olhar em volta, procurando por Eliza, que aparentemente não havia chegado.

Sentia-se desconfortável, como se não devesse estar naquele local, onde por muitas vezes já comparecera em outras circunstâncias. O tempo não passava, a ponto de imaginar que seu relógio parara. Checou as horas no celular, conformando-se em esperar. Quando faltavam dez minutos para a hora marcada, viu Eliza vindo pelo corredor, num andar um pouco diferente do usual, com a cabeça bem erguida e postura fechada, como um general que passasse a tropa em revista. Todos olharam para ela, pois estava formal e impecavelmente vestida, a pele bronzeada realçando as pulseiras de ouro e pedras em seus braços, os cabelos lisos e compridos, sem um fio solto.

Armando percebeu que não sabia como recebê-la, se a beijava como sempre ou apenas a cumprimentava, sentindo a tristeza que isto representava. Constrangido, deu-lhe um rápido beijo no rosto e perguntou:

– Tudo bem?

– Tudo. Tomara que não demore, que lugar horrível.

– Você trouxe tudo, a petição e os documentos?

– Está tudo aqui – disse, levantando a enorme bolsa.

Mal falaram isto e uma jovem apareceu na porta, lendo num papel seus nomes:

– Armando de Castro e Eliza Bianchine Castro, audiência das 14:00 horas.

– Aqui – disse Eliza irritada, como se houvesse uma indiscrição da funcionária.

Ingressaram na sala, onde havia uma mesa retangular com oito lugares e, na frente, num estrado um pouco mais alto, outra mesa menor com telas de computadores.

A funcionária lhes falou:

– Podem sentar-se que a doutora já vem.

Sentaram-se um de frente ao outro, quando uma jovem mulher, de cabelos castanho-claros, alta, com óculos acentuando seus olhos esverdeados, veio de uma porta ao lado, cumprimentando-os:

– Boa tarde – disse amavelmente. – Eu imagino que os senhores pensaram bem, refletiram, mas devo lhes perguntar se não existe a possibilidade de uma reconciliação?

– Nenhuma – disse Eliza, enquanto Armando balançava a cabeça, também negando.

– Bem, deixem-me ver a petição de divórcio.

Quando a juíza começou a ler o documento, que lhe foi entregue por Eliza, suas feições apresentaram nítida transformação, indicando que algo não lhe agradara.

Após isso, disse à escrevente de sala, ao seu lado:

– Chame o MP.

– Já liguei doutora.

– Muito bem – disse –, eu pedi para chamar a representante do Ministério Público, pois as partes estão representadas pela própria divorcianda, sendo melhor esta cautela. Dr. Armando, o senhor trabalha com o direito público, a área da família é bem diferente, o senhor tem alguma experiência nela? – perguntou.

– Um pouco, Excelência.

– Sei – disse a magistrada, calando-se a seguir.

Enquanto esperavam, um silêncio meio constrangedor formou-se entre eles, pois estavam sentados à volta de uma mesa, sem que houvesse autorização ou mesmo vontade de dizer qualquer coisa. Armando olhava para o relógio e para a parede em frente em intervalos regulares. Eliza examinava o encaixe das pulseiras, como se houvesse algo a consertar; a magistrada relia a petição.

A promotora de justiça chegou, apressada em tomar seu lugar à mesa. Era uma mulher de uns cinquenta e tantos anos, com longos cabelos de reflexos loiros, com a pele de um bronzeado que parecia artificial. Usava uma calça justa e blusa estampada de aspecto juvenil. Quando olhou para Eliza, pareceu reconhecê-la de imediato, dando-lhe um sorriso. Cumprimentou Armando de modo formal, porém educado. Para acomodar-se na cadeira ao lado de Eliza, esta precisou tirar sua enorme bolsa, de um couro branco com alças douradas, pondo-a do outro lado.

– Você não comprou esta bolsa aqui, não é? – perguntou à Eliza.

– Não, foi em Roma.

– Logo vi, pelo modelo.

A magistrada, que já apresentava sinais de contrariedade, irritou-se com o comentário, aparteando o diálogo:

– Doutora, eu a chamei aqui para verificar a regularidade da petição inicial, considerando que o divorciando está representado pela própria mulher, a senhora Eliza Bianchine Castro, que é advogada.

– Ah, sim, um minutinho – disse a promotora, lendo o documento que lhe foi entregue.

Após rápido passar de olhos, disse, sorrindo para Eliza:

– Está perfeita.

– Pelo contrário – afirmou a juíza, num tom alto, que surpreendeu a todos –, existem vários pontos a serem retificados para permitir a homologação. Primeiro, a partilha de bens não contempla nenhum ao divorciando; depois, há a questão da pensão a ser por ele paga, o que é inaceitável, considerando que a divorcianda é advogada, jovem e apta para o trabalho.

– É que o apartamento foi o meu pai que comprou, com o dinheiro dele, ele não pagou nada.

A juíza olhou para Armando, que confirmou prontamente com a cabeça.

– Mas e o automóvel, foi comprado após o casamento e ficaria todo para a senhora?

– Foi ele quem quis assim, eu tenho outro carro, bem, em nome do meu pai – explicou Eliza.

A juíza mostrava não concordar com os termos do acordo proposto e após o reler mais uma vez disse:

– Consta no item 5 "o divorciando pagará as despesas de condomínio e IPTU do imóvel pelos próximos dois anos, a partir do divórcio". A que título isto? Pelo que vejo do valor, a senhora tem recursos próprios, além de advogar, qual a razão de se fixar uma pensão alimentícia?

– Bem, foi o que combinamos, não é Armando? Na verdade, eu não trabalho, não advogo, só fiz este requerimento para facilitar as coisas.

– É verdade Excelência – falou Armando, num tom conformado.

A promotora, que se mantivera calada, aproveitou para acrescentar:

– Se é a vontade das partes.

A juíza, após balançar a cabeça, disse de modo taxativo:

– Eu não homologarei este acordo. Dr. Armando, aconselho-o a procurar um advogado próprio e renovar o pedido. Muitas vezes, pelo estado emocional em que se encontram, as partes não têm o discernimento suficiente.

Eliza olhou para Armando com uma espécie de raiva, fazendo-lhe sinal para que interviesse, pois se mantinha calado.

– Excelência, eu fico sensibilizado com a sua preocupação, mas posso lhe garantir que refleti sobre os termos do divórcio, estando de acordo com eles.

– Dr. Armando, não há razão jurídica para que o senhor assuma o pagamento das despesas com o imóvel, já que não lhe pertencerá mais após a partilha.

– Eu sei – contemporizou Armando –, mas...

– Não – opôs a juíza. – Retiremos essa cláusula abusiva, pois se pode perfeitamente prescindir da pensão alimentícia neste caso.

– E eu vou ter de pedir mais dinheiro para o meu pai, ele já me banca muitas despesas, a senhora nem imagina – disse Eliza, num tom surpreso.

– Ou trabalhar – cortou a juíza secamente, acrescentando: – Numa separação, ambas as partes sofrem um declínio financeiro e nossa função é buscar o equilíbrio.

Eliza ainda procurou auxílio, olhando aflita para Armando e para a promotora, mas ambos não tinham o que dizer. Por fim, percebendo que não se divorciaria naquele dia como desejava, caso não cedesse, ela anuiu com a cabeça, falando de forma condescendente:

– Muito bem, então, vamos tirar a pensão como Vossa Excelência quer. O carro pode ficar para ele também, não vai me fazer falta.

Após a juíza ditar as retificações necessárias, a funcionária trouxe o termo da audiência para ser assinado por todos, entregando-o primeiro à promotora, depois à Eliza, que o releu atentamente antes de firmá-lo e, por fim, a Armando. Ele olhou para o documento, só vendo a palavra "DIVÓRCIO", e a tristeza cresceu dentro dele, não por acreditar que houvesse outra solução, mas por sentir uma sensação enorme de fracasso. Fracasso de tudo. Assinou-o como um autômato e, sem perceber, ficou com os papéis nas mãos, imóvel em cogitações.

Quando Eliza e a promotora se levantaram para sair, Armando retornou à realidade, apressando-se em devolver o termo de audiência à funcionária e também se levantar. Elas lhe disseram um "até logo", deixando a sala juntas. A promotora disse à Eliza que vira sua foto na coluna social com Ana Maria, de quem se disse amiga por terem estudado no mesmo colégio.

Armando se despediu da escrevente e da juíza, agradecendo-lhe a atenção demonstrada. A magistrada, contudo, disse-lhe de forma impessoal:

– É a minha função.

– Assim mesmo, muito obrigado – acresceu.

No instante em que ia deixar a sala, a juíza o chamou:

– Dr. Armando.

– Sim – disse, virando-se.

– Eu tenho acompanhado as notícias. Sei o momento difícil que está passando. Tenho certeza que a verdade aparecerá e que o senhor retomará sua bela carreira, como é de direito.

Armando quis responder, mas sentiu um nó na garganta a impedir-lhe qualquer palavra. Balançou a cabeça, forçando um sorriso e se retirou.

Aquela manhã, num dia de céu bem azul com algumas nuvens brancas aqui e ali, temperatura amena, seria agradável para um passeio a pé, em companhia da pessoa amada, pensou Armando enquanto saía de seu prédio, talvez pela última vez, dirigindo o Audi no qual levava grande parte de seus pertences e de seus sonhos. Aproveitara um horário em que sabia não encontrar Eliza para fazer a sua "mudança". Esta, na verdade, resumia-se a uma dezena de ternos, postos no assento traseiro do veículo, algumas camisas e sapatos, livros, CDs e uma infinidade de documentos, tanto em papéis, como em arquivos digitais.

Quando terminou de arrumar suas coisas, Armando olhou para o apartamento, para os muitos cantos dos quais gostava, como a parte da sala na qual se sentava para refletir, olhando o vai e vem da rua lá embaixo, e sentiu pena de deixá-lo. Não pelo aspecto material em si, embora fosse um luxuoso imóvel, mas por ter imaginado, e como que vivido antecipadamente, uma porção de momentos de felicidade que viriam a acontecer. Nunca, em nenhum instante, havia cogitado se divorciar de Eliza, a quem devotava um amor sincero.

"Como isto pôde acontecer?", indagava-se, incrédulo. Não houve brigas, desentendimentos ou falta de atração entre eles. Pelo contrário, viviam como namorados a se divertirem em viagens e a se agarrarem feito adolescentes, levando a vida sem quaisquer problemas. Ele, naturalmente, enfrentava tortuosas questões jurídicas, o que lhe trazia dose diária de estresse e aborrecimentos. Por outro lado, a gratificação do trabalho bem realizado era suficiente para restaurar suas energias, fazendo os dias ao lado de Eliza fluírem doces e tranquilos.

"Bastou um erro, um passo em falso, para que tudo aquilo ruísse como um Castello de cartas", pensou consigo mesmo, amargurado. Eliza parecia outra pessoa, alguém que jamais vira ou conhecera antes. A frieza agora demonstrada, as cobranças de um sucesso que ele já não tinha mais, a vergonha que via em seus olhos. "Onde estava o amor? Para aonde fora? No que ele mudara tanto?", questionou-se inconformado de perder aquele sentimento.

Ele era o mesmo, a mesma pessoa, com seus mesmos ideais. No seu universo interior, nada se modificara. Ele tinha vontade de berrar bem alto: sou eu Eliza, não me abandone assim!

Armando se sentou numa poltrona e olhou para a bandeja de prata com a xícara de porcelana inglesa, com a borda dourada e os pequenos biscoitos e chocolates, postos de maneira tão caprichada ao lado do bule de café: era a homenagem, o despedir-se de Vanessa, sempre solícita em atendê-lo. Teve um sorriso de alegria e tristeza. Serviu-se de uma xícara, enquanto seus pensamentos se aprofundavam rumo ao passado e na direção do ocaso. Lembrou-se do dia em que pela primeira vez viu Eliza e se apaixonou por ela, justo assim, sem nenhuma razão. Daquele instante mágico em diante não havia outro ser no mundo que não ela. Tudo seria feito em função dela: quando a veria novamente, como impressioná-la, de que modo quebrar a distância imposta? Foram dias, meses e anos de angústia, em que a solidão só aumentava como se cada minuto vivido longe dela fosse roubado à própria vida.

Ao recordar seus sentimentos, agora, vendo Eliza de modo tão diverso, pareceu-lhe estranha a paixão desenfreada na qual se atirara de cabeça, a impedir que enxergasse outras pessoas e usufruísse das alegrias de então. Paixão? Repetiu para si mesmo. Seria possível que a mera paixão fosse tão forte e durasse tanto? Não, não, aquilo era amor, assegurou-se. Mas e quanto à Eliza? Se ela o amasse de verdade, o seu fracasso pessoal seria motivo bastante ao divórcio? Ele nunca questionara os sentimentos dela, que foram sempre recebidos como uma dádiva, a refletir os seus próprios. "Quando Eliza se apaixonara por ele?", pensou, com o germe da incerteza a lhe fustigar o espírito. Na época em que se tornara promotor de justiça e aparecera em todas as televisões como um herói, foi a única resposta que lhe veio, não sem alguma melancolia.

"Chega", disse para si próprio, tomando consciência de que já tinha amarguras suficientes, nada lhe adiantando mergulhar em sombrias dúvidas. Levantou-se de pronto, olhou mais uma vez o apartamento, que lhe pareceu estar maior do que de costume, como um grande hotel, vazio de pessoas.

* * *

Celina chegou à casa do avô sentindo a angústia crescer dentro dela, como muito raramente lhe acontecia. Os tios e tias estavam todos lá, conversando à mesa, enquanto tomavam o café antes de partir. Percorreu os olhos pela sala e percebeu que os primos deveriam estar no grande quintal, atrás da lavanderia e dos quartos dos empregados, e foi correndo até lá. Eles usavam roupas diferentes das habituais quando iam à fazenda, pois estavam arrumados, de banho tomado e cabelos penteados. Como não podiam brincar à vontade e se sujar, contentaram-se com algo mais tranquilo, mas igualmente gostoso: jogar pedras no poço existente no fundo do quintal. Seu avô já os proibira de fazê-lo, temendo algum acidente, porém hoje era o dia da partida mesmo.

O poço tinha uns quatro metros de diâmetro, sendo coberto por uma tampa de concreto no meio da qual havia uma espécie de tampa – um peso redondo – que para ser tirado necessitava do esforço conjunto de três primos. Após empurrá-lo para o lado, liberava-se um vão suficiente para a passagem de um homem, pelo qual se podia ver a água lá embaixo, balançando-se silenciosa. Aquilo dava uma sensação estranha, de admiração e medo, pois Rui uma vez dissera que ali era o núcleo da terra. Ficavam em volta e cada um jogava uma pedra, tentando ver ou pelo menos escutar, quando atingisse a água, o que demorava muitos segundos.

Celina mal tinha jogado duas pedras quando escutou:

– Meninos, venham, tá na hora!

Sentiu uma sensação desconfortável na barriga e engoliu em seco um pedaço da sua tristeza. Os primos iam embora, retornar para a capital, de onde voltariam só nas próximas férias.

Foram andando todos calados, um pouco suados do esforço de tampar o poço e sem saber o que dizer uns aos outros. Os tios – queridos tios – abraçavam Celina, beijavam-na e diziam coisas do tipo: "Logo estaremos de volta", "Seis meses passam voando", mas de nada adiantava. Ela, embora desejasse também abraçar os primos, ficava de mãos dadas com a mãe, como alguém que tivesse perdido os movimentos e a fala.

O dia ainda não havia nascido quando Luciano acordou sobressaltado, sentindo uma espécie de angústia, como alguém que estivesse perdendo algo importante e indefinido. Pensou imediatamente em Celina. Levantou-se atordoado e foi andando até o quarto da mulher, encontrando-a deitada, confortavelmente inclinada, na sua cama hospitalar. Aliviado, beijou o rosto de Celina, sentou-se na cadeira ao lado e pegou em suas mãos. Ela lhe pareceu emocionada, embora seu rosto e seu olhar vagassem por mundos distantes nos últimos anos. Ele beijou sua mão devagar e com carinho, dizendo-lhe:

– O que foi? Está lembrando de alguma coisa? Do nosso casamento?

Luciano recordava a emoção de Celina no dia em que se casaram: desde o instante no qual, entrando na igreja ao lado do pai, ela o procurou com os olhos e o viu no altar. Celina derramou uma vertente de lágrimas, que se seguiram até o fim da cerimônia. A alegria estampada em seu rosto, entre risos envergonhados, denunciava a felicidade do momento, tranquilizando os convidados e o próprio noivo, que lhe perguntava repetidamente: está tudo bem amor? Estava, pois, unia-se ao homem da sua vida.

Quando o sol começou a despontar, trazendo uma luminosidade branda, Iraci levantou-se e foi preparar o café, como fazia todas as manhãs. Depois, subiu para ver dona Celina. Ao se aproximar do quarto, notou que Luciano dormia encostado na esposa, segurando-lhe a mão. Sorriu com pena do patrão, que muitas vezes assim o encontrava no início das manhãs. Achou melhor esperar um pouco antes de acordá-lo, pois ainda era cedo.

Helena estranhou quando seu celular tocou àquela hora e tentou encontrá-lo rapidamente no quarto escuro, derrubando-o no chão, ao tatear pelo criado-mudo. Rafael, ao seu lado, reclamou, num grunhido alto.

– Alô?

– Leninha, sou eu.

Reconheceu a voz de Iraci, percebendo aflição na mesma.

Preocupada, perguntou:

– Está tudo bem Iraci, mamãe tá bem?

A empregada começou a chorar desesperada, não conseguindo falar. Helena deu um suspiro nervoso e procurou falar com tranquilidade:

– Calma, Iraci, nós já sabíamos que mamãe...

– Foi o seu pai, Leninha, o seu pai.

Foi somente mais tarde, quando viu o corpo do pai envolto num cordão de cravos, dentro do caixão, vestido num terno preto, que Helena pôde assimilar o que tinha ocorrido. Até então, agira de forma reflexa, por reação: deram-lhe uma notícia, ela era a única capaz de tomar providências, movimentou-se. Fez todo o necessário para arrumar as coisas. Parecia que não fora ela quem ligara para o serviço médico, depois comprara um caixão, escolhendo entre modelos indiferentes, preenchera a certidão de óbito, tendo de fornecer inúmeros dados que não se recordava mais e agora estava ali, parada, diante da morte.

Havia um certo distanciamento, uma negação. Não era ela ali, aquele corpo meio acinzentado, não era o seu querido pai.

Apenas no momento em que viu Iraci chegar, usando o mesmo vestido verde que usara no seu casamento – provavelmente o único que tinha –, com olhos tão vermelhos que mal se viam as pupilas, é que Helena se permitiu chorar, aconchegada no abraço da amiga.

Foram dia difíceis, o choque inicial foi seguido por dor e tristeza que só aumentavam. Helena pensou viver o momento mais triste de sua existência, até que, uma semana depois, a morte de sua mãe veio piorar sua desolação.

Celina, contrariando o que os médicos e as ressonâncias magnéticas atestavam, percebeu a ausência do marido, fechando seus olhos para derramar pequenas lágrimas até que parou de respirar.

No dia seguinte ao enterro, Helena entrou no quarto vazio da mãe e foi tomada de uma emoção arrebatadora. Apesar de todo o alheamento, todo o silêncio e falta de comunicação, sua mãe ainda "estava" lá. Ela podia tocá-la, beijá-la, dizer-lhe palavras não escutadas. Agora, a separação era total.

Helena sentou-se na beira da cama hospitalar e ficou a imaginar a alma da mãe finalmente livre daquele corpo, daquele cérebro que fora danificado sem que houvesse uma explicação para tanto. Ela fora sempre tão boa e caridosa, que não merecia a doença precoce. Eram os desígnios da vida, incompreensíveis à nossa limitação humana.

Imaginou a alma de Celina subindo em direção ao céu, voando no espaço-tempo, como ela fazia na história da tulha de café. Quem sabe o pai com ela estivesse e ambos experimentassem infinita felicidade.

Helena sorriu e limpou do rosto a lágrima que caía.

* * *

O procurador Geraldo Brito marcara uma reunião com três outros conselheiros para tratar do "caso Armando", antes que o Conselho Superior do Ministério Público realizasse a primeira audiência do processo. Sua intenção era traçar uma linha comum de conduta entre eles, de modo a permitir que as coisas se encaminhassem do melhor modo. Teria de ser muito habilidoso, pois uma palavra errada poderia melindrar os colegas. Os conselheiros eram todos eleitos, dois-terços por votação dos promotores, o terço restante pelos procuradores. O PGJ e o Corregedor-Geral tinham assento permanente no órgão. Assim, não havia qualquer hierarquia entre eles, que podiam decidir conforme sua convicção pessoal. Isso não impedia que se fizesse uma articulação, visando a harmonizar os interesses de cada qual e o do próprio MP.

Os três convidados faziam parte da "oposição" ao grupo do PGJ, que há vários biênios se mantinha no poder, devido ao prestígio junto aos promotores, bem como suas boas relações com o Poder Executivo, isto é, com o governador, que de uma lista tríplice podia escolher quem comandaria o Ministério Público. O problema é que todos ambicionavam exercer o cargo, havendo a necessidade de se fazer uma habilidosa composição, sob pena de – divididos – nenhum obter o sucesso pretendido.

A oportunidade que se apresentava era única, pois jamais o MP se expusera daquela forma junto à opinião pública, colhendo resultados tão negativos, o que levava a um desejo natural de renovação. Assim, Geraldo planejava pleitear o apoio dos conselheiros para sua campanha à Procuradoria-Geral, oferecendo aos outros algo em troca: a José Augusto, o mais velho entre eles, o compromisso de, nas próximas eleições, independentemente do resultado destas, trabalhar a favor dele para a chefia do MP; a Renato Oliveira, a promessa de nomeá-lo Sub-Procurador-Geral, o segundo posto no organograma da instituição.

Os dois vieram juntos, chegando à casa de Geraldo pontualmente às 20h, como combinado, sendo recebidos com um forte abraço pelo anfitrião. Uma garrafa de blue label os aguardava sobre a mesa da sala, acompanhada de variadas iguarias que a mulher de Geraldo arrumara antes de sair com as amigas, para deixá-los mais à vontade. Após conversarem sobre política e futebol, com algumas provocações amistosas entre eles, já na segunda dose do uísque, Geraldo tocou no assunto motivo da reunião:

– O que vocês acharam da defesa do Armando? – perguntou num tom que não adiantava a sua opinião.

José Augusto foi o primeiro a falar, dizendo de modo simples, o que concluíra:

– Foi um baita erro de avaliação, mas nas circunstâncias concretas, na premência da eleição que se avizinhava, que outra atitude ele poderia ter? Requisitar um inquérito e ficar calmamente esperando o resultado? E se as informações fossem confirmadas? Um corrupto teria sido eleito apesar de se ter avisado ao MP.

Geraldo fez uma expressão de tênue anuência, deixando dúvida no ar e olhou para Renato, como se dissesse: "E você?"

Antes de responder, este tomou um generoso gole de uísque, pousou o copo na mesinha ao lado, arrumou o cinto em sua larga cintura, puxando-o de um lado a outro e falou de modo formal e estudado:

– Sem olvidar do *in dubio pro societate*, que certamente motivou este jovem, a atitude precipitada por ele tomada trouxe o descrédito à nossa instituição. Em meus quarenta anos de carreira, não me lembro de episódio pior. Nas aulas que todos os anos ministro aos promotores substitutos, no seminário inicial, sempre saliento a necessidade de se formar a *opinio delicti* sobre fatos seguramente comprovados. O Armando deve ter assistido a esta aula, pena que a tenha esquecido. De todo modo, agiu com culpa, *lato senso*, devendo ser responsabilizado por sua conduta, pois seria inadmissível perante a sociedade, que tivéssemos indevida clemência com um dos nossos. Iria parecer espírito de corpo.

José Augusto pareceu indeciso quanto ao julgamento de Renato. Embora não tenha discordado explicitamente, apenas acrescentou:

– Eram circunstâncias especialíssimas.

Ambos olharam, então, para o anfitrião, esperando sua opinião.

Geraldo demorou um pouco antes de falar, servindo um pouco mais do uísque aos colegas. Sabia que teria de ser cuidadoso na sua colocação.

– Eu concordo com vocês, com vocês dois. Há uma atenuante, como mencionou o José, mas há também um reclamo social que precisa ser satisfeito, como bem pontuou o Renato. A sociedade exige ver um culpado. Poderíamos nos recordar da revolução francesa, quando ao término da monarquia, o povo necessitou ver a cabeça de Maria Antonieta num cesto para se acalmar. Sem uma punição exemplar, o erro de Armando pesará sobre todos os promotores, sobre o Ministério Público, por muitos e muitos anos.

– Mas nós nos curvaremos à opinião pública, abdicando da nossa própria convicção? – perguntou incisivo José Augusto.

Geraldo escolheu com cuidado as palavras que usaria, falando num tom baixo, como se contasse um segredo a seus melhores amigos:

– Não podemos esquecer o momento histórico em que vivemos. Não é de hoje que divergimos de Paulo e de seus aliados na procuradoria; quantas vezes já trilharam caminhos que nos pareceram errados, conduzindo mal o nosso amado MP? Quantas vezes? – insistiu. – E o que pudemos fazer? – Demorou-se antes de responder enfático:

– Nada!

Os três se olharam, como se adivinhassem o que seria dito.

– Hoje temos a oportunidade única de mostrar a todos o erro cometido. De trazer à luz que a falta cometida por Armando é o reflexo de uma Procuradoria-Geral inapta, personalista e mal conduzida. Se conseguirmos isso, se a sociedade entender tal fato, não haverá como o governador optar pelo grupo de Paulo, mantendo um PGJ desacreditado. Por isso eu venho pedir o apoio de vocês, para que nós alcancemos o controle do Ministério Público nas próximas eleições, dando início a uma nova gestão que, espero, se perpetue nos biênios a seguir, com José Augusto me sucedendo e o Renato como Sub-Procurador-Geral.

O anfitrião, vendo o efeito de suas palavras sobre os colegas, que anuíam com a cabeça, mostrando brilho nos olhos, ergueu seu copo, propondo um brinde: ao Ministério Público!

Os dois meses seguintes se passaram de maneira monótona, rápida e imperceptível, por paradoxal que pudesse parecer. Primeiramente, houve a novidade da decisão de onde morar: Armando foi ver uma porção de apartamentos para alugar, mas ao fim de uma semana de visitas, não encontrou nenhum de seu agrado. Ponderou consigo mesmo que havia se acostumado com o luxo e a grandeza do anterior e que todos os que poderia locar se mostrariam insuficientes. Na verdade, não era isso o que ocorria, conforme refletiu depois: ele é que não se sentia bem na solidão dos apartamentos vazios, sem móveis, sem quadros nas paredes e, principalmente, sem pessoas. Pediu desculpas à gentil corretora e resolveu hospedar-se em um flat, onde no vai e vem dos hóspedes desfrutaria da companhia de desconhecidos.

A escolha se mostrou acertada, pois, após uma semana, Armando já se tornara amigo dos porteiros, dos garçons e dos recepcionistas. Para alguém em circunstâncias normais, isso poderia parecer pouco. Para ele, era essencial.

Um homem há pouco divorciado se sente solitário e meio deslocado socialmente, pois se acostumara a chegar aos locais acompanhado, tendo sempre um ponto de referência. Igualmente, o que se aposenta do trabalho experimenta o desconforto da falta da atividade, do ócio a preencher e do estigma de "superado ou descartado". Armando se encontrava nestas duas situações com o agravante de ter sido exposto e execrado publicamente. Era terrível: a convivência com seu mundo anterior, com as pessoas que faziam parte se sua vida de outrora, infligia-lhe um sofrimento difuso e mal compreendido. Parecia que devia envergonhar-se de algo não feito. Eram poucos os "amigos" e conhecidos que ainda paravam para cumprimentá-lo e conversar alguns minutos. Mesmo estes, Armando sentia, experimentavam certo constrangimento, um não saber o que falar. Era como se Armando tivesse amputado uma perna e embora estivesse se sentindo curado, despertasse pena ou aversão. Outros o olhavam com a alegria de vê-lo fracassado, mal contendo o sorriso da inveja satisfeita, o que lhe dava raiva, vontade de berrar e socar; sentimento este mais fácil de compreender.

Para piorar, toda esta situação agoniante impunha-se de modo impreciso, cercada de incertezas, fazendo com que sua vida ficasse suspensa, a esperar evento futuro imponderável. A primeira audiência de seu processo, para a qual se preparara incessantemente, fora cancelada na véspera, sem que lhe dessem qualquer explicação. Após dias de preocupação, resolveu telefonar para o Dr. Paulo, tentando descobrir se aquele adiamento era um bom ou mau sinal. Deixou recado junto a assessoria do PGJ duas vezes, não obtendo retorno. Por fim, ligou no número do celular privado, que poucos conheciam, tendo este tocado até cair na caixa postal. Quando Dr. Paulo retornou o telefonema, embora o tenha tratado com gentileza, Armando pôde confirmar a sutil mudança no tom e no modo de falar do procurador: não era mais aquela conversa franca que os amigos têm acerca das coisas, havia uma espécie de formalismo, como se Armando jamais houvesse desfrutado momentos de intimidade e companheirismo com o chefe. Quanto à audiência desmarcada, Dr. Paulo não tinha nenhuma informação: "Você sabe, o Conselho é independente". Em seguida, recordando-se das ocasiões em que influíra nas decisões do órgão, muitas delas após trocar ideias com Armando, o PGJ procurou se corrigir para não parecer tolo e acrescentou: "Fique tranquilo, nós vamos fazer um trabalho de base, com muita discrição".

Assim, neste compasso de espera, Armando passava os dias praticamente só, andando prá lá e prá cá em longas caminhadas, a pensar em sua defesa e na tristeza que sentia pelo rumo tomado em sua vida. A exceção era Edu, que ligava para ele todos os dias, convidando-o para almoçar ou jantar, e para saber as novidades. Armando tinha muito pouco a contar, pois apenas lhe restava esperar por seu julgamento, afastado tanto das atividades profissionais, como da vida social. Aceitava algumas vezes ir à casa do amigo, mas receava estar incomodando a rotina deles, além de não se sentir a melhor das companhias. As visitas traziam-lhe um sentimento ambíguo: de um lado havia o reconforto de estar entre entes queridos, de outro – embora Armando lutasse contra isso –, a angústia de não ter aquilo que eles tinham, como se lhes invejasse a felicidade.

IX

Era fim de tarde no início do outono, a temperatura já refrescara e uma brisa balançava suavemente as árvores quando Helena estacionou seu carro para dar um passeio pelas alamedas e fazer uma horinha, pois não tinha motivo para se apressar, eis que Beatriz ia dormir na casa de uma amiga da escola e ela jantaria sozinha. Ao passar em frente a uma cafeteria, com mesas dando para uma grande janela, tipo vitrine, resolveu sentar-se ali e ficar olhando o movimento de pessoas. O local estava praticamente vazio àquele horário, já adiantada a hora, e antes do movimento do fim de tarde: havia apenas duas senhoras ao fundo e um rapaz sentado numa das mesas de frente. Helena reparou que era um homem bonito, embora a barba por fazer, os cabelos despenteados e mal cortados o enfeiassem. Queria sentar-se de frente para a rua, mas só havia lugar nas mesas vizinhas a ele, o que fez com que parasse por instantes, indecisa.

– Helena? Há quanto tempo!

Surpresa, olhou para o desconhecido que se levantava, pensando ser engano, mas notou algo familiar no modo que ele a encarava com um sorriso nos olhos.

– Dr. Armando...? É o senhor?

– Pelo amor de Deus, não me chame de senhor!

– Desculpe, Armando, é que não esperava...você está diferente.

Ele imediatamente leu seus pensamentos, ou pensou fazê-lo, imaginando sua decepção ao reencontrá-lo daquele modo.

– Você não mudou nada.

– Eu que sei – disse ela rindo. Depois acrescentou: – É uma alegria encontrar você.

Armando sorriu e olhou para os olhos verdes de Helena, como se revisse uma velha amiga.

– Pra mim também – respondeu.

Houve uma pausa silenciosa que foi se prolongando até algo parecido com o fim de uma conversa. Armando queria dizer qualquer coisa para mantê-la ao seu lado, mas nada lhe ocorria. Por fim, olhou para o relógio, num movimento automático e inexpressivo.

– Já é tarde – disse Helena, fazendo menção de partir.

– Não, de modo algum, você não quer tomar um café?

Ela pensou em recusar, mas percebeu que não havia outro motivo para a sua entrada na cafeteria e ficou sem graça de simplesmente sair. A ideia de sentar-se com Armando e bater um papo com ele, na verdade, a agradava, embora lhe fosse estranho estar ali, sozinha, na companhia do ex-marido de uma amiga.

– Você não estava esperando alguém? Não quero atrapalhar.

– De modo algum – disse resoluto Armando, já puxando a cadeira para ela.

Sentaram-se e ele pediu à garçonete que trouxesse um café com uma gota de leite, como Helena dissera preferir. Enquanto esperavam falaram sobre o local, que achavam aconchegante, do sabor do café bem tirado e da agradável vista da rua em frente, com suas árvores frondosas. Após tomarem os cafés, com certa pressa indesejada, novo silêncio os rodeou, como se não tivessem mais o que conversar. Era justamente o contrário: ambos se recordavam como fora prazerosa a noite em que se conheceram, na qual conversaram sobre tudo o que lhes interessava. Havia apenas uma timidez, um degrau a ser superado. Meio sem graça, Armando disse novamente:

– Puxa, há quanto tempo.

Helena sorriu e o olhou nos olhos, antes de falar num tom amigo:

– Eu soube que vocês se separaram; uma pena, vocês pareciam se dar muito bem.

Armando levantou um pouco o queixo, como que anuindo, e completou:

– É verdade, as coisas às vezes nos surpreendem. De repente, algo que lhe parecia certo e inatingível, daquelas poucas certezas que se pode ter na vida, acaba de modo estúpido, como se nunca devesse ter começado. Só passando para entender o que é.

Após uma pausa, Helena disse:

– Acho que consigo entender. Deve estar sendo difícil pra você, junto com esta história das eleições...

– Nem sei o que é pior, parece que me viraram do avesso.

Armando pensou consigo que não deveria começar a falar de seu casamento ou da questão do Ministério Público, consciente de que os problemas das pessoas só interessam a elas mesmas, mas Helena lhe perguntou sobre o ocorrido na impugnação do candidato Emílio, a quem admirava, mostrando-se preocupada em conhecer as razões de Armando. Ele tentou não revelar fatos sigilosos, dando explicações sobre como firmara seu convencimento no sentido de impedir que um corrupto ganhasse as eleições. Pelo menos era o que os documentos indicavam...

– Mas eles eram falsos, como é que você não verificou isso?

Armando soltou apenas um suspiro, balançando a cabeça.

– Desculpe-me, eu estou sendo grosseira, mas é que tinha plena confiança em você; quer dizer, ainda tenho, de verdade. Eu só queria entender.

Ele ficou em silêncio por um tempo, parecendo à Helena que se magoara com o que fora dito. Helena apressou-se em dizer:

– Vamos mudar de assunto, não pretendia aborrecê-lo.

Sem saber por que, e contrariando sua determinação anterior, Armando se pôs a falar da noite em que recebera o telefonema do Procurador-Geral e da misteriosa visita à casa do deputado, líder do partido de oposição. Contou-lhe o dilema que enfrentou, tendo de resolver entre omitir-se e causar enorme prejuízo à sociedade ou agir com base nas informações recebidas. Havia somente três dias. Tudo indicava serem fidedignas as provas. O próprio Procurador-Geral afiançara isso, dizendo-lhe poder confiar no deputado.

– Mas você deveria contar isto para todo mundo, dar uma entrevista à televisão explicando o que aconteceu. Todos acreditariam em você.

– E que provas eu tenho? Só pegaria mais um processo por difamação e calúnia.

– O Procurador-Geral seria sua testemunha, não é assim?

– Ele também não tem como provar o ocorrido, ademais...

– Ademais o quê?

– Ficaria desmoralizado perante a opinião pública, perante todos: MP, Judiciário, Congresso, pois cometeu tremendo erro de avaliação, além de agir de modo informal e irregular ao ser contatado pelo deputado. Seria o fim de sua carreira.

– Mas e você?

– Eu também errei completamente, agora percebo isso. Fui ingênuo ao extremo.

– Não é justo só você responder pelos fatos, quando muitos o levaram a isso. O Procurador-Geral e o deputado deveriam assumir suas responsabilidades.

– O deputado jamais faria tal confissão, ele depende dos votos. O PGJ, se o fizesse, mancharia o nome da instituição que representa, trazendo prejuízos ao Ministério Público.

– Você, então, acabou sozinho nesta história?

– É, parece.

Helena fez uma expressão de tristeza e que indicava compreender o sentimento dele, pois franzia a boca levemente, balançando a cabeça.

– É duro estar sozinha – disse, como a si própria.

Armando a olhou nos olhos e perguntou:

– Você está sozinha?

Ela pareceu acordar de seus pensamentos, relutando antes de responder:

– De certa forma... às vezes... estou sim – admitiu.

Helena disse inicialmente que seu marido andava muito nervoso com os negócios, que lhe tomavam grande parte do dia. Assim, devido ao estresse, o relacionamento sofrera abalo. Depois, ao perceber que Armando intuía algo mais, sentiu-se boba em dar aquela explicação ensaiada, já repetida em vezes anteriores, para alguém que passara por uma separação recente e se mostrava franco e sensível ao assunto. Acrescentou a seguir:

– É, não foi apenas isso.

– Eu sei – disse Armando. – Pela experiência profissional e por mim mesmo. A gente procura motivos para acreditar que as coisas voltarão a ser boas.

– E elas não voltam? – perguntou ela, num tom desanimado.

– Não sei Helena, não quero entristecê-la com minhas opiniões, cada casal tem sua própria história, às vezes...

– O Rafael mudou tanto nestes últimos anos, parece outra pessoa. Tornou-se violento, rude... – Ao falar isso, notou que Armando aquiescia, e lembrando-se do incidente havido, aduziu:

– Você já o conhece, sabe do que estou falando.

– Naquela noite, de fato, ele estava meio alterado.

Helena riu, balançando a cabeça, e disse:

– Você está sendo gentil. Pelo que me contaram, ele foi bastante desagradável.

– Realmente – disse Armando, rindo também.

Helena, por fim, mencionou o problema das drogas, contando-lhe como o temperamento do marido fora mudando com o tempo, as situações embaraçosas que experimentara ao seu lado e o distanciamento que se instalara entre eles.

– E por que vocês não se separam? – perguntou Armando.

– As coisas não são tão simples. Tenho que pensar na Beatriz – disse resignada.

Por longo tempo, eles continuaram conversando até que um estampido chamou-lhes a atenção: ao lado de uma das mesas na calçada, na qual cinco mulheres alegres e falantes haviam sentado, o garçom abria champanhe para servir em longas taças de cristal. Surpresa, Helena notou que começara a escurecer e que a cafeteria estava repleta de gente que se confraternizava antes de voltar para casa.

– Devo estar te enchendo com meus problemas? – perguntou.

– De modo algum, estou adorando esta nossa conversa – disse Armando, para acrescentar: – Este champanhe me lembra da França, de viagens, de coisas boas.

Helena sorriu e contou da viagem que fizera à Grécia, quando jantava com o sol acabando de se pôr, em encostas nas quais só se viam casinhas brancas com seus telhados azuis. Falou da comida e dos vinhos, dos restaurantes ao ar livre, dando um ruidoso suspiro de saudade. Seus olhos brilhavam, refletindo a imagem em sua mente.

Armando olhou para ela e disse:

– Já sei, vamos pedir uma garrafa pra nós, enquanto falamos das viagens. Quero vê-la sorrindo um pouco mais.

Helena pensou que devia recusar a oferta, mas se sentia tão bem ali, conversando calmamente com ele, que não teve forças para tanto.

Armando pediu champanhe seco e que trouxessem uns canapés que vira servir, mostrando uma alegria que a comoveu: ele parecia se divertir pela primeira vez em séculos.

Talvez por terem falado muito e estarem com sede, talvez porque o champanhe estava gelado e borbulhante, ou quem sabe pela ocasião, o fato era que Helena nunca sentira tanto prazer em beber algo. As taças pareciam esvaziar-se sozinhas.

Terminada a garrafa, Armando a sacudiu de cabeça para baixo sobre sua taça, dizendo na brincadeira:

– Que pouco vem! Vamos pedir outra?

Ao falar isso, ambos olharam em volta, percebendo que o local se preparava para fechar e que restavam só eles.

– Puxa, o tempo voa – disse Armando.

– Às vezes – completou ela.

Vendo que teriam de pedir a conta e que aquele fortuito encontro estava por se findar, ambos sentiram certo abatimento no espírito, como um fim de férias ou de uma festa de natal. Novamente, ficaram sem saber exatamente o que dizer.

Helena aproveitou e pediu licença para ir ao toalete. Ele esperava a conta, tentando imaginar quando a veria de novo. Desalentado, não via perspectivas reais disso acontecer em breve.

Saíram da cafeteria e após darem alguns passos indecisos, pararam como se devessem se despedir.

– Vou acompanhá-la até o seu carro – disse Armando.

– Não, não, deixa, eu vim de táxi, respondeu ela meio sem jeito.

– Eu te dou uma carona então, faço questão! Só tenho que pegar a chave, meu carro está no flat onde estou, a duas quadras, na rua de cima.

– Se não atrapalho, tudo bem.

Eles foram andando na direção indicada por Armando, tão devagar quanto possível, com direito a pararem várias vezes para continuarem a conversar.

Ao chegarem ao flat, ingressaram no lobby bem decorado, tendo Armando dito a ela, apontando para um sofá à frente:

– Sente-se um pouco que eu vou buscar a chave lá em cima.

Helena dirigiu-se à sala ao lado e, antes de se sentar, olhou para Armando que esperava pelo elevador. Chamou-o com um gesto de mão.

Ao se aproximar dela, Armando notou certa tristeza ou angústia em sua expressão, preocupando-se.

– O que foi? – Helena parecia que ia chorar, pensou.

Ela estendeu as mãos para ele. Armando as segurou, sentindo-as quentes e com leve tremor. Aproximou-se mais de Helena e viu olhos mareados.

– O que houve? – perguntou com delicadeza.

– Eu posso subir um pouco?

Armando não respondeu. Puxou Helena para si, dando-lhe um demorado abraço, enquanto a beijava no rosto.

O elevador do flat era envidraçado, dando para o lobby, de modo que Armando controlou sua vontade, apenas dando a mão para ela, enquanto subiam até o 12º andar. Após abrir a porta do apartamento, disse num tom alegre:

– Esta é minha nova casinha!

Helena passou por ele, olhou em volta e disse:

– Muito bonita, mas um pouco bagunçada.

Riram e foram até o meio da sala, onde havia um sofá, com televisão à frente, interligado a um pequeno balcão com bebidas e copos. A sala dava para um pequeno terraço com vista para a rua.

Armando a abraçou pela cintura, trouxe-a para si e a beijou na boca. O primeiro beijo foi rápido, pois ele queria vê-la, olhar para ela em seus braços para poder acreditar. Em seguida, beijou-a devagar, sentindo sua língua com carinho e tesão. Mordeu seus lábios, tombando a cabeça para o outro lado num beijo que sugava o sabor daquela boca. Sentindo o desejo, apertou-a contra seu pênis ereto, descendo as mãos para segurar e apertar sua bunda.

Ambos suspiraram, numa espécie de gemido. Helena, porém, segurou os braços de Armando e o abraçou em seguida. Com o rosto encostado em seu peito, pediu numa voz baixa:

– Podemos só namorar um pouco? Eu só queria ficar mais tempo com você.

Armando olhou em seus olhos e sorriu, conduzindo-a até o sofá. Ao tirar uma mecha de seus cabelos, que escondia seus olhos verdes, falou com admiração:

– Como você é linda, assim de perto. A cada segundo eu a acho mais bonita!

Helena sorriu e disse brincando:

– É o champanhe.

– Não seja boba. Você sabe que é.

Armando beijou a mão de Helena, beijou seu rosto e reclinou a cabeça sob os cabelos dela, sentindo o cheiro do seu pescoço, a pele macia em seus lábios. Aconchegados, voltaram a conversar. Falaram as coisas que os namorados falam, sobre tudo e sobre nada, sentindo o calor de seus corpos próximos.

Ao afastar os cabelos do rosto dela, Armando olhou para o contorno entre seus seios e num movimento instintivo pôs sua mão sobre eles, apertando-os suavemente. Helena reprimiu um gemido, dando um suspiro quase inaudível. Ele a acariciou, aumentando a força de sua mão, até colocá-la sob sua blusa e abaixar o sutiã abaixo dos seios, sentindo-os em sua mão. Ela fechou os olhos, deixando a boca entreaberta, numa respiração ofegante. Armando abriu-lhe a blusa e beijou-lhe um seio, sentindo o mamilo arrepiado. Sugou-o com vontade, beijando Helena novamente, enquanto tentava abrir totalmente sua blusa e levantar seu sutiã. Ela o ajudou, recostando-se no sofá, com os seios à mostra. Armando apertou ambos em suas mãos, indo até eles para chupá-los, um de cada vez. Afundou sua cabeça entre eles e começou a beijar a pele dela, descendo pela barriga esbelta. Beijou seu umbigo e abaixo dele, até encontrar o botão da calça. Soltou-o e abriu o zíper, vendo a calcinha de renda, que mostrava um pouco da sua intimidade. Abaixou-a levemente, beijando a região púbica, onde pôde sentir o aroma do sexo. Tentou chupá-la ali mesmo, mas a calça atrapalhava. Pegou Helena pelas mãos e disse:

– Vamos para a cama.

Algumas vezes, algumas raras vezes, dois corpos se encontram numa simbiose em que a pele, o olfato e os movimentos parecem levar à uma outra esfera da realidade, ou fora dela, onde os suores e os gemidos são tão naturais como uma manhã de primavera. Entre o prazer e a dor, trocam-se fluídos e sentimentos, numa linguagem sem palavras, mas que cala profundamente na lembrança por toda a vida.

Armando nunca mais esqueceria a sensação de ter Helena entre seus braços e de penetrá-la naquele momento de carinho e de sofreguidão, como só uma pessoa abandonada pode entender. Sentia o calor úmido da vagina a lhe apertar o membro, o cheiro de seus peitos, do perfume e do suor, a entrar por seus pulmões acelerados. Pensou ver no olhar inebriado de Helena uma faceta do amor, como se naquele instante ele fosse tudo para ela. Helena gemia alto, fechando a boca para não berrar, enquanto ele a possuía com mais e mais intensidade, com certa violência, até o momento em que o gozo veio como algo reprimido, que chegou a doer de prazer.

Armando deixou-se cair ao lado dela, apoiando-se nos cotovelos para não pesar sobre ela, a cabeça abaixada, a respiração ofegante, alguns cabelos molhados de Helena passavam por seu rosto e pareciam presos a sua boca. Sentiu uma brisa gelada nas costas secar o suor.

Olhou para ela e disse, rindo:

– Você quer me matar?

– Não, de jeito nenhum.

Ficaram na cama, com os dedos de uma mão entrelaçados, descansando e trocando olhares silenciosos, cada qual em seu mundo, mas unidos e presentes naquele momento único. Armando examinava disfarçadamente o corpo ao seu lado, surpreendendo-se com a beleza física de Helena, natural e extremamente feminina. Não havia músculos aparecendo. Ao contrário de Eliza, que por malhar todos os dias tinha um abdômen desenhado, coxas volumosas e braços fortes, ela parecia saída de uma gravura antiga, como uma deusa que se vê em mármore nos museus. Será que ela praticava esportes? "Talvez fizesse balé", pensou Armando, rindo consigo mesmo. Ele não sabia nada da vida dela! Por outro lado, conhecia-a de verdade, partilhavam de profunda intimidade.

Passado algum tempo, Helena se levantou e foi ao banheiro, tomando uma ducha e se demorando para voltar. Armando ia chamá-la quando ela apareceu enrolada numa toalha de rosto, como se fosse uma minissaia, o corpo ainda molhado.

– Onde você esconde a toalha?

Armando instintivamente olhou para a cadeira ao lado da cama e riu satisfeito: ela estava linda daquele modo.

– Vem cá que eu enxugo você.

Ela se aproximou e ele tirou a toalha.

Olhando para ela por inteiro, disse:

– Vamos primeiro secar esta bundinha.

Devagar passou a toalha pelas costas e bunda de Helena, demorando-se nela. Como Helena estava de pé, à sua frente, ela sem querer oferecia todo seu corpo a ele. Armando suspirou, agradecido.

Desta vez, o sexo foi carinhoso, feito com calma e cuidado, tendo ambos aproveitado partes de seus corpos desapercebidas, numa surpresa de emoções, de gostos variados, que levaram a um orgasmo lento que parecia se repetir.

Armando acordou ao perceber movimentos ao seu lado: Helena, já vestida, penteava os cabelos à porta do banheiro. Sorrindo lhe disse:

– Ia acordar você. Eu tenho que ir.

Aquela frase soou triste e desalentadora, como acordar de um sonho incrível. Armando não a contestou, levantando-se para se arrumar. Após lavar o rosto e se trocar, abraçou Helena longamente, sem saber o que dizer ou fazer. Só uma ideia lhe veio:

– Quando a gente se vê de novo?

Ela lhe pareceu ansiosa, tendo-o olhado com certa amargura.

– Eu não sei Armando, não sei mesmo.

A resposta o deixou inseguro, temeroso de sentir o que sentia.

– Vou pegar a chave para levar você.

– Não – disse Helena, num tom ríspido.

Armando parou, à espera de que ela terminasse. Helena olhava para o interior da bolsa como se procurasse algo, não dando atenção a ele. Por fim, sentou-se na beira da cama, balançando imperceptivelmente a cabeça, com expressão agoniada.

Ele se aproximou e disse:

– O que foi Helena?

– Eu vim de carro.

– Como?

– É, eu estou com meu carro. Aquela hora, eu queria ficar mais um pouco com você, nem que fosse o tempo de você me levar em casa.

– Eu também, minha cara, queria muito estar com você – disse Armando, sentando-se e a abraçando.

Helena abaixou a cabeça e começou a chorar baixinho.

– Calma Helena, o que aconteceu?

Após terminar de chorar, pondo a mão no nariz e nos olhos, para enxugá-los, ela falou numa voz triste.

– Eu não sou assim, Armando. Você pode não acreditar, mas eu nunca fiz isso.

– Isso o quê, meu amor? Pare com isso.

– Não sei... Eu senti algo muito forte.

– Eu também, amor. Não fale desse modo. Você acha que não a entendo, que não senti o mesmo?

Helena permaneceu sentada por alguns minutos, parecendo alheia às palavras dele, como se tivesse mergulhado numa sombra de cogitações que a preocupavam e abatiam. Quando se levantou, procurou mostrar a alegria anterior, mas um hiato havia se formado, como se a realidade houvesse batido à porta.

A caminhada até o carro, na madrugada que estava para terminar, foi bastante agradável: o silêncio das ruas só era quebrado por seus passos e pelo canto dos sabiás, que aparentemente se levantavam cedo e chamavam uns aos outros. O frio trouxe o pretexto para se abraçarem, como se fossem um casal qualquer.

Quando chegaram ao carro sentiram pena. O tempo passara rápido demais. Olharam-se com constrangimento inexplicável. Beijaram-se carinhosamente.

– Aqui está meu número, o do celular, os outros já eram – disse Armando rindo ao lhe entregar um cartão.

Helena olhou pensativa para o número e sorriu.

– Quando você vai me ligar? Quero saber!

– Assim que eu puder, Armando.

Ao dizer isso, Helena deu um beijo no rosto dele e entrou no carro, partindo com um leve aceno de mão e um sorriso triste.

X

Ao chegar de uma caminhada, Armando cumprimentou os funcionários da recepção e se dirigia ao elevador quando um dos rapazes o chamou. Havia uma pessoa à sua espera. Ele olhou para o sofá em frente, reconhecendo o oficial do MP que lhe entregara citação para o processo. Armando sorriu para ele, indo em sua direção, dando-se as mãos.

– O senhor vai bem, Dr. Armando? – disse num tom amigo.

– Graças a Deus. E você?

– Tudo bem.

– O que é agora? Não me traga más notícias.

– Não – disse o oficial, reforçando a entonação. – É só a intimação para a audiência.

Em seu quarto, antes de ler o mandado, Armando riu para si próprio ao perceber que nestes dias quase se esquecera do processo e das coisas do MP. Só pensara em Helena e no que tinha acontecido. Às vezes, ao acordar, pensava assustado que tudo era um sonho, que na realidade aquela tarde nunca existira.

A audiência estava marcada para segunda-feira seguinte, às 14h, devendo ele comparecer acompanhado de seu advogado para o interrogatório e início da instrução processual.

Armando fez um barulho com a boca, soltando bruscamente o ar, como se esvaziasse os pulmões das preocupações. Ele não tinha advogado. No período após a citação, fora procurar três renomados escritórios com os quais sempre mantivera contato cordial com os advogados, com os próprios sócios, que não cansavam de elogiá-lo e dizer-lhe que "se um dia se aposentar, queremos tê-lo aqui conosco, o que seria uma honra". Ocorre que os tempos eram outros, como reparou logo de início: os donos dos escritórios não o receberam pessoalmente, delegando a tarefa a advogados subalternos. Dois recusaram a causa, afirmando não serem especializados em Direito Administrativo. O único que aceitou representá-lo estimou honorários muito acima do que poderia pagar com seu salário.

Armando não sabia o que fazer. Resolveu ligar para Edu e ouvir a opinião do amigo.

– Fala doutor, você anda sumido. O jantar aqui é tão ruim assim?

– Imagine Edu, eu que não quero incomodar.

Conversaram bastante, tendo o outro contado as novidades sobre Gustavo, que entrara no time de futebol da escola e mostrava talento para o esporte; falaram de política, do comércio e da situação econômica do país, até que Edu comentou:

– Você me parece mais animado, alguma notícia boa?

– É... não, estou só um pouco melhor.

Armando gostaria de compartilhar com o amigo o momento especial que vivia, contar-lhe as fortes emoções que experimentava. Naturalmente, não revelaria nenhum detalhe íntimo, mas apenas o inusitado encontro com Helena. Infelizmente não poderia, sem trair a confiança dela. Era como se tivesse visto um disco-voador pousar à sua frente, ter sido convidado para dar uma volta e não poder contar nem para o melhor amigo.

– Que bom, fico contente em saber. Como vão as coisas?

– Acabo de ser intimado para a audiência de instrução.

– E isso é ruim?

– Não, melhor começar logo. O problema é que não arranjei advogado.

– Como assim?

– Tem que ser alguém bom, preparado, senão pode acabar com a minha defesa. Os caras que imaginei, que sempre me trataram superbem, pularam fora. Estão todos com medo de se envolver nisso.

– Que droga!

– Acho que vou contratar qualquer um e eu mesmo vou dando as instruções. Só não posso ir sem advogado.

– É... – disse Edu pensativo.

– Vamos ver.

– Já sei. Tenho a solução perfeita para isso!

– Qual?

– Você vai ser representado pelo escritório Bavalheiro.

– Quê?

– Isso mesmo. Esqueceu que tenho número na OAB.

– Mas Edu, você nunca advogou.

– Eles não sabem disso. Minha OAB é do tempo de formado. Você vai me instruindo e eu vou falando. Afinal, eu fui um bom aluno.

– Eu sei Edu, agradeço muito, mas...

– O quê?

– Este processo terá repercussões, poderia prejudicá-lo de alguma forma, sei lá.

– Estou pouco me lixando com isso! Serei seu advogado!

O PGJ havia combinado com Raul para que, na qualidade de Sub-Procurador-Geral, telefonasse ao Dr. José Antônio Costa convidando-o para um encontro reservado em seu gabinete. A intenção era sondar as inclinações políticas do convidado, se ele as tivesse, e dar-lhe orientação em como proceder no processo administrativo contra Armando. A empreitada exigia tato e uma boa dose de encenação, pois teriam de ser incisivos sem ferir suscetibilidades do procurador escolhido.

Quando José Antônio chegou ao prédio da Procuradoria-Geral, foi recebido por assessores do PGJ, que dispensaram a ele cuidadosa atenção, levando-o primeiro a sala do Sub-Procurador-Geral, onde lhe foi servido um café com croissants. Raul o tratou com cordialidade, enquanto esperavam ser recebidos pelo chefe da instituição, informando-lhe que, assim que o prefeito deixasse o gabinete, ele seria recebido.

– O prefeito está aí? – perguntou admirado.

– Está, o PGJ só marcou duas audiências hoje, a do prefeito e a sua!

Minutos depois foram chamados para o encontro, dirigindo-se ao imponente Gabinete do Procurador-Geral. Este recebeu o convidado com um abraço, dizendo-lhe com ênfase:

– Há quanto tempo meu amigo.

José Antônio olhou para o amplo gabinete, sentindo-se satisfeito consigo mesmo em conhecer o local, onde imaginava que grandes decisões na história do MP haviam sido tomadas. Próximo da aposentadoria compulsória pela idade, ressentia-se de nunca ter delas participado.

– Dr. Paulo, é um prazer revê-lo.

Sentaram-se, conversando de início sobre amenidades, incluindo questões acerca da Seleção Brasileira de Futebol e sobre quem seria o melhor técnico. Tanto o PGJ, como Raul, concordaram com a opinião de José Antônio, assentindo com a cabeça em meio as suas considerações.

Depois, Raul lhe perguntou o que tinha achado do processo do Armando de Castro e da defesa apresentada. O procurador se remexeu na cadeira, mostrando certo desconforto. Parecia temer dar uma resposta inconveniente. Por fim, numa espécie de comentário, perguntou:

– Eu não sou especialista em Direito Administrativo, durante toda a carreira só trabalhei na área criminal. Na verdade, fiquei surpreso com a indicação para presidir este processo, justo agora, quase no fim. Pensei, por que será que me escolheram?

– Justamente por isso – respondeu o PGJ. Para prestar uma merecida homenagem a alguém que dedicou toda a vida à instituição, no trabalho silencioso do dia a dia. Os seus pareceres não passaram despercebidos aqui na Procuradoria-Geral.

– Não? A gente pensa que estando no interior, ninguém...

– De forma alguma – aparteou o PGJ. – Acompanhamos o trabalho de todos.

Raul quis sair em auxílio do amigo naquela difícil explicação, falando sem pensar:

– Ademais, precisávamos de alguém com a ficha vazia... (o PGJ olhou para ele, levantando as sobrancelhas), digo, limpa, imaculada, sem nenhuma anotação desabonadora, para assegurar a honradez que a tarefa impõe.

– Bom, de fato, nunca tive nenhuma reclamação do meu serviço.

– Muito mais que isso – completou o PGJ. – O seu trabalho é reconhecido por todos.

Vencida esta etapa inicial, estando todos mais tranquilos e satisfeitos, Raul tirou de uma pasta as cópias da defesa de Armando, lendo alguns trechos em voz alta. Ao terminar, com expressão triste, disse:

– A situação é complexa, mas houve negligência deste promotor, não lhe parece José Antônio?

– Sim, concordo. Mas o menino ficou numa sinuca de bico, como a gente diz lá na minha terra.

O PGJ e Raul se entreolharam.

– Ele tinha que fazer alguma coisa – continuou o convidado –, não podia deixar a papelada na gaveta, esperando a eleição passar para tomar uma atitude. Ele teve até muita coragem, outro qualquer não faria nada.

– De fato, mas o agente público deve fundamentar seus atos em elementos idôneos, garantindo a impessoalidade e a legalidade de sua conduta. Do contrário, o que seria do arquétipo da função pública? – contrapôs Raul, com a voz um tanto exasperada.

O PGJ intuindo que a conversa caminhava para seara perigosa, interveio, falando de um modo bonachão, não usual para ele.

– O Raul, como professor e doutor em Direito Administrativo, vê essas questões de um modo racional, diferente do nosso, que nos deixamos levar pelo coração. Mas ele está certo, este caso vai parar no Supremo e na televisão. Não podemos cometer erros jurídicos, não é mesmo José Antônio? Imagine dar um parecer errado, que seria ridicularizado pela comunidade jurídica.

José Antônio pareceu pensar na tarefa que tinha pela frente, para a qual se sentia despreparado, embora lhe trouxesse muita satisfação e orgulho. Lembrou-se dos amigos do clube, da admiração que provocou a notícia de sua indicação em todos os jornais. Não poderia cometer nenhuma besteira. Ainda bem que havia aquele professor ali.

– Eu só falei como um antigo colega; a gente entende como é dura a profissão algumas vezes. Administrativamente, o Dr. Raul tem toda a razão.

O PGJ aproveitou a deixa e disse:

– Raul, quais são mesmo as complicações técnicas desse processo, de que você me falava outro dia?

O Sub-Procurador-Geral não perdeu a oportunidade, fazendo um resumo dificílimo de se entender acerca das nuances, próprias do direito público-administrativo, que deveriam ser obedecidas no presente caso. Quando terminou, tanto Paulo como José Antônio balançaram a cabeça; o primeiro divertido, o segundo realmente impressionado.

O PGJ olhou então para o amigo e perguntou:

– Raul, você fez um esboço das perguntas a serem formuladas no interrogatório, não fez?

– Fiz sim, estão aqui comigo nesta pasta.

– Talvez você queira dar uma olhada José Antônio – disse o PGJ –, só por curiosidade.

– Sim, claro que sim, se eu puder levar uma cópia...

Mais tarde, no silêncio de seu gabinete, o PGJ permitiu-se uma pausa sem ser incomodado, avisando à sua secretária. Tirou os sapatos e estendeu as pernas sobre uma banqueta, reparando que seus pés pareciam inchados, como os de um elefante, pensou. Deveria fazer como Raul, que corria diariamente, ou ao menos andar um pouco. Mas quem tinha tempo? Os assuntos do MP lhe consumiam todos os minutos. Se um dia lhe sobrasse tempo, levaria a mulher para a Europa, como lhe prometera diversas vezes. Riu ao pensar nisso. Sabia que só sairia numa viagem quando estivesse aposentado, compulsoriamente aos setenta e cinco anos. Isto se não conseguisse algum cargo de relevância no Executivo ou mesmo no Legislativo.

Ao pensar no encontro de poucas horas antes, com José Antônio, teve uma sensação ambígua, pois ao mesmo tempo em que tudo correra bem como planejara, sentia tristeza por Armando, por não poder ajudá-lo. Sabia que o procurador iria seguir sua orientação, fazendo as perguntas necessárias para comprovar a culpa de Armando e que, ao final, apresentaria um parecer pedindo sua condenação. Com isso, provavelmente, os conselheiros de sua ala no MP votariam neste sentido. Os da oposição, nem havia dúvidas, iriam fritar Armando na esperança de o atingir. O Geraldo Brito só pensava em se tornar Procurador-Geral. Mas o que poderia fazer? Ou Armando caia sozinho ou eles caíam juntos, além do próprio MP sofrer um revés tremendo. De que adiantaria isso? Foi uma pena o acontecido. Se pudesse ter previsto, pensou, sentindo um mal-estar, pois se lembrava que não quis se arriscar, que achou prudente não aparecer ao lado de Armando. Havia a possibilidade de algo sair errado. "Droga", disse para si mesmo, "esse deputado mentiroso, a culpa foi dele".

Edu passou para buscar Armando com mais de uma hora de antecedência; afinal, não poderiam arriscar com o trânsito ou qualquer outro imprevisto.

Quando Armando desceu, foi recebido por um forte abraço e um sorriso encorajador. Não pôde deixar de reparar que o terno do amigo era de um modelo que não se usava há anos, meio apertado nele – Edu engordara nesses anos – e que o colarinho parecia brigar com o restante. Lembrou-se daqueles casamentos em que todos os parentes têm de pôr terno, o que não combina com alguns. Pensou no sacrifício para o amigo e teve um sorriso de gratidão.

– Pronto para a luta? – quis saber Edu – Pois eu estou.

No caminho para a Procuradoria-Geral conversaram animadamente, mostrando uma calma que não sentiam. Reviram os pontos da defesa apresentada, depois de lê-la uma dezena de vezes. Edu já a sabia quase decor. Estacionaram o carro num estacionamento próximo e foram andando em silêncio até o antigo e suntuoso prédio. Edu carregava uma pasta de couro antiga, própria a um advogado de larga experiência. Armando distraiu-se um pouco imaginando onde ele a arranjara.

Pegaram o elevador privativo, descendo no 8º andar, que se encontrava num silêncio absoluto. O chão de mármore e as altas paredes brancas, sem nenhum quadro ou adereço, transmitiam incômoda frieza ao ambiente, como se fosse a ala de quarentena de um hospital. Caminharam até a recepção, onde uma funcionária os recebeu polidamente, pedindo que aguardassem.

O tempo não passava. Armando e Edu olhavam para seus relógios, sem nada para dizer um ao outro. Agora, restava apenas esperar.

Pontualmente, às 14h, o telefone tocou na recepção e a funcionária se levantou, vindo chamá-los para a audiência. Acompanhou-os até uma sala, abrindo-lhes a porta: nela havia uma mesa retangular, rodeada de cadeiras, sendo que em uma das pontas, num estrado mais alto, formando um T, ficava outra mesa, menor, mas com uma poltrona de espaldar alto, de um couro vistoso, onde havia um microfone e uma bandeja com copos e água. Era o ambiente em que Armando passara os anos de profissão, o seu dia a dia, mas estranhamente lhe parecia desconhecido e intimidador.

De uma porta ao lado ouviram vozes se aproximando, para a seguir ingressar uma mulher jovem, provavelmente a escrevente, acompanhada de um senhor de terno, cuja idade aparecia nos cabelos brancos nas têmporas, lentes grossas nos óculos e, principalmente, na postura arcada para a frente, como se fosse corcunda. Dois outros auxiliares o seguiam de forma respeitosa.

Tanto Armando como Edu se levantaram, cumprimentando a todos.

– Vamos nos sentar – disse o senhor, fazendo um gesto com a mão. – Eu sou José Antônio da Costa, o procurador designado pela Procuradoria-Geral para conduzir este processo administrativo, como o senhor deve saber.

Armando aquiesceu com a cabeça.

– O senhor vai bem, Dr. Armando? Seja bem-vindo. Pegaram muito trânsito? A cidade anda horrível.

– Não tanto, até que estava bom.

– E o senhor deve ser o Dr. Eduardo Bavalheiro? – disse o procurador, lendo uma folha com anotações.

– Sim senhor – disse Edu, permanecendo em silêncio a seguir.

– Bem, hoje vamos realizar o interrogatório, que será tomado por estenotipia, iniciando a instrução oral do processo. Os senhores têm alguma matéria preliminar? – perguntou, dirigindo-se a Edu.

Edu, pego de surpresa, soube manter a calma: respirou profundamente, meneando a cabeça, como se analisasse várias possibilidades. Por fim, olhou de esguelha para Armando que se mantinha imóvel.

– Não Excelência, no momento não.

– Pois bem então, vamos começar.

Dizendo isso, o procurador tirou de uma pasta duas folhas de papel, na qual se via o timbre da Procuradoria-Geral, examinando-as, antes de perguntar.

– Dr. Armando, o senhor naturalmente conhece o Ato nº 8, de novembro de 1998, da Egrégia Corregedoria-Geral, que disciplina o protocolo e os trâmites a serem seguidos pelos promotores de justiça quando recebem peças de informações concernentes a crimes a serem apurados?

"Lá vai", pensou Armando, "querem que eu confesse e explicite que não registrei os documentos recebidos do deputado".

– Conheço, Dr. José.

– Consta dos autos que o senhor teria recebido de terceiros, não especificados claramente, documentos trazendo a notícia de crime eleitoral e outros, que teriam sido praticados por um dos candidatos à governança do Estado.

Armando balançou a cabeça afirmativamente.

– O senhor os protocolou, com número, dia e hora de recebimento, registrando-os no Arquivo Mestre, referido no Ato nº 8?

– Não, Dr. José.

O procurador fez uma expressão pesarosa, como se fosse um padre no confessionário. A seguir, pareceu pensar numa pergunta que Armando poderia adivinhar: "Mas por que não?"

Ao invés disso, o procurador olhou para as páginas sobre sua mesa, lendo o que parecia ser um questionário. Perguntou a seguir:

– O senhor instaurou o P.A., o procedimento administrativo correspondente, conforme determina a norma?

– Não, Dr. José.

E assim o interrogatório prosseguiu, numa bem articulada linha de questionamentos que, além de patentear o descumprimento de formalidades legais por parte de Armando, impediam-no de explicar suas reais motivações, o drama de consciência vivido e a singularidade da situação.

O procurador, embora parecesse estar chateado com as próprias perguntas, continuou a formulá-las de modo formal, ante a cada "não" respondido.

Como Armando se mostrasse abatido, como um esportista que perdesse um jogo por ampla desvantagem e tivesse de jogá-lo até o final, Edu não se conteve e interveio, falando:

– Só lhe deram três dias para examinar todos os documentos, era véspera da eleição!

Armando apertou o braço de Edu para que se calasse.

O procurador olhou surpreso para ele e disse:

– O senhor não pode se manifestar, doutor. – Em seguida, ordenou à estenotipista. – Desconsidere estas últimas frases.

Quinze minutos depois, o procurador dobrou as folhas em suas mãos e disse:

– Uma última pergunta. O senhor tomou a cautela de verificar a autenticidade dos "documentos" recebidos? – Fazendo o sinal de aspas com os dedos.

– Não senhor – disse com tristeza Armando.

Ao seu lado Edu se remexia, mostrando indignação no rosto.

O procurador falou algo à funcionária, fechando a pasta que tinha sobre a mesa, dando sinais de que havia terminado. Pegou em seu bolso o celular, conferindo suas ligações. Por fim disse:

– Parecendo-me não haver outras provas, podemos encerrar a instrução e marcar o dia para a entrega dos memoriais.

Armando se virou para Edu e falou baixinho:

– Não concorde com isso, temos provas a realizar.

O amigo levantou-se num pulo, pondo as duas mãos sobre a mesa com força desmedida, fazendo-a balançar. Disse, quase berrando:

– PROTESTO MERITÍSSIMO, PROTESTO VEEMENTEMENTE!

Tanto Armando, como todos na sala, assustaram-se com sua reação, olhando-o desconcertados. O procurador, após retomar a respiração, disse num tom conciliador:

– Calma doutor, o que houve?

Edu, parecendo mais controlado, perguntou:

– Posso me aproximar da bancada?

"Bancada?", pensou Armando, sentindo um frio na espinha.

O procurador, visivelmente aturdido, pensou por um instante e disse:

– Sim, creio que sim.

Armando olhou para Edu, tentando dizer-lhe algo, mas também estava perdido. Edu pegou a sua velha pasta de couro e se aproximou da mesa a qual estava sentado o procurador, sobre um estrado mais alto. Apoiou o antebraço na mesma e falou ao procurador, quase num cochicho:

– Meu cliente não pode aceitar isso. Temos provas a produzir.

– Como? – perguntou o outro, não entendendo o que acontecia.

– Temos provas a produzir. É o nosso direito constitucional de ampla defesa!

– O senhor quer requerer a produção de outras provas? Só isso?

– Sim – disse Edu, categórico.

– Era só pedir. Sente-se doutor e faça o requerimento.

Edu voltou para o seu lugar com uma expressão de orgulho e sucesso no rosto, dando ligeira piscada para Armando, que permanecia imóvel.

Recomposto, o procurador ditou para a escrevente:

– Antes de encerrarmos a instrução, o advogado da parte tem um requerimento a fazer. – Olhou para Edu e disse:

– Pronto doutor.

A escrevente olhou para Edu, esperando, virando ligeiramente o rosto para ouvir melhor.

Este começou:

– O sagrado direito de defesa foi uma conquista da civilização moderna e democrática. Antes, nos tempos dos reis absolutistas, os acusados de algum crime sofriam...

Armando pensava de modo frenético. Que diabos estava fazendo Edu? Percebeu que o amigo nunca fizera um requerimento em audiência, imaginando que aquele seria o modo correto. Apertou novamente o braço de Edu e lhe disse, baixa e pausadamente: é-só-pe-dir-as-pro-vas!

Entendendo a mensagem, Edu completou, sem perder a verve:

– Isto é o passado, as lições que aprendemos na faculdade e que todos sabemos. Eu gostaria apenas de requerer a produção de provas, de todas permitidas na lei: as testemunhais, técnicas, exames de DNA, vídeos e as demais que se fizeram necessárias.

"DNA? Ai meu Deus", pensou Armando.

A escrevente e o procurador se entreolharam.

– Muito bem, acho que terminamos. A menos que a defesa tenha outros pedidos – disse, olhando para Edu.

– Não Meritíssimo.

Este deu um sinal à funcionária, que começou a guardar seus pertences.

Ambos se levantaram, despedindo-se do procurador, que educadamente lhes disse:

– Foi um prazer conhecê-los, tenham um bom dia.

No hall vazio e silencioso aguardaram o elevador sem dizer uma palavra, pois parecia que tudo que dissessem poderia ser ouvido indevidamente. Ao ingressarem na cabine, não havia outros usuários, o que os deixou à vontade. Armando soltou um longo e ruidoso suspiro, dizendo:

– Ufa!

Edu concordou, apenas balançando a cabeça, como alguém muito cansado.

Armando deu inicialmente um sorriso largo, rindo baixinho. Em seguida, começou a rir mais alto, falando algo inaudível, até cair numa gargalhada que não conseguia conter.

Edu riu também, sem entender, pela alegria demonstrada pelo outro.

– O que foi?

– "Protesto Meritíssimo"... – As risadas não o permitiam continuar.

Edu olhava divertido.

– "Posso me aproximar da bancada?" Essa foi demais – disse Armando, com lágrimas nos olhos de tanto rir.

– O que é que tem? – perguntou Edu.

– De onde você tirou isso? Meritíssimo é só para um juiz e "bancada"? Aquilo era uma simples mesa. Exame de "DNA" – disse, caindo na gargalhada.

– Bom, nos filmes é sempre assim – falou Edu.

– Isso é nos Estados Unidos, nos processos do Júri.

Armando parou de rir, balançando a cabeça divertido.

– O procurador não deve ter entendido nada – acrescentou.

– Bem, surtiu efeito não foi?

Armando olhou então para Edu. Ele estava com a testa gotejada de suor, molhando até os cabelos. Tinha uma cor avermelhada, de quem passara grande tensão, o terno e a gravata apertados e segurava aquela maleta de couro antiga. Parecia desapontado e triste com os seus comentários. Armando se arrependeu imediatamente, sentindo uma espécie de pena, um misto de carinho e profunda gratidão ao amigo. Com os olhos mareados, aproximou-se e lhe deu um forte abraço.

– Surtiu sim amigo, muito obrigado.

Edu sorriu feliz.

– Sabe o que ainda precisamos fazer hoje? – perguntou Armando.

– O quê?

– Encher a cara, vamos tomar todas!

– Com certeza, hoje você vai pagar. São os meus honorários.

Helena andou de seu quarto até a sala, olhou em volta e retornou sentando-se na cama. Abriu a gaveta do criado-mudo, procurando algo indistinto, como quem abre uma geladeira sem saber o que comer. Pegou o livro na cabeceira, recostou-se na cama e ficou olhando para a capa, os pensamentos em outro lugar. Queria fazer alguma coisa, devia fazer algo mas não sabia o quê. Sentiu-se ansiosa, tendo vontade de sair correndo, simplesmente correndo para algum lugar.

Estava cansada do que sentia: ora uma alegria, um tipo de euforia adolescente, na qual revivia os momentos passados com Armando, em êxtase e paixão; ora um arrependimento profundo, a sensação de ter traído a si própria, de ter se sujado por um desejo vil, maculando sua família e seu lar. A imagem de Beatriz lhe vinha à cabeça, como se tivesse praticado ato contra ela.

Procurou acalmar-se: aquilo era ridículo. Estava misturando coisas diferentes e dramatizando a situação. Na realidade, era uma mulher cujo casamento de fato terminara, faltando apenas assinar um papel. O que isso mudaria? O próprio Rafael provavelmente já a traíra diversas vezes, pois era comum ele chegar de madrugada, cheirando a álcool, sem explicações de onde estivera. Atualmente, sequer dormiam no mesmo quarto. A última vez que transaram fazia muito tempo e ela só recordava de seu corpo pesado sobre si, com ele se aliviando como alguém que precisasse urinar.

Por que então, a sensação persistia, impedindo-a de desfrutar este momento especial? A única explicação lúcida que pôde encontrar era que se julgava uma pessoa diferente, mas nobre de sentimentos, que jamais faltaria com a verdade a seu marido e que seria um exemplo para Beatriz. Quando ouvia de amigas relatos de casos extraconjugais, embora não demonstrasse, lá no fundo de si mesma julgava-as com severidade, vendo nisso falha de caráter. Agora era ela quem assim se comportava. Cenas de Rafael raivoso, agredindo-a na frente da filha, passavam sem forma precisa por sua mente, como nuvens negras.

Ela não poderia pôr tudo a perder, arriscar a desestruturar o que havia de segurança no pequeno mundo da filha. Imaginava que um dia, no futuro, quando as coisas estivessem mais tranquilas e a filha pudesse entender certos fatos, poderia se separar de Rafael sem traumas para Beatriz. Agora era impossível, pois com a morte dos pais, ela própria experimentava terrível sensação de perda, além de existirem decisões importantes a tomar.

Rafael insistia para que vendesse a casa de seus pais, que valia muitos milhões, já que ela se recusara a se mudar para lá, como era a intenção dele. Que sentido haveria começar uma nova vida naquela casa se pensava todos os dias na separação? Para Rafael, a casa significava status social, sinal de riqueza e nada mais. Se não podia usá-la para se exibir aos amigos e às pessoas que pretendia fazer negócios, era melhor derrubá-la e construir um prédio. Já havia conversado com incorporadores, tendo até combinado o preço.

Para Helena, a casa tinha outro valor, imaterial. Lembrava-se do dia em que a "reforma" finalmente terminara e a família pôde se mudar para lá. Ao chegarem e ingressaram no hall de entrada, com seus vitrais multicolores trazendo luminosos raios de sol, Helena olhou para a escadaria de mármore de Carrara, que o pai mandara trazer da Itália, parecendo estar num dos castelos dos seus livros infantis. Luciano com os olhos brilhando de felicidade, disse:

– Esperem um pouco!

Foi até a sala ao lado, voltando com uma bandeja na qual havia um balde com uma garrafa e duas taças.

– Quero fazer um brinde!

Após pegar a garrafa e soltar alguma coisa, apontou-a para o alto e houve um estouro, que a teria assustado, não fosse a comemoração dos pais.

Luciano encheu as taças, dando uma a Celina, que permanecia quieta, como se saboreasse alegria impossível de externar. Após brindarem, Luciano deu um beijo na mulher e levantou Helena do chão, num abraço carinhoso, dizendo-lhe:

– Esta é nossa nova casa, nosso novo lar!

Rafael não compreendia isso. Tinha pressa em resolver a venda da casa, embora não tivesse nenhum direito sobre ela, o que entristecia e irritava Helena. Será que ele não percebia os sentimentos dela? Que precisava de um tempo para se despedir de uma época feliz ao lado dos pais que acabara de perder?

Quando soube da morte da sogra, uma semana após a de Luciano, Rafael mostrou sua insensibilidade, dizendo a ela simplesmente:

– Bem, ela já estava meio morta mesmo.

Não se magoou. Sentiu apenas estar a milhares de quilômetros do marido, vivendo num outro mundo, como se todos os elos entre eles houvessem terminado, num dia qualquer não reparado, já sem importância.

Helena posou o livro sobre a cama e ficou olhando para a parede de seu quarto, com a sensação de estar imobilizada. Havia algemas em seus pulsos. Ela queria fazer alguma coisa e não podia. Parecia-lhe que a sua vida, de repente, passava por ela numa velocidade incrível, convidando-a a participar, mas ela permanecia ao lado, esperando por algo que não sabia definir.

"Eu sei", pensou, "se pudesse, ligaria agora mesmo pro Armando".

Era isso que queria fazer, queria muito. Como seria bom escutar a sua voz suave, que tinha tantas coisas a lhe contar, a compartilhar. Talvez, pelo momento pelo qual ele passava, havia franqueza e emoção em cada palavra; ou talvez ele também sentisse este comichão dentro do peito a lhe inquietar o espírito.

Helena suspirou, tentando expulsar a angústia. A verdade era que estava apaixonada por ele, terrivelmente apaixonada, como uma menina de treze anos ao descobrir os segredos do coração. Admitiu para si mesma que desde aquele dia só pensava nele, revivendo os instantes passados juntos com o carinho das coisas preciosas. Imaginava outros que poderiam vir. Noites atrás, sonhara estar com ele na cama e acordou sentindo-se úmida, com calor entre as pernas e um desejo enorme. Acariciou-se como não o fazia desde a adolescência, chegando a vê-lo à sua frente, nu e quente, a beijar-lhe todo o corpo.

"Pare com isso", disse a si mesma. "Você não tem alternativa".

Helena intuía, mas com a certeza das coisas inexoráveis, que não existia um caminho do meio, um modo de conciliar o que lhe era caro. Ou se afastava de Armando, já e de modo brusco, ou iria se entregar totalmente, jogando a vida para o alto.

Sentiu imensa tristeza e fechou os olhos, querendo chorar, mas as lágrimas não vinham, só a angústia persistia, como a lhe dizer: "você não vai fazer isso, você não é maluca".

O PGJ lia um relatório de estatísticas, quando Raul entrou em seu gabinete sem bater na porta, o que o alarmou, pois indicava algum problema urgente.

– Ligue a TV Paulo! O Geraldo tá dando uma entrevista, acho que vai se complicar.

– Esse cara não sossega! Por que lhe dão Ibope?

– É um programa sobre as reformas constitucionais e o MP.

O PGJ levantou as mãos num gesto de protesto, olhando para Raul.

– Eles queriam ouvir alguém da oposição, para variar – disse o Sub-Procurador.

Após sintonizarem o canal, ouviram a voz gutural do colega, falando de um modo pausado e pouco natural. Tecia considerações sobre os "equívocos" cometidos pelo MP, "fruto da falta de uma orientação segura e – com pesar admito – da isenção política necessária".

– Lá vai ele! – disse irritado o PGJ.

Raul apenas balançava a cabeça, concordando, mas fazendo ar de que nada de grave ocorria.

O jornalista quis então, entender a situação atual de Armando, os aspectos legais da sua suspensão liminar.

O procurador, membro do Conselho Superior, explicou que Armando estava afastado de suas funções, não podendo praticar qualquer ato do ofício.

– Mas ele continua recebendo seu salário, como se estivesse trabalhando?

Raul olhou para o PGJ preocupado.

Geraldo Brito conhecia bem a lei, sabendo que isso decorria de uma garantia constitucional, que impedia o corte dos vencimentos de um promotor de justiça, exceto em circunstâncias especiais, como num caso patente de corrupção, um flagrante comprovado, por exemplo. Isto visava a proteger o próprio exercício da função, impedindo que por razões outras, o membro do "Parquet" fosse tolhido em sua liberdade de ação.

O modo como a pergunta foi colocada indicou a Geraldo Brito que o jornalista queria fazer daquilo uma notícia escandalosa, um furo de reportagem. Rapidamente, assumiu um ar consternado e disse:

– Você está vendo aonde quero chegar? Já não bastassem os erros cometidos e ainda são lenientes com os culpados. Por isso é necessária a mudança na cúpula da instituição.

– E não se pode fazer nada? – questionou o jornalista.

O procurador se remexeu um pouco na cadeira e pareceu pensar por um átimo.

– Já estamos fazendo – disse triunfal.

O PGJ e Raul se entreolharam.

– Eu e nosso grupo independente no Conselho Superior. Estamos elaborando um requerimento pleiteando a suspensão liminar dos salários do promotor Armando de Castro. Teremos, no entanto, de vencer a resistência infundada da Procuradoria-Geral.

– Filho da puta! – disse o PGJ. – Vai foder com o Armando.

Raul, desolado, parecia antecipar mentalmente o que iria ocorrer: com o pedido formal que Geraldo Brito, agora, anunciava fazer, os membros do Conselho Superior ficariam numa saia justa, pois, ou pareceriam coniventes, virando as costas à opinião pública, ou imporiam a Armando uma punição precipitada, da qual normalmente não se cogitaria. O Sub-Procurador adivinhava o resultado.

Helena dirigia tranquilamente ouvindo o rádio, quando seu celular vibrou no console. Olhando o visor não reconheceu o número.

– Alô, quem fala?

– Helena, aqui é a Cibele da corretora Milênio, como vai?

– Tudo bem – respondeu, pensando que não estava com vontade de conversar sobre a venda da casa.

– Estou ligando porque recebemos uma proposta interessante...

– Cibele, desculpe, não quero ser grosseira, mas no momento não estou decidida acerca da venda e...

– Não Helena, eles estão pensando em alugar.

– Alugar?

– Sim... – Cibele abaixou o tom. – Estou mostrando a casa para um executivo alemão, muito bem recomendado e avalizado, e ele quer alugar por dois anos. Está aqui com a família e adoraram a casa. Querem falar com você, as crianças ficaram encantadas.

– Crianças?

– Sim, o casal tem dois filhos pequenos. Pelo jeito, chegam no preço máximo da avaliação. E o negócio é firme, uma multinacional fica de avalista.

– Bem, eu tenho que pensar no assunto. Diga-lhes que vou estudar a proposta e lhes telefono.

– Eles estão ansiosos, você não pode passar por aqui?

Helena olhou em volta, vendo que estava próxima do local. Pensou também que gostaria de rever a casa, após a arrumação feita por funcionários da imobiliária, para pô-la em exposição.

– Tudo bem, chego em dez minutos.

Cibele era uma mulher dos seus cinquenta anos, magra e elegante, que transmitia segurança profissional.

Após beijar Helena, confidenciou-lhe estar o casal "interessadíssimo" na locação, enquanto se encaminhavam para o deck da piscina, onde aguardavam.

Eles cumprimentaram Helena com alegria e de modo um tanto formal, chamando os filhos para apresentá-los.

O Sr. Frisch pareceu familiar à Helena. Pensando nisso, ela concluiu que ele, apesar de estar elegantemente vestido, lembrava-lhe o personagem Obelix, com sua grande barriga e um sorriso amável.

– Muito bonita a sua casa – disse com forte sotaque alemão. – Eu fazia tempo que uma casa destas não via.

– Obrigada.

– Muito clara, espaçosa e com móveis bonitos!

– Era de meus pais. Eles de fato tinham bom gosto.

– Eu e Anne, de construções antigas, gostamos muito.

Ao falar isso, o Sr. Frisch olhou para a mulher, que lhe deu um sorriso de aprovação, acrescentando:

– Anne "keine" português; eu tenho, um ano, todos os dias estudado.

– Você já fala bem – incentivou Helena.

O Sr. Frisch balançou a cabeça afirmativamente, com ingênua satisfação.

Sentaram-se num dos terraços para conversarem. Ele contou virem de Munique, a mando da empresa para a qual trabalhava, sendo que havia a possibilidade de permanecerem no Brasil. Tanto a mulher como os filhos e ele próprio estavam gostando do país, onde já tinham feito vários amigos. Na sua infância, morara numa grande casa no interior da Baveira, mas nunca mais tivera igual chance. Anne era arquiteta e apreciara muito a forma da casa, com suas grandes arcadas revestidas de pedras e paredes com quase um metro de largura.

Helena reparou que as crianças, um menino dos seus cinco anos e a menina um pouco menor, puxavam os braços da mãe, falando-lhe com insistência algo em seu ouvido. Ela negava com a cabeça, mas eles a puxavam novamente. Por fim, a mulher olhou para Helena, como a lhe pedir ajuda. O Sr. Frisch notou o ocorrido, perguntando em alemão o que havia. Ela disse algo no qual Helena distinguiu apenas um "schwimmen", tendo o marido balançado a cabeça, ao que as crianças protestaram baixinho.

– O que foi? – perguntou Helena.

– Não foi nada, desculpe, meninos na piscina querem ir.

– Ah, eles podem ir, a piscina foi limpa essa semana – disse Helena com alegria.

– Não, não pensar.

– Por favor, eu ficaria feliz se alguém aproveitasse a piscina. É uma pena vê-la sempre vazia. Por favor, eu gostaria de verdade.

O Sr. Frisch fez um ar de dúvida, mas ao olhar para os filhos que esperavam ansiosos, autorizou-os, dando algumas recomendações em alemão. Eles agradeceram a Helena, tiraram as camisas e sapatos correndo, para mergulharem em seguida. Anne, que ficou à borda da piscina, sorriu para ela.

A conversa durou mais de uma hora, tendo Helena se surpreendido com a sensibilidade do Sr. Frisch, que destoava um pouco da sua compleição física, pesada e forte. Ao final, era visível a expectativa dele acerca do negócio. De maneira educada, perguntou:

– Então, podemos alugar a casa? Nós vamos cuidar bem dela.

Helena olhou para a piscina onde os irmãos mergulhavam alegres, dando muitas risadas e jogando água um no outro. Por instantes, imaginou a família num domingo de sol: Anne a ler uma revista, o Sr. Frisch com uma enorme caneca de cerveja e as crianças na piscina, com alguns amiguinhos, brincando contentes.

– Sim, vocês podem alugá-la.

No caminho de volta para casa, Helena experimentou uma sensação de alegria e paz, verdadeiro hiato nos seus sentimentos recentes. Sem o pretender, resolvera um problema, encontrando solução que lhe satisfazia duplamente. Sorriu ao pensar na família Frisch.

– Você fez o quê?

– Aluguei a casa!

– Você só pode estar brincando! O negócio está praticamente certo com o Antônio Augusto e o pessoal da construtora.

– Eu avisei que não iria derrubar a casa assim, de uma hora para outra, sem pensar bem.

– Puta que pariu! Não acredito nesta besteira!

– Pode acreditar, Rafael!

– Você não foi tão burra e assinou um contrato lá na hora?

– Ainda não formalizamos o compromisso.

– Então, você não vai assinar nada!

Helena procurou controlar-se, não deixando a raiva dominá-la, pois não queria perder o bem-estar que sentia; era inútil, a sensação de frustração já lhe tomara novamente o espírito.

– Esta casa pertencia a meus pais – disse pausadamente. – Agora sou eu quem decide o que fazer dela. Você não tem que se meter neste assunto.

– Muito bem então, eu que fico desmoralizado. O dinheiro é só seu, os bens são só seus.

– São herança, Rafael!

– E as dívidas da empresa são só minhas? Muito justo!

– Foi você quem quis pegar empréstimos, eu fui contra, lembra do Dr. Ariosto?

– Ah, vai! Não me enche o saco com essa história – disse quase berrando.

– Não me encha você!

– Helena, cala essa boca senão eu perco a paciência!

Quando ela ia responder, escutou vozes abafadas que vinham da sala ao lado. Reconheceu Beatriz que parecia chorar ou brigar com alguém. Preocupada, foi ver o que acontecia. Isabel segurava a menina que fazia força para desvencilhar-se. Ao ver Helena, a babá falou de modo tímido:

– Desculpe dona Helena, mas achei melhor ela não entrar.

Ela deu um sorriso triste para Isabel, abaixando-se para beijar a filha. Segurou suas pequenas mãos, balançando-as, e disse numa alegria forçada:

– Quem acordou! Você dormiu bem, minha florzinha?

Beatriz abaixou a cabeça, não olhando para a mãe.

– O que foi? Não fique assim. A mamãe e o papai só estavam brigando um pouco. Lembra do que eu falei: você, às vezes também não briga com uma amiga na escola e depois passa e fica tudo bem?

Beatriz balançou a cabeça e abraçou a mãe, olhando para o chão.

XI

Armando terminou de tomar seu café da manhã e se dirigiu ao hall para deixar sua chave e sair para uma caminhada. Notou, de imediato, a presença do oficial de promotoria na recepção, preocupando-se: o que ele estaria fazendo lá? Boa notícia não era.

O rapaz parecia constrangido, não olhando para Armando enquanto falava:

– Desculpe vir novamente incomodar o senhor.

Cumprimentaram-se e ele lhe entregou uma nova intimação.

Após assinar o recebimento e se despedir, Armando ficou pensando se deveria abrir o envelope ali mesmo ou voltar ao seu quarto, onde ficaria mais à vontade. Reparou que os funcionários do flat pareciam estranhos, cumprimentando-o com certo formalismo. Havia algo que os deixava sem graça. O gerente aproximou-se, olhou para ele com um olhar fraterno e lhe disse:

– O senhor pode ficar tranquilo com as coisas aqui.

Armando fez uma expressão de interrogação e quando ia perguntar o que havia, o gerente lhe apontou, com um gesto no olhar, para o jornal em cima do balcão.

Armando o pegou e leu na primeira página:

"Suspenso o salário do promotor investigado".

Teve uma sensação ruim, mistura de náusea e dor de cabeça, mas procurou manter a calma diante de todos. Disse, com um sorriso forçado:

– Só me faltava essa. – Saindo a seguir para a rua.

Ao virar na primeira esquina, sentou-se num banco em frente a uma loja, ainda fechada àquela hora, e deixou-se ficar. Sentia profundo desânimo, como alguém sem um grama de energia para qualquer coisa. "Que merda!", falou para si mesmo.

Algumas pessoas passaram e olharam para ele, observando-o. Isso fez com que se levantasse, embora sem perceber a razão, talvez por pura vergonha, e começasse a caminhar.

Armando não se conformava com a injustiça daquilo, pois nunca vira se suspender o salário de um promotor de justiça por uma conduta equivocada no exercício da função. Não havia qualquer suspeita contra ele. Tinha a sensação de ter sido atropelado por um enorme caminhão, numa pancada direta, violenta, daquelas que até demoram para doer. O que faria agora? Como iria viver sem trabalho e sem dinheiro?

Teve súbita vontade de ler a notificação, para tentar entender o que estava acontecendo, mas ela apenas lhe comunicava a decisão do Conselho Superior do Ministério Público, em reunião extraordinária, realizada dias antes. Melhor seria ler o jornal. Quando ia procurar uma banca, seu celular tocou:

– Armando, tudo bem com você? – perguntou Edu.

– Você já soube, leu o jornal?

– É, que coisa, mas não se preocupe! Você sabe que pode contar conosco. Eu estou com folga financeira e posso lhe emprestar o que precisar.

– Não, nem pensar Edu.

– Que isso Armando, prá que servem os amigos? Ademais, você pode me ajudar, trabalhar comigo. Com esse Código do Consumidor, a turma está abusando. O cara compra um produto, usa dois dias, e vem devolver porque não gostou. Eu estou precisando de um advogado na empresa!

– Obrigado Edu, mas eu nem posso advogar.

– Como assim?

– Eu sou promotor de justiça, não estou inscrito na OAB.

– E eles acham que você vai viver do quê?

– Sei lá, nunca vi um troço desses.

– Se você preferir ficar aqui em casa, o quarto de hóspedes já está arrumado. A Beth e o Gustavo querem que venha. O menino vai te mostrar toda a coleção de guerreiros dele. Prepare-se!

– Pode deixar Edu, por enquanto eu me viro. Sabe, pensando com mais calma, acho que é possível derrubar esta medida no Tribunal. Ela é totalmente ilegal, não tem amparo jurídico. Eu vou fazer um recurso e você pode assinar para mim.

– Com certeza, amigo! Será a primeira vitória do "Bavalheiro Advogados" – falou alegre.

– Vamos ver – disse Armando.

Aquele telefonema trouxe novo ânimo a Armando, que passou a caminhar sentindo-se mais leve, acreditando ver uma luz no fim do túnel. Reparou, então, que fazia uma bela manhã, com a temperatura amena e um céu azul; apressou o passo, sentindo o sangue circular nas veias e o ar entrar por seu nariz. Enquanto se exercitava, procurou pensar nas coisas boas de sua vida, lembrando-se imediatamente de Helena. Aquele encontro parecia-lhe um sonho, algo tão espetacular e fora de seus planos, da sua realidade, que era difícil de acreditar ter ocorrido de fato. Por instantes, duvidou de si mesmo. "Era verdade", pensou feliz. Ao mesmo tempo, teve um calafrio ao se perguntar quando Helena o procuraria de novo, pois todos os dias esperava por seu telefonema. "Teria ela sentido o mesmo?" Disso tinha certeza, ou quase; o que o preocupava era o dilema demonstrado por ela. Talvez nunca mais se vissem.

Sem se dar conta, Armando foi virando por ruas até passar próximo da cafeteria onde haviam se encontrado. Deveria ir lá? Indeciso, foi caminhando, como que puxado por um imã para se ver sentado na mesma mesa, esperando por seu café. Tomou-o bem devagar. Nem sinal dela. Pediu uma segunda xícara.

Após pagar a conta e sair, Armando se sentiu um pouco ridículo, mas o que mais poderia fazer?

Estava recostado em sua cama, olhando desatento para a televisão. Era uma rotina difícil de enfrentar, mas ele procurava manter o espírito elevado, evitando ceder à depressão que o rondava. Primeiramente, qualquer pessoa que se visse de uma hora para outra, privada de sua atividade diária, não tendo planejado tal situação, experimentaria a sensação de vazio que ele sentia. Pior era não merecer a punição imposta. Armando lembrou-se das pessoas a quem condenara, muitas vezes à pena de prisão, e desejou ter sido sempre justo, pois a injustiça era como uma ferida que não cicatrizava, uma chaga aberta a doer sem alívio.

Procurava, então, fazer o que lhe era possível: longas caminhadas, a leitura de bons livros e esperar. Sabia fugir-lhe o destino completamente das mãos.

Quando seu celular tocou, assustou-se. Como sempre ocorria nos últimos tempos, cheio de notícias ruins, não identificou o número. Talvez fosse algum repórter em busca de novidades.

– Alô – disse com firmeza.

– Armando.

Reconheceu a voz de Helena, sentindo o coração bater acelerado.

– Helena, que bom que você ligou, eu estava... Eu não aguentava mais esperar.

– Desculpe Armando, eu também quis ligar, mas não pude.

– Onde você está? Quero ver você!

– Não... Espere, é por isso que estou ligando.

Ele escutou um suspiro e Helena disse com tristeza:

– Nós não podemos nos encontrar mais. Me desculpe Armando, mas é assim que tem que ser.

– Não diga isso, eu estou contando os minutos para ver você, eu pensei em você o tempo todo.

– Eu também Armando. Foi uma decisão horrível...

– Não fale assim!

– Eu tenho que desligar.

– Onde você está? Helena?

– Na cafeteria, mas eu vou embora.

– Não, me espere aí.

– Tenho que ir Armando, desculpe.

– Me espere aí. Eu vou encontrá-la.

– Um beijo, Armando.

Ele escutou um ruído e o silêncio a seguir.

Tentou ver o número para retornar a ligação, percebendo que sua mão tremia. Num impulso, achou melhor correr e tentar pegá-la antes que partisse. Saiu no hall, vendo que o elevador acabara de passar por seu andar e resolveu descer pela escada. Pulava degraus, segurando-se no corrimão para não cair, até chegar à rua. Andou a passos rápidos e após atravessar a rua em frente aos carros, começou a correr. As pessoas o olhavam assustadas. Ao chegar à quadra da cafeteria, diminuiu, voltando a andar apressado. Olhou pela janela de vidro à procura dela, mas não havia ninguém nas mesas. Balançou a cabeça, numa negação desesperada. Apoiando as mãos nos joelhos, com as costas curvadas e a boca aberta, tentava recuperar a respiração. O que faria agora? Notou que as atendentes na cafeteria estavam olhando para ele e conversando de modo disfarçado. Endireitou-se, procurando aparentar normalidade e olhou em volta perdido.

Sentiu uma pontada de tristeza, uma frustração total. Enfim, o telefonema tão esperado e agora tudo se perdera. Após alguns instantes de inércia, começou a caminhar na direção do flat, virando na esquina seguinte. À frente de uma porta de loja já fechada, reconheceu um vulto familiar: ela estava com as mãos juntas, como alguém que rezasse numa expressão de angústia, movimentando o corpo para ambos os lados, parecendo na iminência de partir.

– Helena! – chamou.

Viu os olhos marejados, o choro contido e a emoção que ela sentia. Aproximou-se, o coração batendo, um calor pelo corpo, e segurou suas mãos:

– Que bom ver você, eu já não aguentava mais.

Helena balançou levemente a cabeça, numa negação, numa desistência, deixando-se abraçar por ele.

Armando beijou seu rosto seguidas vezes, afundando a cabeça sob seus cabelos, para lhe sentir o perfume do pescoço, a pele macia que tocava com os lábios.

– Quer me matar de susto? Pensei que você tivesse ido embora.

Helena não conseguia dizer uma palavra.

Armando olhou para seus olhos verdes e percebeu um afeto que dispensava palavras.

Deu-lhe a mão de modo bem leve, somente entrecruzando os dedos, e se pôs a andar, subindo num caminho conhecido. Quando passaram por baixo de uma grande árvore, cujo tronco tomava parte da calçada, comentou:

– Imagine se toda a cidade fosse assim!

– Seria lindo – disse Helena, a voz mesclando alegria com uma tristeza indistinta.

Continuaram caminhando, sem a necessidade de dizer qualquer coisa, até chegarem ao flat. Sob a forte luz do elevador, Armando sorriu e disse:

– Como você é bonita, meu Deus!

Helena sorriu também. Pela primeira vez, havia só alegria em seu olhar.

– Você tem mesmo que ir embora agora, não pode ficar mais um pouquinho?

– Não posso Armando, já estou atrasada. Eu gostaria de ficar, ficar o dia inteiro, a noite toda, até amanhã.

– Ia ser bom demais... mas um pouco cansativo – disse rindo.

Helena o abraçou, sentindo o cheiro gostoso de seu corpo, que mesclava o aroma de sabonete, do banho que tomaram juntos, com o de seu suor, que molhava as suas costas musculosas. Ela também estava toda suada. Pensou que gostaria de ficar com aquele cheiro, de dormir sentindo a presença dele em si, prolongando o momento delicioso que experimentara. Lembrou-se então de Rafael, de ter que chegar em casa e encontrá-lo, tendo uma contração muscular, uma espécie de apreensão física.

– O que foi?

– Nada, é que tenho que ir.

Foi no percurso de volta, quando a noite caíra, com os faróis do carro iluminando as ruas desertas, que Helena sentiu uma ponta de arrependimento, um desagrado por não ter seguido aquilo à que se propusera. Sentia ter dado o passo errado. Deveria ter evitado Armando. Sabia que da segunda vez ia ser até melhor e que iria querer encontrá-lo de novo.

* * *

– Tudo bem Armando?

Pelo jeito um tanto sério de Edu, ele já sabia que as novidades não eram boas, pois o amigo sempre o cumprimentava de maneira efusiva.

– O que foi Edu?

– Entrei naquele site do Tribunal que você falou, para ver se tinha saído alguma coisa e vi que não deram a liminar.

– Cacete! Não tem dúvida que a suspensão é ilegal e os caras não dão a liminar. Merda! Isso é sinal que a opinião pública tá pesando bastante.

– Nós não podemos recorrer?

– Poder, podemos, mas é melhor analisar se vale a pena. Se a Câmara toda votar contra logo de início, já vai firmar a orientação do julgamento. Não sei o que fazer.

– Fique tranquilo Armando, lembre-se do que falei.

– Obrigado Edu, mas isso pode durar um tempão. Não posso ficar vivendo às suas custas.

– Não é ficar vivendo às minhas custas, é só um empréstimo enquanto as coisas se resolvem. Fique sossegado, eu vou cobrar juros compostos – disse Edu, procurando parecer alegre.

–Tá bom, obrigado.

Após desligar o celular, Armando saiu para seu passeio matinal tentando não pensar mais no assunto. Era impossível. "Como é que se vive sem dinheiro e sem profissão?" Não conseguia pensar em nada de bom, não havia uma saída à vista. Resolveu que iria vender seu Audi, pois não faria sentido manter o carro estando quase no fim das suas reservas financeiras. O veículo estava alienado ao banco, mas ele transferiria o financiamento, apurando algum valor. Ponderou se devia deixar o flat, indo para um local mais barato. Lembrou-se imediatamente de Helena, das tardes que passavam lá e que eram a alegria da sua vida.

Depois que Helena lhe telefonou e que se encontraram novamente, algo meio fantástico ocorreu. Sem que se dessem conta, foram achando oportunidades para estarem juntos, quando ela saia do trabalho ou simplesmente ia fazer as compras matinais. Houve até noites em que Helena apareceu, vinda de um evento social ou de uma pizza com as amigas, apenas para lhe dar um beijo. Dera mais que o beijo, dera-lhe momentos especiais. Armando pensou no prazer físico que sentia com ela, tendo um princípio de ereção. Lembrou-se, então, das conversas que tinham, em meio a beijos e risadas, percebendo o quanto tinham partilhado de suas vidas. Falavam das coisas importantes e de coisas aparentemente insignificantes, mas que deixaram suas marcas. Como se fossem namorados e vivessem em outro mundo, planejavam viagens futuras, fingindo desconhecer a realidade. Algumas vezes, conversavam com gravidade acerca do que os afligia, e eram muitos os problemas, tendo Armando percebido que entre eles havia surgido uma verdadeira amizade. "Como era bom ter encontrado Helena!", pensou com um sorriso nos lábios.

Após sair do banho e enxugar-se, Helena olhou para o espelho na porta do guarda-roupa e gostou do que viu: seu corpo parecia mais magro e firme, como se lembrava dele aos dezoito anos, antes do casamento e da filha nascida. "O Armando deve gostar", pensou com um sorriso. Abriu a gaveta do criado-mudo e contemplou suas novas lingeries. Eram peças de seda, com detalhes chiques e bem pequenas. Escolheu uma preta, pensando na noite que talvez tivesse. Faria tudo para deixar o jantar na casa da Roberta o mais cedo possível e ir se encontrar com Armando. "As horas demorariam a passar até lá", pensou.

Quando estava quase pronta, consultando sua agenda para verificar os compromissos na fábrica para aquela manhã, seu telefone celular vibrou, como que a despertando para o presente. Naquele horário deveria ser importante, pois poucas pessoas tinham seu número.

– Alô – disse.

– Quem fala, é Helena, mãe da Beatriz, do maternal dois?

– Sim, aconteceu alguma coisa aí no colégio? – perguntou já aflita.

– Não Helena, fique tranquila, está tudo bem com a Beatriz. Ela está na classe agora. Eu sou a Débora, psicóloga da turma da manhã e gostaria de conversar um pouco com você, uma hora que puder.

– Ah, como vai? É um prazer conhecê-la, mas está tudo bem? Aconteceu alguma coisa? Diga-me, por favor.

– Não aconteceu nada, juro. Eu precisaria ter uma conversa com você, acerca de alguns aspectos pessoais da Beatriz que talvez precisem ser trabalhados.

– Ela está apresentando problemas? Nunca me disseram nada, no boletim tem notas boas.

– São outras questões. Seria melhor conversarmos pessoalmente. Quando você poderia vir.

– Agora mesmo. Você pode me receber, eu estou saindo de casa.

– Combinado. Sala 302, no terceiro andar.

Enquanto dirigia Helena procurava manter a calma e não correr, notando já ter passado por dois sinais que mudavam para o vermelho. Não havia urgência, pensou. No seu íntimo, no entanto, sabia que a psicóloga da escola não lhe telefonaria à toa; algo tinha acontecido com Beatriz e não queriam nem falar por telefone. Se fosse uma emergência médica, teriam de lhe dizer logo e seria a diretora a ligar. Deveria ser alguma coisa no comportamento de Beatriz, mas não dava para imaginá-la fazendo malcriação ou destratando uma colega. Não deveria ser nada de importante, disse a si mesma.

Ao chegar à escola, perguntou na portaria a direção da sala 302, pois havia três alas que se encontravam num átrio de mármore, dando para um enorme pátio onde alunos jogavam futebol. Seria fácil se perder naquelas arcadas e corredores antigos. Helena subiu pelas escadas, indo sair bem em frente à sala procurada. Após bater na porta e ser atendida por uma funcionária, foi conduzida ao gabinete da psicóloga. Sentada a uma mesa escura, a doutora Débora escrevia algo quando Helena entrou. Ela parou e se levantou com um sorriso, estendendo-lhe a mão:

– Você deve ser a Helena.

Sem que houvesse um motivo, Helena sentia-se um pouco envergonhada, como se o fato de ser chamada à escola indicasse alguma negligência de sua parte. A psicóloga, contudo, tratou-a de maneira positiva, não parecendo ter qualquer prejulgamento a seu respeito. Após sentarem-se, conversaram um pouco sobre a escola e a criação dos filhos, até que Helena não resistiu à sua ansiedade e perguntou de modo brusco:

– Há algum problema com Beatriz?

A psicóloga, após olhar em seus olhos, disse de modo amável:

– Nada de muito grave, somente temos que averiguar a origem do problema e procurar a melhor solução.

– O que houve? Me diga logo de uma vez!

– Bem, percebemos que alguns comportamentos de Beatriz indicam que ela está passando por um momento de forte estresse emocional.

– "Alguns comportamentos", o que há de errado com a minha filha?

– Bem, percebemos que ela passa por sofrimento psicológico, redundando num processo de punição a si mesma.

– Ah, meu Deus – disse Helena, deixando ver sua preocupação.

– Fique calma, mas uma funcionária da limpeza estranhou encontrar fios de cabelos no local onde a Beatriz se senta e avisou a professora. Ela passou a observar, concluindo que Beatriz estava arrancando seus próprios cabelos.

– Isso não é possível, mas que loucura é esta?

– Helena, às vezes, as crianças se sentem culpadas por situações vivenciadas e entram num processo de automutilação, numa espécie de defesa ou compensação do sofrimento.

– Pelo amor de Deus, não me diga que a minha filha está passando por isso e eu nem percebi.

– Nem você, nem ninguém perceberia. É uma coisa feita às escondidas, muitas vezes sem a própria consciência.

– Mas o porquê disso? Ela é uma menina que tem tudo. É cercada de amor e carinho.

– Nós sabemos disso, Helena. O problema pode estar sendo vivenciado pelas circunstâncias, por alguma questão alheia.

– Alheia?

– Sim, por exemplo, por algum problema econômico que afete muito aos pais, algum problema de saúde ou do relacionamento entre os cônjuges.

– Entre os cônjuges – repetiu Helena, parecendo avaliar o que dizia.

A psicóloga ficou em silêncio, como a esperar por uma resposta. Vendo que ela ficara encabulada, surpresa com o rumo da conversa, acrescentou:

– Os casais passam por diferentes fases no casamento, acontece com a maioria das pessoas.

– Eu sei doutora Débora, só não imaginava estar prejudicando minha filha. – Ao dizer isso, Helena contraiu as mandíbulas, como a impedir que o choro viesse, abaixando a cabeça e fechando os olhos, num gesto de desespero.

A psicóloga pegou a sua mão, segurando-a levemente, e disse:

– Não se preocupe, nós vamos superar este momento.

Quando deixou a escola, Helena não se sentiu em condições de ir ao trabalho retornando à sua casa. Não teve disposição sequer para avisar o imprevisto, trancando-se em seu quarto, onde se sentou numa poltrona e ficou pensando em tudo que ouvira. Havia uma sensação de pena, de dó por Beatriz, que aumentava a cada segundo, fazendo surgir um remorso insuportável. Começou a chorar, mas parou a seguir, levantando a cabeça. A filha não precisava de lágrimas. Mas sim de uma mãe atenta e diligente, muito diferente daquela mulher que se deixara levar por uma paixão juvenil, que lhe tomava todos os pensamentos. "Como ela pudera negligenciar tanto a filha, a ponto de não perceber o seu sofrimento", culpava-se, sem ter como evitar que imagens mentais de Beatriz a assolassem: nestas, via a filha sentada num lugar escuro e frio, a puxar mechas de seu lindo cabelo.

Pensando na longa conversa que tivera com a psicóloga, na qual lhe relatara os problemas havidos com Rafael, via, agora, com uma nitidez espantosa a angústia passada pela filha. Quantas foram as discussões presenciadas? Houve momentos de ameaças cruéis e até de violências físicas. Beatriz a tudo assistia com um olhar de terror nos olhos. Com tristeza, Helena relembrou uma determinada tarde, quando após uma briga terrível com o marido, tendo Rafael a empurrado com força contra a parede, ambos se xingaram com palavrões, numa linguagem que não era a sua, mas que extravasava toda a sua raiva e frustração. Ao sair da sala, encontrou Beatriz agachada num canto do corredor, os bracinhos agarrando os joelhos, tão apavorada que não conseguia sequer falar.

Uma dor física tomou conta de Helena, trazendo-lhe mal-estar e depressão; sentia um arrependimento, uma culpa atroz, a sensação de ter ferido a pessoa a quem mais amava no mundo, aquela que dela dependia e que nela colocava todas as suas singelas esperanças. "Não, isso não poderia ter ocorrido. Perdoe-me Beatriz, minha filhinha querida", repetia Helena, num mantra doloroso.

XII

Passados exatos dois meses do dia de seu interrogatório, chegara o dia do julgamento de seu processo perante o Conselho Superior do Ministério Público. "Finalmente", pensou Armando, que já não aguentava mais aquela espera, tendo sua vida como que suspensa, a depender de uma decisão de terceiros.

Ele havia desistido de produzir as provas eloquentemente requeridas por Edu, depois de ponderar sobre sua inutilidade: de que lhe adiantaria fazer provas de sua atuação pretérita na Promotoria de Justiça? Isto era fato notório, havendo em seu prontuário inúmeros elogios pelos trabalhos realizados e por sua participação decisiva em ações de interesse de toda a sociedade. O próprio Conselho Superior e a Corregedoria Geral já haviam consignado isto em suas promoções anteriores, tendo avançado na carreira somente pelo critério do merecimento.

Para quê, então, arrolar testemunhas sobre tal fato, constrangendo-as a uma exposição pública indesejada. É verdade que Arthur insistira em depor perante o Conselho Superior. O amigo contou-lhe, ainda, estar fazendo um "abaixo-assinado" em sua solidariedade e que já obtivera nove assinaturas.

"Arthur e mais oito colegas", refletiu, lembrando-se do tempo não distante em que ao chegar na sede do MP, era recebido como um verdadeiro herói, com todos querendo estar ao seu lado, ouvir sua opinião ou até tirar uma foto com o colega ilustre. Como as coisas mudaram rapidamente, embora ele continuasse a ser o mesmo.

Armando procurava manter o otimismo, mesmo percebendo sinais de que algo conspirava contra ele. A indicação daquele procurador de justiça inexpressivo para conduzir o processo, as perguntas capciosas feitas no interrogatório, a suspensão de seus salários e a negativa do Tribunal de revogá-la. Tudo indicava que ninguém iria contrariar a opinião pública e esta já o julgara. Se ao menos tivesse como provar a conversa havida na casa do deputado, se todos soubessem o que o deputado, líder de um partido, e o próprio Procurador-Geral de Justiça haviam lhe assegurado naquele dia, talvez entendessem o dilema pelo qual passara e os motivos que o levaram a apresentar a denúncia contra o candidato Emílio. "Tudo aquilo já não interessava mais", pensou desanimado, todos queriam uma satisfação: a punição de algum culpado.

Armando lembrou-se do PGJ, um verdadeiro amigo para ele, um chefe a quem admirava e de quem sentia orgulho de compartilhar o dia a dia do Ministério Público. Era triste não fazer mais parte disso, compulsoriamente afastado da profissão que amava.

Neste período, embora decidido a não procurar contato com o PGJ, ele não resistiu em lhe telefonar por duas vezes, tentando apurar como iam as coisas. Na primeira oportunidade não conseguiu falar, pois o PGJ estava de partida para Brasília, conforme lhe informaram. Na segunda, foi atendido de uma forma cortês e educada, mas muito distante do tratamento amigo do passado. Sem que tivesse feito nada contra o PGJ, ao contrário, pois seguira sua orientação, este mostrava-se como que ressentido por algo abstrato e não expressado. Quando Armando quis saber se receberia alguma ajuda sua, o Procurador-Geral deu a entender que no dia do julgamento, poria o peso de seu cargo em sua defesa.

Naquela manhã, Armando só conseguiu tomar duas xícaras de café preto e embora houvesse tentado comer alguma coisa na hora do almoço, nada lhe descia, seu estômago parecia estar achatado, colado, não permitindo a entrada de qualquer alimento. O julgamento estava marcado para começar às 16h, sendo que toda a angústia acumulada nesses tempos, como que eclodira dentro dele fazendo-o ficar feito um zumbi, andando de um lado para outro no interior do flat, incapaz até de sair para sua caminhada matinal. De repente, a noção de que "sua vida" seria decidida naquela tarde paralisava seu raciocínio e a sua vontade, tornando-o um mero expectador de si mesmo.

Às três da tarde, pontualmente, Edu estacionou seu carro em frente ao flat, e desceu para lhe dar um abraço. O antigo terno estava apertado, a gravata parecia sufocá-lo, mas ele mostrava no rosto a alegria de estar ali, ao seu lado, pronto para o que der e viesse. Armando se comoveu um pouco e silenciosamente agradeceu por sua amizade.

– E aí doutor? Pronto para o grande dia?

– É, fazer o quê? Vamos ver o que acontece.

Ao entrarem no carro, Edu quis saber exatamente qual seria a "estratégia da defesa", tendo Armando explicado que na sessão de julgamento não lhes era permitido interferir, pois toda matéria fática já havia sido apresentada e suas razões finais constavam dos autos.

– Temos o direito de estar presentes ao julgamento e assistir aos debates, só isso. Poderíamos nem aparecer, mas é melhor acompanhar. E eu não aguentaria ficar em casa esperando o resultado.

– Vai dar tudo certo, você vai ver.

– Não sei não, Edu. A questão é mais política do que qualquer outra coisa.

Armando pensou na luta que se travava no Ministério Público pelo futuro comando da instituição. A disputa nunca fora tão acirrada, com o MP ocupando espaço a cada vez maiores na mídia. Um assunto que antigamente era resolvido internamente, mediante o acordo de alguns de seus membros, agora interessava ao governo, aos deputados e a sociedade de um modo geral. Se isso demonstrava o reconhecimento pela atuação da instituição, por outro lado, trazia para o seu seio certa contaminação por interesses variados.

– Mas você não tem o apoio da Procuradoria-Geral?

– Deveria ter, mas sinto que o PGJ está meio relutante em tomar a minha defesa, mesmo depois de tudo que já fiz. Parece que ele quer desvincular a sua imagem da minha, como a dizer que embora eu fosse seu assessor-especial, neste caso, agi por conta própria, à sua revelia.

– Isto não é verdade!

– Mas quem sabe disso? Eu, você, o deputado e ele.

– Que droga! Dá vontade de detonar tudo na imprensa.

– Não podemos. Infelizmente, não podemos.

– E você acha que vai acontecer o quê?

– Na melhor das hipóteses, eles aceitam os argumentos da nossa defesa e julgam improcedente a representação, tornando sem efeito a suspensão. Eles podem também atenuar as coisas, concluir que eu me excedi ou algo assim, aplicando-me uma advertência. Acho que o pior que pode acontecer é me julgarem culpado. Neste caso, provavelmente vão fixar um prazo determinado para a suspensão, constando do meu prontuário uma censura formal, com perda deste tempo na lista de antiguidade e para fins de promoção no futuro.

– Vai dar tudo certo, você vai ver.

Os dois amigos fizeram a maior parte do percurso em silêncio, ambos pensando em como seria a vida de Armando conforme as coisas corressem de uma maneira ou de outra.

Ao chegarem à esquina onde ficava o imponente prédio do MP, procuraram um estacionamento, percorrendo a rua devagar até acharem um local na quadra seguinte. Desceram e foram caminhando rua acima em direção à grande porta de acesso, com grades de ferro, onde sobressaía o brasão do Estado, pintado em tinta ouro. Por trás desta estrutura antiga, havia portas de vidro grosso e detectores de metais, em duas passagens de entrada.

Quando subiram as escadas, viram uma multidão de repórteres, com câmeras e microfones, que no mesmo instante começou a vir em sua direção.

– Puta merda, só faltava esta! – Foi a única coisa que Armando pôde falar, antes de estarem cercados pelos jornalistas.

Edu, percebendo a contrariedade no rosto de Armando, que parecia sem forças para qualquer atitude, adiantou-se ao amigo, estendendo o braço de forma ameaçadora, enquanto os flashes pipocavam ao redor. Ele era um homem alto e corpulento, visivelmente irritado com aquela intromissão, de modo que os repórteres se afastaram, permitindo que alcançassem a entrada. Para piorar, o celular e umas chaves no bolso de Armando acionaram o alarme, tendo ele que retirar seus pertences antes de ingressar, o que possibilitou uma verdadeira sessão de fotos para os repórteres.

Quando a porta do elevador se fechou; estando só os dois, Armando balançou a cabeça e falou desanimado:

– Eu pensei que não fossem divulgar a data do julgamento; geralmente só os advogados são intimados.

No hall do oitavo andar, onde ficava a sala do Conselho Superior, havia uma recepção dividindo as duas alas do prédio, com secretárias para atender ao público. Quando Armando se aproximou, viu no corredor que levava à sala do Conselho Superior, o procurador Geraldo Brito falando com duas jovens e um rapaz de meia-idade; eles faziam anotações e perguntas, e Armando pôde perceber a alegria do outro em dar aquela entrevista, visivelmente orgulhoso de sua participação no julgamento. Ambos fingiram não se ver.

– Eu sou Armando Castro, vim para a sessão do Conselho – disse a uma das secretárias.

– Pois não, doutor Armando. A sessão deve começar na hora, mas vai se realizar no auditório da escola, no sétimo andar.

– No auditório da escola? – perguntou incrédulo.

– Sim doutor, na sala aqui não caberiam todas as pessoas.

– Que pessoas?

– Os jornalistas, doutor, o pessoal da TV e das rádios.

– A sessão vai ser aberta à imprensa?

– Só aos jornalistas, não será permitida a entrada de câmeras.

– Sei – falou Armando, sem convicção.

Eles se sentaram nas cadeiras da primeira fila do auditório, onde normalmente eram ministrados cursos de especialização, em espaço que lhes fora reservado. Havia, ainda, duas fileiras separadas por uma fita vermelha, posta à disposição dos membros do Ministério Público que quisessem assistir à sessão. Estavam vazias e assim continuaram.

Armando olhava fixo para a frente, enquanto falava com Edu em tom baixo, como quem comentasse um assunto banal:

– Por esta eu não esperava. Num julgamento aberto à imprensa, todos ficam medindo as palavras, sabendo que o que disserem pode ser publicado. Isto deve ser coisa do Geraldo Brito. Ele quer transformar a sessão num comício contra o PGJ – disse, soltando um suspiro.

– Quem sabe não. É que o seu caso realmente desperta o interesse da mídia.

– Não Edu, isto é um mal sinal.

Armando avaliava que muitos dos membros do Conselho Superior pudessem entender o erro por ele praticado – o fato de denunciar um inocente –, pois ao longo de suas carreiras deveriam ter enfrentado situações similares, nas quais um promotor de justiça não tem todos os elementos necessários para conhecer a verdade, mas é obrigado a agir, sob pena de ser atropelado por prazos processuais. Numa audiência reservada aos integrantes da instituição, tal circunstância poderia ser levantada sem maiores constrangimentos, o que não aconteceria em debates travados na frente da imprensa. Sua esperança era de que o PGJ, ao fazer sua explanação final, a última antes do início da votação do Conselho Superior, usasse da sua renomada oratória para encaminhar o julgamento para a absolvição. Armando muitas vezes já vira o Dr. Paulo, em embates na Assembleia ou em outros fóruns, convencer os participantes a aderirem às suas teses, valendo-se de sua vasta cultura e perspicácia de raciocínio. Não era à toa que alcançara a chefia da instituição, exercendo uma liderança incontestável.

Um pouco antes da hora marcada, funcionários ingressaram no auditório, trazendo garrafas de água e copos, enquanto outros faziam testes nos microfones colocados em frente às cadeiras da enorme mesa oval, onde se sentariam os conselheiros. Um burburinho tomou conta da assistência, com os jornalistas procurando seus lugares, antes das portas se fecharem com um estrondo seco.

Edu lhe deu um aperto no braço, balançando afirmativamente a cabeça.

Os conselheiros entraram numa fila indiana e se dirigiram à mesa, parando diante de lugares determinados, à espera, do Corregedor e do Procurador-Geral de Justiça. Um senhor alto e magro, com os cabelos brancos como algodão, veio caminhado devagar e parou ao lado da cabeceira da mesa, cumprimentando os demais.

– É o Corregedor – disse Armando num sussurro.

O silêncio imperava no auditório.

Por fim, o Procurador-Geral ingressou na sala, com a expressão séria e fechada. Olhou para os jornalistas na plateia como se não os estivesse vendo e se dirigiu ao seu lugar. O funcionário que o acompanhava puxou a cadeira de espaldar alto e esperou. O PGJ cumprimentou aos demais, fazendo com a mão um sinal para que se sentassem. O julgamento iria começar.

Armando teve vontade de fazer uma oração, pedindo proteção a Deus naquele momento decisivo, mas um pensamento por demais racional o impediu: havia tantas pessoas doentes, crianças no começo de suas vidas, que Ele teria coisas mais importantes a resolver. Pensou, então, em seu pai, que já vivia numa outra dimensão, e teve um sentimento de tranquilidade.

O PGJ ajustou o microfone à sua frente, olhou para os conselheiros e iniciou uma saudação formal aos mesmos, ao Corregedor-Geral ao seu lado e às demais pessoas presentes. Cumprimentou o réu, citando o seu nome e o de seu advogado. A seguir, deu por iniciada a sessão de julgamento, convidando o procurador de justiça designado para o processo para fazer sua manifestação inicial e apresentar seu parecer.

O Dr. Antônio Costa levantou-se de seu lugar com certa dificuldade, vencendo o sobrepeso e o problema nas costas, procurando ficar bem próximo da mesa, de modo a poder se apoiar nela. Saudou os integrantes do Conselho e começou sua manifestação agradecendo à "honrosa missão recebida da Procuradoria-Geral de Justiça, que viria a coroar toda uma carreira dedicada ao Ministério Público". A seguir, emocionado, relatou as comarcas nas quais tinha exercido suas funções, mencionando o apoio recebido da mulher e dos filhos nesta empreitada.

O procurador fez uma pausa, parecendo esperar por algo, talvez aplausos, como se fosse uma homenagem ou confraternização. Após alguns segundos de inércia, sentou-se e pegou os papéis que estavam sobre a mesa ficando a olhá-los de modo inexpressivo.

– Dr. Antônio? – falou o PGJ.

– Ah! Sim, um instante.

O procurador pegou os óculos no bolso de seu paletó, voltou algumas folhas viradas no calhamaço em suas mãos e começou a ler a sua manifestação.

De início, Armando prestou imensa atenção ao que dizia o procurador, procurando extrair das palavras iniciais qual seria o encaminhamento das ideias e de sua conclusão. Ocorre que Antônio Costa lia de forma um pouco apressada, não seguindo a pontuação do escrito, nem dando qualquer entonação às palavras, o que tornava difícil acompanhar o raciocínio. De outra parte, depois de uns dez minutos,

Armando se deu conta de que a manifestação citava os ensinamentos dos doutrinadores sobre aspectos teóricos da questão, não especificamente relacionados ao seu processo, como se fosse uma aula, num emaranhado de citações e de antecedentes jurisprudenciais. Tudo aquilo já seria do conhecimento de um bom estudante de Direito e, naturalmente, nada acrescentaria à opinião dos conselheiros e ao julgamento.

O pensamento de Armando foi se desviando do que dizia o procurador, vindo à sua mente lembranças do dia em que fizera o exame oral no concurso para o Ministério Público, perante a banca examinadora, em um auditório parecido com aquele. Como naquela ocasião, havia tensão em seu corpo e o cérebro funcionava a mil, ante a percepção de estar vivendo momentos decisivos. Pensou a seguir em Eliza, admirando-se ao recordar o quanto gostara dela, uma verdadeira paixão que durou pelos cinco anos da faculdade e que parecia não ter fim. “Quando as coisas começaram a mudar?”, indagou-se. Não havia um marco definido. Talvez um distanciamento intelectual ou das aspirações da vida, como se Eliza orientasse sua existência num rumo diametralmente oposto ao seu. Para a mulher, os eventos sociais, a academia de ginástica e as compras diárias, que iam de infinitos sapatos às roupas e joias, pareciam preencher sua alma e dar sentido à vida. Ele queria mais, ou precisava de mais: havia o desejo de interferir no mundo. Quantas pessoas pobres e desvalidas precisavam de ajuda? Quanto desmando havia? Para ele, pensou, a razão de se viver estava inexoravelmente ligada, como um cordão umbilical, ao exercício de uma função pública, na qual se pudesse contribuir de alguma forma.

Esse pensamento lhe trouxe certa apreensão, fazendo-o voltar ao julgamento, onde este ideal estava sendo questionado.

O procurador de justiça parou de falar, fazendo uma expressão facial de indignação, de pesar, como de quem acabasse de contar um segredo venial e esperasse receber a reprovação de todos os presentes contra o autor de tais atos.

Armando lamentou não ter mantido a atenção no discurso proferido e procurou buscar na memória o teor das últimas palavras, tentando inteirar-se da situação. Olhou para Edu e viu preocupação em seus olhos.

O procurador abaixou o calhamaço de papéis, endireitou-se todo, como um soldado em posição de sentido, e dirigindo-se ao Procurador-Geral, disse em tom solene:

– Por estas considerações fáticas e jurídicas, que se encontram comprovadas no presente processo, tenho que recomendar ao Egrégio Conselho Superior do Ministério Público a condenação do doutor Armando Castro por infringência aos artigos 213, 234 e 301 da nossa Lei Orgânica, com a aplicação da pena de censura, tornando definitiva a suspensão imposta liminarmente, pelo prazo de três meses, com a perda da antiguidade e demais vantagens no interregno referido.

Ouviu-se um burburinho no auditório, com os repórteres conversando entre si, com as cabeças viradas de lado e as mãos sobre as bocas.

Armando demorou um pouco a entender o teor da manifestação do procurador; foi o gesto de Edu, de apertar seu pulso com firmeza, balançando-o, que lhe indicou algo ter saído errado.

"Puta vida! Esse cara pediu a minha condenação!", pensou, surpreso, para em seguida tentar entender o que ocorrera. O PGJ havia indicado o procurador para presidir o processo. Portanto, era natural que tivesse lhe dado alguma orientação. Assim, o pedido de condenação não fazia sentido. Será que o procurador secretamente partilhava de outra opção política? Será que fora cooptado pelo grupo adversário? Talvez fosse apenas independente e de um rigor excessivo. Ou tudo aquilo podia ser uma estratégia para esvaziar a manifestação do Geraldo Brito. Este, com certeza, perderia o seu discurso acusatório, já que o procurador antecipara o pedido de condenação.

O cérebro de Armando funcionava acelerado, levantando inúmeras hipóteses para aquele resultado tão negativo. Antes que pudesse chegar a alguma conclusão, seu raciocínio foi interrompido pela voz do PGJ:

– Pela ordem de antiguidade no Egrégio Conselho Superior, eu passo a palavra ao conselheiro Geraldo Brito, para que formule o seu voto, dando início ao veredicto deste colegiado.

Geraldo Brito se levantou vagarosamente, dirigindo-se até um local a meia distância entre a mesa e o início das cadeiras da plateia, onde colocou sua cadeira. A seguir, caminhou a passos lentos para buscar seu microfone, como se não houvesse ninguém esperando sua manifestação, e voltou à cadeira posta, sobre a qual apoiou sua pesada mão.

Armando lembrou-se de um julgamento que assistira nos tempos da faculdade, quando o "doutor Geraldo", promotor de justiça titular da Vara do Júri, fizera a acusação num rumoroso caso de assassinato duplo, que comovera toda a sociedade, pondo o criminoso atrás das grades por mais de trinta anos. Ele saíra tão impressionado do julgamento que passou a noite em claro, revivendo as frases eloquentes e os ensinamentos jurídicos formulados.

Aquela lembrança fez com que seu estômago se contraísse e uma apreensão lhe subisse pela espinha.

O conselheiro Geraldo Brito saudou o Procurador-Geral e os demais membros do Conselho Superior com uma voz baixa e num tom amigo, como se estivessem apenas alguns amigos conversando. Ao se dirigir, contudo, às demais pessoas presentes, "aos jornalistas que representam todos os cidadãos em busca de respostas", sua voz grave e forte se fez ouvir, silenciando o auditório.

– Hoje é um dos dias mais tristes de minha carreira – disse com um suspiro e olhando para o chão.

Todos na mesa central e no auditório esperavam a continuação daquela frase emotiva, e que despertava natural curiosidade, mas Geraldo Brito deteve-se, como se não quisesse ou não pudesse completá-la.

– Que alegria eu tive ao ver despontar um jovem promotor de justiça, que parecia representar os ideais cultivados no cerne mais profundo do Ministério Público; os ideais da defesa irresoluta da sociedade, da promoção da justiça e do respeito indeclinável ao direito de defesa dos cidadãos, que devem ser, consoante à Constituição que juramos obedecer, inocentes até prova em contrário.

Quando Geraldo Brito parou novamente e olhou pensativo para o nada, Armando se conscientizou de que o teatro abrira suas cortinas e de que o ator conhecia muito bem o seu papel. Daí para frente, viu se desenrolar perante um auditório hipnotizado a história de alguém que se deixara seduzir pela fama, pela vaidade pessoal e pelas conveniências políticas, pondo em segundo plano todos os princípios legais e morais, até levar um inocente à beira da morte, injustamente acusado perante a opinião pública.

Ele podia sentir sobre si o peso do olhar dos presentes, percebendo feições que se fechavam, à medida em que o procurador lançava seu eloquente voto.

Após mais de quarenta minutos de citações, de exemplos jurídicos e lições doutrinárias, Geraldo Brito fez novo silêncio, parecendo estar triste e comovido:

– Infelizmente, este dia me traz à lembrança um dos primeiros júris que fiz, ao início de minha carreira; era o caso de um homem que matara a mulher por motivo torpe, usando de crueldade. Antes da seção plenária, seu pequeno filho veio falar comigo e pediu clemência para o réu, sentando-se na primeira fila do Tribunal do Júri.

O procurador andou pela sala e parou de frente para a audiência; num tom mais baixo, como se falasse a si próprio, disse:

– Ao ver as lágrimas escorrerem daquele pequeno rosto, que me olhava com ingênua esperança, compreendi que um promotor de justiça não pode acalentar os sussurros do coração, não pode se permitir a benevolência, quando há toda uma sociedade esperando que a justiça se faça, acima e além dos interesses particulares.

O procurador virou-se e foi em direção à mesa, onde os demais aguardavam, ouvindo-o com atenção. Disse-lhes num tom enérgico e categórico:

– Excelentíssimo Procurador-Geral, Excelentíssimos Membros do Conselho Superior do Ministério Público, é por esta razão que eu lhes peço a condenação do réu aqui presente à pena de demissão, mantendo seu afastamento compulsório dos quadros do Ministério Público, por grave infringência aos ditames da Lei e da Constituição da República.

As pessoas na plateia começaram a aplaudir, levantando-se de seus lugares. Falavam entusiasmadas entre si, concordando com tudo quanto tinham ouvido. Os jornalistas tomavam notas apressadas, alguns faziam fotos com seus celulares, embora não autorizados.

O PGJ parecia aturdido, demorando um pouco para pegar o microfone e pedir silêncio. Edu olhava para Armando, entre incrédulo e revoltado, como se esperasse uma explicação do amigo.

Naqueles instantes, Armando não pensou em nada. Sentia-se fora de seu corpo e de sua consciência, assistindo de longe ao desenrolar dos acontecimentos. Parecia que sofrera um grave acidente automobilístico, com muitos feridos, carros destruídos e sangue pelo chão, mas que pela rapidez com que ocorrera, do nada, não lhe permitia sequer entendê-lo ou que tomasse alguma atitude.

O procurador Geraldo Brito acabara de pedir sua demissão do Ministério Público. As pessoas em volta aplaudiam. O fato de ser condenado trazia alegria. Ele não seria mais promotor de justiça.

– O que aconteceu Armando? Que loucura é esta?

Sabia que devia responder a Edu, mas não existiam palavras.

Quando as pessoas se sentaram e o barulho diminuiu, restando apenas um surdo e generalizado murmúrio, o Procurador-Geral retomou a palavra, agradeceu ao doutor Geraldo Brito o voto proferido e, após o silêncio retornar, disse de forma protocolar:

– Pelo regimento interno do Egrégio Conselho Superior, colhida a manifestação do Procurador de Justiça mais antigo no órgão, cabe ao Procurador-Geral de Justiça apresentar a sua manifestação, antes que sejam tomados os votos dos demais conselheiros.

– Calma, amigo – disse Edu, segurando em sua mão.

– Agora o doutor Paulo vai pôr os pingos nos "is".

O PGJ se levantou, tirando o microfone de seu encaixe na mesa e olhou em volta, primeiro para os seus pares, em seguida para o auditório. Parecia refletir no que iria dizer, como se tomasse só agora uma decisão.

Armando escutava as batidas de seu coração, fortes e compassadas, como as badaladas de um sino ao final da tarde. Um fio de esperança lhe animou o espírito. Aquele pesadelo poderia parar e ele acordaria para um dia normal de sua vida.

– Como os senhores todos sabem – disse o PGJ, numa voz firme –, hoje, estamos diante de uma situação *sui generis*, pois o réu aqui presente, o doutor Armando de Castro, foi, nos últimos dois biênios, assessor da Procuradoria-Geral de Justiça.

Como as pessoas se remexeram, falando entre si, o PGJ esperou que ficassem em silêncio para prosseguir:

– Mais do que isso, o doutor Armando foi meu assessor-especial, ocupando cargo de confiança em meu gabinete, desde que assumimos a Procuradoria-Geral. Por essa razão, é natural que me sinta impedido de proferir um julgamento sobre a sua conduta, eis que a primeira regra a nortear a composição de um órgão julgador deve ser a imparcialidade daqueles que o compõem. No caso presente, isso não ocorre. Portanto, vou me abster de apresentar manifestação, bem como de proferir voto nesta seção, confiando plenamente que os membros deste Egrégio Conselho saberão decidir com o acerto habitual de suas decisões.

Quando o Procurador-Geral se sentou, dando por encerrada sua manifestação, Edu olhou com uma interrogação para Armando, abrindo os braços como se perguntasse: “Ele não vai falar nada?”.

No torpor mental em que se encontrava, Armando não conseguia esboçar qualquer reação; permaneceu imóvel, com a cabeça virada para frente, assistindo apaticamente o desenrolar dos acontecimentos.

O PGJ consultou a seguir uma folha de papel que tinha sobre a mesa e disse ao microfone:

– Pela ordem de antiguidade no órgão, eu consulto o conselheiro Renato de Oliveira, para que forneça o seu voto, indagando a Vossa Excelência qual suas conclusões acerca deste processo administrativo?

Após cumprimentar o Procurador-Geral e os demais conselheiros de maneira protocolar, Renato de Oliveira disse num tom de voz enérgico, que parecia ter pressa:

– Eu não vejo necessidade de acrescentar outros argumentos, que não os já trazidos pelo eminentíssimo doutor Geraldo Brito, decano deste Conselho Superior, em seu fundamentado parecer, que de forma minuciosa e cabal bem apreciou a matéria. Meu voto, portanto, é pela demissão compulsória do réu, nos termos da lei antes citados.

Novo alvoroço tomou conta do auditório, como se as pessoas tivessem sido surpreendidas por uma novidade e ficassem animadas de presenciar um momento único, que sem dívidas entraria para a história.

O Procurador-Geral esperou sem nada dizer até que o auditório se acalmasse. Anotou algo num bloco de papéis sobre a mesa e consultou novamente a folha anterior.

– Pela ordem, passo a palavra ao conselheiro José Augusto, para proferir o seu parecer, dando continuidade à votação.

Armando olhava para o Procurador-Geral, tentando estabelecer contato visual com ele, numa imaginária esperança de que o ex-chefe, se o olhasse bem nos olhos, lembrar-se-ia da amizade existente entre eles, dos tempos em que conversavam durante todo o dia, num bate-papo franco e alegre. Talvez, então, ele se dispusesse a pedir a palavra outra vez, para defendê-lo e afastar aquelas injustas acusações.

Enquanto fazia isto, percebeu nova agitação no auditório, tendo prestado atenção ao que ouvira: "Voto, pois, pela demissão do réu, acompanhando o parecer do conselheiro Geraldo Brito".

"Meu Deus do céu, o que está acontecendo", pensou aflito, sentindo um medo diferente de tudo o que já experimentara anteriormente. Só conseguiu pensar que se houvesse outro voto contra estaria perdido.

Armando olhou para o procurador Eugênio dos Santos, o próximo a se manifestar e teve um momento de alívio: ele era um homem bom, de índole pacífica e com quem sempre tivera um relacionamento bastante cordial. Lembrou-se das conversas mantidas com este procurador de justiça, nas quais suas afinidades ficavam evidentes, tanto nos assuntos profissionais como nas questões pessoais. Em muitos episódios da carreira, ambos haviam tomado atitudes semelhantes, sendo que Armando via nele uma pessoa preocupada com o bem comum.

Após lhe ser concedida a palavra, o procurador iniciou sua manifestação, falando com uma voz fraca, quase inaudível, que tornava difícil entendê-lo. Cumprimentou pessoalmente todos os componentes da mesa, nominando seus cargos e explicitando as funções que exerciam, num demorado intróito. Parecia indeciso ou temeroso do que dizer.

Armando percebeu que o procurador deu uma olhada rápida para Geraldo Brito, que à sua frente na mesa encarava-o de modo confiante, balançando sutilmente a cabeça. Sentiu um calafrio, um temor indistinto que lhe antecipava algo de ruim.

– Embora me seja muito penoso aplicar uma sanção tão severa a um colega, devo acompanhar a maioria dos meus pares, no sentido de se preservar a instituição a qual jurei defender acima de qualquer outra coisa. O Ministério Público se viu afrontado perante à sociedade devido à conduta negligente de um de seus agentes, que, como pontuou de forma definitiva o eminente doutor Geraldo Brito, olvidou-se de seu dever funcional, fazendo letra morta dos dispositivos constitucionais referentes às investigações submetidas ao "Parquet", para, por motivos próprios e insondáveis, agir ao arrepio da nossa Lei Orgânica, imputando culpa a um inocente, o que veio a trazer irreparável prejuízo ao meio social.

O procurador pareceu mais aliviado após ter feito sua manifestação, falada quase numa única respiração e alternando altos e baixos. Olhou novamente para Geraldo Brito e disse com convicção:

– Por estas razões, seguindo o entendimento da douta maioria deste Egrégio Conselho, opino pela aplicação da pena de demissão compulsória ao réu, como medida necessária à reparação do dano causado.

O alvoroço no auditório explodiu incontrolável; alguns aplaudiam de pé, outros gritavam. Muitos jornalistas saíam apressados, para poderem transmitir a notícia às equipes de televisão que aguardavam lá fora, todos conversavam e gesticulavam animados.

– Isto é um absurdo! – gritou Edu, levantando-se de sua cadeira com os dois braços levantados. – Uma injustiça e os senhores sabem bem disso!

A plateia, surpreendida pela inusitada manifestação, fez novo silêncio, dirigindo sua atenção àquele que falava.

– O Armando sempre foi um promotor dedicado, que trabalhou feito um louco pelo Ministério Público, e agora, que ele foi enganado nesta história das provas, vocês querem crucificá-lo!

O PGJ interveio de pronto, advertindo num tom muito mais alto pelo microfone:

– O senhor não pode interferir nos trabalhos. Fique quieto imediatamente ou vou mandar retirá-lo!

Como Edu continuava de pé e falava algo inaudível em meio ao burburinho que se formou, o PGJ deu um sinal e agentes de segurança se acercaram dele, tendo um o segurado pelo braço.

Ao perceber isso, Armando como que saiu do transe em que estava, e segurando o outro braço de Edu, disse-lhe, numa espécie de ordem:

– Calma Edu, não fale mais nada. Me espere lá fora, meu amigo!

O auditório acompanhou com interesse a saída do advogado do réu, entre conversas animadas e na expectativa de novos confrontos.

Quando a porta se fechou atrás dos agentes, o PGJ, contrariado, explicou algo aos conselheiros, sendo perceptível a anuência de todos, que balançaram as cabeças num movimento sincronizado.

Os presentes se calaram para permitir a continuação da sessão.

O PGJ demonstrando tranquilidade, falou de forma amena e protocolar:

– Como permite o regimento interno do Conselho Superior, de modo a agilizar as reuniões deliberativas, já tendo sido alcançada a maioria de votos, eu consulto o restante de seus membros acerca da existência de voto divergente aos apresentados, e, havendo-o, se algum conselheiro quer fazer uso da palavra.

Apesar de todos negarem com sinais de mão e balançando as cabeças, o PGJ inquiriu-os um a um, chamando-os pelos nomes, até obter a confirmação destes.

O Procurador-Geral sinalizou para um funcionário sentado na lateral do salão, tendo este trazido uma pasta que colocou sobre a mesa. Após examiná-la, o PGJ começou a ler em voz alta:

– Nos termos do regimento interno deste Conselho Superior, nesta décima quarta reunião deliberativa do ano em curso, presentes o digníssimo Corregedor-Geral do Ministério Público, doutor Sérgio Sampaio de Souza Aranha, bem como os demais digníssimos conselheiros...

O Procurador-Geral nominou todos os membros do Conselho Superior, fazendo um relatório dos trâmites processuais havidos, desde a Portaria que dera início ao processo até a votação ora terminada, no qual citou os dispositivos legais aplicáveis, para concluir num tom grave:

– Por estas circunstâncias e fundamentos, nos termos da Lei Orgânica do Ministério Público, é meu dever aplicar a pena de demissão do serviço público ao réu Armando de Castro, com a perda do cargo de promotor de justiça da capital, por ele exercido até a presente data, bem como dos direitos e rendimentos respectivos, mantida a suspensão cautelarmente imposta. Pelo exposto, dou por encerrada esta sessão do Conselho Superior, devendo a ata lavrada ser regularmente publicada no Diário Oficial.

* * *

Armando permaneceu imóvel, com a cabeça um pouco inclinada, olhando para um ponto indistinto à sua frente. O barulho das vozes, como um eco insuportável, contrapondo-se às batidas de seu coração. Um formigamento nas mãos, nos braços e nas pernas, ampliava a sensação de aperto no peito.

Percebeu que pessoas passavam por ele, parando para olhá-lo, enquanto fingiam conversar. Alguns, em movimentos rápidos, faziam fotos com seus celulares.

Como num cinema, após um filme eletrizante, as pessoas relutavam em sair, buscando extrair ao máximo a emoção e a alegria do momento.

Depois de um longo tempo o local ficou quase vazio, num silêncio só quebrado por funcionários da limpeza que andavam pelas fileiras de cadeiras, recolhendo papéis e garrafas de plástico deixadas. Pelas grandes portas da entrada ouvia-se a multidão no salão contíguo, que, agora, livre de restrições, falava alto, berrava e dava gargalhadas.

Quando parte da luz se apagou Armando assustou-se, pensando que teria de se levantar e deixar a sua cadeira. Sentiu medo e imaginou se poderia simplesmente ficar ali, quieto no seu canto. Reparou, então, que ninguém fora falar com ele: nenhum amigo, nenhum colega, sequer os jornalistas. Sentiu uma solidão atroz.

– O senhor me dá licença, moço? Eu posso varrer aqui?

Uma mulher jovem, bastante gorda e vestida num uniforme azul, olhava para ele, segurando na mão uma vassoura. Ela parecia ter esperado já um certo tempo, mas tinha um sorriso no rosto.

– Sim, claro, desculpe-me.

Armando levantou-se num pulo e foi andando na direção da porta. Notou que ainda havia pessoas do outro lado e se preparou para encontrá-las. Ao ingressar no salão viu que jornalistas se aproximavam com câmeras e gravadores nas mãos. Sentiu um desconforto e pensou se teria como evitá-los, não achando resposta.

Em instantes estava cercado por uma multidão que se exprimia à sua frente, fazendo perguntas e colocando microfones quase na sua boca. Teve vontade de responder ao que lhe era perguntado, contando toda a verdade de uma vez, mas sabia que isto seria impossível. Esperou que todos ficassem quietos e falou como se fosse dar uma grande entrevista:

– Infelizmente, eu não tenho nada a dizer.

Os repórteres pareceram ficar irritados com aquilo, iniciando nova série de perguntas, desta vez num tom mais agressivo e sarcástico.

Armando olhou para o lado, vendo a entrada de um conjunto de salas usadas no apoio das reuniões do Conselho Superior, onde dois agentes guardavam a porta. Despediu-se e foi em sua direção, seguido por alguns jornalistas.

Para sua sorte, foi reconhecido pelos funcionários, que abriram passagem, cumprimentando-o com educação. Ao entrar, foi atendido por uma recepcionista, que lhe indicou o caminho com a mão, apontando na direção de uma outra sala, como se ele já fosse esperado. Surpreso, foi andando sem saber exatamente aonde ia, mas despreocupado, pois conhecia o local.

Quando entrou na sala viu Edu sentado em um pequeno sofá, com a cabeça apoiada para trás, olhos fechados e uma expressão de dor nas feições. Ficou preocupado ao vê-lo, pois parecia passar mal.

– Edu! – chamou. – Está tudo bem?

Ele se levantou num susto e foi em sua direção, com os braços abertos e abaixados, a tristeza estampada nos olhos.

– Porra amigo, que sacanagem, e eu ainda estraguei tudo.

Abraçaram-se. Edu parecia que ia chorar.

– Você devia ter contratado um advogado de verdade, alguém que soubesse o que fazer na hora.

– Que isso, Edu! Não havia o que fazer. Acho que tudo já estava combinado.

– Isso não pode... – murmurou o amigo, olhando para o chão, com a mão sobre o nariz e o rosto como se contivesse lágrimas.

O desalento do amigo era tal que Armando se esqueceu do próprio sofrimento, buscando um meio de tranquilizá-lo.

– Vamos embora daqui! No caminho a gente pensa em alguma coisa.

XIII

Naquela tarde de seu julgamento ao chegarem no flat, Armando recusou repetidos convites de Edu para que fosse jantar em sua casa. Por fim, disse com uma rispidez indesejada:

– Eu preciso ficar sozinho, Edu. Não insista.

Na recepção cumprimentou os funcionários, percebendo imediatamente que todos sabiam do ocorrido; sem querer, eles se mostravam pouco à vontade, evitando parar à sua frente como que envergonhados por ele.

Armando tomou o elevador, entrou na sua suíte e fechou a porta atrás de si. Apoiou as costas nela e ficou parado na semiescuridão, incapaz de continuar, de dar mais um passo. Pela primeira vez sentiu o peso daquele julgamento, que, agora, já era um passado imutável. Havia um vazio dentro dele, uma sensação de medo como se houvesse um grande buraco negro bem à sua frente, obrigando-o a não se mexer.

Foi um barulho forte no quarto vizinho, um estrondo de alguma coisa caindo no chão, que o despertou daquele transe, fazendo-o voltar à realidade. Notou que um bom tempo passara, a noite caíra de vez, havendo silêncio na rua, a escuridão só cortada pelas frestas da persiana. Suas pernas doíam. Forçou-se a caminhar até a poltrona, largando-se nela.

Sentiu uma necessidade urgente de falar com Helena, de ouvir a sua voz, de ser por ela tocado com carinho. Não podia telefonar-lhe, conforme ela lhe pedira. Mesmo assim, hesitou, tamanha a premência que sentia. Há dias que não se falavam, o que o deixava angustiado. Teve ligeira raiva. Afinal, ela sabia do julgamento e devia lhe procurar. O pensamento de que Helena pudesse aparecer de repente fazendo uma surpresa, trouxe-lhe certo ânimo. Olhou para o relógio e constatou ser bem tarde. A solidão parecia aumentar.

O telefone tocava sem parar, mas Armando parecia não conseguir acordar. A custo, levantou-se sobre um braço na cama e olhou na direção do aparelho. "Cacete", falou consigo mesmo, dera ordens de não o chamarem.

– Alô.

– Dr. Armando, desculpe, mas é aquele seu amigo, ele já ligou várias vezes e pediu para chamá-lo, nós avisamos...

– Tudo bem, passe a ligação.

– Fala doutor, eu estava ficando preocupado.

Embora irritado, Armando gostou de ouvir a voz de Edu.

– Tava dando uma dormida.

– Que sono, meu! São quatro da tarde.

– Quatro? Bom, eu não dormi nada esta noite.

– Você não jantou?

– Comi alguma coisa no quarto.

– O quê?

– Ah, umas castanhas de caju, amendoim.

– Pô, meu amigo, você não pode ficar assim. Hoje você vem jantar conosco. A Beth falou que vai buscá-lo na marra.

– Tudo bem, é uma alegria pra mim.

– Faz assim, eu vou até aí e a gente conversa.

– Edu, eu acho que vou dar uma andada...

– Eu ando com você.

Após desligar, Armando sentiu certo arrependimento. Ele não queria falar com ninguém, não queria nem mesmo sair para andar, queria só ficar deitado, de olhos fechados. Balançou a cabeça e sorriu para si mesmo. Edu estava preocupado com ele e procurava ajudá-lo. Certamente o amigo teria um milhão de coisas a fazer nesta tarde e iria perder seu dia para vir "visitá-lo", como alguém que estivesse acamado.

Levantou-se e foi ao banheiro. Quando se viu no espelho, impressionou-se com sua aparência: estava com a barba crescida, os olhos e as faces inchadas, o cabelo grudado. Lembrou-se de que bebera a noite toda e sentiu o gosto do uísque, que parecia vir do estômago até a boca. Tomou uma ducha e desceu para esperar Edu. Ao passar pela lanchonete do flat, parou para tomar um café expresso, não conseguindo comer nada, embora se sentisse fraco.

Edu chegou logo a seguir e saíram caminhando pelas alamedas em torno do flat. De início falaram de assuntos amenos, do novo carro que Edu queria comprar, do seu time de futebol que beirava o rebaixamento e de uma hipotética viagem pelo interior da Alemanha, onde alugariam um Porsche.

Ao falarem do futuro, inevitavelmente, o assunto derivou para o julgamento e suas consequências. Edu estava inconformado, revoltado com o que vira. Falava em contar toda a verdade para a imprensa, em levar repórteres à casa do deputado e surpreendê-lo para que admitisse os fatos, em recorrer da decisão até o Supremo Tribunal. Armando se mantinha quieto como se aquele assunto não lhe dissesse respeito, parecendo cada vez mais abatido e triste. Preocupado, Edu lhe perguntou num tom de instigação:

– E você, o que acha que devemos fazer?

Armando parou de andar, respirou vagarosamente, e sem olhar para ele, respondeu:

– Eu tô cansado desta merda, desta vida, tenho vontade de acabar com tudo.

Quando mais tarde chegou ao flat, Armando sentia uma emoção forte, uma espécie de nostalgia. Parecia-lhe que o passado voltara. Tentou identificar a origem daquilo. Relembrou o que acabara de acontecer: ao falar em pôr fim a tudo, ou algo assim, Edu olhou para ele com uma expressão de medo, veio em sua direção e o abraçou fortemente, dizendo-lhe, com a voz embargada pelo choro: "não fale isso meu amigo, não fale isso nunca mais".

Edu chorou angustiado, enquanto repetia: "as coisas vão melhorar, vão melhorar".

Percebendo ter sido interpretado erradamente, de maneira literal, tratou de tranquilizá-lo, explicando-lhe que pensava em "largar tudo" o que se referisse ao Ministério Público. Ele não iria cometer nenhuma loucura.

Edu riu aliviado e embora estivesse meio constrangido, a alegria voltou ao seu rosto.

Ao se despedirem, disse meio sem jeito:

– Porra, me desculpe o choro, essa cena toda!

Aquilo remetia Armando a algum lugar de sua existência. Sentiu saudades, sem saber ao certo de quê.

Somente mais tarde lhe veio à mente uma manhã na faculdade, quando ele chorou de tristeza por não ter Eliza. Ele também se desculpara com Edu. "Vai chorar por que, se não for por mulher?", confortou-o o amigo.

Era estranho reviver este passado. Como poderia ter desejado tanto Eliza e agora não sentir a menor afeição por ela?

Ao lembrar-se da audiência de divórcio, em que ela se mostrara tão distante, como alguém que rescindia um contrato numa negociação fracassada, teve a sensação de não a ter conhecido de verdade, de ter passado anos ao lado de alguém, gravitando na esfera do que era superficial.

* * *

Raul estranhou não ter recebido nenhum telefonema de Paulo no dia anterior e já era quase hora do almoço, e o PGJ não o havia chamado à sua sala. Normalmente, assim que ele chegava à Procuradoria-Geral, pedia que Raul fosse ao gabinete, pois havia sempre muitos assuntos a planejar. Ainda que estes não existissem, o que era raro, Paulo o chamava para um café e ficavam jogando conversa fora como fazem os bons amigos.

Resolveu, então, ir até a sala do chefe. Bateu e esperou um pouco antes de entrar. Paulo estava sentado à sua mesa de modo habitual, mas havia algo de diferente. O PGJ estava sem seus óculos, o que lhe dava uma expressão estranha, com o olhar meio perdido de alguém que não sabe o que fazer. Raul reparou que as diversas pastas e dossiês sobre a mesa estavam intocados, numa perfeita ordem deixada pela secretária.

– Oh, Raul, como vai você? – disse o PGJ, sem qualquer ânimo.

– Tudo bem, como vão as coisas? Ontem nem falamos.

– É, tudo na mesma.

O Sub-Procurador-Geral percebeu que o amigo não estava bem, pois aquela era uma frase pouco usual. Em seu mundo agitado, as coisas *nunca* estavam na mesma. Sentou-se na cadeira em frente e perguntou num tom amável:

– Algum problema?

– É, fazer o quê – disse num lamento o PGJ.

– Eu sei, o caso do Armando.

Com os olhos abaixados e ainda sem os óculos, o outro começou a falar em voz baixa, como que consigo mesmo:

– Eu me questiono se não deveria ter feito a defesa de Armando. Sabe Raul, por que não falei nada? Que coisa gozada! Na noite anterior liguei a TV já de madrugada, e estava passando um desses documentários sobre a selva africana. Eu, que nunca vejo TV, fiquei ali olhando. Uma coisa impressionante: uma leoa atacou um filhote de zebra e quando a zebra mãe viu, partiu para cima da leoa numa corrida fantástica em sua direção. De repente, do nada, ela para e sai correndo na direção oposta. Eu não entendi nada. Daí o narrador explica: ela vinha em defesa do filhote até ver que a leoa mordera o pescoço de sua presa, o que é fatal. Naquele segundo o instinto de defesa da prole foi substituído pelo da própria sobrevivência, fazendo-a correr dali. Afinal, de que adiantaria tentar enfrentar uma leoa?

– Faz todo o sentido. Às vezes, não há o que fazer.

O PGJ pôs os óculos, voltando a parecer com ele mesmo. Numa voz mais firme perguntou:

– Você esperava que o Eugenio dos Santos fosse pedir a condenação do Armando?

– Na pena de censura, sim. Afinal, tínhamos de puni-lo de alguma forma. O Geraldo Brito é que estragou tudo com aquele discurso midiático.

– Filho da puta! Só está pensando na eleição.

O PGJ balançou a cabeça soltando um suspiro:

– Eu deveria ter falado.

– Pra quê Paulo, enfrentar a leoa? Você viu o auditório, as pessoas, os jornalistas, todos pareciam hipnotizados pelo Geraldo.

– É verdade.

Após soltar novo suspiro revelador do seu desalento, continuou:

– Eu acho que errei, Raul. Eu não poderia ter compactuado com uma injustiça dessas. Que merda que eu fiz!

– Calma, Paulo. Não é bem assim.

– Sabe, Raul, eu lhe juro pela minha saúde que eu pensei em mim, na minha carreira futura, na vaga no STF, mas acima de tudo pensei no MP. A instituição absorveria todo o desgaste se o Procurador-Geral tomasse a defesa de um promotor que aos olhos da sociedade praticou um ato indesculpável.

– Sem dúvida, Paulo.

– E depois, nós perderíamos o controle do MP. Você já imaginou a instituição sob o comando do Geraldo? O que poderia ocorrer? Você é testemunha de que sempre pautei minha conduta de forma republicana, pensando nos princípios constitucionais, no bem comum. Nunca interferi na atuação de qualquer promotor, não importando os interesses envolvidos. A liberdade de consciência e a convicção pessoal foram preservados acima de tudo. E você sabe as pressões que sofri, você sabe a força que têm certas pessoas.

– Nem me lembre! Paulo, você garantiu um Ministério Público independente e soberano nas suas funções. Todos reconhecem isso.

O PGJ olhou para o amigo com olhar triste, levemente marejado.

– Mesmo assim, eu me sinto muito mal. O Armando não merecia isso.

* * *

Meu querido Armando.

Hoje é o dia mais triste da minha vida.

O dia em que vou magoar uma pessoa a quem amo de verdade.

Isto mesmo, amor é a palavra certa.

Se me perguntassem meses atrás, se é possível amar alguém em muito pouco tempo, eu diria que não, que o amor demora a acontecer.

Como estava enganada!

O meu sofrimento é testemunha deste sentimento.

Armando, você vai ter que me perdoar. Eu sou uma pessoa sem escolha.

A vida, esta maldita vida, exige que eu me afaste de você.

Sem perceber, fiz muito mal a Beatriz, minha amada filha. Ela é a coisa mais importante da minha vida. Quando você tiver filhos poderá me compreender e me perdoar.

Peço-lhe, em nome do sentimento que tem por mim, que eu espero seja igual ao meu, que não me procure mais, que me esqueça o quanto antes.

Por favor, não torne as coisas mais duras do que já são. Você há de entender que meus motivos são fortes e verdadeiros.

Eu só queria ser outra pessoa.

Desejo, do fundo do meu coração, que você encontre logo a justiça e a felicidade que merece.

Um beijo, com todo o meu amor.

Armando sentiu o suor nas pontas dos dedos. Viu que suas mãos tremiam. Sentiu um nó na garganta, que parecia impedir-lhe a respiração. Abaixou a mão que segurava a carta e deixou-se cair de costas na cama. De olhos fechados queria apenas que sua vida acabasse. "Chega, eu não aguento mais!"

Esperou por minutos, que alguma força celeste, algum Deus poderoso e piedoso, atendesse ao seu pedido, fazendo-o simplesmente parar de existir. Não queria despedidas, choros, explicações; só um pouco de paz.

XIV

– Eu tenho uma novidade pra contar! – disse Armando, após experimentar o espaguete servido por Beth.

O tom com que falou fez com que tanto a anfitriã como Edu parassem e prestassem total atenção nele.

– Eu vou passar um tempo na França!

Surpresos, os amigos reagiram com alegria como se devessem incentivá-lo, mas não compreenderam o teor da informação.

– Ah! Que gostoso – disse Beth. – Você está precisando mesmo de umas férias na Europa, que chique! Ou você vai fazer um doutorado lá?

– Não, só vou dar um tempo.

Uma preocupação estampou-se no rosto de Edu, que, forçando um sorriso, perguntou:

– Você conseguiu alguma coisa lá?

– Não, eu vou apenas tentar... ver o que acontece.

Antes que o marido falasse qualquer coisa, Beth aparteou, levantando-se da mesa para dizer:

– Isto merece uma comemoração! Vou buscar aquele champanhe que trouxemos da viagem! Du, vá buscar as taças!

Edu se levantou meio indeciso e se dirigiu até a copa, onde havia um armário com copos, taças e utensílios diversos. Quando Beth apareceu quis perguntar-lhe algo, falando em voz baixa:

– O que você achou...

– Psiu! – fez Beth, pondo um dedo nos lábios.

Estouraram o champanhe na sala de jantar, levantando as taças para brindar:

– À viagem de Armando! Que tudo corra às mil maravilhas! – propôs Beth. – Que ele encontre uma bela francesa – acrescentou alegremente.

– Tomara!

– Acho que também vou – disse Edu, levantando novamente a taça na direção da mulher.

No decorrer do jantar, após falarem dos lugares bonitos a visitar, traçando roteiros para ele, Armando foi ficando mais sério, deixando transparecer a tristeza que o dominava. O champanhe lhe trouxe a lembrança de Helena. "Era melhor não o ter bebido", pensou.

– Eu vou porque não aguento mais ficar aqui – falou depois de uma pausa. – Não suporto ver as pessoas me apontando, cochichando, como se eu fosse um marciano.

– Isto vai passar Armando, é que agora saiu na televisão. Daqui a um mês ninguém mais lembra.

– Não creio, acho que fiquei marcado para sempre.

– Imagine – disse Edu – Você vai ver. Temos só que combinar a estratégia de sua defesa, dos seus recursos. Você já pensou num escritório?

– Não pensei, nem vou pensar! Pra mim chegou!

– Como assim, Armando? Nos tribunais superiores eles anulam tudo isso, essa injustiça feita pelo MP. Não se esqueça que foi um processo administrativo.

Armando balançou a cabeça, com os olhos baixos, dizendo:

– Se o Ministério Público não me quer como promotor, se tudo que eu já fiz não valeu nada, também não quero pertencer a esta instituição. Eles me avacalharam perante todo mundo, não tem mais jeito.

– Não fale assim, Armando, você está de cabeça quente. Deixe o tempo colocar as coisas nos seus lugares.

Edu olhou para Beth, como que pedindo a sua colaboração.

– Armando, você viaja agora, se distrai, e quando voltar as coisas já estarão melhor encaminhadas, você vai ver! Só combine certinho com o Edu as providências a serem tomadas.

– Isso mesmo. Você só escolhe o advogado e eu levo a papelada para ele. Quando voltar, poderemos já ter uma liminar.

Armando olhou para eles com um ar de contrariedade, como se não entendessem o que dizia.

– Amigos, deixem-me explicar direito. Eu já me decidi, pensei muito a respeito disto e tomei uma decisão: eu não vou recorrer da demissão. Pra mim, o Ministério Público acabou!

Enquanto ajudava Beth a pôr os pratos na máquina de levar, Edu se lamentava repetidas vezes, mostrando todo o seu abatimento. A notícia da viagem e da decisão de Armando lhe traziam verdadeira angústia. Para piorar, haviam discutido seriamente, precisando da intervenção da mulher para se acalmarem. Edu sentia ter estragado o clima do jantar, que planejara justamente como forma de animar o amigo.

– Será que ele se ofendeu quando falei que pagaria o advogado?

– Não Du, não teve nada de mais você oferecer.

– Eu não queria brigar, mas é uma puta besteira dele. Ele tem de recorrer desta merda, voltar a ser promotor. Ele não pode desistir assim!

– Fique tranquilo, as coisas vão se arrumar – disse Beth, demonstrando uma tranquilidade que não tinha.

Ela sabia que o marido tinha razão. Armando só poderia ser promotor de justiça. Era isso que a preocupava, pois percebera na voz do amigo a convicção com que falara. Ele não mudaria de ideia. Beth lembrou-se com tristeza do que acontecera dias atrás. Vinha ela pela rua próxima ao flat de Armando, quando o viu caminhando. A princípio não o reconheceu, pois parecia um velho com ombros curvados, passos lentos e a cabeça baixa. Ao se encontrarem, sorriu e parou para beijá-lo, mas ele sequer notou a sua presença, absorto em pensamentos. Ficou constrangida de chamá-lo e seguiu em frente. Intuiu, então, o dilema vivido por Armando. Teve pena do amigo ao lembrar-se do quanto se esforçara para ingressar na carreira e do entusiasmo com que abraçava as causas. Nem contou para Edu o incidente. "Pobre Armando", pensara.

Ao verem a primeira placa indicando o aeroporto, tanto Edu quanto Armando pensaram que logo estariam se despedindo. Pensaram também que não sabiam quando iriam se reencontrar, pois, naquelas circunstâncias, havia somente uma interrogação.

Edu remexeu-se ao volante e começou num modo envergonhado, como se já estivesse falando do assunto:

– Então, às vezes a pessoa programa uma coisa meio na pressa e depois fica sem jeito de voltar atrás. O melhor é desistir em quanto é tempo.

Armando só concordou, balançando a cabeça.

– Você não quer pensar um pouco mais? Nós poderíamos ser sócios na empresa. Eu estou precisando dividir o trabalho e não tenho outra pessoa em quem confiar.

– Obrigado, Edu, mas eu tenho que ir.

– Você poderia cuidar das lojas dos shoppings. Ia trabalhar com a Charlene, já pensou?

– Será que eu tenho chance?

– Ela viu você na TV e falou que você era bonito.

– Esta é uma proposta "tentadora" – disse Armando rindo. – Quem sabe na volta, se ainda estiver de pé.

– É pra valer. Uma sociedade, assim que você topar.

– Obrigado, Edu.

Após estacionarem o carro dirigiram-se ao terminal, aonde Armando fez seu check-in sem dificuldades, pois o saguão do aeroporto estava milagrosamente vazio.

– Deve ser porque o voo é diurno – disse Edu, surpreso. – Bom, vamos poder tomar uma cerveja sossegados.

Com o cartão de embarque nas mãos de Armando, foram em direção a um grande bar que ficava no fim do terminal. Um ambiente refinado, com poltronas de couro, mesas espaçadas e iluminação indireta. Eram os únicos clientes.

O garçom estava com cara de sono, mas veio todo solícito sugerindo uma série de pratos frios, que incluíam camarões, caviar ou arenque. Para sua tristeza, pediram apenas dois chopes, que tomaram aos poucos, mais para conversarem do que para beber.

Edu sentia uma sensação esquisita, uma emoção que lhe apertava o peito, fazendo-o desejar que aquele momento terminasse logo. Paradoxalmente, aproveitava cada minuto em que ainda tinha a companhia do amigo. No seu íntimo, embora lutasse contra este pensamento, temia nunca mais rever Armando.

Relembraram algumas histórias do tempo da faculdade, rindo das palhaçadas feitas, falaram do casamento de Edu e do nascimento de Gustavo, brindando mais uma vez.

Por fim, o alto falante anunciou o embarque do voo “749 para Paris”, solicitando o embarque imediato dos passageiros.

– É isso aí, tá na hora – disse Armando, meio desanimado.

Quando ele fez menção de se levantar, Edu o segurou pelo braço, dizendo:

– Pera aí, eu quero te falar uma coisa. Você sabe que vou depositar uma quantia na sua conta todos os meses e...

– Não precisa Edu, eu...

– Não tem acordo! Eu vou fazer isso, já te falei! Você vai perder minha amizade se não aceitar!

– Tá bom Edu, muito obrigado. Só espero não precisar por muito tempo.

– Fique tranquilo, eu estou podendo. E vou cobrar juros!

Após rirem, Edu acrescentou:

– Outra coisa, se algo sair errado, se você precisar de mim, sei lá, tipo ficar doente ou se meter numa fria, você me liga. Tá certo?

– Certo meu amigo, você pega o avião e vai lá?

– Isso mesmo! Uma viagem a Paris não é nada. É sério Armando, você promete me ligar?

Edu ainda segurava o braço de Armando encarando-o nos olhos com expressão contrariada.

Armando parou de brincar e respondeu com seriedade:

– Prometo Edu, pode ficar sossegado.

* * *

Ao chegarem ao local onde Armando deveria mostrar o cartão de embarque, entrando numa área reservada aos passageiros, eles pararam de falar e ficaram um instante imóveis, olhando em volta, como se esperassem alguma coisa. Armando, por fim, disse:

– Tá na hora meu amigo. É melhor eu entrar.

Edu abaixou a cabeça, contraindo os maxilares numa tentativa de conter a emoção que sentia. Tentou falar, mas as lágrimas o impediam. Abraçaram-se fortemente. Após um funcionário conferir o cartão de Armando, ele passou por uma catraca, deu um aceno de mão e desapareceu da visão do amigo.

Edu ainda ficou um bom tempo à frente do portão de embarque, como se esperasse a chegada de alguém, até que uma excursão se aproximou com as pessoas usando a mesma sacola colorida e falando animadas umas com as outras, o que fez com que se afastasse do local. Sentia-se triste. Não se lembrava de um dia tão triste em sua vida. Ainda não perdera nenhum ente querido, mas a sensação que tinha era de perda. "Estou sendo pessimista", pensava, "Armando vai fazer uma viagem ao exterior e voltar renovado, pronto para recomeçar sua vida".

Ele caminhou pelos corredores do terminal, olhando sem interesse para joalheiras e lojas que vendiam produtos típicos, como araras azuis e tucanos de pedras, até que se deparou com uma escada que levava ao terraço. Subiu e foi contemplar a tarde que findava. O avião estava estacionado na perpendicular. Olhou para a série de janelinhas ovais, já iluminadas, e tentou visualizar o amigo, mas apenas conseguiu ver vultos imprecisos.

Havia um cheiro de querosene no ar. O silêncio só era quebrado por funcionários que após terem colocado as malas na aeronave, conversavam sob as grandes asas, à espera de alguma ordem.

Durante quase uma hora o avião ficou ali parado, como se hesitasse partir. Edu olhou para a imensidão à sua frente, com as pistas que se perdiam para ambos os lados, o vale e as montanhas atrás, e sentiu grande pena do amigo, que partia sem data para voltar, sem emprego e publicamente humilhado.

As turbinas soaram mais fortes e um corre-corre aconteceu, com os funcionários apressando-se para tirar os calços das rodas, enquanto um homem magro, com bastões nas mãos, sinalizava para o piloto a manobra a seguir. O avião percorreu um meio círculo em marcha à ré e parou, preparando-se para partir. Edu acenou com a mão, imaginando se o amigo poderia vê-lo. Sentiu um aperto no coração e uma tola vontade de imobilizar o tempo.

A aeronave rolou vagarosamente em direção à cabeceira da pista, as pesadas asas balançando, como um enorme pássaro de metal, e parou por um derradeiro instante, antes que os motores tomassem rotação máxima, fazendo-a percorrer a pista em velocidade crescente. Num átimo, ela se descolou do solo numa reta contra o céu que escurecia, até tornar-se um pequeno ponto prateado que Edu observou desaparecer entre nuvens.

Ele ficou ali parado, olhando para a noite vazia.

Depois, sentou-se numa mureta gelada e só conseguiu pensar nos retângulos do chão entre seus pés, que pareciam meios sujos e com água empossada, embora não houvesse chovido.

Quando seu celular tocou, ele precisou fazer esforço para se sintonizar ao presente. Era o número de Beth.

– O que aconteceu? O voo atrasou?

– Não, não muito – disse numa voz desanimada.

Percebendo a situação, ela falou apressada:

– Espera que tem alguém querendo falar com você.

– Alô pai, tá me ouvindo?

– Oi filhão, tô ouvindo.

– Você me compra um aviãozinho como o do tio Armando? A mãe falou que tem nas lojas do aeroporto.

– Compro sim, eu vou procurar.

– Você já tá voltando?

– Tô, filho.

– Vem logo pai.

Edu sorriu, balançando a cabeça. Respirou fundo, olhou para a frente e se levantou. Era hora de ir para casa.

XV

– Alô, Dra. Débora?

– Sim, quem fala?

– É Helena, mãe da Beatriz.

– Eu sei quem é você Helena, e pare de me chamar de doutora.

– Tá bom, Débora. Eu liguei no celular porque estou passando pelo colégio e queria saber se você tem um tempinho para conversar comigo.

– Claro, vou ficar toda a tarde aqui.

Helena sentia um misto de alegria e apreensão com o teor da conversa que imaginava ter com a psicóloga. O sentimento de felicidade advinha da recuperação da filha, que segundo a própria Débora estava curada do estresse emocional. Os meses de acompanhamento sob sua orientação tinham trazido à filha, e a ela mesma, alívio e segurança no modo de tratar a difícil questão de seu relacionamento familiar. O que a deixava apreensiva era a resposta que receberia à pergunta que, finalmente, faria à psicóloga:

"Eu já posso me separar do Rafael?"

Durante o longo período do acompanhamento de Beatriz, Helena aprendeu como transmitir à filha duas mensagens de grande importância para sua mente infantil. A primeira, que tanto ela como o pai sempre a amariam muito, não importando as condições em que vivessem, juntos numa casa ou em lares diferentes. A segunda – e esta Helena nem cogitaria por conta própria, surpreendendo-se quando a

Dra. Débora a mencionou –, que a filha não tinha nenhuma culpa nas brigas do casal.

Somente após muitas conversas com a pequena Beatriz, valendo-se dos ensinamentos da psicóloga, foi que Helena conseguiu extrair o sentimento de culpa nutrido pela menor, que acreditava comportar-se de maneira errada, ou insuficiente, para que a paz reinasse em sua família.

Nos dias atuais, a menina apresentava comportamento bem diferente, estando sempre a rir e a brincar, não mais havendo a expressão de medo em seu olhar.

Helena se sentia redimida, feliz consigo mesma de ter conseguido se superar, de ter posto as suas vontades e a sua própria felicidade de lado em prol da recuperação da filha. Nada havia a lamentar. Ou quase.

Demorou um pouco, mas foi de um modo crescente e avassalador que Helena se deu conta dos próprios sentimentos. De início, a falta da companhia de Armando, do seu sorriso gentil, do seu corpo musculoso, quente e cheiroso, era percebida como algo provisório, como uma sede que logo seria saciada. Com o passar dos dias e dos meses, o que era uma necessidade se transformou em dor. A sensação de ter encontrado a pessoa para viver a vida, num delicioso fluir, e de tê-la deixado partir, era tremendamente angustiante. Havia a impressão de que nunca mais as coisas seriam como antes.

Junto a isso, o que eram apenas mágoas e distanciamento, se transmudou em aversão, fazendo com que seu relacionamento com o marido se limitasse a umas poucas palavras a cada dia. Helena tentou evitar, mas não conseguia deixar de pensar que por causa dele estava afastada de Armando, tendo uma vontade irracional de agredir o marido.

Por sorte, Rafael parecia não se importar, demonstrando até alegria em levar uma vida autônoma, cheia de compromissos que o mantinham afastado de casa. Ainda assim, o relacionamento entre ambos chegara ao limite do humanamente suportável. Ela se irritava só de ouvir a sua voz, de perceber seus modos grosseiros e arrogantes. O cheiro do seu perfume lhe causava dor de cabeça. Pensar em ser tocada por ele, em sentir seu corpo junto ao seu, dava-lhe enjoo e vontade de vomitar.

Por isso estava decidida. Faltava apenas a confirmação da psicóloga de que Beatriz poderia enfrentar a situação:

– Eu já posso me separar do Rafael? – perguntou, numa feliz expectativa.

A Dra. Débora riu, olhando carinhosamente para ela.

– Quem sou eu para lhe dizer isso?

– Você sabe, do ponto de vista da Beatriz.

A psicóloga ficou com expressão séria e parecia refletir no que iria falar, o que trouxe apreensão à Helena, que temia por uma resposta negativa.

– O que posso afirmar é que a Beatriz superou o episódio de forte estresse emocional pelo qual passou, estando hoje em condições normais, no aspecto psicológico.

– Isso quer dizer que ela aguentaria bem se eu me separasse do pai dela?

– Não, não é bem assim Helena. Uma separação sempre traz enormes consequências emocionais para os filhos, uns sofrem mais que outros, não há uma regra fixa.

– Mas eu pensei... pelo que você havia me dito...

– O que eu disse foi que Beatriz estava recuperada.

Ao ver a decepção no rosto da interlocutora, que demonstrava súbito abatimento, a psicóloga acrescentou:

– Veja bem Helena, acho que você não me entendeu. O que posso garantir é que a Beatriz está saudável emocionalmente, equilibrada e feliz. Portanto, você está nas mesmas condições de qualquer mulher que queira se separar. Não há nenhuma restrição especial em relação a ela.

– Ela não vai ter uma recaída por causa disso, vai?

– Recaída não, eu lhe asseguro. Vai sofrer como todas as crianças nestas circunstâncias. Mas Helena, lembre-se, elas sofrem mais ainda num lar cheio de violências e agressões.

– Eu sei, Débora. Obrigada por tudo.

Paris

Armando caminhava pela rua deserta escutando seus próprios passos. Àquela hora, não havia sinal de vida em nenhuma direção para qual olhasse. Apesar disso, não sentia a solidão doer, o que já era agradável nestes dias. “Devia ser o vinho”, pensou, tentando lembrar-se de quantos copos tomara.

Ao chegar à esquina do hotel, para se assegurar que não estava enganado, leu o endereço em uma pequena placa na parede de pedras: “Rue de L’ Université”. Virou à direita e foi andando, observando as grandes portas de madeira pesada, ladeadas por arcadas, com puxadores de ferro que pareciam dos filmes de castelos. Embora já habituado, sempre apreciava a arquitetura do local, a começar por uns pequenos postes de ferro, antigos e pintados de verde escuro, que ficavam à beira das calçadas, provavelmente para impedir a passagem de carros, ou de carroças, pensou, e que guardavam simetria com os postes de iluminação, maiores e segurando grandes lampiões de uma luz amarela. Esta se refletia nas fachadas, a intervalos regulares, permitindo ver um longo trecho da rua acima, encoberta por uma tênue neblina.

Quando chegou ao hotel, empurrou a alta porta de madeira e com vidros retangulares, adentrando numa espécie de terraço, onde havia outra porta, fechada à chave. Sobre a campainha, um aviso em papelão envelhecido e escrito numa caligrafia rebuscada, dizia: “*Sonnez, s’il vous plait*”.

O porteiro da noite reconheceu Armando, abrindo-lhe a porta, com o olhar cansado e uma expressão de poucos amigos. Mal respondeu ao seu cumprimento, retornando para se sentar atrás do balcão da recepção, onde uma pequena televisão estava ligada num volume baixíssimo, que fez Armando pensar se ele realmente a assistia ou apenas olhava entediado para ela. Na verdade, o homem não era antipático. Costumavam conversar bastante quando Armando saía do hotel, tendo lhe dado boas informações sobre onde comer ou beber nos arredores. Parecia que ele se irritava com aquele hóspede que, todas as noites, chegava sozinho e com a aparência de não ter ido a lugar algum, fazendo-o se levantar e destrancar a porta.

Como o seu quarto ficava na lateral da antiga escada de mármore, num pequeno corredor entre o primeiro e o segundo andar, Armando subiu a pé, ao invés de tomar o minúsculo elevador. As grossas tábuas de madeira, protegidas por um tapete empoeirado, rangeram como se alguém corpulento as pisasse.

Ao abrir a porta de seu quarto e entrar, Armando não saberia dizer se sentia o alívio de poder descansar ou a angústia de retornar.

Deitou-se na cama com toda a roupa que vestia, só tirando os sapatos, e ficou a olhar para a janela à sua frente, onde a luz amarela iluminava a casa de um desconhecido. Àquela hora, tudo estava apagado, mas Armando já conhecia os móveis ao lado da janela, podendo até vê-los, ou imaginá-los em meio à escuridão. Conhecia também as pessoas; um homem dos seus quarenta anos, magro e com cabelos meio encrespados, sua mulher de estatura miúda, com óculos de armação preta grandes demais para o seu rosto, e o filho pequeno, que devia ter uns sete anos, sempre correndo pelo apartamento, aparentemente usando um uniforme escolar.

Armando acompanhava a rotina de suas vidas, com seus horários fixos e inalteráveis; a televisão após o jantar, uma xícara de chá ou leite antes de irem se deitar, os beijos de boa-noite ao filho. Sentia uma inveja não maldosa, desejando que tudo durasse para eles.

Os meses passados em Paris eram difíceis de mensurar, sendo que a única referência para Armando acontecia semanalmente, quando o funcionário da recepção lhe cobrava o pagamento da estada. Exceto por isso, os dias e as noites se passavam de modo imperceptíveis. Não havia compromissos, sábados ou domingos, viagens, horários ou afazeres.

No início, Armando sentiu a alegria de rever Paris com suas largas avenidas ladeadas por construções monumentais, como o Grand Palais e o Louvre, as pontes sobre o Sena, as pessoas andando e se divertindo sentadas à beira dos bistrôs.

Com o passar do tempo ele começou a se deitar mais tarde, a perder o café da manhã, a pular as refeições, que eram substituídas por porções de queijo ou outros acepipes acompanhados de cerveja, vinho ou uísque. Às vezes se levantava a uma da tarde, tomava xícaras e xícaras de café e só ia se alimentar tarde da noite. Após algumas discussões com a arrumadeira, combinaram que se ele não saísse do quarto até ao meio-dia, ela estaria dispensada de limpá-lo, sem que houvesse reclamações de sua parte. Como Armando era gentil com a moça, percebeu que antes de deixar o trabalho às quatro da tarde, ela fazia uma leve arrumação no seu quarto, tirando o lixo, repondo as bebidas no frigobar e puxando os lençóis.

O hotel ficava em Saint Germain, a duas quadras do Sena, o que animava Armando a fazer um passeio todos os dias, a qualquer hora que fosse, pois gostava de cruzar o rio, sentindo o cheiro da água e ouvindo seu suave passar. Saía em frente ao Louvre e caminhava absorto pelo *Jardin du Tuleries,* olhando as esculturas em mármore, a fonte sobre o grande espelho d'água, onde crianças colocavam barquinhos, e os canteiros repletos de flores. Havia pessoas indo e vindo todo o tempo. Os franceses, com baguetes e jornais debaixo dos braços, conversando assuntos sérios e andando rapidamente. Os turistas com celulares e máquinas nas mãos, posando em grupos à frente dos monumentos.

A sua ligação com outros seres humanos limitava-se a rápidas conversas com garçons, com os empregados do hotel ou com algum desconhecido, meio embriagado como ele, no balcão de um bar.

Procurava não pensar no passado, no que sua vida poderia ser, em Helena e no carinho que teve ao seu lado, pois isto lhe dava mais angústia.

Edu e Beth ligavam sempre, procurando incentivá-lo e falando da saudades que sentiam dele. Aquilo o confortava, mas também fazia sua solidão aumentar, ou ficar mais evidente. Com o passar das semanas ele começou a sentir certo incômodo com os telefonemas, pois não havia da parte dele qualquer novidade, qualquer coisa a falar de sua "vida parisiense". Embora os amigos se mostrassem otimistas, percebeu que o constrangimento era recíproco, que todos sabiam da sua real situação.

Naquela tarde, Armando se levantou por volta das quatro horas, quando não aguentava mais ficar na cama. Sentia uma urgência indefinida, como se houvesse algo a fazer. Desceu ao lobby do hotel, onde tomou apenas uma xícara de café, embora a funcionária lhe tenha oferecido alguns croissants. Estava inapetente.

Saiu do hotel em direção ao Sena, passando por pequenas galerias de arte, mercearias e lojas que vendiam produtos refinados, que interessariam a ele no passado, mas que não lhe tinham mais utilidade.

Pela lateral do Louvre, passou em frente do *Arc de Trionfe du Carrossel,* pequeno e com esculturas douradas de cavalos e guerreiros, e se pôs a andar pelos jardins. Era uma tarde de maio, com o céu inteiramente azul e um sol que ainda aquecia a brisa, fazendo com que as pessoas demonstrassem o prazer de estar ali.

Armando caminhava devagar, sentindo o atrito das solas dos sapatos contra o miúdo cascalho do solo, o ruído de cada passo a ocupar sua mente, num vazio total de pensamentos. Exceto pelo sentimento de urgência, parecia que ele não estava lá, que não estava em lugar algum.

Ele olhava sem ver as esculturas, as flores e as pessoas, andando a esmo, até que uma estátua o fez parar. De início, ficou apenas parado, olhando-a, como se a imagem na retina ainda não tivesse chegado ao cérebro. Depois percebeu a força da escultura, o talento e a sensibilidade do artista, que o atingiram com um tremor interno: um Deus ou um simples homem, esculpido em mármore – tão real que Armando chegou a tocá-lo –, tinha a mão sobre o rosto, escondendo um sofrimento atroz.

Viu a si mesmo naquele homem de pedra. Sentiu a tensão e a dor que emanavam daquele rosto. Armando procurou manter a expressão serena, mas percebeu no seu interior a mesma ferida, que latejava e lhe corroia a vontade de viver.

Desorientado, afastou-se daquela estátua, daquele espelho, e se pôs a andar a passos apressados, como se fosse pegar um ônibus que partisse, sem saber ao certo a direção a seguir. Caminhou por horas, até o sol avermelhar-se e cair por trás das cúpulas de cobre esverdeado. Cansado, apoiou-se na mureta do Sena e ficou vendo a noite chegar, tranquila e inexorável. Pouco depois, viu aproximar-se um grande barco, todo iluminado, no qual pôde distinguir pessoas jantando, brindando e rindo, em meio ao vai e vem dos garçons. Pensou na porção de felicidade que passava por ele, indo embora, até tornar-se um ponto de luz distante.

Tinha que fazer alguma coisa da sua vida. Sentia a urgência, mas não sabia o quê. Pegou seu celular no bolso e ficou a contemplá-lo, como se nele houvesse uma resposta. Num impulso, atirou-o contra a água. Os transeuntes olharam assustados, mas ninguém parou. Armando ficou imóvel por minutos, num verdadeiro transe, o olhar fixo no rio à sua frente. A seguir, tirou sua carteira do bolso traseiro, abriu-a e pegou seu cartão de crédito. Lembrou-se de Edu que alimentava sua conta bancária e teve saudade do amigo. De um modo discreto, afastou os dedos, deixando o cartão cair.

– Eu vou hoje à tarde ao escritório daquele advogado. Marquei de encontrá-lo às quatro. Tudo bem pra você?

– Tudo bem, acho que é a melhor coisa a se fazer.

Edu sorriu agradecido para Beth, pois aquela era a resposta que esperava receber.

Há várias semanas ele vinha falando de ir procurar um renomado advogado, que segundo todas as informações era "o melhor" nas questões de direito administrativo e com ilimitado acesso aos tribunais superiores. Dizia-se até que jantava uma vez por semana com alguns dos ministros do Supremo Tribunal. Contratá-lo seria ter a certeza da defesa mais eficaz possível. Usaria a procuração recebida de Armando para recorrer do julgamento do Ministério Público. Não se conformava com a injustiça praticada contra o amigo, nem com a decisão de Armando de desistir, de largar tudo.

A princípio ficou temeroso da reação do outro, ao saber que agira contra a sua vontade, iniciando um processo sem consultá-lo. Aquilo não seria correto em circunstâncias normais. Ocorre que há semanas não conseguia falar com Armando e o prazo prescricional estava se aproximando. Ele não poderia deixar isto acontecer. Tinha esperança que, passado o trauma inicial, o amigo percebesse a necessidade de lutar para recuperar o seu cargo.

Incomodava-o também o fato de ter aceito *advogar* para Armando; ele não estava preparado e deveria ter se mantido afastado. "Protesto Meritíssimo", lembrou-se, arrependido.

O problema era o valor dos honorários a pagar: uma verdadeira fortuna. Por isso consultou a mulher, pois teria de adiar o plano de abrir uma nova loja no shopping, negócio já quase acertado. "Na verdade, isto só ia trazer mais trabalho, mais preocupações", disse Beth, incentivando o marido. Ela sabia da importância daquele gesto.

O escritório do Dr. Nanini ficava numa larga avenida, onde só havia antigas mansões transformadas em lojas, bancos e empresas prestadoras de serviços. Ao chegar à recepção, foi recebido com esmerada educação, sendo tratado por seu nome, acomodado numa poltrona de couro e lhe oferecido café e biscoitos. O advogado chegaria dentro de poucos minutos. De fato, Edu logo viu um Mercedes preto, enorme e com design esportivo, estacionar bem na porta da casa. O manobrista correu para abrir a porta, para que um homem alto, forte e gordo, descesse com certa dificuldade. Um funcionário pegou no banco de trás a sua maleta e o paletó do terno, carregando-os para ele.

Ao entrar, o homem cumprimentou a todos na recepção e se dirigiu até Edu para cumprimentá-lo:

– Dr. Eduardo? É um prazer conhecê-lo – disse com um sorriso.

Edu simpatizou imediatamente com o Dr. Nanini, pois esperava encontrar uma pessoa com ar de professor catedrático, de feições sérias e circunspecto. O advogado era justamente o contrário, tendo um jeito bonachão e despreocupado, parecendo ter se levantado há pouco, tomado um banho e vindo para o escritório.

Após apertarem-se as mãos, o Dr. Nanini disse:

– Vamos subir à minha sala – e olhando em frente com expressão desanimada, completou. – O duro é essa escada.

Na ampla sala com vista para a avenida, o advogado sentou-se atrás de uma mesa de madeira antiga, com pés e cantos entalhados, que poderia estar em qualquer museu da realeza, tamanha sua imponência. Sobre ela havia um aparador de couro, contendo duas garrafas trabalhadas e copos de cristal, bem como uma caixa retangular.

Percebendo o olhar de Edu, o advogado estendeu a mão sobre a mesa, oferecendo:

– O senhor aceita um uísque? Temos blue label e puro malte.

Edu deve ter feito uma expressão de surpresa, pois não imaginaria beber àquele horário, o que fez o outro acrescentar:

– Não, não... é cedo ainda.

– O charuto o senhor gostaria?

Edu agradeceu com um sorriso, sentando-se na cadeira à frente.

O Dr. Nanini esfregou calmamente a barba curta e grisalha e falou com aparente satisfação:

– Quer dizer que o Dr. Armando Castro necessita dos meus trabalhos. Eu me sinto muito honrado.

– Sim – disse Edu, não sabendo ao certo como iniciar a explanação. Após pensar um instante, começou falando das eleições para governador e das atitudes tomadas pelo amigo. Mencionou o interrogatório e o desenrolar do julgamento, dando detalhes do ocorrido. Ao terminar este intróito, Edu refletiu no que poderia revelar ao advogado acerca dos fatos sigilosos que conhecia, calando-se num silêncio incômodo.

O advogado olhou nos olhos de Edu, soltou um suspiro e balançou a cabeça, dizendo:

– Eu sei como são essas coisas.

Agindo como se Edu já lhe tivesse contado toda a história, narrado o encontro na casa do deputado, a entrega do dossiê falso e a postura do Procurador-Geral, o Dr. Nanini fez uma pausa na consulta, levantando-se para se aproximar da ampla janela e olhar para a avenida, entretido nos carros que passavam.

Voltou e se sentou na poltrona ao lado de Edu, servindo-se de uma dose de uísque. Após tomar um gole, deu um tapinha no ombro dele, perguntando:

– Não quer mesmo um pouco?

– Não, obrigado, ainda vou dirigir.

– Bem, Dr. Eduardo. Eu posso chamá-lo de Eduardo?

– Claro. Me chame de Edu, como os meus amigos fazem.

O advogado bebeu um generoso gole e disse num tom firme:

– Bem, Edu, eu vou ser extremamente sincero com você. Eu defenderia o Dr. Armando com prazer. Eu o conheço pessoalmente e o admiro muito, de verdade. Nós já nos encontramos em audiências e nos tribunais. Estamos num "0x0", como se diz no futebol, mas num jogo cheio de lances bonitos – disse, rindo de si mesmo.

O advogado fez menção de pegar um charuto, mas apenas abriu e fechou a tampa da bonita caixa marchetada, como se não devesse ceder ao vício.

– Eu nem lhe cobraria os honorários, somente as despesas para manter o escritório, e assim mesmo... você não imagina. Neste aqui até que não é tanto, mas o de Brasília...

– O custo de vida lá é maior? – quis saber Edu.

– Mantenho o escritório e uma casa no lago. A cada dez dias faço um jantar ou uma homenagem; tem o buffet, as bebidas e tudo o mais. As pessoas adoram ser homenageadas, você nem acreditaria. Mas não reclamo, faz parte do business.

O Dr. Nanini pôs a mão sobre o braço de Edu e, após uma pausa, falou:

– Para mim seria desgastante litigar contra o Ministério Público, me indispor com os promotores a nível estadual e certamente depois, no federal. Mas eu o faria pelo Dr. Armando. O problema é que conheço estes jovens idealistas como ele. Eles se melindram, se ofendem, com justiça eu diria, quando a sociedade e a instituição a qual pertencem não lhes reconhecem o valor. Eu não me surpreenderia se o Dr. Armando abandonasse a carreira e se afastasse de tudo isso. Você compreende o que quero dizer Edu?

Ele não sabia ao certo aonde o advogado chegaria, mas se remexeu na cadeira, desconfortável.

– Faltam uns vinte dias para vencer o prazo para impetrar o mandado de segurança – calculou o Dr. Nanini, acrescentando: – Não é estranho o Dr. Armando já não ter recorrido? Edu, me diga com sinceridade, o seu amigo quer mesmo se defender? Ele lhe pediu pessoalmente para me contratar?

Edu se sentiu nu perante o advogado, sem saber o que responder. Por fim, num tom triste, respondeu:

– Faz um certo tempo que não nos falamos. Ele está na França, numa viagem para descansar, o senhor sabe... mas eu tenho uma procuração dele para praticar qualquer ato da vida civil, inclusive entrar com ações judiciais.

Depois de um longo silêncio, no qual ambos ficaram pensando, o Dr. Nanini retomou a conversa:

– Eu entendo perfeitamente a sua atitude, acho que faria o mesmo no seu lugar. Mas entenda também a minha situação. Tenho centenas de ações nos tribunais, dependo do meu nome, do meu prestígio. Imagine se ganhamos o processo, contra o Ministério Público, e o Dr. Armando não reassume, se dá uma banana para todos, como é que eu fico?

Enquanto dirigia de volta para casa, Edu sentia uma sensação ambígua, pois se o encontro fora um fracasso, um vexame mesmo, por outro lado tinha sido proveitoso. O Dr. Nanini havia telefonado a um colega, a quem julgava igualmente competente, e solicitado que o recebesse, explicando-lhe a situação. Segundo o advogado, seu colega teria interesse em patrocinar a causa, considerando a publicidade que despertaria, e haveria boas chances de obter sucesso. "Do jeito que fizeram as coisas, naquela rapidez, eu posso lhe garantir que atropelaram a lei. Com certeza, existem falhas neste processo e ele poderá ser anulado".

A cada quilômetro percorrido Edu se animava mais com esta possibilidade. Já imaginava a alegria de Armando quando recebesse a notícia; já antevia o amigo, de terno e pasta na mão, ingressando em algum Tribunal.

Já era início da madrugada quando Armando saiu da casa noturna onde estava, uma espécie de bar com prostíbulo, e se pôs a caminhar de volta para seu hotel. Àquela hora, na *Île de la Cité*, não se viam os restaurantes, as sorveterias e as lojas que encantavam os turistas. Ao contrário, havia poucos e soturnos transeuntes.

Ele sentia o estômago queimar da falta de alimento e da mistura de cerveja, uísque e vinho que tomara em lugares diferentes, tentando acalmar a angústia do espírito. Sentia muita raiva, raiva de tudo o que acontecera. A injustiça era uma ferida que não cicatrizava. Algumas vezes parecia estar sumindo, mas sempre retornava pior, mais dolorida e com aspecto ruim.

Ao passar por umas arcadas escuras, num canto de rua, escutou uma discussão entre um homem e uma mulher. Ele falava em voz baixa, mas aparentava estar nervoso. Ela parecia chorar, enquanto falava alto e descontroladamente. Ao virar na esquina, deparou-se com um homem alto, forte, de feições orientais, segurando os braços finos de uma jovem, com jeito de prostituta, de modo a machucá-la.

Armando já estava acostumado a este tipo de cena e não iria se meter no problema alheio. Ocorre que, ao olhar para ela, reconheceu-a de outras noites naquelas redondezas. Era uma jovem que deveria ser russa ou escandinava, com cabelos de um loiro quase cinza, traços finos e olhos azuis claros, pintados de um modo exótico, tendo algo de parecido com um belo cão siberiano. Quando Armando passou ela também o reconheceu, fazendo uma expressão de alívio, como se finalmente visse um amigo para ajudá-la. Ele fingiu não perceber, desviando o olhar, para seguir em frente. Ela, porém, o chamou:

– *Monsieur!*

O homem encarou Armando, dando um sinal com a cabeça para que não parasse.

Armando sentiu pena dela, mas continuou seu caminho, pensando que essas coisas ocorriam todas as noites e se arranjariam sozinhas. Andou mais uns metros e escutou um barulho e um grito: o homem a esbofeteava com violência desmedida, enquanto a mantinha presa por um braço. Armando teve de parar. Aproximou-se e falou num tom conciliador:

– Calma senhor, pare com isto, não é necessário.

O homem continuou a esbofeteá-la, como se não o tivesse ouvido. Armando, então, segurou o seu braço, pondo uma mão em seu peito para empurrá-lo. O homem virou-se para Armando, afastou-se um pouco e, sem dizer nada, desferiu-lhe um forte soco no rosto, fazendo-o cair ao chão atordoado.

Armando estava de quatro, com as mãos apoiadas no frio da calçada, sentindo a cabeça rodar e um gosto de sangue na boca. Só conseguiu pensar: filho da puta! Eu não fiz nada!

Passou a mão pela testa e sentiu que também estava machucada e tratou de se levantar. O homem olhou para ele ameaçadoramente e deu outro tapa na jovem, como a mostrar quem mandava ali. Numa outra noite, num dia menos amargo, Armando teria fugido. Não era dado a brigas ou violências. Mas a raiva que sentia dentro de si, que doía em seus músculos, como se fosse explodir, fez com que avançasse sobre o homem, num pulo, socando-o com toda a força. Armando deu um murro com o punho direito, com o esquerdo e novamente com o direito, atingindo o nariz e a face do opositor. Este ficou com as mãos semilevantadas e um olhar abobalhado, enquanto balançava até cair de costas no chão.

Armando foi para cima dele e continuou a esmurrá-lo, mesmo não tendo o outro esboçado qualquer reação. O nariz e a boca sangravam em abundância, molhando as mãos de Armando, que batia enfurecido naquele ser desacordado.

– *Monsieur, monsieur* – berrava a jovem, tentando segurar Armando.

Por fim, Armando parou, ofegante, parecendo não reconhecer onde estava. Olhou para ela, olhou em volta e finalmente para aquele rosto desfigurado e inerte.

– Vamos *monsieur*, vamos fugir daqui!

A jovem puxou Armando pelo braço, fazendo-o levantar e o conduziu pela mão até o outro lado da rua. Antes de contornarem a esquina, parou um segundo e olhou para o corpo caído, perguntando a Armando:

– Será que ele morreu?

Armando só balançou a cabeça.

Os dois seguiram andando até chegar ao Sena, quando pararam para descansar um pouco.

– Eu vou ter que ir embora daqui, senão ele me mata. É melhor você fugir também.

Armando nem respondeu, sentindo-se distante daquilo tudo, como se os fatos não tivessem ocorrido de verdade.

– Você me ajuda, tenho que pegar as minhas coisas e ir até a *Gare*. Vamos tentar achar um táxi.

Minutos depois, Armando deu sinal a um táxi que vinha margeando o rio, fazendo-o parar. O motorista olhou com desconfiança para os dois, demorando um pouco para destravar as portas. Sentaram-se no banco traseiro e ela forneceu o endereço, que não ficava longe dali, o que fez com que o taxista reclamasse. Ela lhe falou que iria apenas subir por uns instantes para depois seguirem até a *Gare de Lyon*.

Quando ela saiu do táxi, entrando num edifício antigo e malcuidado, o motorista disse que não poderia ficar esperando e que Armando deveria pagar e descer. Armando protestou, discutiu, mas teve de ceder. Enquanto aguardava, ficou pensando em como levariam as coisas dela, pois não havia sinal de qualquer outro veículo.

A jovem retornou trazendo duas sacolas de mão, aparentemente lotadas e ao ver Armando de pé, sozinho, fez um ar de desânimo.

– Você deixou o táxi ir? Não acredito!

– O que você queria que eu fizesse? Esmurrasse o filho da puta?

Ela sorriu, e num tom de desculpas, falou:

– Você já fez muito.

Ao vê-la com apenas duas sacolas, Armando sentiu certa pena, imaginando que todas as "coisas" dela se resumiriam a algumas roupas e sapatos. Sem saber o que fazer, perguntou:

– Qual o seu nome?

– Astrid.

– Bem, Astrid, o meu hotel não fica muito longe daqui. Você pode esperar lá até o amanhecer, e depois pegar um táxi ou o metrô.

Ela franziu a testa de um modo infantil, parecendo pensar nas outras possibilidades. Não havia nenhuma.

– Eu não vou lhe causar problemas?

– Acho que por hoje já basta – disse Armando, sorrindo.

Eles foram caminhando devagar, conscientes de que andariam bastante, sendo que Armando se ofereceu para levar as duas sacolas, mas ela só permitiu que ficasse com uma. No trajeto, Armando soube que ela era da Croácia, de onde sua mãe imigrara há muitos anos, passando a maior parte da vida entre a Espanha e a França. Com a morte da mãe, ainda criança, ficara inicialmente num orfanato, para depois ir morar com uns parentes até poder se virar sozinha. Vivia em Paris há oito anos e já estava cansada. Surpreendeu-se de Armando ser brasileiro e trocar o clima tropical pelo europeu, pois, a seu ver, um país ensolarado era algo para não se deixar. Pela expressão de Armando, intuiu que ele também não tivera muita escolha, preferindo não tocar no assunto.

Armando reparou no sorriso bonito de Astrid, que fazia uma covinha na bochecha mostrando dentes perfeitos. Ela parecia se divertir com pequenas coisas, rindo de seus infortúnios e falando do futuro com otimismo. Em relação ao ocorrido, que a obrigava a fugir, disse que talvez "fosse até melhor", pois iria até San Sebastian, onde tinha uma prima que cozinhava num restaurante de comida basca e sempre a convidava para trabalhar lá.

"Se você quiser, eu tenho certeza que arranjamos algo pra você", disse de um modo sincero, como se conhecesse Armando há longa data. Ela estava preocupada que ele voltasse à *Île de la Cité*, pois Agadir era um tipo vingativo. Ele, com certeza, não perdoaria aquela surra.

– Onde você apreendeu a lutar daquele jeito? – perguntou.

Armando riu e falou:

– A última vez que briguei com alguém tinha seis anos e saí com os joelhos machucados. Realmente, não sei o que me deu, parecia que eu estava possuído ou algo assim.

– Você deve ter muitas mágoas guardadas, é como uma panela de pressão que um dia estoura.

– É, talvez.

– Você tem de apreender a ir levando... como eu faço. A vida é cheia de gente ruim, não tem jeito.

– Isso eu já sei. Preciso só me acostumar.

Eles continuaram conversando até que chegaram ao *Boulevard Saint Germain*, passando em frente ao *Café Flore*, completamente apagado naquele horário. Astrid olhou em volta e perguntou a Armando de uma maneira direta:

– Você é rico?

– Não – respondeu Armando. – Por quê?

– Um hotel por aqui não sai barato.

– Só fiquei por uns tempos.

Ao dizer isso, Armando se lembrou do cartão de crédito que jogara fora, fazendo o cálculo de quanto dinheiro ainda teria.

Quando finalmente chegaram, a madrugada já não estava tão escura, anunciando o dia que viria. "*Sonnez, s'il vous plait*", releu Armando, e antecipou o mau humor do recepcionista.

Para sua surpresa, após olhar demoradamente pelo vitrô da porta antes de abri-la, ele sorriu para Armando, demonstrando alegria em vê-lo acompanhado, ainda que de uma prostituta.

Eles subiram as escadas rangentes, entrando no quarto onde Armando vivera nos últimos meses. Era um cômodo bastante amplo, talvez por que ficasse entre os andares, com uma cama de casal ladeada por criados-mudos refinados, nos quais abajures de alabastro iluminavam tenuamente o ambiente. As cortinas estavam entreabertas e o quarto em perfeita ordem.

Vindos da rua, após tanta correria e transtornos, numa madrugada fria e sem lua, ambos pareceram reconhecer o paraíso naquele aconchego. Sentaram-se e depois se deitaram na cama, sentindo todo o cansaço acumulado.

– Que delícia de cama – falou Astrid, soltando um suspiro.

– É mesmo. O chuveiro também é bem gostoso. Fique à vontade.

– Então, vou tomar um banho, tudo bem?

– Claro, tem toalhas limpas penduradas.

Astrid pegou uma das sacolas e entrou no banheiro, fechando a porta atrás de si. Após alguns instantes, Armando escutou o barulho da água correndo e a imaginou no banho. Ela tinha um corpo magro, com pernas bem torneadas e uma bundinha arrebitada. Devia ser linda nua.

Quando a porta se abriu, Armando quase não a reconheceu: os cabelos úmidos pareciam mais escuros, realçando seus olhos azuis. Sem maquiagem, o seu rosto podia ser visto em sua natural beleza, mostrando traços delicados e harmônicos. Ela usava apenas uma camiseta branca, grande como uma minissaia, que deixava transparecer os mamilos de seus seios.

Armando não sabia bem como se comportar. Levantou-se e disse, procurando parecer natural:

– Também vou tomar um banho.

Após uma rápida ducha, ele escovou com dificuldade a boca, sentindo um ligeiro gosto de sangue. Havia um corte profundo em seu lábio inferior, mas por sorte não quebrara nenhum dente. Sua sobrancelha estava arroxeada e, assim como o seu olho, doía ao ser tocada. Antes de sair, ficou na dúvida se devia se vestir novamente, mas as roupas suadas e sujas não lhe agradavam. Resolveu sair só com a toalha enrolada na cintura e depois pôr a calça do pijama.

Astrid estava deitada, virada de lado sob os lençóis. Ao escutar o barulho da porta, apoiou-se sobre um braço e lhe disse:

– Venha para a cama, você precisa descansar.

Armando deitou-se ao lado dela. Ela acariciou seus cabelos, dando-lhe um beijo na face, um beijo quente e macio.

– Obrigada por tudo.

Armando sorriu.

Ela apoiou a cabeça sobre seu tórax e ficou quieta. Armando sentia a sua respiração, o perfume de seu corpo, o contato com a sua pele. Percebeu a ereção vir. Teve vontade de virar-se e colocar o pênis duro entre as pernas dela, mas permaneceu imóvel, pois ela parecia dormir, feliz e protegida do mundo.

A certa hora da manhã, a claridade vinda da janela pareceu acordar Armando, muito embora o sol já raiasse há horas. Instintivamente, pôs a mão ao seu lado encontrando apenas os lençóis. Sentou-se de imediato. Nisto, viu luz embaixo da porta do banheiro, no exato momento em que Astrid saiu de lá, com uma escova de cabelos na mão.

Ela abriu um grande sorriso, dizendo-lhe animada:

– Dormiu bem, amor?

Armando pensou um pouco, tentando se lembrar do que havia ocorrido naquele fim de noite. Foi inútil: tinha a vaga noção de ter dormido abraçado a um corpo quente e cheiroso.

– Eu apaguei, dormi feito uma pedra. E você?

– Também. Fazia tempo que não tinha uma noite tão gostosa.

Ele reparou que ela já vestia uma calça jeans e usava uma malha de algodão bege, tendo os cabelos lisos e escovados. Nem de longe lembrava a Astrid daquela esquina.

– Você já vai embora?

– Daqui a pouco, senão perco meu trem.

– É verdade, eu estava me esquecendo.

– Vamos tomar o café? Eu peço no quarto.

Armando se levantou e foi se aprontar no banheiro. Ao voltar já ouviu a batida na porta, indicando que o desjejum chegara. No seu amplo quarto havia uma mesa baixa, ladeada por duas cadeiras, onde a atendente deixou a bandeja repleta de pães, queijos e geleias, além dos bules e xícaras. Ele pensou que haviam caprichado, pois era o primeiro café que tomava no hotel.

Ambos estavam famintos, tendo comido com prazer quase tudo que havia, enquanto conversavam alegres um com o outro. Armando pensou que ela poderia ser uma mulher muito boa para alguém. Era bonita, tinha índole amiga e enfrentava as adversidades com coragem. Por instantes, a imagem de Eliza, cheia de afetações, fez com que se admirasse de tê-la desposado.

Quando terminaram o café, Armando se ofereceu para levá-la até a *Gare,* pois sentia uma ponta de preocupação. Se você quisesse encontrar uma pessoa que fugia, aquele seria o lugar. Ela aceitou de bom grado, dizendo:

– Assim, ficamos um pouco mais juntos. Eu gostei muito de ter encontrado você. Uma pena ter de partir justo agora.

Na hora em que estavam prontos, com as sacolas juntas à porta do quarto, eles perceberam que algo ficara faltando e que talvez nunca mais se encontrassem. Uma tristeza dominou-lhes o espírito, impondo seu silêncio.

Astrid parecia acanhada com a situação, nova e inesperada.

Ela pegou um bloquinho em cima do criado-mudo e escreveu com a caneta que estava ao lado, falando meio emocionada:

– Eu vou deixar meu celular e o da minha prima, você me liga na hora que quiser.

Armando estava calado, com um olhar longínquo. Após pegar a anotação, disse apenas:

– Eu não tenho celular.

Astrid pareceu ficar desapontada, mas forçou um sorriso.

– Tudo bem – disse.

Armando notou o mal-entendido e reforçou:

– Verdade, eu não tenho celular.

– Tudo bem Armando, deixe pra lá – disse ela, virando-se para pegar as sacolas.

Armando segurou suas mãos com carinho e lhe disse em voz baixa:

– Eu o atirei no Sena pouco antes de encontrar você.

Astrid sentiu toda a dor que havia dentro dele e o abraçou com força, dizendo-lhe com afeição:

– Meu querido, você vai encontrar muita felicidade pela frente, eu tenho certeza. Nunca desanime. Você ouviu? Nunca desanime! – Ela beijou-lhe o rosto repetidas vezes, com ternura e calor. Sem desabraçar dele, continuou:

– Eu vi você muitas vezes naquele lugar, andando sozinho e sem direção e me perguntava, por que um homem tão bonito, alinhado, ficar por aí. Você tem de fazer alguma coisa. Faça como eu! Comece de novo! Vá para um lugar ensolarado, você precisa do sol, do mar! Vá para o litoral, saia imediatamente desta sua vida de Paris!

Após pensar por instantes, ela perguntou:

– Por que você não vai até Nice?

– Nice?

– É, com certeza é o lugar para um solteiro bonitão!

– Tá bom, eu vou pensar.

* * *

Armando sempre se impressionava com as estações de trens na Europa; eram grandiosas. A Gare de Lyon, contudo, mexia com seu subconsciente emocional, transportando-o de volta às gravuras de Monet de que seu pai tanto gostava. "Veja essas estruturas de aço, a fumaça das locomotivas, a perspectiva das linhas dos trens saindo para campos floridos e lugares inimagináveis", dizia seu pai. "Um dia vamos pegar um trem lá e viajar por toda a França". Este dia nunca chegou para ele, que tudo economizou para que o filho tivesse a melhor formação cultural.

"Onde teriam ido parar aquelas gravuras?", indagou-se Armando, não se recordando bem o que fizera das coisas do pai. Ficara tão abalado que uma espécie de amnésia cobria todo aquele período da sua vida.

Armando sentou-se numa mureta e ficou observando o vai e vem na estação. Ia-se para qualquer lugar, vinha-se de todo o mundo. Acompanhava até perder de vista os trens que partiam. Por fim, levantou-se e se pôs a caminhar na direção de seu hotel.

Quando se aproximou da vizinhança já tão conhecida, uma sensação de tristeza e solidão invadiu seu espírito, tornando pesado cada passo que dava. A partida de Astrid, com quem na verdade estivera por apenas poucas horas, estranhamente deixava o seu mundo mais solitário. Parecia que todos haviam partido, menos ele.

Ao empurrar a porta do hotel, seus olhos passaram pelo "*Sonnez, s'il vous plait*" e ele se viu retornando madrugadas sem fim: o porteiro cansado, o quarto vazio, o prédio vizinho sem luzes.

"Eu não aguento mais", pensou.

Voltou para a rua, recostando-se na parede exterior e ficou imóvel, pensando em tantas coisas que era como pensar em nada, a respiração pesada.

Por fim, deu um sorriso. Entrou novamente e perguntou ao recepcionista, antes mesmo de cumprimentá-lo:

– A que horas tem um trem para Nice?

Surpreso e meio irritado com a pressa, ele respondeu displicentemente:

– A cada duas horas.

Vendo a indecisão no rosto de Armando, o recepcionista acrescentou com um sorriso:

– Se partir agora, chega ao fim da tarde, "*C'est jolie la bas*".

XVI

Helena entrou no apartamento e se sentiu bem e inteiramente à vontade. É incrível como já lhe parecia familiar; "devem ser os móveis", pensou, lembrando-se da casa dos pais. Mas não era só isso. Havia no ambiente um quê de harmonia e de paz, onde cada objeto, desde as pequenas xícaras de porcelana pintadas até as bonitas telas nas paredes, desempenhava o seu papel.

Dona Maria Luiza, a proprietária, tinha um gosto refinado.Não era à toa que demorara para encontrar um inquilino a quem se dispusesse alugar o imóvel, todo mobiliado e com seus utensílios. Só o fazia porque precisava ir morar com sua irmã, adoentada e dependendo dela. "Tenho medo que me quebrem esta *berjer*, pois não se fabrica mais outra assim", confessou à Helena, mostrando o carinho que tinha por suas coisas.

As duas se entenderam desde logo, percebendo as afinidades que nutriam, fruto de uma educação e de modos semelhantes. Puseram-se a conversar sobre tudo, como se fossem amigas que se reencontrassem após muitos anos. Na última vez que se viram, dias antes da mudança, dona Maria Luiza havia lhe servido um cálice de vinho do porto, desejando-lhe muita felicidade na "casa nova".

Helena olhou para a poltrona vazia, sobre a qual havia uma luminária, e se recordou com saudades da velha senhora, com seu livrinho e seus óculos nas mãos. Sentou-se e viu sobre o buffet a garrafa do Porto. Num primeiro instante, pensou que fora esquecida, para em seguida compreender a gentileza. Levantou-se e se serviu de um cálice, fazendo um brinde solitário: "Saúde dona Luiza", disse em voz alta.

A bebida trouxe-lhe um gostoso relaxamento, diminuindo a tensão acumulada em seu corpo. "Um pouco de paz", pensou. Nos últimos tempos vivera dias angustiantes, mas que agora pareciam findar, ou pelo menos, sossegarem um pouco.

O mais importante ela já havia conseguido. Criara coragem para se separar de Rafael. Não havia sido fácil. Tudo o que imaginara pudesse ocorrer, aconteceu, e de maneira pior.

Inicialmente, o marido se mostrara indiferente ao pedido de divórcio, agindo como se aquilo pouco lhe importasse. Frisou apenas que não iria dividir a empresa na qual pusera todo o seu trabalho, nem sair do "seu apartamento" só por que ela queria uma vida nova.

Aquilo não a surpreendeu, pelo contrário, e ela já havia conversado com a advogada sobre o assunto, sabendo perfeitamente quais eram os seus direitos. A rigor, grande parte dos bens lhe pertencia pela lei, pois foram adquiridos com dinheiro que seus pais haviam adiantado a ela. A Rafael caberia metade da empresa, pois no ato de constituição da mesma, ela não ressalvara a origem dos recursos, constando ambos sócios iguais. Lembrou-se das advertências do pai, sorrindo conformada consigo mesma.

As questões financeiras, embora relevantes, não a preocupavam muito, eis que herdara fortuna considerável, a lhe permitir usufruir dos confortos que sempre tivera. Difícil foi preparar a filha, explicar-lhe os fatos de um modo acessível a sua tenra compreensão, e enfrentar o sofrimento de Beatriz. Contou-lhe que viveriam a partir de agora em casas separadas, como muitas das suas amiguinhas já faziam, pois ela e o marido estavam brigando muito. Eles se gostavam, mas tinham gênios diferentes, sendo melhor evitar as discussões.

Beatriz ouviu a tudo compenetrada, aparentando aceitar as explicações com naturalidade. Depois, pensou um pouco e perguntou numa voz de choro:

– Mas o papai não vem junto?

Ante a negativa dela, Beatriz se pôs a chorar copiosamente, caindo a seguir num estado de profunda tristeza.

Quanto a Helena, ela própria estranhou seus sentimentos, pois embora ansiasse divorciar-se, afastando-se definitivamente de Rafael a quem aparentemente começava a odiar, quando o momento de deixar o lar chegou, sentiu um profundo aperto no coração. Era como abandonar um sonho há muito cultivado, romper com um passado que teve momentos bons, afastar-se de alguém a quem um dia amou. Tinha certeza do que fazia, mas isto não evitava o sofrimento.

Mas o pior estava por acontecer. Ela já estava arrumando as malas, num misto de viagem e mudança, quando uma empregada a chamou com ar preocupada. Havia um Oficial de Justiça na portaria do prédio querendo lhe entregar uma "citação". Helena pensou imediatamente nos empréstimos feitos pelo marido, tendo um instante de irritação.

Quando o rapaz lhe entregou os papéis, com certo constrangimento, Helena, mais para tranquilizá-lo, disse:

– Acho que eu já sei do que se trata. É só mais um problema a resolver.

Ele pareceu estranhar, mas cuidou de colher sua assinatura e partir.

Helena colocou as folhas sobre uma mesinha de canto, pensando que estava com preguiça de ler aquilo. Melhor seria encaminhá-los ao Dr. Ariosto que saberia as providências a tomar.

Colocou mais algumas roupas na mala, imaginado quais as de maior utilidade, e ao passar em frente à mesinha, pegou os papéis só para ver se eram os empréstimos de Rafael ou outro problema na empresa. Estranhou ver o nome do marido logo de início, correndo os olhos pela petição até ver o nome de Beatriz. Assustada, mal conseguia entender o que lia: Ação de Guarda Unilateral.

– Que loucura é esta, pelo amor de Deus – falou, tentando não entrar em desespero.

Quanto mais lia, menos entendia, ficando apavorada com cada frase: "A ré Helena com seu comportamento leviano, para dizer o mínimo, passava noites fora de casa em baladas e festas na casa de 'amigos', deixando a menor Beatriz aos cuidados do zeloso pai, ou mesmo da babá, quando este por compromissos de trabalho encontrava-se fora da cidade"; "a menor veio a sofrer danos psicológicos, que poderão ser comprovados pelo prontuário desta na escola, em razão do abandono e das instabilidades emocionais da ré, que vivia aos gritos com a petiz, traumatizando-a..."

Helena sentou-se na cama com o coração batendo acelerado, e começou a chorar, negando-se a aceitar o que estava lendo. "Não é possível, não é possível", era a única coisa que conseguia pensar.

"Pelo exposto, o Autor vem requerer lhe seja concedida a guarda unilateral da filha menor, deferindo-se liminarmente a guarda provisória, com a expedição do mandado de busca e apreensão, mediante o concurso de Força Policial, se necessária, para a entrega da menor ao pai..."

O que aconteceu a seguir não ficou registrado na memória de Helena, que apenas se recordava das palavras firmes da Dra. Raquel:

– Pare o carro! Estacione com calma em algum lugar e depois fale comigo. Eu espero!

Helena obedeceu, encostando sua Land Rover em frente a uma porta de garagem ampla, numa rua qualquer e retomou a conversa:

– Você entendeu, ele diz coisas horrorosas sobre mim, que chego bêbada em casa, que maltrato a Beatriz, ele quer tomá-la de mim... eu não posso...

– Helena, ouça-me. Não existe a chance de um juiz dar a guarda da Beatriz a ele! Você entendeu? Eu lhe dou a minha palavra!

– Mas se o juiz...

– Não tem "mas". Você acha que o Rafael é o primeiro marido a fazer isso? Que o juiz e o promotor que vão examinar o caso são bobos? Eles estão cansados de ver isso, acontece todos os dias. Fique tranquila a respeito disso e venha ao meu escritório para conversarmos. Com toda a calma, tá bem?

– Posso ir agora?

– Claro que sim.

Quando entrou na sala da advogada, ela se levantou para lhe dar um abraço e disse sorrindo:

– Que susto você levou, esses maridos só me dão trabalho. Todo dia é esta mesma história, ninguém aguenta mais.

A Dra. Raquel tinha um jeito de falar que transmitia segurança. Deveria ter uns cinquenta e cinco anos, calculou Helena, tendo experiência e sucesso profissional, de modo que não precisava exibir-se para os clientes, utilizando-se de um linguajar rebuscado de termos jurídicos. Dizia coisas claras e compreensíveis, sem a menor afetação. Ela própria era de uma elegância simples, realçada por sua altura e silhueta magra.

– Eu ainda estou preocupada com as coisas que ele escreveu sobre mim.

Quando Helena sentou-se e ia começar a contar, uma emoção súbita a fez parar, premida pelas lágrimas. Abaixou a cabeça e ficou em silêncio, tentando recuperar o autocontrole.

A Dra. Raquel deu um sorriso gentil e disse:

– Desabafe, é a melhor coisa.

Helena tentou sorrir e, para não chorar mais, pegou os papéis que trazia na bolsa, entregando-os à doutora.

– Leia você mesma. Que coisa triste para se dizer do outro depois de tanto tempo juntos.

A advogada leu tudo com bastante atenção, fazendo uma expressão de desdém, como se dissesse: "Moço, que historinha triste a sua".

– É, Helena, infelizmente é assim, esta petição não me surpreende.

– Mas ele fala que eu grito com a Beatriz, que chego bêbada em casa no meio da madrugada, sem explicar onde estava. Ele é que nunca me diz aonde vai, que se droga, que explode a cada segundo!

– Ele usa entorpecentes?

Helena pareceu se arrepender do que dissera, pois nestes anos todos evitara comentar tal fato, com medo de denegrir a imagem do marido.

– Eu não tenho certeza. Uma vez, já faz tempo, peguei-o cheirando cocaína no banheiro. Depois nunca mais vi, assim...

– Mas você suspeita? Pelas circunstâncias.

– Sim, ele parece sempre alterado, agitado, falando coisas meio desconexas... eu não queria falar destas coisas.

– Eu sei, mas é importante para sua defesa. Preciso saber de tudo. Existe alguma coisa contra você?

Num milionésimo de segundo, Helena viu Armando nu ao seu lado, sorrindo antes de beijá-la.

– Tipo o quê? – demorou um pouco a perguntar.

– Tipo você também usar drogas, ter algum problema psiquiátrico que expusesse sua filha a perigo, ou algo assim.

– Não, graças a Deus.

– Eu sabia disso, mas tinha o dever de perguntar.

Dra. Raquel a seguir lhe explicou que iria "contestar" a ação judicial, pedindo ao juiz que concedesse a guarda de Beatriz a ela, ao mesmo tempo em que entraria com o pedido de divórcio. Assegurou-lhe que não haveria possibilidade de Rafael obter sucesso, sendo que não deveria se preocupar em relação à filha. Teria alguns dissabores pela frente, mas ao final, todas as coisas se arranjariam.

Helena aconchegou-se na poltrona, pondo o cálice vazio sobre a mesinha ao lado. A lembrança de Armando pedia-lhe para voltar. No silêncio daquele fim de tarde, ela se permitiu recordar os momentos vividos juntos. Não houve tristeza. Havia alegria de sobra neles.

* * *

A viagem de Paris a Nice transcorreu de forma admiravelmente rápida. Num interregno de horas, o TGV, Trem de Grande Velocidade, deixou a capital francesa, com seus arredores compostos de galpões de empresas, fábricas e prédios comerciais desertos, atravessou o interior do país e já se aproximava do seu destino. A sensação de Armando era de imobilidade, tamanho o silêncio e maciez da composição. Lá fora, os campos passavam distantes, tranquilos. Somente quando o trem ultrapassava os veículos nas rodovias, com incrível diferença de velocidade, é que se percebia a sua rapidez.

Ao alcançarem a zona litorânea, onde o trem começou a margear encostas de pedras, a velocidade foi reduzida sensivelmente. Parecia que entravam em outro mundo. Aqui e ali, se viam minúsculas enseadas, com pessoas nadando, o sol brilhava com intensidade e todos se comportavam como se estivessem de férias, brincando uns com os outros ou deitados calmamente.

Armando, num instinto, colocou a mão no vidro para tentar sentir a temperatura exterior, percebendo que lá fora fazia calor. Estranhamente, ficou feliz com isso, embora não gostasse muito de altas temperaturas. "Devem ser saudades do Brasil", pensou.

Na expectativa da chegada, a maioria dos passageiros deixou seus compartimentos, indo ficar de pé no corredor para ver o mar e conversarem animados, alguns com suas bagagens já à mão. A paisagem era magnífica; um oceano todo azul se perdia da vista, com pontos de luz, como brilhantes, a refletirem o sol que o banhava.

Serpenteando entre mar e rochedos, o trem finalmente chegou à estação de Nice, quando os passageiros que se aglomeravam à porta do vagão pularam para a plataforma, mal este havia parado. Armando não tinha pressa alguma; nenhum compromisso, nenhum encontro ou familiar o esperava.

Calmamente, desceu carregando sua mala e olhou em volta, contemplando a antiga *Gare*. Ela não era tão grande quanto a de Paris, mas tinha uma estrutura metálica e uma arquitetura impressionantes. "O passado estava ali presente", pensou.

De fato, para passar da plataforma onde chegara até a que levava à saída, Armando precisou descer e depois subir por longas escadas, sentindo pena dos passageiros carregados de bagagens. Ao sair à rua e começar a caminhar meio sem rumo, observando os tipos estranhos que ficavam nas portas dos bares e de estabelecimentos decaídos, concluiu que em todo o mundo era a mesma imagem; à volta das estações reinavam os desocupados, os delinquentes e os aproveitadores de toda a espécie. Sentiu um certo arrependimento, um desânimo. Recordou-se de Paris com suas largas avenidas e belas pontes. Era um lugar onde qualquer um se sentiria feliz, ou quase.

Tentando combater o que sentia, chamou o primeiro táxi que viu e, ao entrar, ordenou ao motorista:

– Leve-me até a praia!

O rapaz deu um sorriso irônico, soltando um suspiro:

– A que altura, senhor, a praia é enorme.

– Vá simplesmente reto e me deixe em qualquer ponto.

Enquanto o carro cruzava a cidade, Armando sentiu uma brisa fresca de fim de tarde, vendo desfilar pela janela uma série de prédios antigos, com portas trabalhadas e molduras entalhadas, pintados de cores que iam do ocre avermelhado ao amarelo ou verde desbotado, que lhe remetiam às antigas cidades italianas, mas num ambiente de comércio moderno, com lojas de grife e design atual. Havia também boulevares restritos aos pedestres, em meio a praças e jardins bem cultivados, onde as pessoas passeavam bronzeadas, com sorvetes ou sacolas nas mãos.

Em dez minutos o táxi chegou à avenida em frente à praia, estacionando a seguir, na primeira vaga existente junto à calçada. O motorista, que aparentemente estava irritado, disse somente:

– Aqui estamos.

Armando gostaria de perguntar algumas informações sobre hotéis e as direções a tomar, mas a atitude do rapaz não o agradou. Pagou e desceu sem nada dizer.

O mar à sua frente era magnífico. Azul como um céu sem nuvens num dia de verão. Do local onde estava, podia ver a praia e a própria cidade descreverem um largo círculo em que a visão não conseguia precisar o fim. Para o outro lado, a orla parecia terminar ao pé de uma montanha, onde havia uma construção antiga, como um castelo ou algo assim, no qual se viam jardins ladeados por uma mureta branca.

Armando andou a esmo, apenas sentindo o cheiro da água salgada, o calor do sol que se punha e escutando o barulho da rebentação. Com o passar do tempo, o peso e o incômodo da mala se acentuaram, fazendo-o parar. "Preciso de um hotel", pensou. Olhou em volta constatando que havia vários a escolher. À sua esquerda, encostado na montanha de pedras, havia um pequeno hotel, cujos quartos tinham terraços. Parecia perfeito.

Ele se dirigiu até lá, e após passar por uma porta lateral, estreita e seguida de uma escada, viu-se num lobby moderno e bem decorado, com uma ampla sala refrigerada com vista para o mar. Cumprimentou o recepcionista e lhe perguntou se havia um quarto disponível.

– O último senhor.

– E quanto é a diária?

– Duzentos e sessenta euros, mais trinta pelo *petit dejeuneur*, se o senhor o quiser.

Armando pensou rapidamente no dinheiro que ainda tinha, fazendo contas mentalmente.

– É uma de nossas melhores suítes – acrescentou o rapaz –, com frigobar e um grande terraço.

– Está bem, eu fico com ela.

– Por quantos dias senhor?

– Uns três dias, se for ficar mais eu aviso.

– Nos informe assim que souber, pois estamos sempre lotados nesta época. Seu passaporte e um cartão de crédito, por favor – pediu o rapaz.

Armando se arrependeu do que fizera no Sena e por um instante ficou sem reação. Por fim disse, tentando parecer natural:

– Eu perdi meu cartão e ainda não solicitei outro, pois não estou parando muito...

– Qualquer um serve senhor, é só para garantia.

– Eu utilizo apenas um. Mas posso pagar adiantado, não há problema.

– Um minuto senhor.

O recepcionista foi até a uma sala contígua e conversou com alguém em tom baixo.

Quando voltou disse:

– Tudo bem senhor, vamos reservar por três dias. Depois o senhor nos avisa.

Armando subiu por um elevador no qual caberiam apenas duas pessoas e que por não ter a porta interna permitia ver a parede de tijolos passando, numa velocidade inferior à que iria a pé. Ao entrar no quarto, contudo, verificou que o hotel fora recentemente reformado, pois continha móveis contemporâneos, um banheiro com amplo chuveiro, TV e frigobar de última geração. Deitou-se na cama de casal, sentindo a maciez do colchão e dos lençóis de linho. Teve vontade de ficar ali, estatelado, descansando um pouco. Ocorre que pelas portas de vidro dando para o terraço, podia ver a orla da praia, com as pessoas caminhando ou mesmo correndo pelo calçadão, numa vivacidade e energia contagiantes. Resolveu aproveitar o belo fim do dia para conhecer a cidade.

Ao sair do hotel deparou-se com duas opções: atravessar a avenida e seguir pela borda da praia, ou pegar à direita, indo por uma ruazinha interna que lhe pareceu charmosa. A curiosidade venceu, fazendo-o prosseguir por esta, na qual a pequena calçada passava à frente de boutiques, vendendo joias e roupas artesanais, livros antigos e uma série de itens extravagantes. A ruela terminava num local em que havia dois arcos, pelos quais se podia ver o mar ao lado, dando numa praça, à frente de uma igreja antiga e imponente.

Armando surpreendeu-se, pois havia nos dois lados da praça uma sequência de incontáveis restaurantes com mesas postas nas calçadas, alguns deles com seus peixes e frutos do mar expostos sobre balcões cobertos de gelo. Sobre as mesas baldes gelavam garrafas de vinho, enquanto pessoas queimadas do sol bebiam e conversavam alegremente. Ele calculou ter caminhado uns dez minutos até chegar ao fim da praça, notando que a cada minuto aumentava o movimento no local. Seguindo em frente, deparou-se com o edifício da Ópera, que lhe pareceu uma miniatura da parisiense, e ficou a examinar os cartazes dos futuros espetáculos. Lamentou que a *saison* só começasse após o verão.

Mais adiante, ele adentrou na zona reservada a pedestres, onde se situava o comércio maior da cidade, contendo todas as marcas famosas e as lojas de departamentos. Achou engraçado encontrar numa avenida lateral as *Galeries Laffayette,* e ficou a imaginar se daria com alguma torre.

Na verdade, após sua longa caminhada, Armando percebeu que a cidade guardava os encantos das metrópoles europeias, misturados com a informalidade das vilas litorâneas, onde se pode comer um peixe recém tirado do mar. Notou ainda, que seus pés começavam a doer e que deveria estar longe de seu hotel. Resolveu voltar pelo mesmo caminho, para não correr o risco de se perder.

Quando alcançou a praça dos restaurantes, que lhe informaram ser a *Vielle Ville,* a noite já caíra amena e estrelada. O local estava quase lotado, ouvindo-se o barulho de muitas vozes, misturado ao dos pratos e talheres. Ao passar por um restaurante de peixes, foi abordado pelo funcionário, que lhe oferecia uma ostra aberta. Agradeceu com a cabeça e ia seguir em frente, mas o homem insistiu. Era um negro alto com um sorriso aberto, vestindo um avental branco, tendo numa mão a ostra e na outra a metade cortada de um grande limão siciliano.

– Espere, *monsieur*! – disse amável, apertando vigorosamente o limão sobre a iguaria.

O olfato apurado de Armando sentiu o cítrico perfume, fazendo-o parar. De imediato, o homem pegou uma faca e desprendeu a ostra, entregando-a sobre a concha para ele. Estava uma delícia, como nunca comera igual.

Armando agradeceu, reparando que estava com bastante fome, pois tomara um leve lanche no trem. O garçom sorriu satisfeito ante a voracidade demonstrada e o conduziu até uma das poucas mesas vagas.

– Vou lhe trazer meia-dúzia – disse, sem esperar a resposta dele.

Ao sentar-se, Armando sentiu alívio da longa jornada e saboreou a alegria do ambiente em volta.

– E para beber? – perguntou.

– *Le vin, bien sûr!* Eu não gosto muito de vinho branco...

– Temos os melhores *rosés*. Estamos na *Provence*.

Armando saboreou as ostras, comendo-as bem lentamente, para aproveitar o inusitado momento. Não se lembrava de ter alguma vez experimentado o fruto do mar, tomando um vinho *rosé*, numa cidade de praia. Aquilo não fazia parte da sua vida, a maior parte nas capitais congestionadas, onde as pessoas tinham pressa e os restaurantes eram silenciosos e discretos.

Lá, os vizinhos de mesa o cumprimentaram ao sentar-se, brincavam alegres uns com os outros e até entoaram uma canção alemã antes de partirem. Armando ficou ali, tranquilo, usufruindo da felicidade alheia. Pediu a especialidade da casa, um peixe do qual nunca ouvira falar. Quando terminou, resolveu tomar um sorvete num quiosque, seguindo em direção ao hotel.

Ao passar por uma rua que dava para a praça, viu a lua que brilhava cheia sobre o oceano, decidindo voltar à avenida beira-mar. Para sua surpresa, os jardins daquele castelo na montanha estavam iluminados, com fachos de cores diferentes sobre as grandes árvores, produzindo um efeito lindo. Na praia de seixos brancos, as ondas quebravam azuis, fazendo ecoar a força do mar. Havia muitas pessoas sentadas próximas da rebentação, jovens na maioria, que fumavam ou bebiam alegres, alguns abraçados e se beijando, outros em silêncio contemplativo.

A caminhada, o cheiro do mar, o vinho, fizeram a alegria dispersar, ouvida nas risadas ou nos gritos das gaivotas, penetrar na alma de Armando, trazendo-lhe um raro momento de paz. Sem perceber, quanto mais ele se aproximava do hotel, mais devagar caminhava, tentando prolongar aquele hiato de felicidade.

Armando cumprimentou o recepcionista da noite, pegou a chave e subiu até o seu quarto. Pôs a calça do pijama e olhou para a TV desligada, pensando em assistir ao noticiário. Faltava-lhe vontade. Queria continuar consigo mesmo, como se algo ainda devesse ser pensado. Do quarto escuro, viu as luzes que vinham da varanda, onde a cidade desfilava à sua frente. Havia uma mesa e duas cadeiras de ferro brancas, como a convidar os hóspedes a aproveitarem a vista privilegiada.

Teve vontade de permanecer ao ar livre, vivendo aquela sensação. Abriu o frigobar à procura de algo para beber, encontrando entre cervejas e refrigerantes uma meia-garrafa de champanhe. Pegou-a de imediato, bem como uma das taças que estavam em cima da bandeja e saiu ao terraço. Sentou-se numa das cadeiras e olhou a fileira de luzes da orla, que faziam um largo círculo até onde conseguia enxergar. No ponto mais longínquo, aviões, diminuídos pela distância, pousavam suavemente até desaparecer no escuro. No meio dos edifícios iluminados, a cúpula cor de rosa do *Hotel Negresco* se destacava, glamorosa e lembrando que se estava na *Côte D'Azur*.

O estouro do champanhe soou como um chamado do passado que teimava em sobreviver. Ao sentir a efervescência descer pela garganta, não teve como evitar a lembrança de Helena, daquele fim de tarde mágico, que afetaria tanto a sua existência.

"Onde estará ela agora? Será que ainda pensa em mim? Será que irei revê-la algum dia?"

* * *

Com o celular na mão, Edu foi à procura de Beth pela casa, encontrando-a na copa. Sua expressão denotava algum problema.

– O que houve? – perguntou-lhe Beth.

– Não sei não, alguma coisa aconteceu com o Armando.

Ela soltou um suspiro, um pouco aliviada, pois desde a partida do amigo Edu mostrava-se excessivamente preocupado, sempre pensando em como estaria Armando.

– Fique tranquilo querido, está tudo bem com ele.

– Desta vez não está. O celular dele não dá sinal e ele não tem utilizado o cartão.

– Você conhece o Armando. No Brasil, ele já detestava celular, imagine no exterior! E depois, agora, ele não deve estar querendo falar com ninguém.

– Mas é muito estranho. Como ele pode ficar sem gastar?

– Você nem sabe ao certo. Ele levou algum dinheiro, deve estar utilizando.

– O filho da puta nem pra ligar! Ele vai ver...

Ao dizer isso, Edu voltou por onde vinha, parecendo absorto em altas indagações.

Beth teve pena dele, podendo calcular o que sentia. De fato, eram notícias preocupantes, mas tudo haveria de estar bem. Sabia que o marido andava ansioso, pois contratara os serviços do advogado à revelia da vontade de Armando e em alguns momentos se questionava sobre isso. Algumas vezes dizia alegre: "Quando o Armando ligar, acho que vou contar pra ele, quem sabe fica mais animado"; noutras, pessimista, falava desanimado: "Eu não sei se tinha esse direito, de interferir numa coisa tão importante e pessoal. Tomara que ele me entenda".

Seja como fosse, fizeram tudo o que poderia ser feito. Restava rezar e esperar que as coisas corressem bem para Armando, pelo menos uma vez.

A Dra. Raquel deu a boa notícia: a juíza lhe concedera a guarda provisória de Beatriz, afastando todos os pedidos de seu marido e designando uma audiência para a oitiva das partes.

Quando o dia chegou, embora estivesse confiante, Helena sentiu uma sensação horrível enquanto se dirigia para o Fórum Central, onde o ato se realizaria. Suas mãos estavam frias e ao mesmo tempo suadas ao volante; não conseguira comer nem uma fruta na hora do almoço, tendo uma ligeira náusea. Ao se despedir de Beatriz, que ia para o colégio, teve vontade de chorar, entregando-a as pressas ao motorista para que a menor não percebesse.

Por sorte, a advogada já se encontrava no andar marcado, recebendo-a com um sorriso e um abraço afetuoso.

– Tudo bem com você?

– Tudo, dentro do possível.

– É assim mesmo, mas fique sossegada. Tivemos sorte, a juíza é ótima, super gente boa, dedicada e tranquila. Você não precisa se preocupar.

Mal ela falara isso, Rafael apareceu com seu advogado no corredor, parando em frente da sala designada. Vestia um terno preto novo, com uma gravata cinza elegante, tendo passado gel nos cabelos, o que lhe dava um ar de empresário próspero e responsável. Olhou para Helena e fingiu não a ver, falando algo ao advogado. Este cumprimentou a Dra. Raquel com um aceno de cabeça.

Helena sentia-se constrangida e triste com a situação, pois era deprimente encontrar o marido e sequer se falarem, como se fossem dois inimigos antes de uma batalha. O tempo parecia não passar.

Finalmente, uma funcionária apareceu à porta e falou:

– Audiência das 14h. Sr. Rafael Pereira de Oliveira e Sra. Helena Frontini Oliveira.

Ela e a advogada entraram primeiro na sala, ficando de pé ao lado de uma comprida mesa. Quando o marido e seu advogado chegaram, a funcionária os direcionou aos seus lugares, cada qual a um lado. A juíza lia atentamente algo em seu computador. Havia um senhor de terno, sentado na cadeira oposta a ela, que se levantou para que passassem, cumprimentando a todos. Sentaram-se. A seguir, a juíza dirigiu-se às partes e advogados, cumprimentando-os pelos nomes, explicando num tom ameno:

– Vamos cuidar hoje das duas ações propostas: a de guarda e a de divórcio. À nossa frente está o Dr. João, promotor de justiça que atua perante esta Vara de Família. – A juíza fez uma pausa e perguntou:

– Os senhores chegaram a conversar sobre o assunto?

A Dra. Raquel começou a falar de modo cuidadoso:

– Excelência, nós telefonamos ao escritório que assiste a parte contrária, visando manter um contato, mas não obtivemos retorno. Eu...

– Depois de caluniar meu cliente, inventando uma série de mentiras, ela esperava o quê? Nós vamos é propor na esfera criminal as medidas necessárias para reparar isto e fazer valer os direitos do meu cliente! – vociferou o advogado, nervoso e falando alto.

– Não há nenhuma calúnia e nós vamos provar! – rebateu a outra.

– Calma senhores, não vamos nos precipitar! Aguardem em silêncio um minuto! – ordenou a magistrada.

Após olhar para algumas anotações que tinha sobre a mesa, ela voltou a falar como quem contasse uma história que eles não soubessem, dando os detalhes importantes para a compreensão:

– Pelo que pude aquilatar, a divorcianda Helena não se opõe à partilha dos bens pretendida pelo réu, não obstante estar renunciando à parte do patrimônio. As outras questões relativas ao nome e dispensa de alimentos entre os cônjuges também não são controversas. O único litígio, na verdade, é sobre a guarda e regime de visitação da menor. Eu estou correta, é isto mesmo?

– Se ela arcar com suas responsabilidades sobre a empresa, poderemos conversar – disse o advogado.

– Excelência, como a senhora bem ponderou, minha cliente abriu mão de sua parte no patrimônio comum, preocupando-se somente com o problema da filha.

– Mas as dívidas, ela quer empurrar para o meu cliente – replicou o advogado.

A juíza estava se irritando com os modos belicosos do advogado, mas respirou fundo e disse com tranquilidade:

– Muito natural que aquele que fique com todos os bens comuns responda pelo passivo, o senhor não acha? Do contrário, teríamos um enriquecimento sem causa, algo verdadeiramente abusivo.

– Tudo bem – falou o outro, como se fizesse uma concessão.

Depois de delinear um esboço da partilha de bens, a juíza começou a falar sobre a guarda, destacando quais os pontos a serem examinados:

– Eu quero alertá-los que para esse juízo muitas das questões trazidas pelas partes não são relevantes. Não me interessa saber a que horas a Sra. Helena chegou determinada noite, se bebeu em uma festa ou não, se o Sr. Rafael foi rude e grosseiro com ela durante todo o casamento. Hoje, não se discute mais de quem foi a culpa pelo fim do casamento. Portanto, nós vamos nos concentrar nos fatos referentes à filha dos senhores, para decidirmos qual o melhor regime de guarda e de visitação da menor. Os senhores entenderam?

Todos, incluindo os advogados, concordaram com gestos de cabeça.

– Eu posso falar? – perguntou Rafael. – Posso explicar para a senhora o que aconteceu?

– O senhor pode falar. Em seguida, nós ouviremos a mãe.

– Então – começou Rafael, falando baixo e tranquilo. – Eu também só me preocupo com o bem-estar da minha filha. Quero o melhor para ela. Ela já sofreu muito com o comportamento da mãe, que não parava mais em casa e a abandonou.

– Mas que absurdo! Isto é mentira! – interveio Helena, não se contendo.

– Senhores – falou a juíza, levantando a mão para que parassem. – Vamos manter a ordem. A senhora falará depois. E o senhor, não entendeu o que eu disse: "Vamos tratar dos assuntos da menor Beatriz, sem entrar em ofensas pessoais", reforçou num tom mais elevado.

– Mas é assunto da Beatriz – continuou Rafael, erguendo a voz. – Se a mãe de uma hora para outra resolve que não quer mais ficar casada, que eu não sirvo mais, que de repente fiquei um viciado, só na cabeça dela... Eu tenho o direito de ficar com a minha filha na casa em que ela está acostumada.

– Você quer é o apartamento Rafael, eu já concordei, você não entendeu ainda – aparteou Helena.

A Dra. Raquel segurou o braço dela, falando-lhe para ficar quieta. Mas Helena estava nervosa e acrescentou:

– Ele está mentindo, ele quer o apartamento, imagine ele cuidando da Beatriz! Não consegue nem cuidar dele próprio!

– Você é que consegue, eu sei. Tá se cuidando muito à noite, na cama!

– Silêncio senhores, não falem nem mais uma palavra! Isto é uma ordem!

Após o tumulto, todos se aquietaram um pouco, enquanto a magistrada parecia decidir o que fazer. Helena, com lágrimas escorrendo pelo rosto, balbuciava baixinho coisas ininteligíveis, enquanto seu marido fazia proposital ar de reprovação. Os advogados permaneciam em silêncio. Dra. Raquel, surpresa com o descontrole de sua cliente, pensava em como as questões de família eram sempre difíceis. Helena, uma mulher tão ponderada, deixara-se levar pelas emoções.

Por fim, a juíza olhou para todos e falou numa voz cansada:

– Vamos ouvir o que o Dr. Promotor tem a dizer:

O promotor de justiça era um homem dos seus sessenta anos, com os cabelos lisos mesclados com mechas brancas e uma expressão serena no rosto. Falou de um modo informal, tentando apaziguar o conflito.

– É uma pena que vocês ainda não tenham conseguido superar as mágoas da separação. Isto leva mesmo algum tempo, para todo mundo. Pelo que li nos autos, felizmente, não estamos diante de um caso grave, daqueles em que os filhos estão entregues à própria sorte. Vocês não imaginam os problemas que temos. Seja como for, se as partes não lograrem alcançar um entendimento mínimo, caberá ao Judiciário decidir o que é melhor para a pequena Beatriz.

Ele olhou para Helena e para Rafael, e acrescentou:

– Como disse, é uma pena. Sem dúvida vocês saberiam melhor o que convém a sua filha. Além disso, para que o Judiciário possa decidir, ele terá que submeter a menor a uma série de perícias, com psicólogos e assistentes sociais, o que trará certa angústia e estresse a ela. Os pais pensam que os filhos não percebem as coisas; é um erro, eles absorvem tudo, principalmente o que há de ruim.

Helena se sentia tão triste diante da perspectiva posta, que não continha as lágrimas.

– Vocês não conseguiriam chegar a uma solução conciliatória, não conseguiriam pôr de lado os rancores, os interesses ou a vaidade pessoal, em prol da filha comum?

Helena assentia com a cabeça, Rafael se mantinha imóvel.

– Bastaria um acordo sobre a guarda, garantindo-se ao outro amplo regime de visitas. Isto é tão difícil assim? – perguntou o promotor.

Houve novo silêncio. Helena e a própria Dra. Raquel estavam sensibilizadas. Rafael parecia não saber o que fazer e se consultou com seu advogado.

– E então, senhores, o que me dizem – perguntou a juíza.

– Da nossa parte, concordamos com tudo o que disse o Dr. Promotor, no sentido de tentarmos um entendimento – falou a Dra. Raquel, com anuência de Helena.

O advogado de Rafael pôs a mão sobre o braço dele, impedindo-o de falar. Num tom frio, disse por fim:

– Também concordamos com as bonitas palavras do representante do Ministério Público, mas não abriremos mão da guarda da Beatriz, isto é inegociável. Se a outra parte concordar com a guarda paterna, poderemos conversar.

A juíza olhou nos olhos do promotor, desanimada, como se já soubesse o que iria ocorrer. Por cautela, perguntou:

– Sr. Rafael, o senhor não cederia a guarda à mãe, considerando a idade da menina?

Ele olhou para seu advogado e percebeu a resposta esperada:

– Não doutora, da guarda eu não abro mão!

Ao deixarem o prédio do Fórum, Helena e a advogada foram tomar um café na lanchonete que havia ao lado; ambas estavam precisando, pois a audiência prosseguiu tensa até o seu final.

Helena não se conformava com o fato do marido pretender a guarda de Beatriz, repetindo várias vezes:

– Mas que absurdo, que loucura! O Rafael não sabe nem onde é o colégio dela. Talvez nem saiba em que ano ela está e vem querer a guarda. Imagine ele, que nunca para em casa, cuidando da menina!

– Não se preocupe Helena, como lhe disse, muito dificilmente algum juiz lhe concederia a guarda.

– Mas a visitação ele conseguiu.

– É direito dele. Eu já a tinha prevenido. E será bom para a Beatriz manter os laços com o pai.

– Eu sei, nem pretenderia o contrário. Primeiro, porque apesar de tudo, ele é um pai carinhoso; e depois, ela simplesmente ama o Rafael, os seus olhinhos brilham quando ele chega. Me angustio é com essa história da guarda. Por que será que ele faz tanta questão? Ele deixaria a Beatriz com as empregadas o dia todo, não faz sentido.

A advogada fez uma expressão como de quem soubesse de algo e não quisesse falar.

– O que foi Raquel? O que você acha?

– É complicado Helena, muitas outras coisas fazem os homens quererem a guarda dos filhos.

– De que tipo de coisas você está falando?

– Não perder a mulher, por exemplo. Lutar "pelos" filhos é uma forma de protelar a separação. Muitas mulheres acabam desistindo de se divorciar tamanha a briga pela guarda; ficam com pena de vê-los sofrer e simplesmente desistem.

– Eu não faria isso, pensei muito antes.

– Você é uma mulher sensata, realista, mas nem todo mundo é assim.

– E o Rafael não está ligando muito de me perder.

– Você tem certeza disto? Ele parecia enciumado, com aquela história de você chegar tarde algumas noites.

Helena sentiu um desconforto, avaliando que a conversa pudesse chegar a um ponto delicado.

– Tenho, acho que é só o orgulho ferido, por eu ter tomado a iniciativa.

A advogada não fez outras perguntas.

Antes de se despedirem, já no estacionamento onde aguardavam os carros, Dra. Raquel reforçou o que havia dito acerca da visitação estipulada pela juíza:

– O Rafael vai passar para pegar a Beatriz às dez horas de sábado. Não há qualquer problema ou dificuldade, você precisa apenas aprontá-la e descer ou mandar a empregada descer com ela. Só evite discutir com ele, seja assunto da guarda, seja do divórcio. Se ele insistir, diga que sua advogada recomendou e pronto.

– Você não conhece o Rafael. Se ele estiver alterado...

– Acho melhor vocês nem se encontrarem, mande a empregada levar a Beatriz. Pra que arriscar?

– Eu queria vê-lo antes, para ter certeza de que está bem.

– A juíza perguntou a você se haveria riscos. Lembra que ela mencionou que a visita poderia ser no Centro Público de Visitação.

– Coitada da Beatriz, ter de ver o pai numa instituição, vigiada por seguranças!

– Não vamos ser pessimistas. Então você desce e conversa numa boa com o Rafael, como sempre fizeram. Vai dar tudo certo.

– Se Deus quiser.

* * *

Armando acordou um pouco assustado, pois não reconheceu o lugar onde estava. Estranhou a claridade vinda da janela e quando conseguiu fixar os olhos, viu um terraço cercado de azul por todos os lados.

"Estou em Nice", pensou aliviado, olhando imediatamente as horas; eram onze da manhã. Dormira muitas horas de um sono pesado, não interrompido uma vez sequer, o que era raríssimo.

Pelo vidro da suíte, enxergou a mesa com a meia-garrafa vazia e se recordou da noite diferente que tivera, passeando pela cidade que não conhecia e jantando ao ar livre. Paris lhe pareceu tão distante. Talvez por isso dormira bem.

Foi ao banheiro lavar o rosto e se preparar para sair, percebendo que não tinha roupas próprias para aquele clima, pois todos usavam bermudas, sandálias e camisetas. Achou na mala um short perdido, que não se lembrava de onde viera, de um tom verde desbotado e aspecto antigo. Por sorte trouxera um par de tênis, podendo usar uma das camisetas com que dormia. Olhou-se no espelho e deu uma risada, parecia um caipira indo para a praia.

Ao descer ao lobby, perguntou ao recepcionista onde poderia tomar um café: "*desolé monsieur*", o café da manhã já havia se encerrado, informou-lhe o rapaz. Vendo a frustração de Armando, acrescentou solícito que ele poderia ir até a *Vielle Ville* que não ficava longe dali.

Armando saiu pela ruela ao lado do hotel e foi caminhando sossegado até chegar ao local. Para sua surpresa, tudo parecia diferente. Por instantes, pensou ter se enganado. As mesas e cadeiras ao ar livre dos restaurantes haviam desaparecido e no seu lugar existia uma feira comprida, com dezenas de barracas e um vai e vem de pessoas. Estas faziam compras ou simplesmente passeavam entre flores, verduras e uma infinidade de produtos.

Atrás das barracas ficavam os restaurantes e alguns bistrôs com mesinhas à porta, onde se sentou e pediu um café, acompanhado de torradas e queijo. Quando terminou, quis fazer um passeio pela feira, coisa que jamais fizera na vida. Valeu a pena. Encantou-se de ver desfilar à sua frente estantes especializadas de azeitonas, temperos, frutas e tudo o mais que se imaginasse, numa palheta de diferentes cores e sabores.

A feira ainda contava com antiguidades e produtos regionais de alta qualidade, que os comerciantes mostravam orgulhosos, fazendo Armando sentir não poder levá-los para casa. "Eu não tenho uma", pensou.

Ele caminhou distraído pela feira, que tomava quase a praça toda, demorando cerca de meia hora. Na verdade, aquilo não era uma "praça", mas um boulevard ladeado por duas passagens. Quando chegou ao fim, já próximo da Ópera, resolveu voltar pela avenida da praia, pois o dia estava maravilhoso.

A praia não era de areia, como as do Brasil, mas sim de pedras brancas e ovaladas, chamadas de seixos, que não pareciam confortáveis de se sentar ou deitar. Os banhistas que lá estavam, contudo, curtiam o sol tranquilamente sobre toalhas ou esteiras. O efeito visual era muito bonito; os seixos brancos em contraste com o azul do mar.

Em frente ao seu hotel havia duas escadas para a praia. A primeira descia para o lado direito, e era a área pública, onde cada qual levava sua cadeira e seus pertences. Separada por uma cerquinha de madeira branca, de um metro de altura, para o lado esquerdo ficava o "*Chateau Plage*", praia privativa, para a qual só se tinha acesso mediante pagamento. Nesta, longas cadeiras acolchoadas ficavam protegidas por guarda-sóis, cercados por mesinhas, onde se viam copos e baldes com garrafas ao gelo, trazidos por garçons uniformizados. Ao fundo, havia um bar e um belo restaurante com as mesas cobertas com toalhas de linho branco. Para o conforto dos frequentadores, além das duchas na praia e toaletes completos atrás do restaurante, um tapete vermelho era colocado sobre os seixos nos diversos caminhos até o mar, para que não machucassem os pés. Armando admirou-se de ver as bordas dos tapetes serem banhadas incessantemente pela água salgada, ficando a imaginar quanto tempo durariam naquelas condições.

Teve vontade de experimentar tais regalias, mas ao ver a tabela com os preços desanimou; pagava-se pelas cadeiras e pelos guarda-sóis separadamente, meio-período ou período "completo", em valores muito elevados para suas combalidas economias.

Desceu, então, para a área pública, indo andando desajeitado até a beira do mar. Sentou-se sobre os seixos num local em que a água quase o alcançava, quando as ondas se quebravam com violência. O sol estava forte. Tirou a camisa e se deixou ficar ali, quieto, vendo todo aquele oceano azul à sua frente, sentindo o sol sobre a pele e a brisa refrescante. Lembrou-se de Astrid e agradeceu por tê-la encontrado.

Algum tempo depois, sentiu o calor aumentar e gotas de suor se formarem nas suas costas, tendo vontade de entrar no mar. Com os pés já descalços, verificou a temperatura da água quando uma onda se esparramou próxima a ele, parecendo-lhe um tanto fria, comparada ao seu corpo. Como não tinha pressa alguma, permaneceu sossegado, curtindo aquele instante. A certa hora, o calor ficou forte e sua pele branca queimava um pouco, fazendo-o levantar e caminhar até a água. Era difícil andar sobre as pedras que ora machucavam os pés, ora desequilibravam. Não sabia como entrar no mar, pois as ondas quebravam com força e a curtos intervalos, tempo insuficiente para ultrapassar a rebentação na velocidade em que conseguia andar sobre as pedras. Ficou ali parado, desequilibrando-se na beira da água feito um idiota. "Merda", pensou, "melhor mergulhar de uma vez".

Armando deu um salto, estirando todo o corpo, num longo mergulho metros adiante, para penetrar num universo azul e gelado de rara beleza. Foi mergulhando junto aos seixos até observar que já estava a uns quatro metros de profundidade. A água era límpida e transparente, permitindo ver pequenos peixes e uma grande extensão em todas as direções. Acima, enxergava a superfície da água, atravessada por raios de sol que projetavam clarões de um azul diferente. O espetáculo era indescritível, a sensação de frescor e a suavidade da água sobre a pele faziam-no sentir cada movimento. Armando desejou parar o tempo. Infelizmente, o fôlego estava acabando, obrigando-o subir à tona. Quando apareceu na superfície, ofegante, olhou para a praia, vendo que estava um pouco distante. Assim que se recuperou, mergulhou de novo e de novo, como um peixe que brincasse à beira da superfície. Sentira muita falta do mar e não havia se dado conta disto. Queria nadar. Olhando em volta, viu que no lado da montanha, onde a praia se fechava, existia uma espécie de píer, com uma escada para o acesso, onde conseguia distinguir algumas pessoas. Ficava a uns oitocentos metros; o suficiente para uma boa nadada.

Com braçadas regulares e num ritmo rápido, ele logo se acercou do píer, parando para examiná-lo. Seria um local público, onde qualquer um poderia subir? Aparentemente não haveria problemas. Ele nadou até lá e subiu pela escada, incrustada na pedra e com degraus enferrujados. Sentou-se numa beirada, com as mãos estendidas para trás, pernas balançando no ar e ficou descansando, aquecendo o corpo gelado. Viu que do "*Chateau Plage*" partia um bote de borracha com dois homens remando em direção ao píer. Curioso, tentou imaginar o que fariam. Notou que ao fundo de onde estava havia um galpão e que outros dois homens empurravam um carrinho com uma máquina em cima. Levaram-na até um local no píer onde ficava uma espécie de guincho, colocando-a lá. Parecia um forno ou fogão industrial.

Quando o bote chegou, os homens se cumprimentaram e riram de alguma coisa, mostrando serem amigos. A seguir, enrolaram cordas em volta do grande objeto, que foi erguido do chão e virado para o lado do mar. Devagar desceram-no até o bote, que afundou até quase ser encoberto pela água. "Caramba", pensou Armando, "isto não vai dar certo". Os dois homens que estavam no píer se despediram dos outros, voltando para o galpão. Com um deles remando, no curto espaço que sobrara, e o outro nadando com uma mão no bote, foram levando a carga na direção do restaurante, com relativa facilidade; o que fez Armando concluir que já haviam feito esta operação muitas vezes.

Tudo ia bem até que chegaram na parte onde as ondas começavam a quebrar, pois havia uma grande marola e um refluxo posterior, que puxava o bote de volta. "Equilibrar o bote após a rebentação deve ser dificílimo", pensou. Eles tentaram várias vezes sem sucesso, um berrando com o outro, sem saber o que fazer. Armando resolveu ajudar e foi nadando até eles; colocou a mão esquerda no bote e lhes disse:

– Eu empurro deste lado, acho que vai dar!

Ambos agradeceram e se puseram a trabalhar, um remando, e o outro no mar ao lado de Armando. Na primeira tentativa quase conseguiram, mas a correnteza era forte. O que remava, um homem corpulento e forte, parecia já exausto, demonstrando que não poderia prosseguir por muito mais. Armando pensou: "É agora ou nunca". Fazendo um esforço descomunal, vibrou as pernas ao máximo, enquanto dava braçadas com o braço livre. O bote subiu na onda que se formava, parou por instantes, e começou a descer como uma prancha de surfe, desengonçado e virando perigosamente para os lados. Armando segurava firme nele, tentando equilibrá-lo, e foi puxado junto até a beira da praia. Lá, os empregados que já esperavam aplaudiram e vieram segurar o bote. Todos agradeceram a Armando, que recebeu tapinhas nas costas e apertos de mão.

Sentou-se para descansar, pensando que há muito tempo não fazia tanto exercício; observou também que se sentia relaxado e feliz. Quando Armando se levantou para ir embora, uns dez minutos depois, escutou alguém chamando; era o rapaz que nadara com ele para empurrar o bote.

– Venha *monsieur,* vamos tomar um copo!

– Venha, estamos ali na mesa!

Armando viu uma mesa posta sobre o deck de madeira do restaurante, na qual os empregados do local bebiam e conversavam animados. O remador corpulento ergueu um copo em sua direção, chamando-o com um gesto. Resolveu aceitar, pois estava mesmo com vontade de conversar um pouco. Ao sentar à mesa, foi perguntado sobre seu nome e apresentado aos demais. Propuseram um brinde ao "homem que salvou o forno". Após alguns minutos de conversa quiseram saber a procedência de Armando, pois, apesar de falar um francês perfeito, notava-se ser estrangeiro.

– Do Brasil – respondeu.

– Ulalá – fez um deles, – terra de mulheres bonitas!

Trouxeram um grande prato com lulas fritas ao molho de mostarda, bem como algumas baguetes, sendo que Armando precisou fazer força para não devorar tudo. De repente, sentia um apetite incomum.

Um deles perguntou o que Armando fazia na França, deixando-o um pouco sem jeito, pois não sabia bem o que responder:

– Tirei um tempo para mim. Para viajar e descansar a cabeça.

O rapaz percebeu pela entonação que ele deveria estar meio perdido por ali, acrescentando imediatamente, num tom amigo:

– É normal, de tempos em tempos, todos precisam disto.

Eles ficaram conversando por mais de uma hora, sobre mulheres, futebol e política, dando muitas risadas juntos. Por fim, o remador corpulento, disse:

– Muito bem, é hora de trabalhar.

Alguns se levantaram, sendo que outros permaneceram mais um pouco, para terminarem a bebida.

O rapaz da pergunta, que soube se chamar Charles, após verificar se Armando tinha algum compromisso, falou como quem não quer nada:

– Um dos empregados quebrou a perna e não vai poder vir nesta temporada, e nós estamos precisando arranjar alguém. Eu poderia falar com o patrão se lhe interessar?

Armando riu, surpreso, pois não tinha pensado nisto, mas, num átimo, seu cérebro registrou a informação como boa. Lembrou-se do cartão de crédito, da conta do hotel e de quanto dinheiro ainda tinha consigo. Ao olhar em frente, vendo o azul do mar, respondeu:

– Seria muito bom!

Charles se levantou e lhe disse:

– Espere um momento, vou falar com ele.

Enquanto aguardava, Armando pensou nas funções que poderia exercer, concluindo não serem muitas. Sem perceber, soltou um ligeiro suspiro e jogou os ombros para cima, pensando: "Não tenho nada a perder".

O rapaz voltou em seguida, com um sorriso nos lábios.

– Ele quer conhecê-lo, falou que precisamos mesmo de mais um. Eu vou apresentá-lo.

Charles indicou com a mão que o patrão, como era chamado, estava no interior do restaurante, caminhando ao lado de Armando até lá.

– Ele é um cara legal. Cumpre tudo o que combinar com você.

Armando balançou a cabeça, afirmativamente.

– Mas... é bom não falhar com ele.

Dentro do restaurante havia uma ala que ficava protegida do sol, com ventiladores no teto e cercada de plantas e cortinas de bambu. Sentado a uma mesa, com uns papéis à frente e uma calculadora ao lado, Armando viu um homem moreno, com uns óculos de leitura na mão. Pelos seus traços, parecia ser árabe e, embora jovem, já era calvo. Ele estendeu o braço musculoso para Armando, apertando-lhe a mão.

– Sente-se, vamos tomar um café. – Com um gesto de cabeça, deu um sinal para Charles, que foi transmitir a ordem.

– Antigamente, era raro um brasileiro aqui. Agora temos muitos clientes do Brasil – falou com gentileza, para iniciar a conversa.

Servido o café, e após alguns comentários genéricos de ambos, perguntou:

– Você sabe cozinhar?

– Não.

– Você conhece as bebidas, os drinques?

– Só cerveja e uísque.

Ibrahim riu.

– Já trabalhou como garçom?

– Nunca.

– Bem, você é forte, pode carregar os guarda-sóis e as poltronas.

– Isto eu posso fazer.

– Depois, pode ajudar a servir.

– Ok.

A seguir, Ibrahim explicou que não registraria Armando, embora fosse lhe pagar o mesmo salário dos outros. "Se você se adaptar bem, cuidamos disto depois", acrescentou. Armando deveria ir falar com Louise, uma mulher que ficava na entrada recebendo as pessoas, para acertar os detalhes do uniforme e se inteirar da rotina dos serviços.

– Você tem onde ficar?

– Peguei um hotel, por uns dias.

– Nós fornecemos moradia, vizinha daqui, numa casa na ruela atrás da avenida, a cem metros.

Armando sorriu e disse:

– É uma das poucas ruas que conheço.

– Então, combinado.

– Combinado – assentiu Armando, preparando-se para levantar.

Com a mão, ele fez que esperasse um pouco.

– Você tem algum problema com a polícia?

Surpreso e um pouco contrariado com a pergunta, Armando respondeu:

– Não, por quê?

Ibrahim olhou para ele e passou a mão sobre sua própria sobrancelha, indicando o local onde Armando recebera aquele soco.

"Ainda está roxo", pensou Armando.

– Isto foi uma briga com um cafetão em Paris. Batia numa menina de uns cinquenta quilos, não tive como evitar.

– E ficou só nisto?

– Só, já acabou.

– Ok, pode ir falar com a Louise. – Ele deu a mão para Armando e encerrou a conversa.

Naquele primeiro dia, Armando não trabalhou efetivamente, embora tenha recebido as primeiras ordens: deveria ir até o centro da cidade, num endereço determinado, para experimentar seus uniformes de trabalho. Todos usavam bermudas e camisetas com o logotipo "*Chateau Plage*", que variavam de cor conforme o dia. Além disso, teria de cortar os cabelos num pequeno salão que ficava embaixo, pois os funcionários seguiam um "estilo" próprio do estabelecimento.

Armando se apresentou ao cabeleireiro e disse ter vindo a mando de Louise.

O rapaz mediu Armando dos pés à cabeça, fazendo um ar de aprovação.

– Vejamos o que posso fazer por você – disse num tom afetado.

A seguir, apontou uma grande cadeira para Armando e quando este se sentou, começou a cortar seus cabelos sem sequer lhe consultar a respeito. Armando pensou em desistir da história toda, mas o rapaz era simpático, entretendo-o numa conversa animada sobre os tipos que se via em Nice.

Armando teve os cabelos cortados bem curtos e raspados na nuca, como um militar, dando-lhe um ar ainda mais jovem. Ao se olhar no espelho, com bermudas e camiseta, pareceu não se reconhecer. Nada lembrava a figura de paletó e gravata que tinha visto nos últimos anos.

A primeira semana seria de "experiência", mas ele intuía que se não correspondesse, dificilmente haveria uma segunda. Por isso se dedicou ao máximo, carregando as cadeiras e os guarda-sóis antes mesmo de ser solicitado. As peças eram grandes e meio desajeitadas de se levar; além disso, muitas vezes os clientes pediam para mudar a posição do protetor, na medida em que o sol se alterava ou não quisessem mais se queimar. Armando tinha, então, de carregar o suporte de pedra de um canto a outro, o que exigia considerável esforço físico. Iniciara-se também na função de garçom, servindo bebidas e pratos em meio à multidão de banhistas que já lotava a praia.

Quando a jornada de trabalho chegava ao fim, por volta das oito horas, Armando dava um mergulho no mar azul, sentindo o prazer do relaxamento, como se aquilo lhe renovasse as forças e apaziguasse o espírito.

No início, Armando estava branco e com um ar meio "mofado", conforme Louise lhe dissera, mas foi ganhando uma cor bronzeada que lhe deu um aspecto saudável em poucas semanas. Por outro lado, o exercício físico diário, o contato com a natureza e, principalmente, a rotina de trabalhos simples a serem executados, sem questionamentos de qualquer espécie, trouxeram-lhe um bem-estar imprevisto. Pela primeira vez na vida, ele tinha ordens a obedecer, sem ter que avaliar aspectos políticos, considerações jurídicas ou dilemas morais. Para uma mente e espírito esgotados, esta pausa nas demandas interiores foi como um bálsamo que veio para regenerar.

Certo dia, admirado, sentiu-se feliz como há muito não acontecia. Teve vontade de compartilhar tal sensação. Pensou em Edu e Beth, dando-se conta que se afastara dos amigos; senão de forma intencional, no mínimo consciente, como se a angústia que o aprisionara impusesse uma distância de qualquer outro ser humano.

Havia uma agência telefônica no centro da cidade, tendo ele aproveitado uma folga no meio da tarde para ir até lá. Após entrar na cabine e ligar o número de Edu, sentiu uma espécie de vergonha, como se houvesse feito algo de errado, e quase desligou o telefone.

– Alô, quem fala?

Ao ouvir a voz do amigo, Armando se emocionou, sentindo toda a saudade da qual procurara fugir. Hesitou por um instante, falando com a voz mais forte que encontrou:

– Edu, sou eu meu amigo.

– Armando, Armando... É você mesmo?

Houve um silêncio de ambos os lados. Quando voltou a falar, Edu deixou transparecer a emoção que o dominava, falando em meio a um choro entrecortado:

– Porra! Você some, meu! Fica sem dar notícias, sem atender o celular... puta sacanagem! Eu tava tão preocupado!

Armando notou que ele falava com alguém:

– É ele Beth, é ele...

Após o desabafo, Edu disse com alegria:

– Que bom falar com você cara! Como estão as coisas? Como é que anda esta Paris maravilhosa?

Armando respondeu às perguntas como pôde, percebendo que apesar do tempo decorrido, não tinha muito a contar sobre Paris.

– O que você está fazendo? Quando é que volta pra cá?

– Eu vim para Nice – acrescentou, encurtando o assunto.

– Nice? Deve ser bonita a região.

– É, muito. E eu estou trabalhando.

– Pô, não me diga, você já se arranjou por aí?

– Eu estou trabalhando de garçom.

Edu riu e acrescentou:

– Fala sério, no que está envolvido?

– É sério...

– Garçom, você? Conta outra!

Edu percebeu que Beth o cutucava, dando-lhe um sinal. Imediatamente, mudou o tom, corrigindo-se:

– Na Europa é comum isso, conheço muita gente que já trabalhou assim. Espera aí que a Beth quer falar com você – disse, passando o aparelho à mulher.

Enquanto eles falavam, Edu tentou recompor-se, procurando imbuir-se de uma alegria que não tinha. Ao imaginar o amigo com uma bandeja, sendo chamado por estranhos para lhes servir, sentiu muita pena dele, pois conhecia seu temperamento altivo. Edu, em poucos instantes, deu-se conta de que fora ingênuo, quando pensava no amigo lecionando em alguma universidade parisiense ou trabalhando para um renomado escritório de advocacia. Esta pessoa de sucesso profissional e com as portas do mundo abertas talvez não existisse mais.

Beth e Armando conversaram bastante, rindo e falando coisas agradáveis, como se tudo estivesse realmente bem. Antes de repassar o telefone para Edu, a mulher falou para Armando, com sinceridade na voz:

– O que eu estou feliz é de ouvi-lo novamente alegre e animado, acho que a Riviera Francesa está lhe fazendo muito bem!

Quando retomaram a conversa, Edu pôde observar que o amigo estava de fato diferente, falando com entusiasmo da cidade, das pessoas com as quais trabalhava e das coisas simples que fazia. Não mencionou uma vez o passado, nem fez qualquer pergunta, estabelecendo, assim, um limite a ser respeitado.

Edu espichou a conversa ao máximo, falando de todos os assuntos que podiam interessar a Armando, pois só de ouvir a voz do amigo, já trazia-lhe imensa alegria. Ao perceber que a conversa se findava, aborrecido com a falta de contato deste, indagou de forma inquisitiva:

– Por que você não atende mais o celular? Porra, a gente fica preocupado.

Armando demorou-se um pouco a responder. Por fim, disse:

– Eu perdi o celular.

– E por que não comprou outro?

– Sei lá, eu nem tava andando com ele. Para ligar para vocês tem o telefone público.

– E como eu faço para encontrar você, se quiser falar?

– Estou num restaurante que se chama "*Chateau Plage*", na avenida da praia, mas deixe que eu ligo quando puder.

Notando um certa relutância na voz do amigo, Edu não quis insistir. Disse apenas:

– Não vá ficar um tempão sem ligar, como desta vez!

– Não, pode deixar.

– Olha, se você precisar de alguma coisa, qualquer coisa, me ligue. Eu vou até aí. Tá certo, meu irmão?

– Ok, ia ser muito bom estar com você! Um grande abraço, Edu.

– Eu sinto muito a sua falta, Armando.

– Eu também Edu, de verdade.

Armando gostaria de ter dito uma porção de coisas ao amigo, em quem pensava com frequência, mas andava meio emotivo ultimamente e lágrimas lhe surgiam do nada, deixando-o constrangido depois. Assim, apenas desligou.

* * *

Os primeiros fins de semana alternados, em que estava marcada a visitação de Rafael à filha, ocorreram de forma relativamente tranquila, embora Helena tenha ficado preocupada o tempo todo. Conhecendo o marido, que estava bebendo cada vez mais e não tinha horário para nada, ficava a pensar se a filha teria almoçado corretamente, se ele a levaria para passear em algum lugar adequado ou a deixaria esquecida pela casa, aos cuidados das novas empregadas. Uma pena que Isabel não tenha aceito trabalhar para Rafael, pois assim teria alguém da sua confiança a cuidar da filha.

Helena notou que Beatriz, ao voltar da casa do pai, apresentava um comportamento diferente, como se tivesse presenciado algo de errado ou lhe tivessem dito alguma coisa inquietante. A filha mostrava-se um tanto arredia, distante, e ficava sozinha em seu quarto por longos períodos, parecendo não querer a companhia da mãe. Felizmente, Helena podia contar com a assistência da Dra. Débora, que lhe assegurava estar tudo sobre controle com Beatriz e que seria natural alguma resistência dela ao voltar, pois se dividia entre duas pessoas a quem amava e queria ver juntas. Era de se esperar que Rafael pusesse a culpa da separação nela, falando ou ao menos insinuando isto para a filha, o que a deixaria de certa forma ressentida.

Preocupava-a também a notícia trazida pela filha de que o marido, ou ex-marido, já que moravam separados, fazia-se acompanhar de sua "nova namorada". A jovem parecia agradar bastante à Beatriz, indo com ela ao shopping, onde lhe comprava presentes, assistindo aos seus desenhos animados e fazendo muitas brincadeiras divertidas. Helena se questionava a razão disto. Seria uma pessoa que gostava de crianças? Pretenderia adular Rafael por meio da filha ou havia alguma intenção não revelada? Dentro em breve começariam as perícias determinadas pela juíza, com entrevistas de psicólogos e assistentes sociais. Será que Rafael planejava se mostrar como um homem capaz de ter a guarda da filha e que havia começado a refazer sua vida pessoal ao lado de uma nova companheira? Será que imaginavam conquistar Beatriz, para que a menor dissesse algo neste sentido aos peritos? Helena não sabia o que pensar e, apesar da advogada lhe garantir não correr nenhum risco, angustiava-se com a situação.

Os problemas começaram a surgir com o decorrer do tempo, quando as coisas foram caindo na rotina e Rafael foi deixando de fazer o tipo "pai preocupado" para revelar seu verdadeiro modo de ser.

Num fim de semana em que ocorreria a visitação, Helena teve que se esforçar para controlar a ansiedade da filha, que às sete da manhã já estava acordada, à espera do pai. Ela pusera seu vestido preferido, pedira para Helena colocar lacinhos em seus cabelos e ficou andando da janela da sala à do quarto, na expectativa de ver o carro do pai estacionar. Quando o relógio marcou dez e quinze, Helena cedeu aos seus reclamos de telefonar para Rafael, a fim de saber os motivos do atraso.

Ela teria aguardado um pouco mais, pois evitava falar com o marido, numa conversa sempre difícil. O celular tocou várias vezes, até cair na caixa de recados. Na terceira tentativa, deixou o recado mais polido que pôde imaginar, perguntando apenas o ocorrido e informando que a menina o esperava aflita.

Passada mais uma hora, e como Beatriz começou a chorar, ligou para o número de seu antigo apartamento, não obtendo resposta. Aparentemente, não havia ninguém em casa. Explicou a filha que algum imprevisto no trabalho do pai deveria ter acontecido, mas a justificativa não a animou, fazendo-a ir para o quarto aos prantos.

Helena telefonou para o celular da advogada, pedindo-lhe orientação sobre o que fazer, pois não poderia passar o dia inteiro esperando, enquanto a filha chorava na cama. A instrução recebida foi de que enviasse mensagem escrita, detalhando os fatos e informando a Rafael que levara a filha para dar um passeio ante a ausência paterna.

Feito isso, houve a dificuldade de convencer a filha a sair de casa, pois a pequena insistia que o pai viria buscá-la, pretendendo esperá-lo o dia todo. No passeio que fizeram juntas, Helena propôs convidar as amiguinhas para almoçar no shopping e depois irem ao cinema, mas Beatriz recusou, permanecendo triste a tarde toda, como se fosse uma criança abandonada. Helena tentava superar a raiva que sentia, com o fim de proporcionar à filha um momento de lazer, embora não tenha conseguido contagiá-la com seu falso entusiasmo. Por fim, retornaram ao apartamento, caladas e desanimadas, ficando à espera de alguma notícia de Rafael. Beatriz se recusou a tirar o vestido cor-de-rosa até que por volta das oito da noite o sono a alcançou, fazendo-a dormir no sofá da sala. Helena levou-a para o quarto, trocando-a e a pondo na cama sob protestos sonolentos.

Cerca de uma hora depois, o interfone tocou e o porteiro disse com uma voz desconfiada:

– Dona Helena, o Sr. Rafael está aqui na portaria, dizendo que é para mandar a Beatriz descer.

Ela sentiu a raiva contraindo-lhe o estômago, mas procurou controlar-se:

– Passe o interfone para ele – ordenou.

– Oi Helena, vim buscar a Beatriz, conforme o acordo judicial – disse Rafael, sem maiores explicações.

– Aconteceu alguma coisa com você?

– Não, só atrasei porque tive uns negócios urgentes para resolver.

– Rafael, são nove da noite. A Beatriz já foi dormir. Ela o esperou o dia todo, coitada. Amanhã você pega ela.

– Nem pensar, não vim até aqui à toa. Mande ela descer!

– Rafael, amanhã você busca a Beatriz. Ela já está dormindo e está frio.

– Escuta, eu não vou falar de novo. Você quer que eu suba pra pegar ela na marra?

Helena reparou um tom na voz de Rafael, que ela conhecia bem, indicando alguma alteração em seu estado de humor ou no seu psiquismo. Resolveu descer para verificar pessoalmente, antes que as coisas se complicassem.

– Eu vou aí falar com você – disse.

Quando chegou à portaria, num olhar, percebeu nitidamente que ele havia bebido e cheirado cocaína; seus olhos estavam arregalados, como os de alguém em estado de euforia, sua face avermelhada e suada, seus movimentos agitados.

"Ai meu Deus, o que vou fazer?", pensou angustiada.

Procurando manter uma calma que não possuía, Helena se aproximou do marido e lhe disse com suavidade:

– Vamos conversar ali no salão.

– Eu não quero falar nada com você, só vim buscar a minha filha, o que é meu direito. Não vem encher o meu saco!

Os porteiros se entreolharam e depois para Helena, demonstrando surpresa e preocupação.

– Calma Rafael, não precisa ficar nervoso!

– Calma o caralho! Vá buscar a minha filha!

– Nossa filha, e eu não vou buscá-la no meio da noite. O horário que a juíza fixou era às dez da manhã.

– Então, eu vou subir e pegar ela!

Dizendo isto, Rafael avançou em direção à porta de entrada do edifício, momento em que os porteiros o seguraram pelos braços, impedindo-o de prosseguir.

O que aconteceu a seguir foi exatamente o que Helena temia acontecer, com o início de uma briga corporal com trocas de empurrões e xingamentos entre eles, até que Rafael foi colocado para o lado de fora da grade.

Enfurecido, começou a chacoalhar os portões, berrando que Helena era uma puta e que iria voltar com a polícia para pegar a sua filha. Vários condôminos correram para as janelas, assim como interfonaram à portaria, assustados com a cena.

Helena só conseguia pensar se Beatriz teria acordado e também estaria à janela, vendo aquela cena deprimente. Rezava para que não. Pensou ainda nos vizinhos que não a conheciam; no que iriam pensar a seu respeito após tudo aquilo. Deu um suspiro, sentindo-se sem coragem para o que teria pela frente...

XVII

Numa manhã bem cedo, quando o sol mal começara a esquentar e os rapazes ainda colocavam as espreguiçadeiras na praia, Armando vinha da cozinha quando se deparou com um casal à espera de alguém para recebê-los. Como já tinha certa prática, aproximou-se, cumprimentando-os:

– Sejam bem-vindos! Os senhores vão querer um guarda-sol e cadeiras?

O senhor, um homem dos seus setenta anos, com os cabelos grisalhos, um olhar humilde e simpático, respondeu-lhe num francês pontuado, separando as palavras, como se pensasse em cada uma antes de falar:

– Quanto seria para alugar duas cadeiras, por favor?

– Quarenta euros, mais vinte do guarda-sol.

– Um minuto, por favor.

O homem virou-se para a mulher, mais alta do que ele e lhe falou numa língua que Armando não conhecia. Pela expressão dela, o preço seria caro demais, tendo balançado a cabeça. O senhor argumentou algo, olhando para a praia e estendendo a mão num círculo completo. Ela se manteve quieta.

– E seriam bons lugares? Poderíamos ficar ali? – perguntou, apontando para o primeiro guarda-sol junto à praia, no corredor central, que era coberto pelo tapete vermelho.

– É claro, onde o senhor desejar!

– Então está bem! – disse, olhando com um certo orgulho para a mulher, que lhe sorriu assentindo.

Armando levou-os até lá, puxando as cadeiras para colocá-las na posição ideal. Quando se sentaram, perguntou-lhes:

– Algo para beber?

O senhor consultou novamente a mulher, respondendo-lhe:

– Agora não, mais tarde nós vamos tomar um chá.

– Perfeitamente, aproveitem o belo dia – disse Armando, com um sorriso.

Quando eram por volta das onze horas, o sol já firme e quente, Armando reparou que havia um certo tumulto no restaurante, com os funcionários gesticulando e discutindo entre si. Ibrahim estava ao lado de uma mulher loira, alta, com um ar de grã-fina, e parecia aborrecido. Alguém chamou Armando, utilizando-se do apelido que tinham dado a ele.

– Bra, venha até aqui!

Armando estranhou a movimentação e intuiu que algo estava errado. Quando se acercou deles, Ibrahim lhe perguntou:

– Quem mandou você dar o lugar de madame Duffoir para aquelas pessoas? – perguntou, apontando para o casal.

– Eu não sabia que estava reservado; eles estavam esperando e eu os atendi.

– Vá lá e lhes peça para trocar, diga-lhes que cometeu um engano.

– Nós não podemos fazer isto, o senhor me pediu expressamente aquele lugar e eu confirmei que estava certo.

Ibrahim fez uma cara, como se não acreditasse no que ouvia, fechou o semblante e ia começar a ralar com Armando, dizendo-lhe:

– Eu não perguntei a sua opinião, eu quero que você vá lá e diga...

A mulher elegante pôs a mão no braço de Ibrahim e disse:

– Não há problema. Hoje, fico em outro lugar. É bom uma mudança de vez em quando.

– Mas se a madame quiser...

– Não. Está perfeito.

– Tudo bem então – disse Ibrahim, dando um sinal a Armando, para dispensá-lo.

– Obrigado, madame – disse Armando.

Ela esboçou um sorriso, fazendo um gesto com a cabeça.

Mais tarde, enquanto comia seu lanche da hora do almoço, Armando comentou com Maurice o equívoco ocorrido e lhe perguntou em tom admirado:

– Quem é essa mulher tão importante por aqui?

– É uma das nossas melhores clientes, muito amiga do patrão. Dizem que é riquíssima. Desde que eu trabalho aqui, vem todos os anos entre julho e setembro, sempre fica com os dois guarda-sóis da ponta.

Como Armando fez uma expressão de indignação com a exigência, Maurice acrescentou:

– Mas ela é boa gente. Trata todo mundo bem.

Armando observou que Ibrahim havia levado pessoalmente um balde com champanhe até o guarda-sol sob o qual ela se instalara, para um brinde de boas-vindas, sentando-se em uma das cadeiras ao seu lado. Ele nunca havia visto o patrão fazer tal coisa, imaginando que ele, apesar da pele morena, detestava o sol.

No decorrer daquele dia, Armando estava encarregado de servir no setor vizinho ao da ilustre cliente, sendo tomado de uma natural curiosidade: quantos anos teria? Uns cinquenta e poucos, calculou. Não dava para ver o seu corpo, pois ela estava vestida com trajes largos e sentada numa posição ereta. "De qualquer forma", pensou, "melhor não ficar olhando para a amiga do patrão".

Por volta das três da tarde, quando já fazia bastante calor, Armando voltava da cozinha trazendo na bandeja dois pratos de salmão e saladas, quando viu madame Duffoir saindo do mar, ela fazia topless, andando como uma modelo na passarela, com os fartos seios molhados e refletidos ao sol. Armando ficou impressionado. Ela tinha um corpão, principalmente considerando sua idade. Talvez fosse mais nova e ele estivesse enganado.

Ambos perceberam que estavam no mesmo campo visual, embora não se tenham olhado diretamente. Armando queria poder examiná-la, mas...

– *Monsieur, monsieur...* – alguém atrás o chamava – É para nós!

– O quê?
– O salmão!
– Ah, desculpe – disse Armando, servindo os pratos encomendados.

Nos dia seguinte, Armando continuou a servir aos banhistas do lado de madame Duffoir, tendo procurado não olhar para ela todas as vezes em que passava pelo seu guarda-sol. Era difícil, pois além de bonita, ela tinha uma elegância nos modos e um sorriso amável no rosto. Armando sentiu-se tentado a lhe oferecer qualquer coisa para beber ou comer, mas isso contrariava as regras do *Chateau*. De toda maneira, na semana vindoura, ele seria responsável por aquele setor.

A certa hora, Armando voltava para a cozinha, com sua bandeja vazia, quando ela o interrompeu:

– Por favor, o senhor poderia arrumar meu guarda-sol?

– Pois não, madame.

Armando pôs a bandeja sobre os seixos brancos e já foi segurando na haste do protetor, numa pressa que não queria ter. Gostaria de demorar-se bastante, quem sabe puxar algum assunto com ela.

– Como a senhora prefere, meio inclinado?

– Sim, para que fique sombra, pois estou lendo.

– Pronto, madame.

– Obrigada.

Em segundos, havia terminado a tarefa. "Pena", pensou, irritado consigo próprio.

No decorrer daqueles dias, ela não lhe pediu mais qualquer auxílio. Armando se pegou olhando para ela, protegido pelas lentes escuras de seus óculos, sempre que passava por ali. Como todas as pessoas, ela tinha uma rotina: chegava vestida, punha depois o biquíni, fazia topless e depois dava um mergulho. Nesta hora, Armando fingia não ouvir os outros banhistas, não atendia a qualquer chamado. Ficava olhando o mar com ar perdido, como se nele houvesse uma sereia.

Finalmente, começou uma nova semana, e ele teria a chance de falar com aquela cliente tão especial. Após trazer-lhe duas taças de vinho branco, arrumar-lhe o guarda-sol, servir-lhe o almoço e um sorvete de sobremesa, sem que ela lhe dissesse algo além de "por favor" e "obrigada", madame Duffoir lhe perguntou:

– Como é mesmo o seu nome?

– Armando – respondeu.

Ela franziu os lábios, numa expressão de descrédito, e acrescentou:

– Mas não era Bra?

Feliz com a lembrança, ele sorriu e disse:

– Este é o apelido que os rapazes me deram.

– Mas por quê?

– É que eu sou brasileiro.

– Que maravilha! O Brasil é lindo! Quero conhecer um dia!

– De fato, é muito bonito.

– E o que traz alguém do Brasil, país cheio de praias encantadoras, até aqui?

Armando, num átimo, sentiu uma tristeza difusa, algo entre a vergonha e o pesar, e demorou para responder:

– Nada de especial... tomar novos ares.

Percebendo a mudança em Armando, ela parou de sorrir e disse num tom amigo:

– Eu sei como é.

Durante aquela semana, eles conversaram muitas e muitas vezes, fosse enquanto ele lhe trazia algum pedido, fosse quando simplesmente ali parava e, sem notar, aproximava-se dela. Eles falavam sobre tudo, havendo uma natural empatia entre ambos, que os fazia rir e se divertir com as coisas que contavam. Armando percebeu que madame Duffoir era uma mulher inteligente, possuidora de um bom humor fino, que beirava o irônico, além de ter ampla cultura. Era uma leitora voraz, trazendo sempre para a praia um grosso romance e o jornal do dia, que eram lidos entre uma taça de vinho, um mergulho e infindáveis bate-papos.

Armando surpreendeu a si mesmo, ansioso para reencontrá-la todas as manhãs, sendo que o tempo passado juntos invariavelmente interrompido pelas demandas dos demais clientes, parecia-lhe cada vez mais insuficiente.

Certa noite, Armando teve dificuldade em dormir, após ser acordado por uma ejaculação, ao sonhar que transava com madame Duffoir. No sonho, apertava-lhe os peitos com as mãos, na praia quente e ensolarada, onde só existiam eles dois. Meio sonhando, viu ou lembrou-se dos seios grandes, que, empinados, pareciam servidos numa bandeja imaginária. Revirou-se na cama por horas, como um adolescente, incomodado pela premência sexual. Ao se levantar, entre bocejos, pensou na última vez que em que possuíra uma mulher, admirando-se do tempo decorrido.

Por fim, deu-se conta de que estava gostando daquela mulher que lhe sorria de maneira meiga, com um brilho no olhar e que tinha uma voz suave e amiga. Sentiu então, o medo de não ser recíproco o sentimento. Ela era uma mulher linda e rica; ele um simples garçom. A simpatia dela poderia ser apenas gentileza. Talvez, na sua longa solidão, estivesse ele a fantasiar as coisas, a ver em gestos educados uma promessa inexistente.

– Me chame de Marjorie!

Armando sorriu e, olhando em volta, respondeu:

– Eu não posso madame, as regras aqui são estritas!

– Pelo menos quando estivermos só nós dois.

– Está bem, "Marjorie", disse, pronunciando o seu nome pela primeira vez. Isto lhe trouxe uma alegria infantil, como se aquilo significasse algo especial.

Nos dias que se seguiram, Armando foi sentindo a atração física aumentar a cada hora. Tudo nela o atraia, a pele bronzeada, os lábios carnudos, o corpo quente e suado ao sol. De repente, os meses de abstinência sexual pareciam ter sido percebidos de uma só vez, deixando-o inquieto e agitado. Ele podia sentir o cheiro da sua pele, dos seus cabelos, do seu hálito. Era difícil aguentar.

No *Chateau*, havia uma parte separada, composta por cabines de madeira, pintadas de azul-celeste, onde se encontravam toaletes, chuveiros e armários, que os banhistas utilizavam após o mar, quando pretendiam almoçar no interior do restaurante, elegantemente arrumado.

Era por volta das duas da tarde quando Armando, parado na sombra da área das cabines, viu Marjorie entrar no mar. Ela mergulhou uma vez e retornou, puxando com as mãos os cabelos molhados, num movimento que destacava a beleza de seus seios. Ao invés de retornar para o seu guarda-sol, como de costume, ela veio na direção de Armando e entrou numa das cabines ao seu lado. Ele escutou o barulho da ducha e ficou a imaginá-la, nua, atrás daquela fina porta. Estava paralisado, uma sensação estranha o dominava. Olhando em volta, percebeu que não havia mais ninguém naquele local. O coração batia-lhe forte. A urgência fazia seu sangue circular velozmente, trazendo-lhe calor. Num impulso, forçou a maçaneta, abrindo a cabine. Ela ficou parada. Seu corpo e cabelos molhados, a pele com gotas d'água, os seios com os bicos endurecidos. Num movimento rápido, Armando fechou a torneira e a enlaçou nos braços, beijando e chupando seus seios com violência, fazendo-a dar um gemido. Ele a beijou na boca, sentindo a língua dela mover-se de um canto a outro. Suas mãos apertavam a bunda dura de Marjorie.

– Vem vindo alguém, saia!

Ela o empurrou para fora e fechou novamente a porta. Quando Armando se virou, um senhor de bastante idade entrava pelo corredor de acesso às cabines, à procura de um banheiro. Armando abriu algumas das portas, fingindo verificar se estava tudo em ordem, cumprimentou o cliente e foi-se embora, andando até a beira da praia, para poder se recompor antes de voltar ao trabalho. Reparou que algumas partes de sua camisa e dos seus cabelos estavam molhados e tentou secá-las com a palma das mãos.

Na única oportunidade que passou pelo guarda-sol de Marjorie, horas depois, ela conversava com dois amigos gays, que falavam animados sobre uma festa, não havendo como interrompê-los. Armando deu um sorriso discreto, encheu sua bandeja com taças vazias e voltou até a copa. Mais tarde, quando chegava a hora do fim de seu turno, observou que ela se despedia, próxima à escada de pedra junto ao grande paredão, pela qual se descia à praia. Pensou em apressar-se e alcançá-la na rua, mas viu que Ibrahim também saía e que iria acompanhá-la, desistindo da ideia. Ficou recolhendo algumas cadeiras, até não a enxergar mais ao topo da escada. Sentia-se meio eufórico, meio apreensivo, não sabendo como seria o dia seguinte.

* * *

Edu acabara de ter uma reunião com todos os seus funcionários da loja que ficava no centro da cidade. O motivo da convocação não fora agradável. Brigas e mais brigas entre eles, cada um com inveja das vantagens dos outros, reclamações recíprocas, trabalhos mal executados.

"Estou de saco cheio", pensou, decidindo que venderia todas as lojas e viveria de rendas, de aplicações financeiras que não lhe dariam aborrecimento. No fundo, entretanto, sabia que não faria isso. O comércio estava em seu sangue desde pequeno, quando já ajudava o pai em seus negócios, exercendo todos os tipos de funções, de office-boy a mecânico improvisado.

Quando o celular tocou e ele não reconheceu o número, soltou um suspiro desanimado e disse para si mesmo: "Lá vem bomba".

– Dr. Eduardo?

– Sim – respondeu, estranhando, pois poucos o tratavam por "doutor".

– É Roberto, como vai?

– Vou bem...

– Roberto, do escritório de Brasília.

– Ah, Dr. Roberto, me desculpe, não o reconheci. Tive um dia meio turbulento. Algum problema? – perguntou, já imaginando que o advogado lhe telefonava para cobrar despesas.

– Não, estou ligando somente para lhe dar uma boa notícia!

– Uma boa notícia?

– Sim, conseguimos uma liminar trancando o andamento do processo contra o Dr. Armando.

Edu sentiu uma emoção tão forte que não conseguia falar.

– Alô? Dr. Eduardo?

– Sim, estou aqui. Que maravilha, Dr. Roberto! Como o senhor obteve uma decisão dessas?

– Eu lhe disse que juridicamente havia uma série de falhas no processo. Aqui, em Brasília, as questões da política local não têm tanta importância.

– Puxa vida, que beleza doutor!

– Bem, é só uma liminar, o senhor entende. Mas, de qualquer forma, o ministro-relator adentrou um pouco no mérito, dando-nos razão em vários pontos. Vou lhe mandar uma cópia da decisão.

– Muito obrigado pelo telefonema, eu estava ansioso. O senhor acha que ainda vai demorar para julgar a ação definitivamente?

– Isto é impossível de se prever. Pode demorar um ano ou mais, pode sair em meses, vai depender de quando colocarem em pauta. De qualquer forma, o processo aí ficará parado até a decisão final.

– Ótimo, não poderia ser melhor.

– Bem, então até logo.

– Eu não tenho de lhe pagar algum honorário?

– O senhor já os pagou. Agora só sobre os pagamentos atrasados do Dr. Armando, quando recebermos, eu receberei trinta por cento, como combinado.

– Perfeitamente doutor. Muitíssimo obrigado.

Quando Edu desligou o telefone, ele gritou, feliz:

– Chupa seus filhos da puta! Vão pagar pela injustiça que fizeram!

A seguir ligou para Beth, falando tão rápido que ela não entendeu nada. Armando conseguira uma vitória importante, os filhos da puta se ferraram e era para ela se arrumar bem bonita, pois iriam jantar fora para comemorar!

– Eu sei Helena, eu entendo a sua preocupação, mas para a juíza e o promotor estas coisas não são tão extraordinárias, acontecem sempre – disse Raquel, denotando um certo cansaço.

– Mas e se ele vier de novo bêbado e drogado, eu não vou entregar a Beatriz, podem me prender, podem me matar que eu não entrego.

– Calma Helena, ninguém vai prender você. Como acabei de falar. Se, veja bem, o Rafael aparecer nestas condições, você tem o direito de se opor a visitação. Mais que isso: você tem o dever de fazê-lo.

– E por que a juíza não suspendeu a visita, como você pediu?

– Ela quer ouvir primeiro a versão do Rafael, é justo. Lembre-se: ela não conhece vocês, só sabe o que os advogados escrevem e cada um contou um caso bem diferente. Ainda bem que foi designada aquela audiência, para ela ter um primeiro contato com você.

– Mas eu vou ficar nesta insegurança?

– Vai, infelizmente. A juíza não tem uma bola de cristal para examinar a vida de vocês.

– Mas...

A advogada detectou que Helena já havia compreendido a questão do ponto de vista legal, faltando assimilar emocionalmente o que fora dito. Ela precisava de uma amiga para desabafar, reclamar e chorar um pouco se necessário. Sabia, pela sua experiência, que neste tipo de assunto as mulheres se constrangiam de compartilhar suas angústias com as amigas de todos os dias – muitas vezes, amigas do marido também – e que, por isso, sentiam-se isoladas e desprotegidas. Perguntou, então:

– Você não quer ir jantar comigo esta noite? Escolhemos um bom restaurante e conversamos à vontade?

– Eu adoraria, estou meio perdida com essa história.

Quando mais tarde chegou ao restaurante, Helena logo viu a Dra. Raquel em uma mesa perto da entrada, tomando uma taça de vinho.

– Eu me atrasei um pouco, o trânsito está horrível – desculpou-se.

– Não se preocupe, acabei de chegar e aqui está ótimo – disse, levantando sua taça.

Após se sentar e pedir um pouco de vinho, Helena foi ficando mais tranquila, pois a Dra. Raquel era daquelas pessoas que tinham infinitos assuntos para conversar. Falaram de uma porção de coisas até que ela mencionou Rafael, deixando transparecer a mágoa que sentia.

– Como é que pode alguém com quem você viveu tanto tempo se transformar num inimigo, em alguém que quer o seu mal?

– Ele não quer isso, na verdade. É o sentimento de se sentir largado, inferiorizado, injustiçado. Pode ter certeza que ele acredita não ter culpa de nada. Daí, reage, procurando atingi-la naquilo que sabe ser o mais importante pra você.

– A Beatriz?

– Exatamente.

– E o que eu faço?

– Você tem de ir levando, da melhor maneira possível, até que o tempo conserte as coisas.

– E vai demorar?

Dra. Raquel riu e disse:

– Depende, pode ser em um ano, dois, dez.

– Pelo amor de Deus!

– No meu caso foram muitos.

– Você também é separada?

A Dra. Raquel então, contou que se casara muito jovem, depois de se apaixonar perdidamente. O rapaz era amigo de um primo seu e estava de volta ao Brasil após ter feito um intercâmbio no Havaí, onde aprendera falar um inglês meia-boca, surfar e fumar maconha.

Por incrível que possa parecer, na época, isto a impressionou, pois ele era diferente de todos os demais.

Como ele ameaçava "voltar às suas origens e ficar por lá", Raquel ficou desesperada com a possibilidade de perdê-lo e aceitou o convite para morarem juntos, como já faziam os jovens americanos. Os seus pais quase morreram de tristeza e, de certa forma, condicionaram a ajuda financeira necessária a que se casassem de verdade, com Igreja e certidão.

– E deu certo? – perguntou Helena.

– O que você acha?

– Bem...

– No começo ainda foi legal, havendo um clima de romance, de novidade, de autoafirmação. Depois, as coisas caíram numa rotina não tão agradável. Ele não arranjava emprego que durasse mais do que dois meses, dependendo inteiramente de meus pais. O surfe e as excentricidades começaram a me aborrecer. Era a hora de me separar, eu cheguei a pensar.

– E por que não se separou?

A Dra. Raquel abriu sua bolsa, tirando uma carteira grande de couro amarelo. Virou-a para Helena.

Havia duas fotos: de uma mulher bonita e elegante e de uma criança segurando uma boneca, já envelhecida pelo tempo.

– Esta é a Heloísa, minha filha; eu engravidei sem planejar.

– Ela é linda, parece com você.

– Uma versão mais atualizada, bem mais – acrescentou rindo.

– Ela trabalha com você? É advogada também?

– Não, infelizmente. Ela mora na Inglaterra. Eu só a vejo uma vez por ano, mas nos falamos sempre – disse, num tom que procurava ser alegre.

– Ah, hoje em dia, com a internet, celular com câmera, a gente está sempre em contato.

– É, mais ou menos. Eu não a culpo por querer se afastar, depois de tudo o que viu. Fez dezoito e "fiiiiiu", voou para lá – disse, fazendo um movimento com a mão.

– A sua separação foi difícil?

– Foi, principalmente para a Heloísa. Eu e meu ex-marido entramos numa espécie de competição, movida por um rancor que surgiu não sei de onde e nos desentendemos em todas as questões. Tudo virava uma batalha judicial. Litigamos até ninguém aguentar mais. O problema só diminuiu quando ela já tinha uns dezesseis anos e foi ficando independente; não ouvia nem a mim, nem a ele.

– Deve ser duro.

– Hoje, vejo com clareza que fiz tudo errado, ou quase tudo. Se pudesse voltar no tempo, teria cedido em uma porção de pontos. Coisas sem importância, que não mudariam nada. Mas, naquela época, eu não conseguia distinguir. Imaginava que o menor dos detalhes pudesse prejudicar Heloísa. Na verdade, foi esta briga insana o que mais a afetou.

– Puxa, eu pensei que você, sendo advogada...

– Maturidade, minha amiga, experiência de vida, isto não se apreende na universidade. Mas tudo tem um lado bom: eu não deixo minhas clientes fazerem o mesmo erro.

– Espero que não!

Após saborearem o vinho e as entradas, o polvo que ambas haviam pedido foi servido, mostrando que o restaurante escolhido por Raquel fazia jus à fama; temperado à moda espanhola, exalava o perfume do colorau, fazendo-as ficar com água na boca.

A Dra. Raquel falava com espontaneidade, sendo de uma franqueza que deixou Helena admirada. Relatou-lhe que em sua idade atual, embora se sentisse só, não se dispunha a arrumar um novo companheiro, pois se acostumara a decidir e fazer tudo ao seu modo.

– Eu janto a hora que quero, leio até a madrugada e adoro não precisar sair para festas ou eventos. Em resumo, fiquei uma chata – disse, rindo de si mesma.

– Não, chata não, exigente.

– De vez em quando, saio com um amigo, e aproveito meus últimos hormônios – brincou.

– E a coisa não vai ficando séria? – perguntou Helena, interessada.

Ela pareceu refletir um pouco e disse, num tom ameno:

– Ele é casado. E bem casado. Então, tomamos cuidado para não ultrapassarmos nossos limites.

– Pena, e não existe nenhum outro disponível?

– Não é tão fácil assim. Achar a pessoa certa na hora certa.

Dra. Raquel tomou um gole do vinho e ficou em silêncio, imersa em recordações.

Helena pensou em Armando, tentando imaginar como ele estaria naquele momento, pois lera em algum jornal que havia deixado o país. Sentiu uma melancolia, e teve vontade de falar.

– Sabe, eu estou preocupada de não ter sido cem por cento honesta com você.

Dra. Raquel sorriu e balançou a cabeça, olhando-a nos olhos.

– Houve uma pessoa – disse Helena.

Após uma pausa, continuou:

– Não que tenha influenciado na separação, não. Eu já tinha me decidido. E já acabou faz tempo. Nunca mais o vi.

– E daí Helena, o que é que tem?

– Eu fico pensando se isso pode influenciar na questão da guarda. Eu lhe juro que terminou.

– Fique tranquila, são questões completamente distintas. A sua vida pessoal, até ao ponto que não prejudique Beatriz de um modo direto, não interfere na atribuição da guarda. Da mesma forma, em relação ao seu marido; vocês têm direitos iguais.

– Mas você viu o que eles escreveram. O que ele falou na frente da juíza.

– Ele, até dá para entender, são as mágoas, o sentimento de ofensa ou perda, mas é inaceitável o advogado dar guarida a isso, pois sabe muito bem da impertinência jurídica da questão.

– Fico pensando no que a juíza e o promotor vão pensar de mim, que eu sou uma vadia, como insinuaram.

– Eles não vão pensar nada. Conhecem a vida muito bem. Sabem o quanto uma pessoa casada, mulher ou homem, pode estar abandonada dentro do próprio casamento. Veem isso todos os dias.

– Você acha mesmo?

– Eu tenho certeza. Não se preocupe mais com isso.

Depois de alguns instantes, Helena sorriu, demonstrando alívio. Com os olhos brilhantes, disse:

– Obrigada Raquel, por esta noite. Por tudo!

– Eu também adorei o jantar. Vamos repeti-lo uma outra vez!

* * *

Na manhã seguinte, Marjorie não apareceu no *Chateau Plage*, não passando por lá sequer ao fim da tarde, para tomar uma horinha de sol, como às vezes fazia. Armando a esperou por todo o dia, num misto de apreensão e saudades.

Terminado o trabalho, voltou para o apartamento pertencente a Ibrahim e se trancou no quarto, pouco falando com seus colegas, pois sentia crescer uma preocupação. Teria estragado tudo com sua atitude? Teria confundido as coisas, ofendendo ou simplesmente aborrecendo Marjorie? Não tinha como saber. Em alguns momentos, achava que a atração que sentia era recíproca, que ela deveria estar interessada nele; noutros, pensava que ela apenas fora gentil "com um garçom", como o era com todos em geral. Teve um sono agitado, interrompido por períodos de insônia, até perceber o dia amanhecer.

Eram por volta das onze horas quando ela finalmente chegou à praia, sentando-se no seu guarda-sol habitual. Para azar de Armando, aquele setor seria atendido por Charles, o que lhe dificultava a aproximação, tendo sentido um certo constrangimento de simplesmente ir até lá cumprimentá-la. Marjorie olhou na direção em que estava, mas os óculos escuros não permitiam estabelecer contato visual.

Determinada hora, ao lhe pedirem para ajudar a servir as pessoas no guarda-sol ao lado, Armando se apressou com uma bandeja cheia de taças, quase a deixando cair no movimento brusco que fez. Felizmente, conseguiu equilibrá-la, evitando que sua ansiedade ficasse evidente. Após colocar as taças sobre a pequena mesa de metal, Armando serviu aos banhistas o vinho que já estava num balde de gelo e se preparou para voltar. Ao seu lado, Marjorie tomava sol, reclinada na grande espreguiçadeira, com um boné a proteger-lhe o rosto.

– Bom dia madame – disse educadamente.

– Bom dia Armando. Como estão as coisas?

– Tudo bem madame, precisa de alguma coisa?

– No momento não, obrigada – respondeu, dando-lhe um sorriso amável.

Sem uma razão para permanecer ali, ao seu lado, como queria, Armando a cumprimentou e retornou com a bandeja embaixo do braço, com um milhão de pensamentos na cabeça e uma sensação estranha, como uma alegria imotivada, a lhe dizer que tudo estava bem.

Durante toda aquela tarde, enquanto arrumava cadeiras e servia pratos, Armando permaneceu atento ao mar, espreitando o guarda-sol de Marjorie.

Ela, porém, não foi banhar-se.

Ao final daquela tarde, Armando novamente viu Marjorie se despedir, ficando por uns vinte minutos conversando com Ibrahim antes de partir. Ele poderia apressar-se, finalizar o que fazia e tentar alcançá-la na rua, mas não se sentiu encorajado, pois percebeu que havia uma sutil mudança no comportamento dela; algo que não conseguia decifrar.

Terminada a arrumação das mesas para o turno da noite, ele subiu desanimado a escada de pedras que levava ao *Promenade des Anglais* e se dirigiu à rua detrás, onde ficava sua moradia coletiva. Tomou um banho e sentiu vontade de sair, pois não estava no espírito para conversar com os colegas, nem de permanecer trancado em seu quarto. Disse aos rapazes que iria dar um telefonema no centro e saiu pela ruela de seu apartamento, caminhando com toda a calma do mundo; afinal, não tinha nada para fazer.

Chegou ao fim dela, onde ficavam os arcos dando para a *Vielle Ville,* e tomou à direita, andando distraído pelo movimentado quarteirão. Num café bem na esquina, sentiu um sobressalto ao ver Marjorie bem no seu caminho, de pé, conversando com duas mulheres sentadas a uma mesa. Ficou feliz e meio sem saber o que fazer. Aproveitava para parar e conversar com ela, passava direto só a cumprimentando ou sentava-se à outra mesa. Não teve tempo de pensar, pois já estava às suas costas.

– Boa noite, madame – foi o que conseguiu dizer.

Marjorie virou-se de repente, demonstrando na surpresa a alegria de vê-lo. Deu um sorriso amplo e falou animada:

– Armando, que prazer vê-lo por aqui!

Ela o apresentou às conhecidas como "um grande amigo", tendo ambos recusado o convite para se sentarem. Após falarem algumas amenidades, Armando fez menção de despedir-se para continuar andando, quando Marjorie lhe perguntou:

– Está indo até o boulevard? Eu também vou!

– Sim, claro.

Cumprimentaram as duas e seguiram caminhando em frente, como se fosse a coisa mais natural do mundo.

Armando sorriu para Marjorie, que estava linda com os cabelos cacheados soltos, os olhos realçados por um traço de maquiagem e usando um vestido curto.

Ela lhe sorriu de volta, olhando-o com alegria.

Após alguns passos, o silêncio foi se formando, imaterial e imensurável, trazendo apenas a necessidade de ser quebrado. Armando não conseguia dizer nada, preso a uma timidez inesperada.

– Que bom encontrar você! Ontem nem pudemos conversar – disse ela, num tom meigo.

– É mesmo, que bom encontrar você! Ontem não deu para conversar – respondeu Armando.

Ao perceber que apenas repetira o que ela dissera, Armando riu, balançando a cabeça:

– Desculpe-me, mas eu estou preocupado de ter perturbado você. Eu gosto muito de você e não queria...

– Você não me perturbou... quero dizer, não neste sentido. Eu sei lá o que está acontecendo. Vamos aproveitar este lindo fim de dia! Eu o convido a tomar uma taça comigo, você pode?

Armando sorriu e disse:

– É claro que posso, eu adoraria.

As palavras de Marjorie tiveram como que um efeito mágico, fazendo-os retornar ao relacionamento fácil e agradável de sempre. De repente, estavam conversando sobre tudo, rindo e se divertindo de estarem juntos.

Caminharam até o boulevard, uma área reservada só para os pedestres, cercada pelas melhores lojas de Nice e por uma variedade de pequenos restaurantes, sorveterias e cafés. Andaram por lá um pouco, olhando vitrines e vendo o movimento até que se depararam com um lugar aconchegante, com aquelas típicas mesinhas francesas redondas, onde as pessoas já bebiam seus aperitivos, numa profusão de taças de vinho e drinques coloridos.

Resolveram sentar e pedir alguma coisa. Armando perguntou, com um sorriso no rosto:

– O que vai ser madame, um *rosé* ou champanhe?

Ela não perdeu a oportunidade:

– Eu preferiria um *rosé,* bem gelado "Bra", por favor.

Eles riram e Armando fez sinal ao garçom. Enquanto fazia o pedido, Armando pensou em quão estranho aquilo tudo realmente era: ele, um promotor de justiça, trabalhava como garçom numa praia da Riviera, estando sentado com uma mulher linda, cliente de seu restaurante, numa tarde após o trabalho. Se há seis meses ou um ano atrás, visse a si próprio naquela cena, não teria dúvidas em afirmar que sonhava, um sonho maluco e prazeroso.

O garçom trouxe a garrafa de vinho num balde de gelo e, após abri-la numa rapidez que impressionou Armando, serviu um pouco para que ele experimentasse. Levemente gelado, seco e aromático; perfeito, concluiu, assentindo com a cabeça.

Quando o rapaz se afastou fizeram um brinde, sem necessidade de palavras, olhando-se nos olhos com carinho.

– Que bom estar aqui com você – ela disse.

– Eu também acho. Sabe, parece que eu nunca fico o tempo suficiente com você – disse Armando, num tom sério. Depois, para amenizar o que dissera, acrescentou:

– Tem sempre alguém chamando o garçom!

Ela riu e disse:

– Hoje não, hoje somos só nós dois.

A oportunidade de estarem a sós, podendo demorar-se no que falavam, fez com que tocassem em assuntos mais pessoais e delicados, havendo por parte de ambos uma sinceridade que usualmente exigiria um longo tempo de relacionamento.

Marjorie quis saber sobre o passado de Armando, justificando sua curiosidade no fato dele falar um francês escorreito, como poucos o faziam, o que denotava sua esmerada educação.

– Eu tive um ótimo professor. Era um senhor francês, licenciado em letras. Um homem muito bom, ficamos grandes amigos.

– No Brasil se ensina francês nas escolas?

– Não, eram aulas particulares.

– E você foi para a universidade?

– Fui – disse Armando, calando-se a seguir.

– E o que você estudou?

Armando passou a mão pela nuca, num movimento rápido, olhando para o lado. Uma sensação de angústia lhe perpassou a fronte. Ele antevia aonde aquele assunto iria chegar. Balançou a cabeça e disse:

– Marjorie, eu não quero ser grosseiro, mas não gostaria de falar disso.

Como ela o olhava surpresa, ele acrescentou:

– As coisas não deram muito certo para mim no Brasil. Por isso vim para cá, tentar seguir em frente. O que eu fui ou fiz no Brasil está acabado. Hoje sou um garçom, sem perspectivas à vista.

Marjorie apiedou-se dele, arrependendo-se de suas perguntas.

– Desculpe-me, eu não quis invadir a sua privacidade.

– Nem é isso, você fez uma simples pergunta, eu é que tenho um problema. Falar nisso me traz lembranças e questionamentos dos quais quero distância. Às vezes, me sinto perdido. É melhor não pensar.

– Eu entendo você Armando, pode acreditar. Também me sinto assim de vez em quando. A vida não é perfeita, não é como gostaríamos que fosse. Há apenas momentos de felicidade, como este, que devemos aproveitar. "Um brinde!", ela propôs: "Aos momentos felizes!"

Armando levantou sua taça e tocou a dela, sorrindo ao ouvir o estalo do cristais, como o som de um congo que encerra a luta.

Voltaram a conversar sobre as muitas coisas que tinham em comum, tendo ele reparado mais uma vez no quanto Marjorie era inteligente e divertida. O tempo voava na sua companhia. Em instantes, já haviam jantado, a noite se firmara numa escuridão ponteada de estrelas e a garrafa do *rosé* terminara. Ele estendeu a mão, pondo-a sobre a dela, sentindo o calor de ambas. Este singelo gesto trouxe-lhe uma sensação forte e inebriante: após um longo inverno, não estava mais sozinho; havia uma linda mulher ao seu lado.

Eles caminharam até a beira-mar, como se aquele fosse o único caminho a percorrer depois de um jantar em Nice. Ao se depararem com o oceano, tranquilo na sua imensidão, ruidoso nas ondas que se quebravam, ficaram parados, quietos, apenas contemplando o espetáculo oferecido. Depois de alguns instantes, Marjorie falou:

– Eu tenho uma necessidade de estar em contato com o mar, de tempos em tempos, para recarregar as baterias; é algo que me acalma, que me deixa feliz.

Ele pegou novamente a mão de Marjorie e lhe beijou o dorso, sentindo o cheiro de sua pele. Um desejo espalhou-se por todo o seu corpo, fazendo-o respirar pesado.

– Eu quero ficar com você, Marjorie. Hoje, esta noite – disse, olhando-a nos olhos.

– Eu também quero. Vamos até o meu hotel. Fica bem ali, em frente ao *Chateau*.

Eles começaram a caminhar na direção tão conhecida por ambos, sendo que Armando se perguntava se ela estaria no mesmo hotel que ele ficara ao chegar na cidade. Aquilo lhe pareceu estranho, considerando a fortuna pessoal dela. Curioso, perguntou-lhe, apontando para a varanda onde tomara champanhe.

– É aquele ali?

– Não, é o do lado.

– Tem um hotel ao lado?

– Sim, o Peruge.

Armando observou o prédio encostado ao dele, não vendo qualquer sinalização indicativa do hotel. Era um prédio antigo e refinado, mas que estava com todas as janelas fechadas, como se não houvesse ninguém.

– Parece meio vazio.

– É que a frente, propriamente, dá para o porto, lá de cima.

Contornando a esquina que ficava defronte ao *Chateau,* Marjorie indicou um grande portão de madeira escura, na qual havia puxadores dourados e uma pequena campainha. Antes que Armando a tocasse, uma das portas começou a se abrir automaticamente, momento em que ele reparou nas câmeras instaladas acima delas.

Entraram por um largo corredor de mármore, quase inteiramente coberto por tapetes persas, no qual se viam pinturas a óleo, emolduras em dourado e individualmente iluminadas por pequenas arandelas. Funcionários de paletó e gravata, com fones de ouvido, estavam postados ao início e ao fim do corredor, que ia dar na recepção. Um senhor de cabelos brancos, vestindo meio-fraque, levantou-se ao vê-los e pegou uma chave num tabuleiro de madeira trabalhada, entregando-a a Marjorie.

– Boa noite, madame. Boa noite, senhor – disse-lhes respeitosamente.

– Boa noite, Pierre – cumprimentou Marjorie, virando-se para ir na direção do elevador.

Armando a acompanhou. Entraram no elevador e ambos se entreolharam. Ele observou haver outra câmera na cabine. Subiram até o último andar, descendo numa espécie de hall, no qual se viam duas portas, uma de cada lado. Marjorie apontou a da direita, dizendo:

– É aqui.

Quando entraram, Armando se surpreendeu, dando um assobio proposital. Aquilo não era um quarto de hotel, pelo menos como os que ele conhecia.

– Puxa, você está bem instalada – brincou, olhando para o luxuoso salão, que era inteiramente rodeado por uma varanda.

– Venha ver – disse ela, puxando-o para fora.

No terraço havia um pergolado, do qual caíam ramos de pequenas flores, ladeado por uma piscina iluminada e uma espécie de deck. De lá se podia avistar Nice inteira: à direita, a vista do *Promenade des Anglais*, com os faróis dos carros que iam e vinham; à esquerda, o Porto, com navios e pequenas embarcações, ancoradas sobre um mar que ondulava levemente.

Ela foi até a beirada, onde havia uma mureta e virou-se, dizendo feliz:

– Não é lindo?

Armando olhou em volta admirado, mas seus olhos se fixaram em Marjorie. Na distância em que estavam, o curto vestido dela mostrava sua transparência, deixando ver os contornos que ele conhecia da praia. Armando a imaginou nua e só queria comer esta mulher.

Aproximou-se dela e a puxou para si, beijando-a demoradamente. O carinho foi se transformando em lascívia enquanto ele explorava o calor, a saliva e o contato das línguas afoitas.

– Onde é a sua cama?

– Lá em cima.

Subiram para a suíte, onde Armando a levou até a cama pelas mãos, pondo Marjorie bem à sua frente. Sentou-se na cama para poder examiná-la por inteiro. Soltou as alças do vestido, empurrando-o para baixo. Após passar pelos quadris, ele caiu solto no chão, permitindo-o ver aquele corpo bronzeado e firme, que tanto desejava. Os seios grandes, com os bicos arrepiados, a barriga magra, mas com a suavidade feminina, o início dos pelos púbicos protegidos por uma calcinha de seda, minúscula, que pouco escondia.

Armando chupou um seio e depois o outro. Com o nariz roçando a sua pele, foi lhe dando pequenos beijos barriga abaixo até chegar à borda da calcinha. Sentiu o cheiro de Marjorie. Como que num transe, passou a língua em sua púbis e a despiu com força, quase rasgando a lingerie. Os pelos dela eram aloirados, macios, cobrindo ligeiramente a fenda dos lábios vaginais. Armando colocou sua boca inteira nela, sugando e passando sua língua pelos contornos internos, pelo clitóris, enquanto apertava nas mãos a bunda de Marjorie.

Ela gemeu e falou ofegante:

– Pare, senão eu gozo.

Armando a puxou para a cama, despindo-se em segundos. Encostou-se na cabeceira e lhe disse:

– Venha aqui.

Ela olhou com prazer para o corpo musculoso de Armando e para o seu pênis duro e grosso, muito acima das suas pernas. Subiu então, sobre elas, ficando de joelhos à sua frente.

Armando agarrou seus peitos, apertando-os um em cada mão, inclinando-se para chupá-los. A seguir, beijou Marjorie, sentindo-lhe a língua, os lábios carnudos. Levantou-a um pouco, para encaixar o pênis e penetrá-la com cuidado.

– Ai – gemeu Marjorie. – Vai... não para – acrescentou.

Armando a segurou pelos ombros, puxando-a sobre si, a cada vez que jogava seu corpo e seu pênis contra ela, entrando e saindo do calor de Marjorie, num misto de fluidos, dor e prazer, que parecia não acabar nunca.

– Ai, ai, eu vou... – gritou ela, mordendo os próprios lábios e paralisando-se, numa convulsão de espasmos.

Ela estava ofegante, respirando com a boca aberta, e olhava para Armando com uma espécie de alegria, com um amor não declarado. Abaixou-se para beijá-lo no rosto, na testa, nos lábios, com beijos rápidos e molhados, dizendo-lhe:

– Ai que delícia, que tesão!

Armando deitou-a a seu lado e, após beijá-la e lhe acariciar os cabelos, pegou uma das suas pernas e a virou sobre a outra, deixando-lhe o dorso virado, com a bunda virada para ele. Penetrou-a novamente, com o pênis totalmente duro, sentindo as nádegas dela a lhe pressionar, a lhe excitar.

– Calma – pediu ela, ainda cansada. Mas o calor, o suor, o desejo que vibrava do corpo de Armando, fez com que quisesse gozar de novo, acompanhando os movimentos dele, numa sequência crescente, até que não aguentasse mais de dor e tesão, para pedir-lhe:

– Vai amor, vai...

Armando gemeu tão forte que ela instintivamente tapou sua boca com a mão. Ele desvencilhou-se, pois precisava respirar, e continuou a penetrá-la devagar, aproveitando os últimos espasmos de prazer.

Apoiado sobre os cotovelos, ele deixou que sua cabeça caísse, tocando levemente o rosto de Marjorie. Ficou parado, sentindo o cheiro maravilhoso que ela exalava, da sua respiração, do suor de seu corpo.

Teve vontade de dizer:

"Eu te amo", mas pensou que poderia estar mentindo.

Armando ficou estatelado na cama, num estado de paz e satisfação, que o impedia de qualquer movimento. Com a sensibilidade exaltada, pôde perceber a maciez dos lençóis sob suas costas, usufruir do conforto do travesseiro e da cama de Marjorie, sentindo-se como um rei, ao retornar ao seu castelo.

Após uns minutos, ela se levantou, deu-lhe um beijo no rosto e foi ao banheiro.

Armando, cansado do dia trabalhado, relaxado do vinho e do sexo, viu apenas o vulto da mulher bonita voltar, dizer-lhe algo gentil que o sono não deixava entender e fechar as cortinas das janelas, apagando as luzes de Nice. Sentiu o corpo ao seu lado, numa sensação meiga e prazerosa, e dormiu inteiramente feliz.

Quando o despertador de seu relógio tocou, Armando abriu os olhos e não entendeu bem onde estava. Num átimo, recordou-se de tudo e sorriu.

– Que é isso? – falou Marjorie, sonolenta.

– Hora de ir trabalhar.

– Que horas são?

– Seis e meia.

– Ah, não. Fique mais um pouco.

– Não posso, tenho de ir.

– Fique, eu falo com o Ibrahim, ele vai entender.

– Nem pensar. Continue dormindo, eu espero você na praia, como sempre.

– Vou fazer o café pra você.

– Não, eu tomo com os rapazes. Lá já está tudo pronto.

Armando se levantou, foi ao banheiro arrumar-se, deu um beijo nela e saiu para mais um dia no *Chateau Plage* sentindo-se um pouco diferente.

XVIII

Helena estava examinando alguns relatórios da fábrica quando ouviu a voz de Isabel e a de Beatriz que chegara do colégio. Parou o trabalho, antecipando-se a entrada da filha no quarto, correndo e lhe dando um abraço, como sempre fazia.

Para sua surpresa, a menina passou direto por sua porta, indo para o quarto sem lhe dirigir a palavra. Alarmada, imediatamente pensou que ela não se sentia bem, tendo comido algo que lhe fizera mal. Levantou-se e foi ver Beatriz. Ela estava deitada, abraçada ao travesseiro, como se sentisse dor de estômago.

– Filhinha, o que houve? Está com dor de barriga?

A menina não respondeu, permanecendo quieta, o que aumentou sua preocupação.

Sentou-se na cama ao seu lado e quando foi pegá-la em seus braços, Beatriz a repeliu, afastando-a com um movimento brusco.

– Que isso Beatriz, o que está acontecendo?

Helena pôs a mão na testa da menina, imaginando que estivesse com febre.

– Sai! – berrou a menina.

– Filha, o que é isso? – perguntou nervosa.

– O papai falou que você é uma vaca! Que você tem um namorado e que por isso mandou ele embora!

– Beatriz, filhinha, pelo amor de Deus...

– A irmã da Paula falou que vaca são essas mulheres peladas.
– Meu amor, não fale isso, dê um abraço na mamãe.

Depois que Beatriz dormiu, mais para fugir da tristeza do que por sono, Helena saiu do quarto, fechando a porta com cuidado para não a despertar. Foi até a janela da sala e ficou parada, abrindo e fechando as mãos, num movimento frenético e sem explicação. Sentia um ódio que nunca experimentara na vida, algo que parecia esticar seus músculos até dilacerá-los. Teve vontade de matar Rafael. Queria encontrá-lo para pular em seu pescoço e apertá-lo até que parasse de respirar.

Andou de um lado a outro da sala, até sentar-se na poltrona à janela, onde permaneceu pensativa, formulando hipóteses irreais e tenebrosas sobre o porvir. Não sabia o que fazer. Sentia-se deprimida e impotente.

Como Rafael podia fazer isso com a própria filha? Como podia ser tão insensível e egoísta? Ele sabia do tratamento psicológico pelo qual Beatriz passara, e embora não tenha dado grande importância, fora alertado para evitar envolver a filha nos problemas conjugais. Dizer a Beatriz que a mãe era uma "vaca" beirava a loucura, a total insanidade mental. "Devem ser as drogas", pensou, não vislumbrando qualquer esperança de solução. Era um problema seríssimo, difícil até para aqueles que admitiam a dependência e procuravam tratamento. No caso de Rafael, que sequer permitia se tocasse no assunto, não era realístico pensar numa melhora.

E de onde surgira essa história de namorado? No período em que se relacionara com Armando, o marido pouca ou nenhuma atenção lhe dispensava; estavam como dois separados vivendo sob o mesmo teto. Quando voltava tarde da noite, quer viesse da casa de uma amiga, quer do flat de Armando, ele já se encontrava dormindo em seu quarto ou passava a noite fora de casa, nunca lhe perguntando nada no dia seguinte. Por que, agora, cismara com o assunto, atormentando a vida da pobre Beatriz?

Nada parecia lhe fazer sentido. Ela apenas sentia a tristeza de estar inexoravelmente presa a este homem a quem começava a odiar, num misto de revolta e de nojo. "Se arrependimento matasse", pensou, tentando se recordar no que vira em Rafael, naqueles longínquos anos do namoro.

Quando o telefone tocou, Helena o atendeu antes do segundo toque, pois aguardava ansiosa a resposta da Dra. Raquel. Pelo tom da advogada, já presumiu que as coisas haviam dado certo. Ela a informou que a juíza atendera a seu pedido e suspendera o direito de visitação de Rafael, enquanto não se realizassem as perícias sociais e psicológicas dos envolvidos.

– Eu te falei – disse a advogada – que a juíza era uma mulher sensata. Ela concluiu que as visitas, do jeito que o seu marido está, seriam prejudiciais à Beatriz.

– Graças a Deus, mas também, depois do que aconteceu...

– Não se esqueça que nós não tínhamos provas, só a sua declaração e a da sua babá, uma pessoa a quem você paga salários. A sensibilidade da magistrada é que a fez acreditar em você. Nós tivemos sorte, há juízes que nem designam audiência, não querem perder tempo e resolvem tudo só pelos papéis.

A seguir, a advogada explicou que doravante Rafael não teria motivos para ir até o seu apartamento ou tentar algum contato pessoal com a filha. Caso ele tentasse, se criasse algum novo problema ao saber da proibição, ela teria de acionar a polícia.

– Eu sei que é constrangedor para você, mas é o único jeito.

– Espero não precisar.

– Tudo vai correr bem. Sejamos otimistas!

Dois dias depois, o celular de Helena tocou e ela reconheceu o número do marido. Num primeiro instinto, não atendeu, pois a última coisa que queria no mundo era falar com ele. O aparelho tocou e tocou, silenciando-se, para a seguir começar de novo. Helena pensou que não haveria escolha; era melhor atender logo, já que estava sozinha e tranquila em casa.

– Alô – disse.

– Você é mesmo uma puta sem vergonha! Quer me tirar tudo, o dinheiro, a filha. Você fique sabendo que vai ter troco, que isso não ficará assim!

– Rafael, escute-me por um segundo, eu...

– Você, sua puta, mexeu com o homem errado, eu não sou de ficar...

– Rafael, você não pensa no mal que está fazendo a nossa filha...

– Fazendo mal porra nenhuma!

– Chamando a mãe dela de vaca! O que você acha que está passando pela cabeça dela?

– A verdade. A verdade deve ser dita!

Helena deu um suspiro, desanimada de continuar.

– Você pensa que eu sou idiota? É o que o André e o Fábio falaram no clube: "Aí tem, tem boi na linha. Nenhuma mulher se separa assim, de uma hora para outra, do nada!"

– Você foi falar da nossa separação no clube? Você quer acabar com a minha vida e a da Beatriz? Rafael, você precisa de ajuda, de um médico, um psicólogo, você tem...

– Cala essa boca, sua vaca! Sabe o que eu vou fazer? Vou contratar um detetive particular, dos bons. Ele vai descobrir toda a sua historinha; quem é o seu amante, onde vocês vão trepar, e eu vou mostrar tudo pra juíza, você nunca mais vai ver a Beatriz!

Helena escutou um forte barulho, como a batida do receptor cortando a ligação. Sentiu o coração disparado, um medo de tudo, uma tristeza sem fim.

– Eu acho que vou visitar o Armando, chego lá de surpresa.

Beth fez uma expressão que não dizia nem sim nem não, mas foi suficiente para que Edu percebesse certa resistência por parte da mulher.

– O sacana não me liga!

– Você não ia esperar pelo resultado do processo?

– Ah – reclamou Edu – o negócio não anda.

– Estas coisas demoram, ainda mais em Brasília. Tenha calma!

– É, você tem razão. Sabe, eu já vejo a cena na minha cabeça, já pensei mil vezes. Eu chegando lá na praia, a cara de espanto do Armando, ele vem para me dar um abraço e eu digo "quem é promotor de justiça de novo?".

Ao falar isso, os olhos de Edu, que pareciam distantes, encheram-se de lágrimas e ele se calou. Beth sorriu com carinho e lhe disse, brincando:

– Meu pequenininho, está com saudades do amigo.

Levantou-se e foi dar um beijo na cabeça do marido, sentado à mesa da copa. Sabia quanta falta Armando fazia para ele. Eram como irmãos.

– Eu vou ligar para o Dr. Roberto, quem sabe tem alguma novidade.

– Mas você já não ligou segunda-feira?

– Liguei, mas assim ele não esquece de verificar.

– Coitado do homem. Advogar deve ser duro.

* * *

Nos dias que se seguiram àquele encontro, Armando e Marjorie experimentaram uma sensação gostosa e peculiar: a do primeiro namoro, escondido de todos. Comportavam-se na praia como simples conhecidos, ele na sua função de garçom, ela como cliente do estabelecimento.

Mal o dia caía, no entanto, e Marjorie já o esperava na cobertura do Hotel Peruge com uma garrafa de champanhe no gelo e todo o carinho que podia dar. Armando chegava meio sem jeito na luxuosa recepção e era educadamente saudado pelos funcionários, como se fosse um dos privilegiados hóspedes habituais.

Ela se preparava para recebê-lo com esmerado cuidado, maquiando-se e se vestindo com roupas chiques e provocantes. Armando apreciava o resultado, mas ficava um tanto constrangido, pois a despia quase que imediatamente, como quem cortasse um pedaço de uma bela torta antes da chegada dos convidados. Era comum mergulharem na piscina e ficarem bebendo e conversando, algumas vezes totalmente nus, sob o luar do mediterrâneo e protegidos da curiosidade alheia.

Havia sempre um carrinho do hotel, com travessas de prata cobertas, esperando para quando a fome viesse, bem como a garrafa de um bom vinho. As noites pareciam perfeitas, embora durassem muito pouco na opinião de Marjorie. Ela não se conformava dele ter de se levantar tão cedo, passando o resto do dia "longe" dela na praia, naquele vai e vem de bandejas.

– Nós precisamos viajar juntos, curtir os dias, sair para tomar um sorvete, fazer compras, ficar à toa pelas cidades.

– Eu tenho de trabalhar – respondeu Armando.

– Vamos no fim de semana para Saint-Tropez; de carro são só três horas daqui. O Ibrahim vai deixar.

Como Armando fez uma expressão de contrariedade, ela corrigiu o que falara, perguntando-lhe:

– Quando você tira as folgas? Eu o vejo trabalhando todos os dias.

– Para dizer a verdade, eu ainda não tirei. Ofereceram-me, mas para mim tanto fazia.

– Então, você pode. Peça para o próximo sábado!

– Vamos ver, acho que vai dar.

Armando viu que Ibrahim estava sossegado, tomando uma xícara de chá naquele seu canto preferido e aproveitou para falar com ele. Após cumprimentá-lo, sentou-se e foi logo ao assunto:

– Patrão, o senhor me perguntou das folgas outro dia. Posso tirá-las neste fim de semana?

Ibrahim não pareceu surpreso nem precisou pensar para responder:

– Tudo bem Armando, vá na tarde da sexta e volte na segunda.

– Obrigado – disse Armando, fazendo menção de se levantar.

Ibrahim, entretanto, continuou a conversar, falando sobre os eventos que pretendia organizar na temporada, das discussões que tivera com os fornecedores e até da filha caçula, a quem pusera de castigo porque fora mal na escola. Com um sinal de mão, pediu outro chá e um café para Armando, numa atitude cordial, apesar de um tanto estranha; normalmente, gostava de ver os funcionários ocupados em algum serviço.

Servido o café, Ibrahim falou para Armando que estava muito satisfeito com o seu desempenho e que todos os rapazes, inclusive ele próprio, consideravam-no um sujeito legal e em quem se podia confiar.

Armando agradeceu, mas pressentiu que havia algo mais a ser dito, pois Ibrahim parecia encabulado. O patrão pôs a mão sobre o seu braço e disse:

– Eu sei que não tenho o direito de me intrometer na sua vida particular, mas gostaria de lhe pedir uma coisa.

Armando olhou intrigado para Ibrahim e perguntou:

– O que foi?

– É sobre a Marjorie. Ela me contou sobre vocês. Na verdade, eu já sabia, vendo vocês dois conversarem e rirem o tempo todo.

Armando permaneceu calado, com uma expressão séria no rosto, preocupado com o que ouviria e, principalmente, com a reação que teria.

– Não me leve a mal, mas é que conheço a Marjorie há muitos anos. Ela é uma pessoa boníssima, incapaz de fazer mal a alguém.

– Eu sei, já percebi isto – disse Armando.

– Sim, mas ela tem este jeito alegre, despreocupado... a gente não imagina como ela já sofreu. Por trás deste glamour todo, há uma pessoa muito delicada, frágil, talvez...

– Ibrahim, o que você quer me dizer?

– Para tomar cuidado com ela, para não a magoar sem necessidade.

Armando olhou bem nos olhos do outro e disse num tom forte, mas que denotava compreensão:

– Eu não tenho a menor intenção de magoá-la. Sou inteiramente sincero nas coisas entre nós. Sei que ela é uma pessoa especial.

Ao ouvir isso, Ibrahim esboçou um sorriso, que parecia vir do fundo de seu coração, como se a resposta de Armando confirmasse uma esperança alimentada.

– Que bom ouvir isso! Fico muito feliz, *mon ami* – disse Ibrahim, segurando no ombro de Armando, num sinal de que o considerava de forma diferente, a partir deste momento.

Na quinta-feira à noite, véspera da viagem, após terem jantado no terraço, Marjorie falou para Armando esperar ali, pois tinha uma surpresa para ele. Ela voltou trazendo um monte de sacolas de grifes renomadas, mal podendo carregá-las, e as colocou no chão ao seu lado, com uma alegria infantil no rosto:

– Pra você passear bem bonito! Espero que goste!

Armando teve um impulso de recusar, ou dizer que não precisava, mas ao olhar a felicidade estampada no rosto dela, apenas sorriu.

– Vamos, abra para ver se gosta!

Eram camisas e camisetas de materiais finos, com detalhes chiques, bermudas muito compridas e sapatos esportivos, que lhe pareceram de couro de crocodilo. Ele imaginou o preço daquelas peças e se sentiu meio estranho de aceitar presentes tão caros. Sem saber como agir, enquanto fingia examinar cada item, pensava em sua situação atual; ele dormira junto dela no último mês, praticamente vivendo com ela, só se afastando para trabalhar. Mesmo no trabalho, Marjorie estava por perto, fazendo-lhe companhia. Já tinha trazido sua mala para o apartamento, para ter o que vestir em suas idas e vindas do *Chateau*, sendo que eram peças impróprias para o verão e totalmente fora da moda. Ele realmente necessitava de novas roupas.

Marjorie pareceu ler seus pensamentos e disse numa voz afetuosa:

– Toda mulher gosta de vestir seu homem, acho que é uma forma de individualizá-lo, de mostrar às outras que ele já tem dona.

– Ah é, melhor eu tomar cuidado.

– Experimente esta azul com a bermuda branca – disse, entregando-lhe uma camisa.

Armando passou uma meia-hora pondo e tirando roupas, sob o olhar orgulhoso de Marjorie, até ter provado todas.

– Você está um gato! Não sei não, em Saint-Tropez há muitas mulheres bonitas, melhor ficarmos por aqui.

– Nenhuma como você – disse Armando com sinceridade.

– Você gostou de tudo?

– Gostei... só essas bermudas até o meio das canelas, parecem meio... sei lá, de desfile de moda.

– Que nada, você está lindo. Confie no meu gosto. Agora vamos nos deitar – dizendo isto ela o beijou no rosto e o puxou pela mão, em direção ao quarto.

Quando ele chegou na cobertura do Hotel Peruge, Marjorie já o esperava, com duas malas pequenas, de couro marrom escuro e cantos dourados, postas ao lado de sua cadeira.

– Pronto para a viagem? – perguntou animada. Ela não fora a praia nesta manhã, ultimando os preparativos, tanto burocráticos, como pessoais, o que incluiu uma ida ao cabeleireiro para fazer as unhas, cortar um milímetro as pontas dos cabelos e mais alguns procedimentos imperceptíveis ao homem comum.

– Prontíssimo – disse Armando. – Só vou tomar uma ducha rápida. – Ao falar isso, percebeu que Marjorie permaneceu parada, como que pousando para uma foto. Lembrou-se, então, do cabeleireiro e disse:

– Você está linda!

– Você gostou? Ele não cortou muito?

– Não, está perfeito.

Alguns minutos depois, desceram ao subsolo do hotel, onde havia uma ampla garagem repleta de carros, de preciosidades automobilísticas, para ser preciso; Bentleys, Ferraris, Porches, todos os modelos mais possantes e luxuosos. Armando caminhava devagar, apreciando os veículos, sendo conduzido por ela até chegar numa vaga na qual estava parado um modelo francês comum, de quatro portas, cor preta e sem nenhum atrativo.

– Deixe que eu abro o porta-malas – disse Marjorie, pois ele carregava as malas.

– O que foi? Que cara é essa?

– Nada – disse Armando. – É que eu pensei que você tivesse um supercarro, vermelho ou algo assim.

– Pra quê? Eu pouco dirijo. Em Paris, você nunca encontra lugar para estacionar.

– Faz sentido – ele concordou, um pouco surpreso.

– Podemos alugar um lá, se você quiser.

Armando riu e balançou a cabeça.

O percurso até Saint-Tropez era extremamente agradável, ladeando o litoral em sua maior parte e passando por pequenas cidades praianas, um tanto diferentes de Nice, pois mantinham um clima de interior, onde famílias atravessavam a rodovia com guarda-sóis e cadeiras, crianças corriam atrás umas das outras e senhores de idade sentavam em grandes rodas embaixo das árvores.

Armando quis parar numa delas para tomar um café e comprar um jornal. Acabaram provando um sorvete, que ele não se lembrava ter experimentado melhor em toda a vida. Teve vontade de tirar as malas do carro e ficar ali mesmo, naquele sossego gostoso.

Enquanto se aproximavam de Saint-Tropez, Armando observava a exuberante vegetação com certa surpresa, pois em nada parecia com a tropical a que estava acostumado. Se ele não visse o oceano ao seu lado, juraria que estava nas mais altas montanhas do Brasil, cercado por pinheiros, carvalhos e outras árvores centenárias.

Quando chegaram, o lugar não lhe pareceu nada de espetacular, a justificar sua fama mundial. Logo de início, havia um inóspito porto e um estacionamento público, onde ficaram presos num congestionamento desordenado até que Marjorie lhe indicou um caminho lateral, que terminou por sair ao lado do hotel reservado.

Em frente a este, colaborando a impressão de Armando de estar numa região montanhosa, havia uma praça cercada por plátanos, com o chão coberto por folhas, que lhe remetia às estações invernais do Brasil. O hotel era uma construção antiga e imponente, com jardins nos quais havia bancos embaixo de pergolados, onde hóspedes conversavam e tomavam seus drinques. A suíte deles dava para a frente do hotel, possuindo um terraço de onde se tinha uma vista da cidade. Armando foi observá-la e perguntou em tom de brincadeira:

– Cadê a praia? Não foi pra isso que viemos?

– Fica a uma meia hora de carro, nós vamos até Pampelonne.

– Nice parece mais fácil, era só atravessar a rua.

– Mas aqui temos o dia todo para aproveitar.

Após guardarem as coisas, resolveram sair para jantar. Marjorie sugeriu um lugar mais tranquilo, que ficava do outro lado da praça, deixando a zona mais agitada para Armando conhecer no dia seguinte. O trajeto até o restaurante foi agradável, pois a temperatura já caíra um pouco, com claridade perdurando até tarde da noite. O local era refinado e já estava quase lotado, tendo ele sentido uma alegria nova e de certa forma inocente, de poder estar à vontade com Marjorie, como um casal qualquer.

Eles conversaram e riram durante o jantar, acabando com mais uma garrafa dos vinhos da *Provence*. No percurso da volta, de mãos dadas com Marjorie, Armando escutou o crepitar de seus passos sobre a areia cheia de pedrinhas do solo, o que o fez lembrar dos jardins em frente ao Louvre. Mesmo àquela época, quando a tristeza e a solidão oprimiam seu espírito, era prazeroso caminhar por entre as árvores, pisando sobre as folhas secas, sentindo o cheiro do verde e da madeira, num contato particular com a natureza. Nesta noite, uma sensação de felicidade contagiava todo o seu ser, fazendo com que este simples momento ficasse para sempre em sua memória. Após se deitarem, Armando abraçou Marjorie com carinho, beijando o seu pescoço, mexendo em seus cabelos, cheirando-a com amor. O desejo surgiu espontâneo e tranquilo, fazendo Armando penetrá-la sem o perceber, como se seus corpos se encaixassem numa natural união, para assim ficarem até que o gozo veio lentamente, quente e suave.

Na manhã seguinte, ao descerem ao luxuoso salão reservado ao café, Marjorie apertou o braço de Armando, falando-lhe ao ouvido, enquanto o *maître* vinha sorridente na direção deles:

– Vamos tomar o café lá fora.

– Bom dia senhores. Dormiram bem? Hoje faz um dia belíssimo. Escolhi uma mesa à janela lateral, para que tenham uma vista apropriada.

– Muito obrigado, mas iremos tomar o café na cidade.

Ante a decepção nos olhos dele, Marjorie acrescentou, a guisa de justificação:

– Combinamos encontrar com amigos que também estão aqui.

O funcionário anuiu com um gesto de cabeça, demonstrando gentilmente que entendia.

Ao saírem, Armando a olhou curioso, esperando o que ela diria:

– Aí, ao lado do hotel, tem um bistrô onde servem a melhor *tarte tropéziènne* do mundo. Você tem de experimentar.

Embora ele preferisse tomar uma simples taça de café, curto e forte, deixando para comer algo mais tarde, não resistiu à sugestão dela, pois o doce tinha um aspecto apetitoso. Marjorie comeu duas, com a voracidade e o sorriso de uma criança, dizendo-lhe entre mordidas:

– Isto só se pode fazer aqui.

Após o café da manhã, enquanto esperava que Marjorie se trocasse, Armando andou em volta da quadra, fazendo uma descoberta interessante: havia uma pequena oficina mecânica, na qual se podia alugar lambretas. "Seria perfeito para ir à praia", pensou. Infelizmente, estavam todas já reservadas, à exceção de uma bem velha, suja e com pneus meio carecas, encostada numa parede.

– E aquela ali?

– Se o senhor quiser, posso alugá-la por um preço especial, mas não está nas condições ideais – respondeu o proprietário, aparentemente o único a trabalhar aos fins de semana.

– E os freios, estão funcionando?

– *Bien sûr monsieur* – assegurou com ares de ofendido.

Quando Marjorie desceu e saiu aos jardins, Armando tocou a buzina, produzindo um som estridente e entrecortado, como se houvesse uma falha elétrica, assustando Marjorie.

– O que é isso? Não me venha com brincadeiras!

– Assim fugimos do trânsito! E será mais fácil estacionar!

– A última vez que andei numa destas faz... bom deixe pra lá. Você sabe guiar essa coisa?

– Confie em mim. Quem equilibra taças numa bandeja já provou suas habilidades – disse rindo.

Marjorie subiu meio a contragosto, tendo dificuldade para se ajeitar com a bolsa, mas sorriu para ele, pois parecia tão animado.

A ideia se mostrou excelente, a estrada sinuosa e congestionada até Pampelonne foi percorrida em pouco tempo, sendo que enquanto os motoristas disputavam as vagas de estacionamento, puderam deixar a lambreta na lateral de uma casa sem maiores problemas.

O mar em Saint-Tropez era igualmente bonito, embora houvesse uma formação de algas por toda a parte, escurecendo a água e parecendo atrapalhar um bom mergulho. Para compensar havia areia na praia, como em qualquer outro lugar que Armando conhecesse. À beira-mar ficavam os restaurantes e os *lounges*, onde a música já tocava, em meio a uma profusão de garrafas de champanhe, risos e alguns gritos.

Eles foram caminhando até chegarem ao local que atraía uma pequena multidão, situado na ponta da praia e que, sem dúvidas, era o mais elegante e refinado. Uma fila de pessoas esperava para entrar, junto a um portão no meio da areia. Marjorie puxou Armando pela mão e foi até o rapaz que ficava de porteiro, segurando uma prancheta e um rádio de comunicação. Ele pareceu reconhecê-la, cumprimentando-a com gentileza.

– Duffoir – ela disse. – Marjorie.

– Bom dia! Podem entrar, por favor.

Ao ingressarem, Armando automaticamente examinou as instalações, comparando-as com as do *Chateau Plage*. Eram semelhantes, embora ali houvesse um clima de festa, de balada, ainda que fosse no meio da manhã. Uma jovem bonita, numa saída de praia curta, aproximou-se para os receber, conduzindo-os à uma mesa à beira do *lounge*. O lugar era um dos melhores, podendo-se curtir os vários ambientes em volta.

Sentaram-se, e Armando olhou em volta, pensando na euforia daquelas pessoas: parecia que todos "tinham" de estar hiperfelizes, hiperanimados, em meio àquela festa matutina. O som tocava demasiado alto e era cedo para beber.

– O que foi? – perguntou Marjorie.

– Nada. Está tudo ótimo.

Ela olhou bem nos olhos dele e sorriu.

– Bem, talvez fosse mais gostoso ficarmos na areia, aproveitando a praia mesmo.

– Você tem razão! Vamos lá pra fora.

Os dois se instalaram numas cadeiras longas, reclináveis, de frente para a mar. O sol batia de leve, esquentando e relaxando o corpo. Marjorie viu Armando fechar os olhos, a felicidade estampada nas feições. Num gesto instintivo, fez algo que há muito queria fazer: pegou o protetor solar e foi passar nele, com toda a delicadeza e carrinho. Ao espalhá-lo em seu rosto, Armando abriu ligeiramente os olhos. Quando ela cobriu seu tórax, barriga e pernas, Armando soltou um suspiro, dizendo sonolento:

– Que delícia! Quanto você cobra?

– Você vai saber depois.

Eles ficaram na praia até o fim da tarde, aproveitando cada minuto daquele dia especial, no qual podiam se beijar, mergulhar juntos, ou fazer o que lhes desse vontade. Ali eram só eles dois. E bastava!

O percurso de volta na corajosa lambreta foi divertido, pois Armando veio dirigindo bem devagar, parando em cada ponto bonito, debaixo de alguma árvore, apenas para curtir e prolongar a sensação que sentia. Teve pena de devolver a lambreta, como se chegasse à última página de um bom livro.

– E então, *Monsieur*? – perguntou o proprietário da oficina, preocupado.

– Fantástica! Não deu nenhum problema e era possante nas subidas.

A transformação no rosto dele foi até engraçada, parecendo que Armando elogiara um filho querido.

– Obrigado. Está às suas ordens!

No início da noite, ou melhor, por volta das nove horas, pois a claridade ainda não terminara, Marjorie o convidou para ir conhecer a área onde ficavam os restaurantes e as pessoas iam passear em Saint-Tropez. Ela escolheu a bermuda comprida e uma camisa estampada, pedindo a Armando que as usasse:

– Você vai ficar lindo!

Armando olhou para a bermuda, que chegava ao meio de suas canelas e pensou em recusar. Mas, a alegria de Marjorie, o preço que pagara pelas roupas, o seu olhar de expectativa, contudo, fizeram-no mudar de ideia. Afinal, "ninguém o conhecia mesmo e todos se vestiam de modo excêntrico na cidade", pensou, vestindo-se a seguir.

Passearam por ruas pitorescas, nas quais havia um comércio chique, composto na sua maior parte por boutiques de roupas e de joias, intercalado por cafeterias, onde se podia comer doces artesanalmente feitos. Os imóveis eram pintados de diferentes cores, sempre em tons suaves, o que dava ao ambiente um ar tranquilo, apesar do vai e vem de pedestres. Chegaram a um largo píer que de um lado abrigava os inúmeros restaurantes e do outro as embarcações.

Armando se surpreendeu. Não eram lanchas como ele imaginava, mas verdadeiros "navios", considerando o tamanho que tinham. Estavam alinhados um do lado do outro, quase se encostando, separados por boias e pouco centímetros. Ele calculou a manobra para estacioná-los assim. Cada um mais bonito que o outro, em estilos totalmente diferentes. Havia iates supermodernos, com design futurista, que pareciam naves espaciais; havia os que lembravam antigos veleiros, com revestimento de uma madeira marrom-escura, corrimãos e peças douradas; por fim, os que ostentavam comodidades e tecnologia, com enormes jacuzis, helipontos e lanchas modernas penduradas por gruas, talvez para uma emergência ou um passeio a uma ilha. Ele contava os andares: três, quatro ou mais, da altura de prédios urbanos. No interior dos mesmos podia ver dois tipos de pessoas, uma infinidade de marinheiros e tripulantes uniformizados, com os comandantes no alto de suas cabines, e uma gente bonita e bem-vestida, que ria animada com taças nas mãos.

– Aquele restaurante é muito bom – disse Marjorie, cortando seu deslumbramento. – Tem umas vieiras...

Como Armando continuava a andar, como se não a tivesse ouvido, disse:

– O problema é que lotam cedo.

– Desculpe, você já quer jantar?

– Acho que sim, estou com bastante fome.

– Vamos só até o final do píer e voltamos.

Ao final da fila de barcos, Armando comentou:

– Puxa, que beleza! Nunca tinha visto nada assim.

Marjorie o abraçou pela cintura, virando-o e começando a andar no sentido contrário.

– Agora vamos comer!

Quando estavam a meio caminho, Armando parou e olhou em volta.

– O que foi?

– Tive a impressão que alguém te chamou.

– Não, deve ser engano.

Continuaram a andar e ouviram:

– Majoriiiie, Majoriiiie!

Armando olhava em volta sem encontrar quem chamava no meio da multidão de pedestres. De repente, o grosso apito de um iate atrás deu-lhes um susto; viraram-se e viram umas pessoas acenando com as mãos e gritando algo. Um senhor que estava no alto da embarcação, na cabine de comando, mas vestindo bermuda, virou um pequeno holofote na direção deles, dando-lhes um sinal intermitente de luz.

Armando olhou para Marjorie, ela parecia um pouco contrariada e, forçando um sorriso, acenou de volta.

– Oi queridas, estão se divertindo!

Ninguém conseguia ouvir o que se dizia, tendo Marjorie dado um "tchau" com a mão, pretendendo seguir, mas marinheiros do iate começaram a descer uma escada elétrica, chamando-os também. Em segundos, uma passarela de metal e degraus unia o barco ao píer, tendo dois tripulantes se postado ao lado da escada para esperá-los. Armando, surpreso e admirado, perguntou:

– Você conhece esta turma? Querem que suba a bordo.

Marjorie parecia pensar aflita num modo de contornar a situação, evitando entrar no iate sem ofender aos amigos. Por instantes, ficou paralisada.

– Conheço – falou baixo para Armando. – Mas não queria subir, queria passar esta noite com você.

– Então não vamos. Dê uma desculpa qualquer.

Nisto, as mulheres foram até a ponta oposta da escada e ficaram chamando Marjorie com gestos de mãos, obrigando-a a se aproximar. Ela disse para Armando:

– Vamos só cumprimentá-los e depois saímos.

Enquanto subiam pela escada metálica, que oscilava levemente, Armando se deu conta de que não saberia como se comportar. Agiria como um simples amigo de Marjorie, fingindo tê-la também encontrado por acaso? Inventaria mentiras, passando por um turista qualquer ou diria que era o garçom do restaurante por ela frequentado. Arrependeu-se de ter ouvido os chamados.

Quando chegaram ao deck do iate, as amigas de Marjorie correram para abraçá-la e beijá-la, numa inequívoca demonstração de alegria.

Marjorie, então, apresentou-os, dizendo:

– Este é Armando, um amigo muito querido.

As mulheres o beijaram nas duas faces, sorrindo e falando do prazer em conhecê-lo. Armando retribuiu aos comprimentos, já tendo decidido deixar à Marjorie todas as iniciativas; ela era esperta o bastante para orientá-lo. Foram adentrando num terraço coberto, com Marjorie dando acenos aos demais, até que pararam junto a uma escada em caracol, de onde descia o senhor que estava na torre de comando.

– Enfim, peguei você! – disse sorrindo para ela. – Você não tem desculpa agora. – Ele deu um abraço apertado em Marjorie e virou-se para Armando, cumprimentando-o efusivamente.

– Você não sabe, mas a Marjorie sempre inventa um pretexto para não aceitar meus convites, eu nem deveria falar com ela.

Marjorie apresentou os dois, explicando que Nicholas exagerava, pois estava sempre na sua casa; só em Saint-Tropez é que não se viam há tempos.

– Hoje jantam conosco. Caterina vai adorar, ela está lá em cima.

– Não, Nicholas. Infelizmente temos um jantar com outro casal que está nos esperando...

– Convide-os também, será uma alegria para nós – respondeu, olhando para Armando à espera de uma confirmação.

– É uma pena – ele respondeu, fazendo um ar de pesar.

– Não é um jantar comum, Nicholas. É algo muito especial, o aniversário dele e convidaram apenas nós dois.

– Neste caso, eu vou perdoar você. Mas vamos ao menos tomar uma taça juntos. – Dizendo isso, Nicholas os conduziu ao grande salão onde os demais convidados estavam, dando um sinal aos garçons uniformizados para que servissem o champanhe.

Quando ingressavam, Marjorie segurou a mão de Armando, dando-lhe um aperto carinhoso, como a dizer que o queria a seu lado. Após pegarem suas taças, na hora do brinde proposto por Nicholas, abraçou-se à cintura de Armando, dando-lhe um beijo nos lábios. Enquanto saboreavam a bebida, em meio a conversas e gracejos, pôde observar a surpresa das amigas, que se entreolhavam com as sobrancelhas erguidas.

Eles acabaram ficando um bom tempo no iate, pois a conversa estava animada e o ambiente sobre o mar, com seu barulho e uma brisa salgada, convidava para uma grande noitada. Quando se despediram, em meio a protestos, Nicholas fez questão de insistir com Armando para que voltassem outro dia, pois queria ter o prazer de revê-los, podendo conversar mais à vontade.

Enquanto caminhavam pelo píer, Armando disse:

– Muito simpáticos os seus amigos! E agora, onde vamos jantar? Você deve estar faminta.

– Nem tanto depois dos aperitivos. Não podemos ficar em nenhum restaurante por aqui, alguém pode nos ver. Melhor jantarmos no hotel, que é supertranquilo.

– Pra mim está ótimo.

Chegados ao hotel, foram recebidos pelo *maître* que os atendera no café da manhã, que ficou encantado ao saber que jantariam em seu restaurante. Armando pensava se o senhor trabalharia tantas horas, ou se folgava durante as tardes.

O *maître* apontou orgulhoso para a mesa na lateral, em frente à grande janela, dizendo-lhes:

– Este é o meu lugar favorito. – A seguir, fez questão de acender pessoalmente todas as velas dos dois castiçais, puxando a cadeira para ambos sentarem.

Armando olhou em volta e comentou:

– Que salão bonito. Deve ter uns duzentos anos.

Marjorie olhou para as grandes colunas de mármore, com anéis dourados aos pés, para as pinturas nas paredes, retratando épocas ainda mais antigas, para os lustres de cristais trabalhados e disse:

– É lindo, pena que não venha ninguém.

De fato, no enorme salão havia apenas mais um casal, um senhor de uns oitenta anos e a mulher um pouco mais nova, que logo se levantou, não sem antes cumprimentar Marjorie e Armando com um sorriso e acenos de mãos.

– Temos um lugar *privé!* – brincou Armando, pegando a carta de vinhos sobre a mesa. Surpreendeu-se com a adega do hotel, pois continha garrafas que eram verdadeiras preciosidades. Ficou em dúvida por gastar um valor tão elevado às custas de Marjorie, mas pensou que se fossem outros tempos, permitir-se-ia essa indulgência, num fim de semana especial. Por cautela, disse:

– Acho que vou pedir um grande vinho.

– Peça o melhor. Nós merecemos, meu amor – respondeu Marjorie, feliz de chamá-lo assim.

O jantar foi uma sucessão de milagres gastronômicos, pois o *maître* fez questão de sugerir o melhor do que havia no cardápio, das entradas à sobremesa, acompanhada de um *Sauterne*. Ao se despedirem, ambos elogiaram com sinceridade a qualidade da comida e o requinte dos serviços, mencionando expressamente o acerto das sugestões. O velho senhor ficou emocionado, e com orgulho nos olhos, disse:

– É o meu trabalho, os senhores é que são muito gentis, obrigado.

Eles andaram pelos corredores do hotel, indo até sua porta, onde Armando ficou parado, apreciando a beleza da praça. Lampiões iluminavam os plátanos, aqui e ali, deixando branca a areia do chão, em sinuosos caminhos.

– Estou com vontade de dar uma caminhada, para fazer a digestão.

– Vamos – disse Marjorie, pegando em sua mão.

Caminharam em silêncio por entre as alamedas, absortos em seus pensamentos após o dia tão agradável. Ambos estavam felizes, ambos curtiram cada momento. Havia apenas uma minúscula nódoa a trazer certa inquietação; era algo que eles sabiam existir, mas que evitavam pensar, como se assim o fazendo pudessem alterar a realidade.

Armando policiava a sua mente, concentrando-a nas árvores frondosas, no silêncio apenas quebrado por seus passos e no ar perfumado da noite. Ainda assim, a lembrança dos pensamentos havidos ao subirem as escadas do iate flutuava ao redor, querendo sua atenção. E se tivessem ficado mais tempo, quem diria que era? O garçom, o turista, ou o promotor de justiça? Ele não conseguia se ver em nenhum deles. Quem era agora, de verdade?

Sem perceber, Armando soltou um suspiro de desalento, fazendo Marjorie olhar para ele e parar. Os seus olhos tenros diziam: "eu sei Armando, também sinto isso". Abraçaram-se fortemente e voltaram ao hotel.

XIX

Helena entrou em seu quarto, fechou a porta, sentou-se na cama e começou a chorar. Ela sabia que certas coisas na vida eram duras mesmo, que passaria por momentos difíceis no divórcio e que num futuro tudo estaria resolvido, mas, ainda assim, não conseguia parar de sentir pena de si mesma e, principalmente, de Beatriz. Por que tudo aquilo tinha de acontecer? Até quando veria o sofrimento da filha, como se estivesse de mãos amarradas, à mercê das vontades e loucuras do marido?

Momentos antes, tinham retornado da visita quinzenal, realizada no Centro Público de Visitação, onde era obrigada a levar Beatriz por determinação da juíza. O local em si a surpreendeu favoravelmente, pois esperava encontrar um daqueles estabelecimentos mostrados na TV quando ocorrem rebeliões de menores. Na verdade, era como uma escola municipal, com funcionários que pareciam se importar com as crianças e seus problemas. Não fosse pelos policiais que podiam ser vistos por toda a parte, não haveria nada de tão diferente.

O problema acontecia depois, quando retornavam para casa. Por alguma razão que não podia entender, Beatriz mudava drasticamente seu comportamento, tornando-se distante e agressiva. Ela tentara dar um beijo na filha, ao colocá-la na cama, tendo esta a repelido com chutes. Helena não pôde aguentar isso, agarrou Beatriz e lhe deu uma forte chocalhada, fazendo a menina chorar desesperada e se virar de costas para ela.

Sentia-se culpada e totalmente desanimada, sem forças para continuar. Ainda bem que tinha as amigas Débora e Raquel, as quais se socorria a todo instante.

Depois de chorar a última lágrima, um certo alívio apareceu, e ela riu de si mesma ao pensar: "estou bem eu, hein... com uma psicóloga e uma advogada como melhores amigas".

No dia seguinte, já tendo feito as pazes com Beatriz, sentiu verdadeira alegria de ser uma segunda-feira, repleta de compromissos na fábrica, com Beatriz na escola e longe de qualquer tipo de contato com Rafael. A vida seguia seu ritmo diário, sem tempo para lamentações. De fato, o dia transcorreu de forma agradável, não surgindo problemas de espécie alguma. Como o inverno resolvera aparecer, após semanas em que o clima mudava a toda hora, Helena decidiu comprar uma blusa de lã que há tempos namorava. Por sorte encontrou uma vaga onde estacionar o carro e saiu em direção à loja pretendida antes que fechasse. Entrou apressada, indo direto para o local da blusa, quando escutou:

– Helena, há quanto tempo!

Ela olhou para o casal à sua frente, não o reconhecendo de imediato. Ele era um homem dos seus trinta anos, bonito e musculoso, usando uma camiseta apertada, calça de ginástica e tênis, com os cabelos cortados quase careca nas laterais, como usam os jogadores de futebol. Ela, uma mulher da sua idade, com os cabelos loiros claríssimos e um bronzeado forte, incompatível com os dias nublados recentes.

– Helena, pô, sou eu!

Pela voz, mais que por outra coisa, ela exclamou alegre:

– Eliza, é você mesma! Não a reconheci com esse cabelo.

Abraçaram-se alegres, ficando segurando a mão uma da outra.

– Que bom encontrar você! O que anda fazendo?

– Deixe-me apresentar o Randi – falou Eliza, puxando-o para perto.

Helena e ele se deram um rápido beijo no rosto, cumprimentando-se.

Após uns instantes de sorrisos, Eliza quebrou o silêncio:

– Estamos namorando já faz algum tempo.

– Puxa!

– Talvez você o esteja reconhecendo.

– É alguém familiar.

– Deve ser da TV, ele foi finalista do penúltimo reality show.

– Ah! – fez Helena. – Bem que eu conhecia – mentiu.

– Acabamos de voltar do Caribe!

– Logo vi.

A partir deste ponto, Helena passou a conversar no piloto automático, falando e respondendo coisas sem importância alguma, enquanto seu cérebro pensava se deveria fazer a pergunta que desejava fazer.

– Bom, deixe eu ir que estou atrasada – falou Eliza.

– Que legal revê-la. E o pessoal, tem visto alguém?

– Nessa cidade a gente tromba com as pessoas.

– Verdade... e o Armando, nunca mais soube dele?

Eliza fez uma cara de desgosto e disse:

– Pelo que meu pai me disse, pois eu não leio jornais, ele fugiu para a Europa.

– Fugiu?

– É, você soube do rolo, de tudo que ele aprontou. Depois eu te conto o que passei.

– Tá ok, a gente se fala.

Depois que eles saíram da loja, Helena se aproximou da estante onde vira a blusa de lã pegando-a nas mãos, para ficar sentindo o tecido com os dedos por um longo tempo. Na sua mente havia um branco total, como se ela mesma não estivesse ali e aquilo fosse um tipo de sonho. Uma vendedora veio e lhe perguntou:

– Posso ajudá-la? Você precisa de alguma informação?

– Sim – respondeu Helena, ficando em silêncio.

A jovem ficou aguardando uma pergunta ou um pedido, mas Helena, completou, dispersa:

– Vou levar esta.

– Ótimo, é uma peça linda. É o seu número?

– Sim.

Após pagar e deixar a loja, Helena ficou andando a esmo, olhando com olhos distantes as vitrines até que foi tomando consciência do que tinha acontecido. Por alguma razão, aquele encontro com Eliza havia sido um "tranco", algo que a remetera a um passado recente e longínquo, do qual se afastara por necessidade.

Primeiro, existia um sentimento de traição, de mentira, de deslealdade a uma amiga. "Mas quando se envolveu com Armando ele já não estava divorciado?" pensou, então, que não havia traição alguma, pelo menos em relação à Eliza. O fato dela não saber disso não mudava as coisas. Talvez ela não devesse ter perguntado sobre o paradeiro de Armando, ainda mais na frente do novo namorado, mas simplesmente não resistiu. Quem melhor do que Eliza para lhe dar alguma informação?

Depois, havia um sentimento de estupefação, de assombro com a alegria demonstrada por Eliza, como se aquele Randi tivesse substituído inteiramente a Armando, com quem fora casada por anos. Será que Eliza não enxergava a diferença entre eles? Por fim, o modo como ela se referira ao ex-marido, "fugiu", ela dissera, como se falasse de um criminoso. E logo Armando, de sentimentos tão nobres. Por onde andaria Armando? Provavelmente já deveria ter encontrado uma outra mulher; elas não iam perdê-lo à toa, com esta falta de homens de verdade. Ao pensar nisso, sentiu uma tristeza imensa, constatando que ela de certa forma o fizera, sendo tomada por um sentimento de nostalgia. Teve vontade de voltar no tempo, de reviver aqueles dias maravilhosos, aquelas noites de amor.

Como se atendesse a uma necessidade física, quis voltar à cafeteria onde se encontraram naquela tarde, pensando que talvez o ambiente acolhedor pudesse lhe trazer algum conforto. Andou por duas quadras e se viu em frente à grande vidraça. Entrou e procurou com os olhos a mesa que haviam ocupado. Estava vazia, assim como praticamente toda a cafeteria. Sentou-se e pediu um café.

Após tomar os primeiros goles, a lembrança viva de momentos únicos transmudou a tristeza numa alegria frágil, numa espécie de "orgulho" do passado, do que ele modificara em sua vida e que iria sobreviver nela para sempre. Os seus olhos marejados contrastavam com os sorrisos que surgiam tímidos em seu rosto, fazendo com que a garçonete que a servia ficasse em dúvida sobre ter pena dela, ou invejá-la por uma razão desconhecida.

Quando a tarde começou a cair, Helena se levantou e saiu para ir embora. No entanto, ao invés de se dirigir para o lugar onde estacionara o carro, subiu calmamente a rua na direção do antigo flat, como se Armando lá estivesse, a esperá-la saudoso. Entrou na recepção e olhou para o lugar onde ficara parada, antes de chamar Armando e pedir-lhe para subir ao seu quarto. Respirou profundamente, tranquila, como uma pessoa faz num cemitério vazio. Só no momento em que o funcionário a atendeu, pensou no que dizer, pois nem ela sabia o que fazia lá.

– Eu queria saber quanto está a diária – disse.

– Solteiro ou casal?

– Casal.

– Por quantas noites?

Helena procurava com os olhos algum recepcionista conhecido.

– Senhora? Por quantas noites?

– Ah... três.

– Um minuto por favor.

Helena sorriu ao ver o gerente da noite chegar ao balcão, vindo de uma porta aos fundos. Ele a reconheceu imediatamente, dizendo-lhe com um sorriso:

– Tudo bem, senhora? É um prazer revê-la.

– Igualmente. Estou vendo os preços para uns parentes do interior, que vêm no fim do mês.

Após o funcionário ter escrito os valores num pequeno folheto do flat, Helena agradeceu, virando-se para ir embora. Parou, contudo, e perguntou ao gerente:

– O senhor tem visto o Dr. Armando?

– Infelizmente, não. A senhora tem notícias dele? Sabe seu endereço?

– Não.

– É que chegaram algumas cartas para ele depois que partiu e nós guardamos no depósito.

– Cartas... – disse Helena, lembrando-se da que deixara para ele.

Ao sair novamente à rua, uma noite fria a envolveu, trazendo um sentimento de solidão.

XX

Os dias em Nice retomaram a sua rotina habitual, repletos de muito sol, seguidos de noites passadas na cobertura do Hotel Peruge, onde não faltavam vinho, risos e prazer. Havia também um sentimento de carinho, de cumplicidade, fazendo com que os amantes conversassem horas a fio, como se seus assuntos jamais terminassem.

Esta noite, no entanto, Marjorie parecia um pouco preocupada, não dando as gargalhadas soltas com que recheava as suas histórias, o que foi percebido por Armando.

– Você está muito séria hoje, algum problema? – perguntou.

– Nada de grave, só que eu terei de ir a Paris. Uma reunião do conselho da fundação não pôde ser desmarcada e eu não tenho como faltar.

– Por quantos dias você ficará fora?

– Três ou quatro.

– Ora, não é nada para se preocupar.

– É que eu sinto a sua falta, homem de coração frio!

Armando se levantou e foi até ela, abraçando-a na cadeira onde sentava.

– Eu também Marjorie, você sabe.

Por azar, bem nos dias anteriores a viagem, um dos empregados ficou doente e Ibrahim pediu a Armando se poderia ficar no período da noite, até o fechamento do restaurante e o fim das atividades.

– Claro – respondeu, lembrando-se da concessão do final de semana.

Quando contou para Marjorie sobre isso, ela ficou possessa, como uma criança contrariada, elevando a voz pela primeira vez, num tom acusativo.

– E você não sabe dizer não!

– Marjorie, o que é isso?

– Eu vou falar com o Ibrahim, ele vai arranjar outra pessoa!

– Você não vai falar com ninguém! – Quase berrou Armando. – Do meu trabalho cuido eu!

Ao ver que estavam brigando, ela balançou a cabeça como se chorasse e foi em sua direção para abraçá-lo.

– Desculpe-me, não vou me intrometer, mas você ficará no *Chateau* até de madrugada, nós não vamos nos ver mais!

– Como assim?

– Esta semana, até eu voltar de Paris!

Armando sorriu e a abraçou forte, sentindo-se amado como todo homem deveria ser.

Nas noites em que ficou encarregado de fechar o restaurante, Armando foi dormir no apartamento junto com os rapazes, pois até limpar a cozinha, arrumar o salão e prepará-lo para o dia seguinte, já era alta madrugada, e ele tinha poucas horas para descansar.

Durante o dia, parava a todo momento para conversar com Marjorie, tentando suprir o tempo subtraído das noites. Ela parecia conformada, tendo entendido sua situação, voltando a seu bom humor costumeiro. Na quarta-feira, véspera da viagem, ao deixar a praia no fim do dia, ela lhe disse em voz baixa, dando-lhe um rápido beijo:

– Meu amor, vou morrer de saudades! Comporte-se na minha ausência!

Ele riu, e disse afetuoso:

– Pode deixar. Faça uma boa viagem!

No dia do voo, por volta do meio-dia, Armando atendia alguns turistas alemães, quando viu Marjorie na área externa ao restaurante, onde havia mesas ao ar livre, protegidas por um guarda-sol central. Ficou feliz e surpreso. Como ela usava saia e blusa, estivesse maquiada e com os cabelos arrumados, calculou que ela passasse só para lhe dar um alô e um beijo de despedida. Terminou de servir as bebidas e foi até ela.

– Bom dia! Você está muito bonita, eu é que tenho de me preocupar – disse.

– E aí amor, passei para te dar "tchau".

– Fez bem. Quer tomar um café?

– Não, está muito quente.

Enquanto Marjorie falava, percebeu que ela olhava atrás dele, como se esperasse ou procurasse alguém.

– Alguma coisa? Alguém vem buscá-la?

– Venha comigo, eu preciso falar com você.

Dizendo isso, Marjorie se levantou e caminhou devagar até a área onde ficavam as cabines para troca de roupas e chuveiros. Armando a seguiu, um tanto preocupado, pois algo deveria ter acontecido.

Quando chegaram à parte coberta das cabines, Marjorie olhou em volta, abriu uma porta e disse:

– Entre aqui!

Ele riu para si mesmo, deu uma examinada ao redor e entrou. Seria gostoso beijá-la de verdade antes da partida.

Na pequena cabine de madeira azul, cuja porta e laterais não iam até o teto, Marjorie o puxou contra si, beijando-o e passando as mãos pelo seu corpo. Ela exalava um cheiro delicioso, como se o calor liberasse seus perfumes mais íntimos. Armando apertou sua bunda com as mãos, sentindo a ereção vir. Esfregou seu corpo contra o dela e disse:

– Vou sentir a sua falta, tesão.

Marjorie abaixou a mão pela barriga de Armando e segurou seu pênis ereto sob a bermuda, massageando-o.

– Solta o cordão da bermuda – ordenou.

– Calma amor, aqui não dá. Pode vir alguém e essas portas nem trancam direito.

Marjorie não lhe deu atenção e ela mesma procurou o cordão até desamarrá-lo, pegando seu pênis na mão.

– Como tá duro, ele quer gozar.

– Pare Marjorie, vamos deixar pra volta. É perigoso.

Ela puxou sua bermuda e cueca para baixo, ajoelhando-se no chão e começou a chupá-lo, enquanto com a mão o masturbava.

– Para, porra! – pediu Armando, sentindo o tesão aumentar. Ele a puxou pelos cabelos, mas ela afundou a boca contra seu pênis, sugando-o com força.

Armando fechou os olhos, abrindo a boca ofegante, enquanto segurava a maçaneta da porta com uma mão às costas.

– Por favor – pediu, num sussurro.

Teve a impressão de que alguém tentava abrir a porta, ficando em silêncio total e segurando a maçaneta com toda a sua força. Só ouvia o barulho da sucção e dos movimentos violentos no seu pênis. " Foda-se", pensou e se deixou levar. Momentos depois, sentiu o gozo vindo e as contrações em seu corpo, fazendo-o bater com as costas na porta atrás de si, o que fez um barulho seco e forte. Sentiu as pernas fraquejarem, trêmulas, e o corpo escorregar até o chão, sentando-se de cócoras.

– Você tá maluca, quer me matar – falou em voz baixa.

Armando esticou as pernas, fechou os olhos e encostou a nuca contra a porta. Sentia o coração acelerado, uma sensação de cansaço e prazer. Alguns instantes depois, ouviu:

– Deixe eu sair, amor. Senta pro lado da porta.

Ele levantou-se sobre os braços, mudando de posição. Viu a claridade do dia invadir a cabine no momento em que ela saiu. Levantou a mão e segurou novamente a maçaneta, nu da cintura para baixo.

Após se recuperar um pouco, levantou-se devagar, recolocou as roupas e foi se olhar no pequeno espelho da cabine. Estava com uma cara estranha, os cabelos desgrenhados e o rosto suado. Lavou-se e esperou um pouco, apurando os ouvidos para verificar se havia alguém naquela parte. Tinha a impressão de ter ouvido uma porta se fechar; provavelmente Marjorie, para se arrumar em outra cabine. Abriu a porta e saiu o mais depressa possível, evitando correr para não chamar a atenção. Entrou no restaurante e parou no balcão onde os garçons recebiam as bebidas e os pratos. Louise, que ficava controlando os pedidos, olhou para ele de um modo diferente e perguntou:

– Tudo bem com você?

Armando pensou: "ela sabe, ela sabe o que aconteceu".

– Tudo bem – respondeu sem olhar para ela e foi em direção às cadeiras na praia. Gostaria de se sentar e ficar olhando o mar, num momento de descanso, mas era impossível; um cliente logo o chamou, pedindo que colocasse um guarda-sol e trouxesse cervejas. Feito isso, observou que Marjorie conversava com Ibrahim no local onde ficavam algumas mesas cobertas, na maior naturalidade, como fazia todos os dias. Soltou um riso feliz, olhando-a admirado. Ela e Ibrahim olharam também, tendo Marjorie lhe dado um aceno de mão, despedindo-se.

Naqueles dias que se seguiram, Armando experimentou um sentimento de insatisfação, de desânimo mesmo. Ficar trabalhando na praia sem a presença de Marjorie, suas tardes tornaram-se enfadonhas. O próprio mar não lhe parecia tão azul. Examinou o céu, percebendo que havia uma espécie de nebulosidade, embora o sol estivesse quente. Permaneceu parado por um tempo, até que ouviu Ibrahim falar atrás de si:

– É, o verão está terminando.

Virou-se e se aproximou dele, dizendo-lhe:

– Mas já? Não é um pouco cedo?

– É sempre assim, meu amigo. Daqui a trinta dias a cidade será outra.

Tarde da noite, ao sair para dar uma caminhada pela avenida beira-mar, a frase dita por Ibrahim ecoava em sua mente, como um prenúncio nebuloso. Voltar a dormir no apartamento dos empregados, não ter o carinho de Marjorie todas as noites e, principalmente, a sensação do término de uma fase feliz da vida, trouxeram-lhe de volta uma angústia conhecida.

O que faria quando Marjorie voltasse à Paris, de forma definitiva, retomando suas atividades diárias? Ela já o convidara para morarem juntos, numa conversa jogada fora, após terem transado e estarem desmaiados na cama. Ele respondera que só iria se tivesse uma piscina como a de Nice, caindo na risada. Aquilo tudo lhe parecia tão distante. "Quando o verão terminasse", disse ela.

Desta época para agora, quanto as coisas tinham mudado, ou melhor, quanto o relacionamento deles evoluíra. No início, Marjorie era apenas a mulher gostosa, que saía do mar com aqueles peitos volumosos, a "coroa" mais linda que tinha visto. Com o tempo, quando começaram a conversar, assombrou-se com sua cultura e senso de humor. Antes de transarem, já eram amigos, havendo conexão entre eles.

Ao conhecê-la mais profundamente, Armando descobriu uma mulher marcada por tragédias pessoais, que lutava todos os dias para seguir em frente. Numa noite enluarada, quando estavam à borda da piscina, após terem bebido muitos dry martinis, alguma coisa que ele dissera sobre ter filhos atingiu Marjorie em cheio, deixando-a cabisbaixa e com lágrimas nos olhos. Armando soube, então, que ela tivera um marido a quem amara de verdade, morto por uma moléstia rara e desconhecida. Grávida, ela se consolara na filha por nascer, até que um aborto espontâneo veio lhe tolher este sonho.

Marjorie era uma sobrevivente, assim como ele próprio.

Armando sentia que estava gostando cada vez mais dela, num sentimento ímpar, difícil até de ser compreendido. Não era paixão, pois ele já ultrapassara esta ingênua fase da existência; não era amor, embora ele não soubesse a razão. Talvez por que se costuma pensar no amor como algo eterno e duradouro, que persistirá até o último dos nossos dias. "Você não pode amar uma mulher só por um período", disse para si mesmo. "Será?"

O mais racional que conseguia ser, dizia-lhe que não haveria caminho futuro para eles, pois suas vidas cursavam superfícies diferentes, separadas por um hiato inconciliável. Marjorie, após ficar à deriva, margeando o abismo do oceano, encontrara uma rota longe das tempestades, chegando a um porto seguro. Refizera a sua vida, catando pedaços de felicidade aqui e ali. Que direito ele teria de invadir esta redoma, cujas partes se mantinham precariamente coladas, sem ter nada de substancial a oferecer? Ele, que não antevia um futuro à sua frente.

Algumas vezes, em momentos otimistas, ele fantasiava um dia a dia em Paris, ao lado de Marjorie, como se a cobertura do hotel Peruge pudesse se transmudar para lá, onde aproveitariam juntos noites tranquilas. Quando a realidade se impunha, contudo, via quão absurdos eram esses devaneios, pois que lugar poderia ocupar na vida de Marjorie? Seria garçom no *bistrot* da esquina? Um motorista? Ou viveria às suas custas, zanzando por Paris em busca de algo intangível?

"Ah, como este verão passou rápido", lamentou-se.

* * *

Helena estava no escritório da fábrica, sentada na velha poltrona de madeira, com a almofada desbotada pelo tempo e que soltava a espuma por um dos lados. Era o lugar preferido de seu pai, que dali podia enxergar a linha de montagem, estando perto do pessoal administrativo. No primeiro dia que voltou a trabalhar, após o sepultamento, Helena percebeu que deveria ocupar a cadeira do pai, mais para não a ver vazia, do que por algum outro motivo.

Atualmente, tinha um xodó especial por ela, não tendo autorizado que a tocassem quando reformularam o mobiliário e redecoraram o escritório. Estava numa fase "workaholic", na qual tentava extrair dos problemas da fábrica – como o fornecimento de materiais, as negociações com o sindicato, o fluxo de caixa –, a sanidade mental que parecia não encontrar na sua vida pessoal. Estava exausta da batalha judicial na qual fora jogada, sem que tivesse opção, por um homem obcecado, que a cada dia fazia algo para prejudicá-la. A melhor forma de fazê-lo, Rafael bem o sabia, era por meio da filha, não se importando ele com as sequelas deixadas.

Assim, era obrigada a se sujeitar a uma série de perícias psicológicas, inspeções de assistentes sociais e audiências no Fórum, que além de tomarem grande parte de seu tempo, traziam constrangimento a Beatriz e a ela própria, bem como aos amigos que eram indicados como "testemunhas" dos fatos. Helena estava exausta.

Quando o seu celular tocou e ela reconheceu o número da advogada, teve vontade de chorar antes mesmo de atendê-la, pois antevia más notícias.

– Alô, Raquel, o que foi agora? Pode falar que eu já estou pronta – disse estoica.

– Uma novidade, temos que conversar pessoalmente.

– Aconteceu algo em relação à Beatriz – perguntou assustada.

– Relaxe! É que recebi a proposta de um "acordo global" do advogado do seu marido. Você não vai acreditar!

– Me conte logo de uma vez!

– Venha ao meu escritório, não posso tratar disso por telefone. Com toda a calma! Não se preocupe com a Beatriz!

– Eu não acredito. Isso é uma loucura!

Helena repetiu a frase duas vezes quando escutou da Dra. Raquel qual seria o "acordo global" proposto. Ficou sabendo, então, que o marido oferecia a ela a guarda definitiva de Beatriz, desde que Helena assumisse todas as dívidas do casal e ainda lhe pagasse – a título de partilha de bens – o valor de quatro milhões de reais.

A parte que mais a chocou, entretanto, era a razão pela qual o marido lhe fazia tal oferta. Ele pretendia começar uma nova vida empresarial nos Estados Unidos.

– Mas se ele vai para o exterior, por que está lutando feito um louco pela visitação da Beatriz? Com essa história toda de que não pode passar uma semana sem vê-la, que eu estou afastando a menina dele? Não faz o menor sentido – falou Helena, com expressão de espanto no rosto.

– É assim que as pessoas são, minha amiga. Já vi isso ocorrer várias vezes.

– Eu não entendo, não consigo entender.

A advogada esperou um pouco, dando tempo a Helena para absorver as informações, e acrescentou de modo delicado, escolhendo as palavras:

– Como eu lhe falei uma vez, as razões que fazem um pai, ou mesmo uma mãe brigarem desesperadamente "pelos filhos" em uma separação, muitas vezes, nada têm a ver com as crianças, com o afeto, com a preocupação autêntica na sua criação. É o ciúme, o sentimento de vingança e, na maior parte, a questão financeira; o dinheiro mesmo!

Helena escutou aquilo e ficou em silêncio, pensando consigo mesma algo perturbador, pois mexia os cantos da boca e os olhos como se discutisse com alguém.

Após longos instantes disse:

– Que filho da puta! O miserável não pensou na filha!

Dra. Raquel que já conhecia bem Helena, nunca a tendo escutado falar um palavrão, não resistiu à surpresa, caindo na gargalhada.

– Desculpe Helena – se recompôs –, mas o nome é este mesmo!

– Então, se eu der o dinheiro para ele, a guarda de Beatriz fica para mim e o miserável vai embora, some, não inferniza mais nossas vidas! Pode fazer o acordo! Liga lá e confirma! Eu topo... filho da puta!

– Calma Helena, precisamos conversar.

– Eu já resolvi, nada no mundo vale a felicidade da Beatriz.

Ela estava tão agitada que se levantou e começou a andar pela ampla sala, indo de um lado ao outro, como se estivesse sozinha e em seu próprio escritório.

A advogada sorriu para si mesma, sentindo um pouco de pena de Helena, pois compreendia bem a sua reação. Numa forma de chamá-la, convidou:

– Vamos tomar um expresso! Esta máquina é ótima – disse, apontando para uma mesa, sobre a qual havia xícaras, pacotes de bolachas e uma cafeteira.

Enquanto tomavam o café, Raquel propositalmente falou de outros assuntos, perguntando onde ela comprara os sapatos que usava e se já tinha ido no novo shopping. Helena pareceu relaxar um pouco, contando sobre a loja onde estivera e nos outros modelos que havia.

Quando percebeu que ela estava tranquila, capaz de avaliar com propriedade as diversas consequências da proposta, a advogada se sentou à sua mesa, indicando-lhe a cadeira em frente.

– Muito bem, deixe eu explicar para você como juridicamente isto seria.

A advogada disse que o acordo sobre a guarda de Beatriz somente seria homologado pela juíza se representasse uma solução satisfatória para a menor. No caso, com certeza os peritos e assistentes sociais dariam seu aval, pois não havia dúvidas sobre a capacidade da mãe em cuidar da filha. Assim, era grande a possibilidade do acordo ser aceito.

– Então a guarda da Beatriz será minha para sempre? – perguntou Helena.

– Calma, minha amiga! Em princípio, uma guarda de menor pode ser futuramente alterada, caso se mostre necessário...

– Mas daí é a mesma coisa, o Rafael pode...

– Não, Helena! Na prática, com o pedido de acordo, tendo Rafael admitido que você é uma boa mãe – e você é mesmo –, somente numa hipótese remotíssima, como se você enlouquecesse ou algo do tipo, haveria razão para a alteração. Isso não irá acontecer, eu só estou falando para seu conhecimento.

– Deus do céu! Isto vai acabar, vou poder viver em paz com a minha filha! Vamos fazer o acordo!

– Primeiro, temos de verificar qual o passivo em nome do seu marido, além dos empréstimos da empresa.

– Seja o que for Raquel, eu não aguento mais!

– Helena, deixe-me cuidar disto para você. Não podemos nos precipitar. Além disso, se mostrarmos muito interesse, o Rafael vai querer mais coisas, eu conheço o "tipo".

Helena soltou um suspiro de resignação e disse:

– Que bom ter você ao meu lado. Nunca poderei retribuir a tudo o que fez!

* * *

No dia em que Marjorie voltou de Paris, ela foi imediatamente ao *Chateau Plage* para falar com Armando. Já era final de tarde, tendo-o encontrado conversando com Ibrahim, num bate-papo sossegado, pois havia pouco movimento no restaurante.

Ela o beijou na boca, como uma esposa faria, não se importando com as pessoas à sua volta. Os três falaram sobre a viagem, o clima na capital e outros assuntos de interesse comum, dando boas risadas com as tiradas dela, que estava de ótimo humor. Antes de sair, Marjorie falou para Armando num tom meio irônico:

– Não demore amor, não vá ficar para fechar o estabelecimento!

– Não, fique tranquila – respondeu sorrindo ao lado de Ibrahim.

O patrão fingiu ter ouvido um absurdo e disse, apressado:

– Oh, vocês podem ir juntos, está quase na hora.

– Antes eu vou ajudar Charles com as mercadorias que chegaram. Depois eu saio – disse Armando, indo na direção dos fundos do restaurante.

Quando ele chegou ao Peruge, Marjorie veio abrir a porta vestindo só uma camisa grande, que mostrava suas longas pernas, enlaçando-o pela cintura para lhe dar um demorado beijo.

– Ai, que saudade! – disse com ênfase.

– Também senti sua falta, muito.

Armando reparou que ela acendera os abajures e algumas velas, tornando acolhedores os ambientes da cobertura. Ela lhe serviu uma taça de vinho e foram à varanda, onde ficaram conversando enquanto a noite caía.

– Foi a primeira vez em que nos separamos desde que o conheci – Marjorie falou, com suavidade, não tendo necessidade de acrescentar mais nada.

Armando levantou a taça, num brinde, dizendo:

– Que bom estarmos aqui, hoje.

Aquela noite transcorreu de uma forma rotineira e mágica ao mesmo tempo. Eles estavam no seu refúgio do mundo, no lugar onde podiam ser eles mesmos, conversando, rindo e fazendo amor da forma que lhes aprouvesse, distantes de todas as preocupações. E assim haviam sido todas as noites juntos. Diferentemente, porém, nesta noite e nas que a seguiram, surgira algo a lhes aguçar a sensibilidade, algo a tornar ainda mais especiais esses momentos. Era a percepção da raridade e da finitude das horas que passavam.

A cada beijo, os amantes sentiam a maciez dos lábios, a doçura das línguas e do hálito; a cada toque, as peles se comunicavam, se acariciavam; a cada olhar, os olhos diziam se amar; a cada riso, havia o espectro da tristeza.

Armando surpreendeu Marjorie algumas vezes com os olhos molhados, não tendo ela vergonha de chorar à sua frente, como se as lágrimas fossem as únicas palavras possíveis para eles dois.

Uma noite, ela lhe disse, com a voz embargada:

– Se eu fosse mais nova, eu o levaria comigo a Paris ou a qualquer lugar do mundo.

– Não fale assim – pediu Armando.

– É verdade, daqui quinze anos serei uma velha. Você será um homem na flor dos anos, bonito, inteligente, você me trairia todos os dias.

– Pare com isso Marjorie, eu nunca faria isso.

– Faria sim, mas eu saberia perdoá-lo.

Armando a abraçou com força, sentindo os seus soluços. O choro escorrendo em seu pescoço, enquanto a aparava com a cabeça.

– Você sabe por que eu vou deixá-lo ir? – perguntou Marjorie, afastando-se um pouco.

Armando apenas suspirou.

– Porque você tem uma vida a retomar em seu país, meu querido "promotor de justiça"!

Armando sentiu o coração disparado; raiva, alegria e tristeza ao mesmo tempo.

– Como você?... Há quanto tempo?

Ela o tomou nos braços, abraçando-o novamente.

Encostada nele, disse, em voz baixa:

– Desculpe-me, mas eu tinha de entender. Procurei na internet, usei o tradutor. Você deveria ter me contado. Não poderiam existir segredos entre nós.

Armando não sabia o que sentia, o que responder. Quis apenas ficar abraçado por todo o tempo do mundo.

O dia da despedida veio rápido e inexorável. A par da tristeza que sentiam, havia um estranho sentimento de alívio; a hora tão temida finalmente chegara. Eles já não aguentavam a angústia do fim anunciado. Na noite anterior, exauriram seus corpos e seus beijos, como se fosse possível alimentarem-se pelos anos à frente, numa reserva de emoções e sentimentos.

Num momento de alegria, após ter chorado bastante, Marjorie lhe propôs em tom jocoso:

– Você vem me visitar pelo menos duas vezes por ano, uma no verão para relembrarmos, outra no inverno, para me aquecer. Não importa se você estiver casado no Brasil. Diga à sua mulher que nós nos conhecemos antes, que eu tenho... como é aquela expressão de advogado que você usa e eu reparei?... Ah, "direitos adquiridos". Ela não vai se importar. Lembre-a que eu deixei você ir embora.

Armando riu e disse:

– Combinado, haja o que houver, nos encontraremos de vez em quando. Passamos umas semanas juntos, transamos bastante e pomos nossos assuntos em dia. Quem poderá se opor?

Após rirem, Marjorie falou, com voz meiga:

– Agora sério, vamos sempre nos manter em contato; dá sua amizade eu não abro mão.

Num átimo, passaram pelo cérebro de Armando as infinitas conversas que tiveram e ele se sentiu ainda mais triste.

O telefone da suíte tocou. Marjorie atendeu e falou desanimada:

– O motorista já chegou. Tenho que me arrumar. – Ela se levantou, deu um sorriso para ele e foi até o closet, agindo de um modo inexpressivo, como o de um trabalhador que acordasse todas as madrugadas e fizesse uma rotina automatizada.

Quando retornou, vestida e de cabelos penteados, trazia os olhos vermelhos e a emoção presa pelo maxilar cerrado, só traída por movimentos involuntários nos cantos da boca, que antecipavam o choro que viria.

– Melhor eu ir logo. Antes, quero lhe dar um presente – ela disse, aproximando-se com um pequeno pacote nas mãos. – Eu já o abri.

Armando pegou a caixa, não embrulhada por papéis, onde havia um telefone celular.

Ele riu, dando-lhe um beijo no rosto.

– Na agenda eu coloquei o meu número do celular, da minha casa, do escritório e o da fundação. Pus também os endereços. Você só não me encontra se não quiser!

– Eu sempre vou querer encontrá-la.

Ao ouvir isso, Marjorie o abraçou forte, e com os olhos cheios de lágrimas, disse:

– Por que a vida é assim? Por que judia tanto da gente?

Como uma pessoa atrasada para pegar um trem, ela soltou-se de Armando, virando-se em direção à porta.

– Vou pedir para buscarem as malas, você desce comigo?

– Tenho que ir também, Ibrahim me espera – disse Armando, estranhamente sem saber o que falar.

– A cobertura está alugada até o fim do mês. Falei na recepção que você ia ficar.

Armando fez uma expressão contrariada, ao que ela acrescentou:

– É pra lembrar de mim e eu poder falar com você!

– Bem, está noite eu fico. Vou querer ficar um pouco sozinho.

Na recepção, todos quiseram se despedir de Marjorie e acompanhá-la até o carro, o que obrigou Armando a puxá-la de lado no amplo saguão, distanciando-se dos demais. Deu-lhe um demorado abraço, beijou seu pescoço, seu rosto, sua boca.

– Você foi a melhor coisa que aconteceu na minha vida – disse emocionado.

Ela balançou a cabeça, chorando, e respondeu:

– Eu te amo. Não vá esquecer de mim.

XXI

Beth havia chegado cedo em casa e preparava umas rabanadas para servir de noite quando seu celular tocou em algum lugar da sala. Suspendeu o trabalho, enxaguou as mãos e foi atendê-lo, procurando onde estaria. Enquanto olhava pela sala, o aparelho parou de tocar. Voltava à cozinha, momento em que o telefone da casa começou a tocar na copa. "Para que tanta pressa?", pensou, retornando.

– Alô, é de 3691....

– Beth...Beth!

Ela reconheceu a voz do marido e percebeu que algo havia ocorrido, pois havia uma emoção nela que o impedia de continuar.

– Fala Du, o que houve? – assustou-se.

– Beth... adivinha o que aconteceu?

O tom do marido parecia alegre, mas ele ofegava violentamente.

– A melhor notícia do mundo!

– Fala Du! – Ele chorava e ria ao mesmo tempo.

– O Armando... nós ganhamos... ele é promotor de novo!

Beth se emocionou também, não entendendo bem a informação.

– Como assim? Fique calmo e me conte! Respire primeiro.

Após alguns segundos, Edu retomou com a voz mais firme:

– Nós ganhamos a ação em Brasília, o advogado ligou, o STJ confirmou, o Armando vai ser reintegrado ao Ministério Público!

– Meus Deus do Céu, eu não acredito! Isto é bom demais! – disse, sentando-se para não cair.

O marido ria, gargalhava, berrava feito um louco.

– Eu sabia, eu sabia!

– Venha para casa, temos que comemorar! Espere um pouco antes de guiar; cuidado com os semáforos, não venha correndo – falou, ante a euforia do marido.

– Sabe o que quero? Ligue para Julia e reserve um voo pra Paris. O primeiro que tiver, pode ser para hoje à noite!

– Calma Eduardo, isto não é assim.

– É sim, ligue e marque qualquer voo!

Após desligar o telefone, Beth começou a chorar baixinho, tamanha a felicidade que sentia. Por Armando, pelo marido, por tudo ter dado certo.

Ao chegar em casa, Edu deu um abraço em Beth e ergueu as mãos de ambos para cima, num gesto de comemoração, enquanto gritava:

– Até que enfim, até que enfim: Justiça!

Quando Gustavo apareceu na sala, ele o pegou pela cintura e começou a correr pela casa, fazendo um barulho pela boca, enquanto alternava a frase:

– Olha o avião do papai indo pra Paris! Bururrrrrrrrrr!

O filho não entendia nada, mas ria até perder o fôlego.

Um pouco antes do jantar, Beth atendeu novamente o telefone, escutou atenta e disse:

– É melhor você falar com ele pessoalmente. Está aqui do lado.

Levantou o aparelho para Edu, chamando-o:

– A Julia, quer falar dos voos.

Ele atendeu animado, conversando alegre, mas parecia não concordar com as informações.

– Tem que haver outra alternativa. Eu estou com pressa. É urgente.

Ele ficou à espera por um minuto ou dois e depois falou:

– Estocolmo? Perfeito, pode marcar.

Quando desligou, fez um sinal de positivo com o dedão erguido e disse:

– Tudo certo. Amanhã, às 10h parto para Nice.

– Você tá falando sério? Tinha lugar no voo?

– Tinha, num voo para Estocolmo. Aumenta um pouco a viagem, mas é o primeiro que havia. Quem se importa com umas horas a mais?

Beth pensou em protestar, explicando que aquilo não era razoável, mas ao ver o entusiasmo nos olhos do marido, desistiu. Ninguém tiraria Edu daquele voo.

Ao ingressar no avião, depois de ir passando por fileiras e mais fileiras, esperando passageiros porem enormes malas e sacolas nos bagageiros acima, Edu se deu conta de há quanto tempo não viajava na classe econômica. O avião parecia não ter fim. Normalmente fazia questão de se sentar no corredor, na primeira ou segunda fila da executiva, senão, escolhia outro voo.

Quando viu os passageiros todos sentando, sem que houvesse mais lugares, teve um momento de aflição, pensando num eventual erro na reserva de seu assento. Por sorte havia uma última vaga, bem em frente aos banheiros do avião.

O voo era matinal, mas após as primeiras horas, quando começou a sentir o cheiro de comida e ver as comissárias empurrando os carrinhos lá para a frente, teve vontade de tomar um copo de vinho como aperitivo e para relaxar um pouco da agitação da véspera. Infelizmente, um longo tempo se passou até que o carinho chegasse ao seu lugar, tendo a comissária lhe informado:

– A pasta terminou, só temos *meat.*

Ele estava ansioso demais para comer, ainda mais àquele horário, e fez um gesto com a mão, dizendo:

– Não, obrigado. Você teria um vinho tinto?

A comissária sorriu, como que se desculpando, e colocou duas garrafinhas de vinho sobre sua mesinha, bem como uma cestinha de pães e fatias de queijo em invólucros de plástico.

"Nada melhor", pensou Edu, saboreando seu improvisado almoço com satisfação.

Enquanto comia, relembrava a correria que enfrentou para conseguir uma cópia da decisão do Superior Tribunal de Justiça, pois temia que Armando não acreditasse nele. Afinal, o amigo nem sabia e nem autorizara o ingresso da ação para revogar a decisão do Conselho Superior do Ministério Público. Tudo isso não importava mais. Agora, Armando recuperara o seu cargo e as coisas voltariam a ser como antes.

Depois de tomar o vinho e dos pratos serem retirados, as janelinhas do avião foram fechadas para que os passageiros dormissem; embora, na verdade, fosse meio da tarde. Edu pensou em descansar um pouco, mas estava excitado demais para dormir. De qualquer modo, o barulho da porta do banheiro, que era violentamente fechada a todo minuto, não permitiria tal benesse.

Após longas horas de voo, naquela cadeira que não lhe permitia cruzar ou esticar as penas, Edu tentou ler uma revista para se distrair um pouco. Sentia, contudo, um misto de sono com cansaço, não conseguindo nem ler nem dormir. Seguiu neste ritmo até que o avião pousou em Estocolmo, quando era madrugada pelo horário brasileiro e deveria ser início da manhã lá, embora fizesse noite fechada. Como sua conexão para Paris sairia cinco horas depois, ficou zanzando pelo aeroporto, tomando cafés expressos e vendo os aviões pousarem e partirem na sala de embarque determinada. O voo para Paris foi relativamente curto, comparado ao anterior, sendo que Edu adormeceu nos intervalos entre as explicações do comandante e o lanchinho antes da chegada. Em Paris, precisou fazer novo check-in, agradecendo por trazer apenas uma maleta de mão, na qual jogara duas mudas de roupas, a escova de dentes e a cópia da decisão do tribunal.

Enquanto aguardava o voo para Nice, Edu foi tomado de uma ansiedade que não o permitia sequer sentar, imaginando que em poucas horas daria a maravilhosa notícia à Armando.

Quando a aeronave se aproximou de Nice e começaram os procedimentos para o pouso, ela fez uma grande curva, com a asa direita bem inclinada, o que permitiu que Edu, mesmo da poltrona do meio, pudesse ver o mar azul e uma faixa dos edifícios à beira-mar. "O lugar é lindo", pensou. Ele e Armando poderiam curtir um pouco antes de voltarem.

Após passar pela imigração, Edu, por trazer só a mala de mão, saiu rapidamente do terminal à procura de um táxi. Sentiu de imediato o calor que fazia, lamentando ter posto uma grossa camisa de lã, própria para o inverno que deixara. Esperou numa pequena fila e ingressou num táxi, falando ao motorista:

– *To the beach! To the restaurant Chateau Plage!*

O senhor o olhou com cara de poucos amigos e murmurou algo em francês que Edu não compreendeu, permanecendo parado.

– *Chateau Plage? The restaurant? Quai Rauba-Capeau, vous desiréz?*

– *Chateu Plage* – repetiu Edu.

O motorista desistiu, dando partida ao veículo, enquanto reclamava para si mesmo de alguma coisa.

"Nice é realmente uma bela cidade", pensou, não sendo à toa que Armando apresentasse aquela melhora no estado de espírito. Aqui, todo mundo parecia feliz. O trajeto agradável demorava bastante, pois tinham de atravessar quase toda extensão da avenida beira-mar. Edu não aguentava mais a expectativa. Iria perguntar em inglês se ainda faltava muito, quando observou que a orla da praia, aparentemente, terminava logo à frente, onde havia uma espécie de castelo ou algo do tipo.

O táxi estacionou na avenida, tendo o motorista falado um valor e aguardado o pagamento. Como Edu não visse nenhum restaurante por perto, indagou:

– *Where is Chateau Plage?*

O motorista soltou um suspiro de irritação e disse, apontando bruscamente com a mão:

– *Down, down*!

Edu pagou e não esperou pelo troco, descendo com sua maleta de mão. Viu uma placa com o nome do restaurante e sentiu um frio na barriga. Aproximou-se da mureta da praia e olhou para baixo, à procura do restaurante. Havia uma infinidade de espreguiçadeiras e guarda-sóis à frente de um deck de madeira, que terminava numa construção com teto de zinco. "É ali!", pensou, "finalmente". Com olhos ligeiros percorreu as fileiras de guarda-sóis e pessoas, procurando reconhecer Armando entre elas. Como não o visse, decidiu descer de uma vez, fazendo uma surpresa ao amigo.

A escada de pedra que levava ao restaurante tinha degraus altos e espaçados, tendo Edu quase tropeçado na pressa em que desceu. Talvez por chegar apressado, talvez por estar vestindo calça escura, sapatos e camisa de mangas compridas e segurando sua pequena mala preta, todos olharam intrigados para ele. Edu ainda tentou localizar Armando antes de se dirigir a uma pequena mesa, onde uma mulher coordenava a recepção aos clientes.

Edu perguntou se ela falava inglês, ficando aliviado com a resposta positiva.

– Eu estou procurando o Armando, que trabalha aqui – disse, com alegria.

A mulher pareceu pensar um instante e lhe respondeu:

– Um minuto, eu sou nova aqui. Vou perguntar ao patrão. – Ela se virou rapidamente e foi na direção do interior do restaurante, não lhe dando tempo de falar mais nada.

Voltou certo tempo depois e informou:

– Lamento, mas nenhum Armando trabalha aqui. Deve ser um engano.

Edu balançou a cabeça e disse, em português mesmo:

– Não, não, você é que está enganada.

Ante a reação dela, corrigiu-se:

– Ele me telefonou daqui, não faz muito tempo, disse que trabalhava como garçom!

A mulher pareceu ficar constrangida. Disse apenas:

– Lamento, senhor.

Como havia um casal, também esperando ser atendido, ela pediu licença a Edu e começou a falar com eles.

Edu não entendia o que estava acontecendo, mas procurou manter a calma, pensando: "As coisas vão se arranjar, é só um mal-entendido".

Sem perceber, interrompeu a atendente, perguntando-lhe se havia outro restaurante chamado *Chateau Plage* na cidade e ante a negativa dela, falou num tom mais alto, quase berrando:

– Deve ter alguém que conheça o Armando, me chame o gerente ou alguma outra pessoa mais antiga aqui!

A mulher se desculpou com os turistas e foi até o balcão para chamar um rapaz alto e forte, aproveitando para lhe falar alguma coisa de modo discreto.

– Pois não senhor? – disse num precário inglês.

Edu lhe explicou estar procurando por Armando Castro, brasileiro, que trabalhava no local.

O rapaz inclinou a cabeça, como se puxasse da memória, mas respondeu:

– Não conheço esta pessoa. Às vezes, alguns estrangeiros fazem um serviço ou outro, por uns dias, e vão-se embora. Atualmente, não há nenhum Armando aqui. Com licença senhor, nós temos trabalho a fazer.

– Você não poderia perguntar aos outros? Quem sabe alguém tem alguma informação.

– *Desolée, monsieur.* – Ao dizer isso, virou-se e voltou ao balcão, onde preparava uma bandeja de pratos.

Edu ficou ali parado, atrapalhando as pessoas que chegavam, e embora tenha pego a sua mala do chão, não deu um passo. Aquilo parecia um pesadelo. Sentindo-se tremendamente cansado, olhou em volta, indo se sentar numa mesa ao ar livre. Um garçom passou depois de certo tempo e lhe perguntou o que queria beber.

– Um café – disse, desanimado.

Aproximadamente uma hora depois, Louise, que recepcionava os clientes, foi até a sala onde Ibrahim estava e o chamou. Apontou com os olhos para Edu. O patrão examinou pensativo a pessoa à sua frente: sentado debaixo do sol, usando roupas de inverno, totalmente molhado de suor e com uma xícara vazia de café nas mãos.

O que mais lhe impressionou, contudo, foi a postura dele, pois estava com os ombros arqueados, a cabeça inclinada para a frente e um olhar perdido.

– O que você acha, Louise?

– Sei lá, um tipo estranho.

– Armando me disse não ter problemas com a justiça brasileira, mas esse camarada parece um oficial, ou da polícia. Ninguém falou nada, não é?

– Não patrão, expliquei ao Charles antes.

Ibrahim soltou um suspiro contrariado, não gostando de ver aquela cena.

– Por que será que ele não vai embora? O coitado está esperando o quê?

Ibrahim chamou alguém no balcão e pediu duas garrafas de água. Com elas foi até Edu e as ofereceu, trazendo-lhe também um copo.

– Não, obrigado – respondeu Edu com ar distante.

– O senhor precisa se hidratar. Com licença. – Ibrahim sentou-se na cadeira em frente e serviu a água no copo.

Edu tomou-a toda em um gole, fazendo Ibrahim reencher o copo. Edu esvaziou o segundo, um pouco mais devagar.

Ibrahim percebeu que ele aparentava não estar bem e, preocupado, puxou um pouco de conversa.

– Você fez uma longa viagem?

– Sim, desde o Brasil. Eu vim por Estocolmo, durou trinta e quatro horas – disse Edu, olhando para o relógio.

"Será que este rapaz é um perturbado mental?", pensou Ibrahim.

– Por que um desvio tão grande?

– Era o primeiro voo que havia.

– Algo urgente?

Edu balançou a cabeça, parecendo a Ibrahim que ele fosse chorar.

– O senhor não conhece o Armando? – insistiu Edu.

Ibrahim ia negar, mas Edu tirou a carteira e da divisão embaixo dos cartões de crédito puxou com cuidado uma foto, mostrando-a a Ibrahim.

Nela aparecia Armando, uns quinze anos mais novo, de cabelos compridos e uma barbinha incipiente, de braços dados com uma jovem muito bonita e um rapaz bem magro, de óculos.

– Você é amigo de Armando?

– Nós somos irmãos – disse Edu, com os olhos marejados.

Ibrahim conhecia as pessoas de longe e, naquele instante, enxergou que Edu não representava qualquer perigo à Armando.

– Venha comigo *monsieur*, precisamos conversar um pouco mais! – Dizendo isso, ajudou Edu a se levantar da cadeira, levando-o até a sombra de seu escritório, onde um silencioso ventilador refrescava a manhã.

Após se sentarem, Ibrahim pediu desculpas para Edu, explicando-lhe que mentira para proteger Armando, pois não sabia se ele "tinha problemas" no Brasil.

O rosto de Edu se iluminou e ele perguntou:

– Onde está o Armando? Preciso encontrá-lo!

– Infelizmente ele partiu, anteontem.

– Para onde ele foi?

– Não sabemos, ele não disse nada.

– E ele não deixou um celular, qualquer coisa?

Ibrahim olhou para o lindo celular sobre sua mesa, que fora encontrado atrás do balcão, e disse com pesar:

– Receio que o Armando não queira ser encontrado. Que precise de um tempo para si mesmo.

– Meu Deus, isto não pode estar acontecendo. "Anteontem", Edu falou em português com uma expressão tão desolada que Ibrahim o compreendeu.

Ele ficou quieto, a cabeça abaixada, como quem recebesse de um médico o pior dos diagnósticos. Após um demorado instante, que Ibrahim soube respeitar, perguntou:

– O senhor sabe algum jeito de localizá-lo? Talvez a polícia, as companhias aéreas ou uma repartição pública?

– A polícia não ajudaria em nada, eles só fazem o que querem. As companhias aéreas não dão informações pessoais. Ademais, ele deve ter pego o trem, onde não ficam registros.

– Que azar, que maldito azar! – lamentou-se Edu.

– Aconteceu alguma coisa relativa ao Armando, algum problema familiar? – quis saber Ibrahim.

Edu sorriu debilmente, balançando a cabeça e falou:

– Não, são boas as notícias. Ele recuperou o seu cargo.

– Cargo? – perguntou com estranheza.

– De promotor de justiça.

– O quê? Armando era promotor de justiça? Você tem que me contar essa história. Por favor, comece do início.

Enquanto Edu contava a saga do amigo, indo do problema havido nas eleições ao começo da amizade entre eles, Ibrahim só o interrompeu para que escolhesse o prato do almoço. Iriam comer ali mesmo, onde o anfitrião normalmente fazia as refeições. Ibrahim, embora fosse filho do deserto, trabalhara tanto sob o sol quando criança e adolescente, que considerava a sombra um luxo, uma verdadeira dádiva de Deus – como os agricultores fazem com a chuva –, e ainda se admirava de ver os turistas pagarem e se espremerem para ficar se bronzeando o dia todo.

– O que você quer comer "Eduard"? – perguntou.

Edu tinha tomado apenas cafés desde que desembarcara em Estocolmo, estando meio enjoado e sem fome, abatido com seu infortúnio.

– Obrigado, mas não quero nada.

– Você tem de comer meu amigo – disse Ibrahim. – Não pode ficar deste modo. Vou mandar preparar um filet, sem temperos ou cremes, servido com batatas cozidas. Vai lhe fazer bem!

– Está bem, obrigado.

Quanto mais Edu contava, mais indignado Ibrahim demonstrava ficar, pois era um homem que prezava a verdade, tendo, ademais, um sentimento de amizade por Armando, com quem gostava de conversar sobre política e outros assuntos mais elevados.

– De pensar que Armando apareceu aqui como um qualquer, um desses perdidos... – comentou para si mesmo.

– Como o Armando começou a trabalhar aqui no restaurante? Ele não sabe fritar um ovo!

– Ele ajudou os rapazes com a balsa, uma que traz os equipamentos do galpão – disse Ibrahim, apontando com o indicador para o píer ao canto. – Nada muito bem o Armando! Por coincidência, estávamos precisando de mais uma pessoa e ele pegou o lugar. No começo, carregava as cadeiras, depois ficou como garçom.

– Isto eu queria ter visto! Ele é meio descoordenado. Não quebrou muitos copos?

– Não, aprendeu logo.

Edu pareceu imaginar a cena, sorrindo, para em seguida ficar com os olhos marejados, pensando em algo que não disse.

Quando o almoço terminou, Ibrahim por gentileza, ofereceu que Edu ficasse no apartamento dos rapazes, mas ele declinou, preferindo um hotel. Ibrahim, então, ligou para o hotel onde Armando se hospedara, reservando um quarto.

– Eles estão sempre lotados, mas o gerente é meu conhecido.

Ibrahim mandou que um dos funcionários acompanhasse Edu e carregasse a sua mala, não obstante os protestos deste.

– Eu o espero para o jantar. É bem agradável aqui à beira-mar. Descanse bem à tarde, você está precisando.

Edu chegou a seu quarto e foi imediatamente tomar um banho. Estava mal cheiroso, com a pele toda oleosa e os cabelos desgrenhados. Ao se olhar no espelho, pensou na imagem que transmitira a Ibrahim e aos demais com aquela aparência: “Não me admira a reação deles”.

Como a bateria de seu celular acabara após tantas horas de viagem, pediu uma ligação para o Brasil, dando o número de sua casa. Beth atendeu, toda animada, perguntando-lhe:

– E aí Du, como está nosso amigo?

A tristeza que tomou conta dele foi tão grande que não conseguia falar. Lágrimas escorriam por seu rosto, embora não chorasse.

O silêncio falou por si só.

– Ah, meu querido, o que aconteceu? – perguntou apiedada.

Após o telefonema, Edu tomou um demorado banho, fechou as cortinas do quarto refrigerado e foi se deitar um pouco. Estava sem sono, pensou, tantas as coisas que passavam por sua cabeça. Em poucos minutos, porém, adormeceu profundamente.

Quando acordou, sentindo-se descansado, acendeu a luz e olhou em seu relógio: ele marcava quatro horas. "Será que é madrugada?", pensou, não sabendo quantas horas dormira. Abriu a cortina e viu que o dia terminava com um céu avermelhado ao fundo, a orla da praia já com as luzes acessas, num bonito espetáculo.

Meio desorientado, recordou-se que não arrumara o relógio, sendo aquele o horário do Brasil. Deveriam ser oito ou nove da noite. Ibrahim o convidara para jantar, mas não tinha a mínima fome. Iria até lá para conversar um pouco mais e, quem sabe, obter alguma outra informação relevante. Beth falara para que retornasse, pois, infelizmente, não havia o que fazer.

Ao descer as escadas da praia, notou que alguns casais jantavam à luz de velas no deck de madeira do restaurante, tendo todo o oceano à sua frente. Lamentou Beth não estar com ele, imaginando que apreciaria o lugar. Desta vez, a mulher da recepção e todos os demais empregados trataram-no com especial gentileza, demonstrando carinho para com ele. Ibrahim o recebeu muito bem-vestido, com calça de um linho bege e uma camisa com uma trama diferente, que Edu imaginou vir do oriente. Usava uma pulseira de ouro, encravada com pedras e um vistoso relógio Rolex, também de ouro. Aquilo, pensou, deveria ser uma deferência ao seu convidado. Edu lamentou ter jogado algumas roupas na mala, sem sequer escolhê-las, pois parecia destoar naquele ambiente refinado.

Havia uma mesa reservada no melhor lugar do restaurante, tendo Ibrahim feito um gesto com a mão aberta, convidando Edu a sentar-se. Os talheres estavam todos colocados, indicando que o jantar seria completo, com entrada e vários pratos. O anfitrião tirou um vinho rosé do balde de prata e o mostrou a Edu, esperando seus comentários.

Ele leu o rótulo com atenção e disse com franqueza que pouco entendia de rosés, mas que tinha certeza ter sido bem escolhido.

Brindaram a Armando: que ele estivesse feliz em algum lugar e que logo desse notícias. O jantar transcorreu de modo agradável, com uma seleção de pratos mediterrâneos que Edu devorou, surpreendendo-se com seu repentino apetite. Ibrahim era um homem vivido e inteligente, com muitas experiências para compartilhar. A certa hora, quando falavam de Armando, comentou admirado:

– Engraçada a vida. Um promotor de justiça, uma pessoa importante em seu país, trabalhar para mim de garçom, de carregador primeiro, e aparentar estar feliz, como se fosse um ótimo emprego.

– Eu também achei o Armando animado e contente quando me telefonou daqui. Muito diferente daquele de Paris.

Ibrahim deu um leve sorriso e pareceu pensar em algo. Depois de uma pausa, disse, num tom amigo:

– Talvez tenha sido a Marjorie, a companhia de uma mulher encantadora.

Edu riu alto e alegre:

– Ah, conte-me isto! Eu não acredito. O sacana não me contou nada!

Ibrahim ainda pensou um pouco, como se relutasse em contar alguma confidência, mas o sorriso no rosto de Edu o desarmou:

– Bem – disse –, ela é uma amiga comum e creio que não se importaria com isso.

A seguir, fez um relato do relacionamento entre ambos, iniciado ali mesmo na praia, e que a seu ver era bastante sério. Tanto Armando como Marjorie pareciam nutrir um sentimento forte e verdadeiro.

– Quem sabe ela tenha alguma informação? – falou imediatamente Edu.

– Não, meu amigo. Ela não sabe o seu paradeiro. Liga todos os dias para mim, também está aflita.

– E por que o Armando não ficou com ela?

Ibrahim levantou os ombros e disse:

– Eu não sei. Agora começo a entender um pouco a situação dele.

XXII

Gare de Nice: Armando se lembrou da aflição que sentiu ao chegar lá, triste de partir e não aguentando ficar nem mais um minuto. Tinha de sair, de ir para algum lugar, de continuar sua vida. Perguntou qual o primeiro trem que partia: o das 12:30h para Paris. "Não há outro? Eu não posso ir para Paris". O funcionário do guichê resmungou algo e acrescentou: "Então, desça em Lion, é a única parada".

Quando o trem partiu, Armando encostou a cabeça no vidro e ficou vendo desfilar os rochedos, as pequenas enseadas com banhistas alegres que pareciam ter acabado de chegar, o mar; enfim, a paisagem da *Cotê D'Azur* que se tornara familiar. Sem se dar conta, como numa distração do espírito, só percebeu o fim da viagem quando o trem diminuiu a velocidade aproximando-se de alguma cidade. Era Lion. Sentiu uma preguiça de ter que descer. Teria preferido ficar, somente *ficar.*

Caminhou da estação até ao centro, não tendo nenhuma ideia do que fazer, perambulando a esmo. Viu um hotel moderno, todo envidraçado, no qual havia um bar no térreo dando para a rua. Entrou e pediu um quarto, pouco se importando de não ter cartão de crédito, pois lhe era indiferente poder se hospedar ou não. Recebeu a chave e subiu apenas para deixar a mala, indo se sentar no bar, onde pediu um uísque puro, sem água ou gelo. Os pensamentos iam e vinham, sem sequência ou lógica, trazendo-lhe incontrolável prostração.

Quando o garçom lhe falou: "Desculpe senhor, mas nós estamos fechando", levantou-se e foi até a rua. Saiu para andar pela cidade desconhecida, chegando a um rio de águas rápidas, cortado por uma ponte de arquitetura moderna. O vento úmido soprava, o barulho da água se fazia ouvir. Caminhou por um longo tempo, só sendo abordado por duas prostitutas, bem jovens e bonitas, com as quais conversou até que elas perceberam que ele não lhes renderia nada, apressando o passo e o deixando para trás.

Voltou ao hotel e capotou sobre a cama de roupa e tudo, cansado até a última força.

No dia seguinte fazia um belo dia de sol, embora frio, e Armando saiu para conhecer a cidade, como faria um turista qualquer. Por instinto, caminhou na direção do rio, vendo que na margem oposta havia um morro alto, com antigas construções, que ele não vira na noite anterior. "O que é aquilo lá?", perguntou para um vendedor de bijuterias numa feirinha de artesanato pela qual passava. " É a velha Lion".

Atravessou a ponte, indo na direção do funicular que levava à parte alta da cidade. Comprou o bilhete, entrou no bondinho e ficou observando as construções e as pessoas diminuírem à medida que subiam. No topo havia um grande terraço, no qual se podia ver Lion, cortada pelo volumoso rio que se dividia em duas partes. Havia também uma catedral, bonita e imponente, tendo Armando se dirigido até ela, na esperança de sentir alguma paz. Sentou-se e tentou rezar, não sabendo ao certo o que dizer ou pedir. Talvez que voltasse no tempo e que Ele o avisasse: "Cuidado Armando! Esta história está mal contada, não se sinta obrigado a tomar uma decisão. Você não é o responsável pelas eleições, pelo que vai acontecer à sociedade". Então, ainda teria uma profissão, respeito, uma razão para viver. Ao pensar nisso, contudo, ponderou que não teria conhecido nem Helena, nem Marjorie, o que lhe pareceu de um vazio assustador, como se tivesse passado solitário por toda a vida.

Alguns turistas ingressaram na igreja, tirando fotografias, falando alto, rindo, e pararam ao lado dele. Armando se levantou num pulo e saiu, cansado das pessoas. Em volta do templo, descobriu um caminho no meio de um bosque, que serpenteava até lá embaixo, envolto num silêncio só quebrado pelos passarinhos e pelo sopro do vento. "Deus deve estar também por aqui", pensou, e desceu caminhando com toda a calma, numa espécie de oração.

Saiu numa área repleta de lojas e restaurantes, que já se preparavam para a hora do almoço, com os garçons colocando toalhas de papel nas mesas e escrevendo nos cartazes os pratos do dia. Pessoas começavam a chegar, alegres, em pequenos grupos, fazendo com que aquele lugar parecesse não lhe pertencer.

Resolveu voltar ao hotel. Subiu para o seu quarto e sentiu uma sensação claustrofóbica, como se o quarto fosse pequeno demais e sem ventilação. Abriu a mala para guardar a escova e pasta de dentes, vendo as bermudas e camisas compradas por Marjorie, que o remetiam a algo do qual fugia. Tirou-as da mala e as colocou sobre a cama.

Ao deixar o hotel foi andando até a estação de trens, não sabendo para onde iria, qualquer destino lhe parecia o mesmo. Sentou-se num banco, em um dos binários pelos quais passou, e ficou imerso em pensamentos. Uma composição chegou, fazendo o barulho de metais se contorcendo, o cheiro de óleo e ferro no ar. As portas se abriram após um escape de ar-comprimido, num tranco seco. Alguns passageiros desceram, desajeitados com as pesadas malas e logo se afastaram pela plataforma. Depois de alguns instantes de silêncio, o controlador soou um apito, de um som suave e uniforme, avisando que o trem iria partir. Armando se levantou e entrou no vagão à sua frente.

Ao se despedir de Ibrahim, Edu reforçou mais uma vez a necessidade de informar a Armando de que fora reintegrado ao Ministério Público:

– Ele tem de saber logo! Qualquer um que atender um telefonema ou tiver algum tipo de contato, deve contar para ele!

– Eu sei "Eduard", já avisei a todos. Fique tranquilo.

Edu teria preferido dar ele mesmo a fabulosa notícia ao amigo; tinha imaginado a cena dezenas de vezes, enquanto aguardava esperançoso o resultado da ação judicial. Agora, entretanto, não poderia correr tal risco. Haveria um prazo para que Armando reassumisse o cargo, tão logo a decisão do STJ fosse publicada no Diário Oficial.

Ele e Ibrahim se abraçaram emocionados, como velhos amigos, premidos pela circunstância paradoxal que trazia unidas a sensação de fortuna e de temor, pois nenhum deles conseguia antever o porvir.

Àquela hora da tarde, o percurso até o aeroporto foi rápido e agradável, ladeando a faixa da praia, num clima festivo das pessoas que já iam para os bares e restaurantes e das que chegavam para um último mergulho.

Quando o avião decolou e fez a curva para tomar seu rumo, Edu viu a cidade banhada pelo pôr do sol, com os seixos brancos, as cúpulas dos luxuosos hotéis e o mar azul, avermelhados e brilhantes, como se tivessem luz própria, num bonito espetáculo. "Seria um lugar para se sentir saudades", pensou Edu.

No voo noturno, sentado na segunda fileira da classe executiva, com vinho, pães, queijos e amêndoas quentes servidos, Edu pensava como era bom o conforto. Todo aquele espaço só para ele e um outro passageiro, que pediu à aeromoça para não ser perturbado, cobriu-se com um leve cobertor e dormia sossegado no lado oposto do avião. Ele deveria estar feliz, comparando-se com o voo da ida. Mas não estava. Naquele avião apertado, espremido entre passageiros, com a porta do banheiro a bater sem parar, ele levava a redenção do amigo, a notícia e o abraço tão esperados.

* * *

Helena não aguentava mais esperar o momento de assinar o acordo do divórcio, pagar o valor exigido por Rafael e poder recuperar sua vida. Poder viver tranquila com Beatriz, sem os conflitos e as pressões psicológicas que tinham se tornado uma rotina.

O problema é que o tempo passava, e Raquel não ultimava as tratativas com o advogado e com os credores de Rafael. Quanto tempo já havia decorrido desde que receberam a proposta? "Dois meses ou quase isso", pensou. Na sua aflição, chegara a discutir com ela, dizendo que assinaria o acordo "de qualquer jeito". Pela primeira vez, a advogada deixou o tom amigo habitual e lhe respondeu:

– Eu não subscreverei um documento que lhe possa ser danoso. Tenho o dever profissional de verificar todas as dívidas e obrigações assumidas por seu marido antes de dar meu aval. Se você quer se precipitar, terá de procurar outra advogada.

Helena sabia que ela tinha razão, já ouvira comentários acerca das atitudes destrambelhadas de Rafael, que perdera o pé no gerenciamento da empresa e tentava medidas pouco racionais. A cada dia ele se afundava mais, comprometendo o patrimônio comum, que talvez estivesse reduzido a um décimo do original. Lembrou-se de seu pai e ficou agradecida por todo o seu esforço, anos a fio, o que lhe permitiu receber vultosa herança, protegida da insensatez do marido.

Finalmente, a Dra. Raquel lhe telefonara, informando que o acordo do divórcio poderia ser oficializado, nos termos propostos por Rafael, mas com o desconto de certas quantias que seriam pagas diretamente aos credores.

Helena fingiu ler as páginas da petição elaborada pela advogada, mais em respeito à sua dedicação do que outra coisa.

– Quando tudo estará resolvido?

– Em poucos dias. Seguirá primeiro ao promotor e depois para a juíza. Mas fique tranquila, com os laudos dos peritos judiciais referentes à Beatriz e às questões da guarda, tenho certeza de que não haverá problemas.

– Puxa vida, parece um sonho! Ou o fim de um pesadelo!

No dia em que Rafael foi se despedir da filha, antes de partir para os Estados Unidos sem previsão de volta, Helena sentiu pena dele, da filha e de si própria.

Da janela de seu quarto olhava o ex-marido sentado num banco do playground, com um presente na mão, mais gordo e envelhecido do que há meses atrás, e lamentou não poder ou não querer descer para se despedir. Era triste pensar que talvez nunca mais o visse. O homem bonito e jovem com quem se casara num dia tão especial; todos os amigos, a família, seus pais emocionados, as juras de amor eterno.

Beatriz apareceu e correu para o pai, que a abraçou por um longo tempo sem soltá-la. Pôde ver que choravam. Pôde compreender que, apesar de suas atitudes, ele amava a filha; do seu jeito, do jeito que podia. Devia ser duro se despedir de uma filha.

Helena se afastou da janela e se sentou numa poltrona à espera de Beatriz. Deixou que as lágrimas corressem soltas, para que já estivessem secas na hora de consolá-la.

Para sua alegria e até com certa surpresa, nas semanas que se seguiram, Beatriz foi se tornando a cada dia um pouco mais feliz. Saiu de uma tristeza profunda, na qual se trancava no quarto e não se alimentava, para um estado novo, ou já esquecido, no qual se comportava de modo tranquilo e carinhoso. A menina chegava alegre da escola, falava pelos cotovelos, abraçava e beijava a mãe.

A Dra. Débora tinha razão ao garantir que superado o conflito entre os pais, vencida aquela disputa insana pela filha, as coisas voltariam ao estado normal, pois uma criança tinha os seus próprios meios de equalizar os sentimentos, desde que a deixassem em paz. Aquilo lhe parecia uma promessa inexequível, um alento da psicóloga, mas felizmente era verdade.

Ela própria experimentou uma fase diferente, na qual se sentia livre e aberta para a vida, como se saísse de uma prisão, de um sanatório repleto de acusações. Percebeu que após ter a notícia dos problemas que acometiam Beatriz, sentindo-se culpada, passou a descuidar-se propositalmente no seu aspecto físico, como se a vaidade, a vontade de parecer bela e atraente para Armando, fosse a responsável por todo o ocorrido. Quanto tempo ficara sem ir ao cabeleireiro? À ginástica?

Agora retomara sua rotina de sempre e o bem-estar trazido pela atividade física irradiava-se, fazendo-a ver com alegria os dias pela frente.

"Quem sabe se não dou de cara com Armando numa virada de esquina? Não fora assim que se reencontram daquela vez?"

Helena tinha lido nos jornais que um advogado conseguira anular a expulsão de Armando e que o esperavam para reassumir seu cargo. Talvez ele voltasse com uma italiana pendurada em seu pescoço, o que era bem provável, mas e daí? O futuro a Deus pertence, pensou.

Um desejo invencível, uma tolice mesmo, fez com que adquirisse o hábito de tomar um "expresso" antes de voltar para casa ao fim do dia. A cafeteria só poderia ser uma. Não que acreditasse em milagres... de qualquer modo, o ambiente lhe trazia gostosas recordações.

XXIII

Ao descer na *Hauptbahnhof* de Berlim, Armando sentiu uma sensação desagradável, que não identificava com clareza. Talvez fosse pela enormidade do local, talvez pela multidão que ia e vinha numa pressa exagerada, como se todos tivessem um objetivo ou alguém esperando em algum lugar para recebê-los; talvez pelo frio cinza do final de tarde.

Por instantes, tentou lembrar de onde partira e ficou surpreso de não o conseguir de imediato. Passara por tantas cidades, com sua rotina de bares e solidão, que não as distinguia mais. Estava cansado daqueles lugares pequenos, onde todos pareciam se conhecer e serem amigos. Por isso escolhera Berlim, uma metrópole, cheia de gente perdida como ele.

O problema seria o idioma, já que planejara arranjar algum emprego, pois seus recursos se reduziam a uns quinhentos euros. Isto, graças a Ibrahim, pensou, lembrando-se do grosso envelope que recebera ao se despedirem.

– Seu último salário, por esta temporada. No próximo verão, se você estiver por perto, volte para o *Chateau*. Aqui tem um lugar garantido!

Ele não abriu o envelope, agradeceu ao amigo e disse que voltariam a se ver, embora tivesse a sensação de que isso não aconteceria. Sentiu-se emocionado.

Ibrahim também demonstrava o peso da despedida e, após alguns segundos quieto, perguntou:

– Você não pensou em ir para Paris? Ela é uma mulher fantástica, rara de se encontrar.

– Eu sei – disse, para completar num tom amargurado: – O problema sou eu.

Ibrahim o abraçou pelo ombro, soltando um som de negativa pela boca e falou apenas:

– Não, Armando. Não pense assim.

Somente depois, quando o dinheiro que trazia consigo acabou, Armando se socorreu do envelope recebido, descobrindo feliz que Ibrahim lhe pagara muito mais do que o devido. Pensou até em devolver, mas não teria como fazê-lo.

Armando olhou em volta da grande estação, não sabendo em qual direção seguir, pois existiam várias saídas. Também não tinha ideia de onde ficar em Berlim. "Que merda!", pensou. "O que vim fazer aqui?". Refletindo ter pouco dinheiro, achou melhor guardar a mochila que passara a utilizar desde a Suíça, num dos armários de metal da estação, para poder andar à vontade pela cidade. Se não gostasse, poderia partir no fim da noite, dormindo em algum trem. Pegou parte dos euros e seu passaporte, colocando-os no fundo da mochila. O local dos armários parecia seguro, com câmeras e vigilantes.

Num grande mapa da cidade procurou algum ponto de referência, podendo apenas reconhecer o desenho de uma igreja, que imaginou ser a catedral de Berlim. Perto dela, como ocorria em todas as antigas capitais, deveria haver um bom lugar para se ir.

A igreja era realmente imponente, mas já estava fechada àquela hora do início da noite. Ele caminhou longo tempo pelas vizinhanças, até se ver num bairro onde havia restaurantes e bares, cortado por um rio que o luar deixava ver as águas límpidas. Lembrou-se do Brasil e teve pena, pensando na sujeira e no fedor daqueles esgotos ao ar livre que um dia foram rios.

Passou em frente a um restaurante, tipo de adega, com as paredes repletas de garrafas e tonéis de vinho, com as pessoas sentadas em compridas mesas de madeira, num ambiente aconchegante e resolveu entrar para descansar um pouco as pernas. Só serviam garrafas inteiras e pizzas. Aceitou o tinto que o garçom sugeriu, não pedindo nada para comer. Ao seu lado, sentavam três italianos e a sua frente alguns nórdicos, todos loiros, bem brancos e altos, falando um idioma que se assemelhava ao alemão. Todos o cumprimentaram com sorrisos e acenos de cabeça, naquele clima que o bom vinho proporciona. Armando gostaria de conversar um pouco, pois as risadas e a animação eram grandes, mas a barreira das línguas e o sentimento de isolamento que ultimamente sentia o impediram.

Horas depois, quando os derradeiros convivas se levantaram e saíram, ele terminou o vinho e pediu a conta. Enquanto esperava, comeu um pedaço de pizza deixado pelos italianos, arrependendo-se de não ter pedido uma para ele. Já era início da madrugada. Ao sair ao ar livre, constatou que suas roupas eram impróprias, pois esfriara bastante. Parou por instantes para decidir o que fazer: ir até a estação buscar sua mochila e procurar um hotel ou partir de vez. Nenhuma das opções lhe trazia alegria. Sentia-se como um nômade cansado. Apesar disso, continuou a andar pelas ruas quase desertas. Meio melancólico passou a refletir sobre os acontecimentos importantes de sua vida e todos lhe pareceram fortuitos, dominados por simples acasos além da sua vontade. "Como o homem é impotente perante sua própria existência", pensou entristecido.

Quando já decidira a ir-se embora, procurando achar um táxi ou ônibus que o levasse à *Hauptbahnhof*, viu descer de um carro duas lindas mulheres acompanhadas de um senhor de terno e gravata, que pararam em frente a uma porta, esperaram um pouco e entraram, após alguém abrir uma janelinha na porta. Foi andando até lá e examinou o local. Na porta havia uma pequena placa dourada com um nome escrito em alemão. Escutou música tocando, embora abafada pela solidez da porta. Tocou a campainha e esperou. O vão na porta se abriu e um homem moreno disse-lhe algo que não conseguiu entender. Em inglês, Armando perguntou:

– Eu posso entrar?

Depois de observá-lo por um instante, o homem abriu a porta pela metade e informou, num inglês precário:

– É um clube fechado. Os que não são sócios têm de pagar. Duzentos euros. Dois drinques grátis.

Pelo que se podia ver, o lugar era luxuoso e a música animada. Mentalmente, Armando calculou ainda ter o dinheiro suficiente.

– Ok – disse.

O porteiro abriu-lhe a porta, indicando com a mão o lugar no fim do corredor, onde funcionava a recepção. Um rapaz e uma jovem o receberam com simpatia e, após pagar o ingresso, ela o conduziu até um espaço grande que se dividia em vários ambientes, com mesas e sofás espalhados. De um lado, havia a pista de dança, já bastante cheia, do outro uma espécie de palco. Ela lhe falou num inglês perfeito:

– Você pode escolher qualquer lugar. Os drinques lá no bar, e se quiser comer alguma coisa, peça ao pessoal. Tenha uma ótima noite!

– Obrigado – respondeu Armando.

Ele se dirigiu ao bar que ficava na lateral e onde se podia sentar em banquinhos junto ao balcão. Tudo era decorado de uma forma moderna e requintada, a música embalava e as pessoas em volta eram bem interessantes. Havia gente de todas as tribos. Pediu um uísque e ficou observando os tipos exóticos que vinham até o bar. Quando esvaziou seu copo, deu sinal ao barman para lhe servir outro e foi se sentar numa das mesas ao lado da pista.

Havia uma infinidade de mulheres jovens e bonitas, algumas dançando com senhores mais velhos, bem vestidos e aparentando serem ricos. O lugar era eclético, pois Armando via pelos sofás punks e outros grupos bem diferentes, todos tranquilos e sem incomodar uns aos outros.

Armando olhou para a frente e viu uma mulher extremamente exótica. Era bastante alta, com os cabelos pretos e olhos azuis, tinha um corpo magro, bem torneado e a pele branca, como se nunca tivesse tomado um único raio de sol. Vestia uma minissaia e uma jaqueta de um couro leve, abotoada só nos últimos botões, o que permitia ver parte de seus seios a cada balanço. Ela dançava com a naturalidade de uma africana, o corpo acompanhando cada nuance da música, numa alegria contagiante.

Sem perceber, Armando ficou olhando fixo para ela, com um sorriso nos lábios.

De repente, ela veio até a sua mesa e o chamou com as duas mãos para dançar. Surpreso, ele fez que não com a cabeça, sorrindo como um abobalhado. Ela lamentou numa expressão triste e voltou a dançar à sua frente.

"Cretino! Idiota", pensou. Percebeu que não sentia disposição para dançar, embora desejasse aquela mulher. Virou a dose de uísque num gole e se levantou, balançado um pouco o corpo, como se dançasse sossegado. Ela o chamou lá da pista, repetindo o gesto anterior. Armando foi dançando como podia ou se sentia, ficando ao seu lado. De perto, seus seios eram sublimes, conseguia ver lances dos bicos duros e escuros naquela pele branca.

Ela perguntou-lhe algo e ele fez sinal que não entendia.

– Como se chama? – perguntou em inglês.

– Armando. E você?

– Rilka.

Após dançarem um pouco, ela o segurou pela mão e disse:

– Vamos beber, levando-o até uma mesa onde estava outro casal. Apresentou Armando e serviu-lhe um copo de vodca, enchendo outro para si. Bebeu um grande gole e chamou os amigos para dançarem. Foram os quatro para a pista, levando seus copos.

Armando, que havia comido só um pedaço de pizza, sentiu os efeitos do álcool, ficando meio eufórico e atordoado. Nisto, as luzes se apagaram por completo. Armando assustou-se, mas todos gritaram felizes, acostumados com o que viria: o som triplicou de volume, fazendo o chão vibrar. Raios de laser, numa infinidade de tons, substituíram a iluminação, dando um efeito de sonho ou irrealidade ao local, pois ora via o corpo de Rilka rebolando à sua frente, ora não a enxergava. Um flash prateado explodia a cada batida. As pessoas se agarravam na pista. Armando puxou Rilka para beijá-la. Ela o beijou com calor e se afastou um pouco. Pegou algo em sua minúscula bolsa e lhe disse:

– Vamos nos divertir!

Numa caixinha de plástico, ela tirou dois pequenos comprimidos, engoliu um, num gole de vodca, e pôs outro na boca de Armando. Ele o cuspiu na mão e disse:

– Não, eu não quero. Eu tô legal.

Ela se distanciou de novo e ficou rebolando na sua frente. Quando os lasers se apagaram, ela se aproximou e abriu a jaqueta para ele, mostrando seus seios. Ele tentou agarrá-la, mas ela sorriu e o repeliu, condicionando a sua conduta. Num milésimo de segundo, Armando teve consciência de que faria uma grande besteira.

Armando colocou a pílula na boca, sentindo um gosto agridoce. Antes de engoli-la ainda relutou um pouco, mas o sorriso de Rilka e seus peitos suados e brilhantes o convenceram.

Ela riu satisfeita, deixando que Armando chupasse seus peitos quando os lasers apagavam, enquanto dançava compulsivamente. Ele teve vontade de levá-la embora, para onde houvesse uma cama ou um chão isolado.

Após alguns minutos, numa névoa de prazer, som e luzes, Armando flutuava, não se importando com nada, como se o mundo finalmente o perdoasse.

Não havia a promotoria de justiça, não havia processos, não havia nem mesmo Helena ou Marjorie. Tudo era luz, satisfação.

Os amigos de Rilka se aproximaram, dançando felizes e o homem falou algo ao ouvido dela. Ela abriu novamente a bolsa e tirou a caixinha de plástico. Ele pegou o comprimido e o engoliu, rindo. Armando quis mais um, e depois de hesitar por instantes, Rilka colocou outro em sua boca.

A partir daí, Armando experimentou algo diferente.

O mundo, as pessoas, os lugares, existiam como que distantes dele próprio; como se estivesse vendo a si mesmo dançar, rir, agarrar Rilka, num sonho alegre, onde podia tudo, até que...

O amigo de Rilka e o porteiro o seguram pela cintura, o teto e as luzes passam misturados numa velocidade incrível. Pessoas olham para ele, algumas preocupadas, outras rindo. Seus pés parecem raspar de frente no chão, num movimento gostoso. O ar frio da noite. Encostam-no na parede. Vem um carro bonito, grande e luxuoso. Está sentado, a cabeça jogada para trás, como se dormisse acordado. Pela janela, a cidade passa indistinta e rapidamente. Sente-se mal, o ar parece não entrar em seus pulmões. Quer abrir a janela, mas não consegue, não consegue sequer falar. Rilka e sua amiga conversam, riem, não notando sua aflição. Sua cabeça pende para o lado e vê Rilka alisar os cabelos da outra. Elas parecem trocar confidências. Rilka dá um selinho na amiga e depois a beija com ardor. Elas se agarram com movimentos bruscos. O carro balança nas curvas, deixando-o enjoado e tonto. A amiga levanta os quadris no banco e abaixa a saia, abaixa a calcinha, para que Rilka a chupe. As duas gemem, como se estivessem sozinhas.

Armando suava e sentia frio ao mesmo tempo. O seu coração parecia bater acelerado e parar em seguida. O mal-estar o dominava.

Precisava de ar. "Parem o carro, por favor", falou sem palavras. Um espasmo ou convulsão o sacudiu, fazendo-o dar uma espécie de arroto prolongado e agoniante, como se estrebuchasse.

Finalmente o carro parou, o motorista desceu e abriu a sua porta. Imóvel, Armando o viu puxá-lo pelas mãos, entortando-o no banco, para tirá-lo de lá. Olhou para Rilka, num pedido de socorro, mas ela o empurrava com as duas mãos. Sentiu suas costas e pernas arrastarem pelo chão áspero. A nuca bateu no solo, enjoando-o mais. Enquanto olhava para um céu que parecia clarear, escutou o barulho de portas se fechando e um motor acelerando.

O fim do movimento e o ar puro trouxeram certo alívio. Por instantes, jazia feliz, apesar do suor e do frio que o fazia tremer.

Quando o sol parecia nascer, as convulsões voltaram, mais violentas, fazendo-o se remexer e virar no chão. Sem saber como, levantou-se e olhou em volta: a rua à sua frente, os edifícios, as luzes do clube e Rilka misturavam-se e rodavam num círculo claustrofóbico. Tentou andar, ir a algum lugar. Ao passar em frente a uma vitrine, tudo rodou e ele parou. Num movimento involuntário, numa contração, esmurrou o vidro, quebrando-o, antes de cair sobre ela. Uma sirene insuportável começou a soar. Tudo escureceu por instantes. Quando voltou a si, assustado, pegou um objeto na mão para se defender. Levantou-se e voltou à rua. Pessoas olhavam para ele e se afastavam rapidamente. Um veículo branco e verde, com uma bonita luz azul na capota, aproximou-se. Desceram dois homens, dois policiais, reconheceu Armando aliviado, pensando em lhes explicar o ocorrido. Não teve tempo, eles apontaram uma pistola e um fuzil em sua direção. Armando olhou para as próprias mãos ensanguentadas e se assustou.

– *Stopenn! Stopenn!* – gritavam.

Armando viu a mão do policial se transformar numa garra metálica, que vinha para cortá-lo e tentou se defender, mas seus membros não o obedeciam e ele deu golpes no ar, como um louco faria. O que apontava o fuzil, numa fração de segundos, virou o cabo em sua direção e o acertou no meio da testa. A dor foi horrorosa. Sentiu uma parte de seu crânio penetrar em seus tímpanos, perfurando-os.

Tudo escureceu.

A dor passou.

Deitado de costas, sentiu com prazer o sangue escorrer pela sua face e pelo seu pescoço, aquecendo-o um pouco naquela manhã fria.

XXIV

Quando a escuridão e o silêncio passaram, Armando tomou consciência de que estava deitado em algum lugar estranho, com muitas luzes, pessoas falando baixo e uma espécie da máscara de plástico no rosto. Sentia um tubo machucando sua garganta, os braços presos e doloridos, um frio tremendo. Parecia que estava nu debaixo daquele lençol azul.

Foram dias e dias seguidos. Não havia noite naquele lugar. Dormir era um privilégio que conseguia por poucas horas, trazendo-lhe alguma paz.

Não sabia onde estava. Não sabia o que tinha acontecido e, pior, não sabia quem era. Só tinha a percepção de existir. De ser uma pessoa distinta daquelas luzes, daquelas vozes e de sentir dor e frio.

Certo dia, como acontecia às vezes, homens vieram buscar alguém. "Mais um defunto", pensou. Eles pararam em volta de sua cama e Armando teve medo de que não percebessem sua consciência, que na sua imobilidade ainda vivia, e que fossem enterrá-lo vivo. Debateu-se o quanto pôde. Alguém, falando uma língua estrangeira, veio e lhe aplicou uma injeção.

Armando acordou em outro lugar. Como a cama estava inclinada, viu tratar-se de um hospital ou enfermaria, pois havia vários outros leitos ao seu redor, com pessoas de aspecto horroroso; berrando, gemendo ou chorando. Ele queria sair dali o mais depressa possível. Notou que sabia quem era: Armando, estudante de direito. Mas onde estariam Edu, Eliza e todos os outros? Ao tentar lembrar-se do que havia ocorrido, sentiu uma dor de cabeça que foi aumentando até não aguentar mais. Gritou, pediu ajuda e sentiu a escuridão voltar.

Enquanto caminhava pelo pátio, Armando pensou: como é bonito este velho carvalho, com seu grosso tronco contando toda a sua história, como o dorso das mãos de uma pessoa idosa. Ele me lembra de Saint-Tropez. Aquilo o assustou tremendamente. Onde ele estava que já conhecia aquela árvore? Olhou em volta e se sentiu ainda mais apavorado: homens tristes e cabisbaixos, falando sozinhos em sua maior parte, andavam ao redor das árvores, nos longos caminhos do pátio, como seres inanimados.

Ele estava num hospício ou algo do gênero! Meu Deus, o que teria lhe acontecido? Desesperadamente, tentou pôr os pensamentos em ordem, dando-lhes alguma lógica. Lembrou-se do caminho até Saint-Tropez, de Marjorie e Ibrahim, de sua partida de Nice. Após isso, não tinha uma noção exata das coisas, pois viajara quase todos os dias, com os lugares se misturando em sua cabeça. Fora para a Suíça, encantando-se com as cidadezinhas limpas e pitorescas à beira de lagos azuis. Depois resolveu partir para... para... neste ponto o filme terminava.

Deveria ter sofrido um acidente num trem a caminho de algum lugar ou ter sido atropelado na rua; o importante é que recuperara sua memória e precisava sair dali, daquele lugar para loucos. Sentia o coração bater acelerado, numa ansiedade que o dominava por completo. "Tenho que manter a calma, tenho que manter a calma", repetia para si mesmo, "senão não me deixarão sair". Observou em volta e viu uma grande construção mais ao fundo, onde duas mulheres e um homem, vestindo uniformes marrons, diferentes do pijama azul que ele e os demais usavam, pareciam vigiar o local. Caminhou até eles, tomando cuidado para não correr. Quando o viram chegar, pararam de conversar. A mais velha das mulheres, que tinha braços gordos e musculosos, deu-lhe um sorriso maternal e lhe perguntou algo que não entendeu.

Armando disse-lhe:

– Eu preciso ver um médico, o psiquiatra responsável, é urgente!

– *Herr Doktor?*

– Sim.

Ela sorriu novamente e lhe pegou pelo braço, como se fosse conduzi-lo a algum lugar.

Armando pensou que ela poderia o estar levando para ser trancado, mas não teve alternativa. Seguiu-a por um longo corredor até um consultório que estava vazio, onde ela parou e lhe indicou uma cadeira para sentar-se. Com a mão, fez um gesto para que esperasse.

Uns dez minutos depois, que demoraram a passar, Armando escutou passos e alguém conversando a certa distância. Um senhor de uns setenta anos, usando o jaleco de médico, entrou, foi para detrás da mesa e lhe estendeu a mão. Ele tinha um sorriso feliz no rosto e os seus olhos verdes transmitiam segurança e amizade.

Armando o cumprimentou meio aturdido, pois o homem parecia conhecê-lo.

– Como você está hoje? Parece-me muito bem!

– Estou bem, doutor... Só um pouco confuso. Não sei exatamente onde estou ou como vim parar aqui – admitiu Armando, com medo de ter falado a coisa errada.

– É natural meu jovem, num caso como o seu. Mas não se preocupe, logo estará se sentindo melhor.

– O que me aconteceu, doutor? Sofri um acidente ou algo assim?

– É... algo assim – disse o médico, olhando sem querer e com tristeza para a testa de Armando.

Imediatamente ele pôs a mão na testa, sentindo uma enorme cicatriz e um calombo a lhe deformar a cabeça. Assustado, olhou para o médico, a espera de uma explicação.

– Tenha muita calma agora. Como disse, você ficará bem!

– Mas o quê...? – começou Armando, parando a seguir.

– Segundo os policiais, você teve um surto, aparentemente após o consumo de drogas.

– Drogas?

– Você não se lembra de nada ainda? Na última vez que conversamos...

– Conversamos? – interrompeu Armando.

– Estes esquecimentos são naturais num quadro como o seu. Não fique nervoso, não se desespere. Dê tempo ao tempo.

Armando percebia a gravidade de sua situação, como se de repente acordasse no meio de um pesadelo.

– Você se lembrou de algo mais? Do seu nome? De onde veio?

– Armando – respondeu de pronto.

O médico abriu um sorriso de alegria, esperando que ele continuasse.

Armando, porém, ficou em silêncio.

– Qual as últimas coisas de que se lembra?

– De Saint-Tropez, de Marjorie, do mar... Ao falar isso, Armando reviveu o primeiro mergulho em Nice, chegando a sentir a sensação gostosa da água, o gosto do sal na boca, o azul profundo abaixo da superfície. Sem perceber, estava chorando, invadido pela maior tristeza do mundo.

O médico se levantou e foi ao seu lado, abraçando seus ombros.

– Fique tranquilo, meu filho. Não se esforce demais. Amanhã continuamos a conversa.

Naquela noite, Armando não conseguia dormir. Virava-se de um lado para outro, angustiado, tentando se recordar de mais coisas, mas sua vida parecia ter começado num mergulho em Nice, tido momentos muito felizes com Marjorie e acabado de modo abrupto. O pior era que mesmo aqueles instantes de felicidade agora o deprimiam, como se os tivesse perdido.

Ele se sentou na cama, apoiou os cotovelos sobre os joelhos dobrados, encostando a testa neles. Desejava parar de pensar, descansar um pouco, mas sentia o enorme calombo em sua testa a intrigá-lo, a exigir uma explicação. Algum tempo depois, uma enfermeira se aproximou dele com um copo e um comprimido na mão, oferecendo-o. Armando, num ato de instinto, empurrou a mão dela derrubando o comprimido no chão. Ela estranhou tal atitude e após esperar um pouco, tirou outro de uma cartela que trazia no bolso e mostrou-o a Armando, dizendo-lhe com um olhar severo:

– *Herr Doktor*!

Ao ouvir isto, Armando pensou no médico, vendo nele a sua única chance naquele mundo, e aceitou o remédio. Minutos depois dormia um sono profundo e agitado.

Bem cedo na manhã, uma campainha tocou, acordando a todos no dormitório. Armando se alarmou e sentou-se rápido na cama, pronto para o que viesse. Estranhamente, percebeu que sabia a rotina a seguir; ir ao banheiro coletivo, lavar o rosto e se dirigir ao refeitório, onde esperavam numa fila para pegar a bandeja, na qual havia um copo plástico com leite quente, duas fatias de pão preto, queijo e um tipo de salsicha. Como sabia disso ele não se lembrava. "Meus Deus, o que aconteceu comigo", lastimou-se.

O dia demorou para passar, tendo ficado boa parte dele na cama, à espera do passeio no pátio e de se encontrar novamente com o médico. Quando saíram para caminhar, quase imediatamente procurou a enfermeira gorda e lhe perguntou:

– *Herr Doktor?*

– Ela riu um riso amável e lhe respondeu algo não entendido, fazendo-lhe sinal para esperar.

Armando se sentou num banco ao lado da porta e ficou aguardando.

Quando ela o chamou, Armando sentiu alegria e se levantou num pulo. Ao chegarem ao consultório, o médico já estava à sua mesa. Cumprimentou Armando com um forte aperto de mão, olhando-o com satisfação.

– Você dormiu bem?

– Dormi – respondeu, para depois acrescentar: – Deram-me um comprimido.

O médico sorriu.

– Você se lembra disso? Bom, muito bom. Conseguiu recordar algo mais?

– Não, nada. Só que já sabia o que haveria no café da manhã.

O médico sorriu novamente.

– Conte-me alguma coisa, o que vier na sua cabeça.

Armando pensou por momentos, ergueu os ombros e disse:

– Não sei... Só fiquei preocupado com esta cicatriz, esse troço na minha testa. Deve ter estragado meu cérebro.

O Dr. Ney Rhominher pensou na estupidez da atitude do policial, irritando-se com ela novamente, como sempre o fazia ao examinar Armando: para dar uma pancada destas, por que não deram um tiro logo de uma vez? Conformou-se, ponderando que, hoje em dia, todos andavam assustados, incluindo os policiais.

– Eu não diria estragar – respondeu com suavidade –, prejudicou um pouco.

– Uma pena – falou Armando, calando-se.

O médico quis manter o foco da conversa e perguntou:

– De onde você é, Armando? Armando é mesmo o seu nome?

– Sim... mas eu não sei de onde sou, não me recordo.

– Da França, com certeza?

– França? Acho que não.

– Mas você fala francês, eu sou o único no hospital que também fala.

– Eu falo francês?

O médico olhou interessado para Armando, avaliando a sua situação. Com cautela, disse, tentando sintonizá-lo na questão:

– Em que língua estamos falando agora?

– Eu não sei...

Ao dizer isso, Armando pareceu mergulhar em pensamentos. Os seus olhos pareceram distantes o suficiente para o médico perceber uma sutil diferença.

– Armando? Armando, você está me ouvindo? – perguntou com suavidade.

Armando permaneceu quieto, imóvel. Depois de alguns instantes, entreabriu a boca, como uma pessoa que dormisse de olhos abertos.

O médico o olhava, aguardando o que viria.

Após alguns minutos, um fio de saliva desceu pelo lábio inferior de Armando, escorrendo por seu queixo, para cair em sua camisa. Ele permanecia imóvel.

Dr. Rhominher se aproximou devagar, tirou o próprio lenço do bolso e com delicadeza ficou secando a boca do paciente, até que este deu um leve grito de dor, pondo as mãos na cabeça e parecendo recuperar a consciência.

– Ai que dor... Estou com tanto sono.

O médico passou a mão pelos cabelos de Armando, num gesto de carinho, dizendo-lhe:

– Vá descansar agora, você precisa dormir um pouco.

Certa noite, Armando abriu os olhos e teve a sensação de ser outra pessoa. Não uma pessoa estranha, mas alguém que conhecia muito bem, ou quase. Ele era Armando, estudante de direito, e acabara de ver a publicação das notas bimestrais e estava muito contente. Ficou aguardando na classe, pois sabia que Eliza viria ver as delas também. Após o esforço físico, no sol, aquela cerveja lhe caía bem. Estes caras do restaurante parecem gente boa, pois não precisariam convidá-lo só por que ajudara a trazer a balsa com o fogão. Que vista bonita aqui de cima! Não é à toa que Marjorie volta todos os anos. Se eu fosse rico, faria a mesma coisa. Será que a Helena vai passar esta noite? Ela disse que não poderia, mas eu acho que está mentindo; vai me fazer uma surpresa. Tomara!

A enxurrada de informações era tanta, que Armando ficou perplexo, meio temeroso de estar tendo uma alucinação. Não conseguindo mais ficar deitado, levantou-se e ficou andando pelo corredor entre as camas, invadido por mais e mais lembranças. O enfermeiro que ficava sentado a uma pequena mesa viu que alguém se mexia no escuro e foi até ele. Armando sorriu e disse:

– Estou bem!

O enfermeiro mostrou algumas cartelas de comprimidos, de cores diferentes, como que perguntando se Armando necessitava de medicação. Armando balançou a cabeça negativamente e achou melhor deitar-se de novo, embora soubesse que não dormiria.

De manhã, quando viu o carro do doutor entrar pelo caminho lateral à clínica, correu para porta de entrada, para que pudesse falar com ele de imediato. O médico demonstrou alegria ao vê-lo, pressentindo uma melhora no seu estado mental. Autorizou a entrada de Armando, dando um ligeiro sinal de cabeça ao segurança, e os dois foram andando juntos pelo corredor até seu consultório. No caminho, Armando já lhe disse:

– Eu me lembrei de um monte de coisas! Centenas, milhares!

O médico parou de andar, olhou Armando nos olhos e lhe segurou os braços, balançando-os, como a lhe dizer: "Vitória".

Armando falou por uns cinquenta minutos sem parar. Dr. Rhominher fazia algumas anotações numa espécie de fichário, fazendo breves apartes de esclarecimento, sem interromper sua narrativa. Quando Armando parou e perguntou se podia beber um pouco de água, o médico sorriu e enquanto lhe servia, disse:

– Você consegue pôr todas essas histórias num contexto temporal? O que aconteceu primeiro, o que veio depois? Se não conseguir não tem importância, não se esforce demais.

Armando pareceu perdido com a pergunta, como se não a entendesse.

O médico deu um exemplo: quem veio primeiro Eliza, Marjorie ou Helena?

Armando coçou a cabeça e pareceu se angustiar.

– Quem é Eliza? – perguntou o médico.

– Eu não sei – disse após um tempo.

– E Helena?

– Minha mulher.

– Você foi casado?

– Fui... Acho que fui.

– E a tal da Marjorie?

– Minha namorada.

Como Armando parecesse um pouco tenso e cansado, Dr. Rhominher lhe disse:

– Já chega por hoje. Fizemos um progresso incrível. Você deu um grande passo à frente. Vá caminhar tranquilo, almoce bem e relaxe. Procure não se esforçar demais, não tenha pressa, deixe as lembranças voltarem naturalmente.

Naquele mês que se passou, os avanços apresentados por Armando foram fantásticos, pensou Dr. Rhominher. Ele recuperara parte da lógica do raciocínio, percebendo quando misturava os fatos ocorridos, embora ainda não fosse capaz de dar-lhes uma explicação coerente. Quando se referia à questões específicas, como a política francesa recente, fazia análises criteriosas, deixando o médico na dúvida se eram opiniões dele mesmo ou se lembrava artigos lidos em jornais. Por outro lado, havia grandes vazios na mente de Armando, que não eram compatíveis com um tipo determinado de doença psiquiátrica.

Por exemplo, Armando lhe falara com carinho do pai, com quem mantinha verdadeira amizade. Ele se recordava de fatos e detalhes muito precisos, como o de ficar lendo junto com o pai e medirem suas mãos, sendo a sua "metade" da dele, de chegar a sentir as digitais do pai sob a pele fina. Não conseguia, contudo, recordar-se do destino do pai, não sabendo dizer o que lhe ocorrera. Igualmente, contava histórias da faculdade de direito, em minúcias, mas não se lembrava da profissão a seguir, como se nunca a tivesse exercido. Assim acontecia com todas as coisas, até os relacionamentos amorosos, que pareciam terminar de modo abrupto, sem que Armando soubesse precisar a razão.

O que mais preocupava o médico, entretanto, eram os episódios de ausência, que persistiam com regular frequência. A cada semana, pelo menos num dia, Armando entrava naquele estado vegetativo, do qual saía confuso e com sono incontrolável, permanecendo incapaz por horas.

Na sua opinião, considerando todos os antecedentes conhecidos, no caso de Armando existiriam três causas concomitantes: o uso de drogas fortíssimas, embora sempre negado por ele; a lesão cerebral ainda não confirmada em exames e o estresse pós-traumático, devido à circunstâncias a serem apuradas. Se conseguisse acertar na medicação para evitar as ausências, Armando poderia levar uma vida satisfatória, dependendo dos progressos psicoterapêuticos em andamento.

O Dr. Rhominher soltou um suspiro, preocupado, pois a direção do hospital já começara a pressioná-lo para dar alta médica a Armando, colocando-o em regime ambulatorial. Precisavam de novos leitos, havia pedidos de todas as partes. Chegara a discutir com o próprio diretor-geral, quando este lhe disse:

– Se ele não é violento, vamos mandá-lo para um albergue. Não podemos manter todos os *borderlines* do país conosco.

– Não é a hipótese presente. O caso dele é muito mais complexo. Ademais, nem agendaram a ressonância que pedi logo no primeiro dia.

– Você não entende os procedimentos administrativos. Pensa que só temos os seus pacientes?

Procurou, então, numa medida protetiva, tentar reinserir Armando na vida diária, fazendo-o participar de atividades simples. Assim, pediu ao motorista do hospital que, ao sair para a entrega da correspondência, que levasse Armando, apenas para que ele mantivesse contato com o mundo exterior. Na primeira vez, ele olhou assustado para o médico, quase lhe pedindo para não ir, mas atualmente já gostava do passeio pelas ruas movimentadas.

Finalmente, conseguiram realizar a ressonância magnética, comprovando-se haver pequena lesão cerebral numa área que não trazia problemas de cognição aos pacientes. Isso não justificaria as perdas de memórias específicas, nem os episódios das ausências, que continuavam sem explicação satisfatória. Somente a continuidade da psicoterapia poderia desvendar o mistério, mas isso demandava tempo, pensou o Dr. Rhominher, indagando-se quanto ainda lhe restava.

Naquela tarde, Armando chegou para a consulta muito bem disposto e falante, dizendo que já começava a entender certas palavras em alemão. Arriscou algumas frases simples, que divertiram o médico e lhe mostraram a capacidade intelectual do paciente.

– Armando, vamos voltar à época que você saiu de Nice. Tente se lembrar do que ocorreu, estabelecendo uma ligação entre os fatos. Você viajou de trem ou de avião?

– De trem, lembro-me perfeitamente da *Gare* – respondeu com convicção, para completar: – Meu pai e eu gostávamos de ver gravuras dos trens e das estações.

– Muito bem, você foi de trem para onde?

Precisando se concentrar um pouco, Armando disse:

– Fui para Lyon e depois para a Suíça, andei por várias cidades. Fui subindo no mapa.

– E como chegou a Berlim?

Armando esfregou o queixo e disse:

– Eu não sei... não me recordo.

– De trem, naturalmente? – perguntou o médico.

– De trem...

– E você gostou da nossa *Hauptbahnhof*?

Ao ouvir isso, Armando ficou mudo, parecendo atônito.

– O que foi?

Como ele não respondia, e tendo o médico percebido algo de importante, pegou um bloco de papel e escreveu: *Hauptbahnhof*, virando o mesmo a Armando.

Ele pareceu ver um fantasma, afastando-se um pouco. Depois, com um olhar perdido, pegou a caneta e escreveu: 112936, deixando a mão sobre o bloco, como se estivesse ausente.

Dr. Rhominher pegou a anotação com delicadeza e olhou para aqueles números sem entendê-los. Instantes depois, seu rosto se iluminou e ele disse:

– Os armários! O número de um armário na estação!

Ainda com Armando parado à sua frente, o médico pegou o telefone e falou para a secretária:

– Ligue para o jurídico e peça para providenciarem uma autorização para abrirmos um armário na estação central, é urgente.

Quando chegou à tarde de segunda-feira para as consultas no hospital, o Dr. Rhominher estranhou o modo como uma das enfermeiras o cumprimentou. Ao invés das perguntas sobre o fim de semana e da amabilidade usual, passou por ele rapidamente, sem parar por um instante.

Quando ingressou na antessala do consultório, sua secretária o recebeu com o rosto lívido e expressão de pesar no semblante.

– Aconteceu alguma coisa? Ligaram da minha casa? – perguntou preocupado.

– Não *Herr Doktor*, na sua casa está tudo bem.

– Então o que houve? – disse, elevando a voz.

– Seu paciente, *Herr Doktor*. – A secretária se calou, incapaz de continuar a explicação. Abriu-lhe a porta e mostrou uns papéis sobre sua mesa, deixando-o entrar.

Ele foi até a mesa e começou a ler a documentação.

– Isto não é possível! – berrou, sentando-se na cadeira, como que nocauteado por um golpe.

Após alguns minutos inerte, recomeçou a leitura dos vários documentos, numa velocidade frenética. Havia um requerimento do hospital para o arrombamento do armário; uns formulários do serviço de imigração, onde haviam marcado com um "x" hipóteses diversas: "sem visto de permanência", "antecedente policial", "falta de recursos financeiros" e uma decisão do Poder Judiciário determinando a expulsão do imigrante irregular para seu país de origem: o Brasil.

– Quando o levaram? – perguntou à secretária, que o olhava da porta com tristeza.

– No sábado, *Herr Doktor*.

– Quem assinou a alta médica? – Quis saber com a voz cansada e fraca.

– O plantonista, senhor.

– Pelo menos, deram a medicação ao rapaz?

– Por uma semana, *Herr Doktor*, como manda o regulamento administrativo.

O médico abaixou a cabeça, pondo uma das mãos à testa, como se não estivesse bem.

– O senhor quer que eu chame alguém ou lhe traga um comprimido? – perguntou, aflita.

Ele fez sinal para que fechasse a porta. Durante toda a tarde permaneceu em seu consultório num silêncio mortal. Quando abriu a porta novamente, estava sem seu jaleco branco, que fora jogado ao chão.

– Estou indo embora. Peça para o diretor-geral tomar as "providências administrativas" – disse num lamento.

– Não, *Herr Doktor!* Por favor, pense neles! – Ao dizer isso, apontou para a paciente das duas horas, que ainda o esperava no início do corredor.

A mulher, com os cabelos despenteados, pintados apenas do meio para trás da cabeça, sorriu-lhe com dentes amarelos, toda feliz por vê-lo, e lhe deu um aceno com a mão.

O médico deu uns passos resolutos, mas parou para falar com a paciente, que o segurou por ambas as mãos. Provavelmente, para dizer a ela que a consulta ficaria para o dia seguinte.

XXV

Como Edu estivesse cabisbaixo, Beth insistiu para que fossem ao restaurante preferido dele, para comemorarem o aniversário do marido. Ela sabia o motivo da tristeza, pois desde que voltara da França, Edu repetia sem parar, às vezes, para si mesmo: "Isso não podia acontecer". Referia-se ao fato de ter chegado a Nice levando a notícia de que o amigo fora reintegrado ao Ministério Público dias após a partida de Armando.

Edu não se conformara com nada do ocorrido: a brutal injustiça sofrida, só agora remediada por uma ação judicial, movida por ele e à revelia do amigo. A fatalidade do destino de fazê-los se desencontrarem e, por último, o comportamento do próprio Armando, que parecia se esconder do mundo, esquecendo-se daqueles que o amavam.

Beth via o marido amargurado, num misto de depressão e revolta, que o consumia todos os dias, tirando-lhe o natural entusiasmo.

No almoço, à hora do brinde, eles com vinho, o filho com guaraná, Beth desejou saúde, alegria e sucesso ao marido, acrescentando algo que sabia importante para ele: "Que nosso amigo Armando esteja bem, em algum lugar deste vasto mundo e que ele volte logo para casa, para junto dos seus".

Edu forçou um sorriso, tentando acreditar naquelas palavras.

Ao saírem do restaurante, o manobrista falou para ele:

– Deixe que eu trago o carro, doutor.

– Mas está logo ali – disse Edu.

O rapaz fez uma expressão de contrariedade, indicando com o olhar para a calçada mais adiante, onde um mendigo dormia encostado ao muro.

– Deitou-se aí e dormiu. Deve estar bêbado.

– Vocês já chamaram o Samu?

– Chamamos, doutor.

Edu pegou Gustavo pela mão, dando um sinal para Beth, e foram andando até o carro. Quando passaram em frente ao mendigo, Edu reparou que ele se cobrira com um velho cobertor, tendo o rosto barbudo e sujo, a testa deformada por um machucado.

Gustavo disse baixinho:

– Que cheiro de xixi!

Quando entraram no carro e se preparavam para sair, Edu disse, num tom emocionado:

– Coitado deste homem. Vamos esperar para ver se o socorro vem. – Pouco depois, abaixou a cabeça contra o volante, ficando parado, até que começou a soluçar, chorando numa tristeza reprimida.

– O que o papai tem, mãe? – perguntou Gustavo nervoso.

Beth, pega de surpresa, enquanto olhava para o marido à procura de explicação, disse:

– O papai é emotivo e tomou muito vinho hoje.

O menino estava assustado e parecia que também iria chorar.

A sirene da ambulância encobriu a todos, momento em que Beth cutucou a perna do marido, dizendo:

– Pronto amor, eles já chegaram. Vamos embora, por favor!

Edu conseguiu se controlar, manobrou o carro e forçando umas risadas, disse para acalmar o filho:

– O papai ficou triste de ver aquele homem. Tá parecendo uma menina, que chora à toa.

Mais à frente, um pouco refeito, provocou:

– Quem quer dirigir o carro do papai?

– Eu, eu! – gritou Gustavo, alegre.

Beth olhou para o marido, examinando-o.

Edu piscou para ela, parou e pôs o filho no colo. Cheirou a cabeça dele e lhe fez um agrado nos cabelos. Sentiu-se um pouco mais feliz. “Nada como o cheiro dos filhos”, pensou.

* * *

O sargento que dirigia a ambulância desligou os refletores e a sirene e ordenou ao bombeiro mais novo:

– Vá fazendo os procedimentos, que eu levo o oxigênio e a maca.

O rapaz desceu e foi colocando as luvas de látex enquanto caminhava. Aproximou-se do homem caído, ajoelhando-se ao seu lado. Pegou uma de suas mãos, debaixo do cobertor, puxando-a para verificar o pulso. A seguir, pôs sua mão no pescoço do mendigo e ficou imóvel, com a atenção toda voltada para o que sentia.

Quando o outro bombeiro ia pegando a maca pela porta traseira do veículo, ele gritou:

– Sargento! – E fez um gesto, cruzando as mãos. – Já está em óbito.

– Tem certeza?

– Absoluta. Não há mais nenhum sinal vital – disse, voltando para junto da ambulância.

– Levamos ou esperamos o IML? – indagou.

– Eles vão demorar umas duas horas, no mínimo – disse o sargento, acrescentando: – Vamos levá-lo e colocamos que o óbito aconteceu no caminho.

– Acabou de acontecer mesmo, não faz nem vinte minutos.

– Veja se ele tem algum documento, enquanto eu pego o formulário – ordenou.

O bombeiro mais jovem levantou parcialmente o cobertor e começou a procurar nos pertences do homem. Surpreso, ergueu a mão, mostrando algo ao colega:

– Sargento, olha o que encontrei!

– O que é isso?

– Um passaporte!

Os dois examinaram o documento: a fotografia estava meio estragada, pois um líquido se infiltrara sob o plástico, mas permitia ver um jovem de paletó e gravata, olhando imponente para a frente.

– Será que era ele? – perguntou o soldado, olhando novamente para o mendigo.

– Que nada! É documento roubado ou que ele achou perdido por aí. Eu vou pegar a lona para embrulhar o corpo.

O soldado ficou examinando o passaporte, documento que nunca vira pessoalmente. Havia uns carimbos bonitos, nos quais estavam escritos:

"Paris – Arrivé – Charles de Gaule"

"Berlin – Abfahrt"

Após olhar a fotografia uma outra vez, disse ao sargento:
– Não sei não; às vezes, não foi bem assim!

FONTE: Adobe Garamond Pro
IMPRESSÃO: Paym

#Novo Século nas redes sociais

novo século®
www.novoseculo.com.br